城市之光 香火

范小青 著

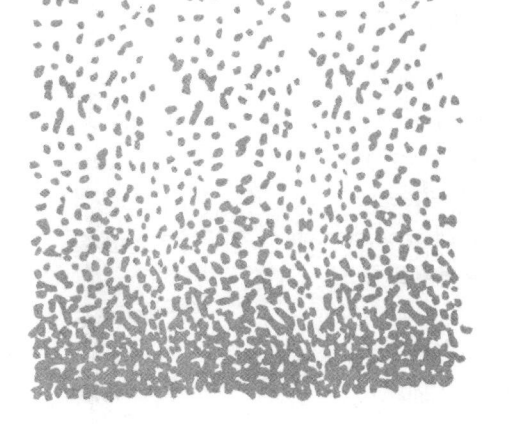

范小青文集·[长篇小说]

山东人民出版社
全国百佳图书出版单位　国家一级出版社

图书在版编目（CIP）数据

城市之光　香火/范小青著.——济南：山东人民出版社，2015.8
（范小青文集）
ISBN 978-7-209-08875-6

Ⅰ.①城… Ⅱ.①范… Ⅲ.①长篇小说-小说集-中国-当代 Ⅳ.①I247.5

中国版本图书馆CIP数据核字(2015)第049972号

城市之光　香火

范小青　著

主管部门	山东出版传媒股份有限公司
出版发行	山东人民出版社
社　　址	济南市胜利大街39号
邮　　编	250001
电　　话	总编室（0531）82098914
	市场部（0531）82098027
网　　址	http://www.sd-book.com.cn
印　　装	北京富达印务有限公司
经　　销	新华书店
规　　格	16开（170mm×240mm）
印　　张	23.75
字　　数	364千字
版　　次	2015年8月第1版
印　　次	2015年8月第1次
ISBN 978-7-209-08875-6	
定　　价	36.00元

如有印装质量问题，请与出版社总编室联系调换。

目录

· 城市之光 ·

003 ·················· 第一章
017 ·················· 第二章
034 ·················· 第三章
055 ·················· 第四章
071 ·················· 第五章
082 ·················· 第六章
095 ·················· 第七章
105 ·················· 第八章
124 ·················· 第九章
139 ·················· 第十章

· 香火 ·

153	第一章
167	第二章
188	第三章
205	第四章
218	第五章
238	第六章
256	第七章
274	第八章
291	第九章
309	第十章
334	第十一章
363	第十二章

城市之光

第一章

　　田二伏是田家岭村的一个青年农民，他喜欢听电台的节目，人家看到他的时候，他不是在劳动，就是在听广播。但是他的父亲田大爷不大喜欢儿子老是拿着一只收音机那种样子，他觉得那样有点像浪荡子。田大爷说，我们田家的人从来都是勤勤恳恳劳动的。

　　这时村里有一个人走过他们家门口，他本来已经走过去了，但后来又退了回来，他站在门口看了看田二伏，问道：田二伏，今天的天气预报听了没有？

　　听了。

　　天气怎么样？

　　今天多云，田二伏说，最低气温……

　　气温不要的，这个村里人说，我要上街，不下雨就不用带伞了。

　　村里人走了以后，电台里又播天气预报了，这是今天的第二次预报，播音员说，今天多云转阴，有时有雨。

　　哎呀，哎呀，田二伏有点着急，他去追那个村里人，他在背后大声地喊他，喂，喂，你等一等。

　　村里人听到了田二伏的喊声，他便停了下来，回头看着田二伏奔过来。

　　天气预报又报了，田二伏奔过来的时候稍有些气喘地说，今天要下雨的。

　　下雨？村里人抬头看看天，这天会下雨吗？

　　天气预报报的，可能会下雨的。

噢噢,村里人说着,他仍然沿着田埂往街上的方向走。

咦,田二伏说,你不回去拿伞了?

不去了,村里人说,这天气我看不会下雨,就算下雨,也下不大的,就算下大了,我可以在街上躲一躲再走。再说了,就算不躲雨也不要紧,我不怕雨淋的。

他边说着,边向田二伏挥了一下手,就走了。田二伏有些遗憾地看了看他的背影,便回家去了。走到家门口的时候,田二伏听到他母亲在说话,田二伏的母亲平时不大说话,有点闷闷的,但是这一天她却说话了。她说,二伏的年纪也不小了,该去说个人家了,不要把大事情给耽误了。

田二伏的父亲想了想,觉得也对,那就去说个人家吧,他说。

这个事情媒人其实早就帮他们想好了。我手里有好几个,媒人说,你要哪样的?

田二伏的父亲也不晓得应该是哪样的,他不大好回答这个问题,他就说,你先说说看。

媒人说了一个马尾巴村的马小翠,她说了马小翠各方面的情况。田二伏的父亲听了,心里满意,便点了点头。媒人笑了一笑,田老大你倒蛮好说话的,她说,人家都要挑三拣四,你是拣在篮里就是菜了。

不就是么。田大爷说。

媒人又看了看田二伏,她向他笑了笑,说,二伏呀,你觉得马小翠怎么样呢?

田二伏的脸红了一下,他很想说好的,但是他的父亲抢在他的前面说,不要问他,他只知道那个东西。田大爷指指田二伏手里的收音机。

嘿嘿。

田二伏有点不好意思,他的收音机声音有些沙哑,但并不妨碍收听。电台的节目很丰富,田二伏经常听生活热线节目,有时候也听听情感世界之类的节目。听这种节目的时候,田二伏会把音量开得低一点。生活热线节目经常是由一个女的节目主持人主持的,她的声音很好听,有的时候也会换一个男的主持人,田二伏觉得他也不错,他们都是很亲切的。

村里的人有时也跟着田二伏一起听听,说的什么呢?他们听了听,说,噢,是些乱七八糟的东西,劳务市场上有保姆,商品房交易,出售旧自行车,饭店的订座热线,招聘光电工程师。这样的事情对他们是没有用的,这是城里人的事情，等于是广告呀，他们说。

经常有听众打热线电话给主持人，田二伏也很想打一次热线电话，但是他家里没有电话。在田家岭村，支书和村长家有电话，还有田二伏的堂叔田远富，他家里也装了电话，不过他在城里工作，平时很少回家。而且田二伏其实也还没有想好，就算他可以打电话，他到底要说哪一件事情，因为他想说的话很多，到底选哪一个话题去说，他反而是没有主张的。后来媒人就到马小翠家去了，她说了说田二伏的情况，马小翠的父亲听了，也没觉得有什么不好的，事情就这样定下来了。

接着田二伏的父亲带着田二伏到马小翠家去。那个村子的人都到马小翠家来看田二伏。

嗨，马小翠说，你是田二伏，在学校里我见过你。

我比你高两级，田二伏说。

原来他们是认得的。

到了端午节的时候，田二伏的母亲叫田二伏给小翠家送粽子。田二伏去的时候，碰到村里的人，他们说，二伏啊，给丈母娘送粽子呀。

嘿嘿，田二伏说，跑一趟。好日定了没有呢？他们问。定了，新年头上，正月初三，田二伏说。

你就闭着眼睛等好日吧，他们说。

田二伏来到小翠家，他把粽子拿到灶间交给小翠的母亲，小翠家的堂屋里坐着几个人，他们是村里的干部，正在小翠家喝酒。

小翠不在家，小翠的母亲对田二伏说，你到桌上去坐，你去和他们一起喝喝酒。

我不大会喝酒的，田二伏说，喝了要醉的。

练练，小翠的母亲说，男人总要喝点酒的，做新郎官的时候，人家不会放过你的。

嘿嘿，田二伏说，不过我也不是一点不能喝的，就是喝了脸红。

脸红不要紧的，小翠母亲说，喝酒脸红的人是好人，老实人。

人家也这么说的，田二伏说。

小翠的母亲引着田二伏到客堂间来，小翠的父亲看见了他，向他点了一点头。

来了。

来了。

坐吧。小翠的母亲拉出一张凳子，田二伏不大好意思坐，脸红红地僵了一会儿，后来他还是坐下了。

小翠的父亲对村干部和田二伏说，这是田二伏，这是村干部。

村干部也向田二伏点点头，田二伏就坐下了，他们给他加了一副碗筷，加了一只小酒杯，也斟上了酒。田二伏喝了一口，觉得很辣，他吐了吐舌头，脸就红起来，幸好没有人注意他，他们都在喝酒，说话。

马文林的病，看起来一会儿半会儿好不了，一个村干部说。

支书躺在床上做支书了，另一个村干部说。

人呀，小翠的父亲呷了一口酒说，人有时候是很经不起的，那天，我是眼看着马文林这么摔了一跤，也不重的，就这么瘫了……

负责斟酒的人看到田二伏的杯子空了，就给他加一点，田二伏说，我不能喝了，我不能喝了。他边说边想用手捂住杯子。

那个人笑了一笑，仍然给他加了酒。

他们继续在谈那件事情，小翠的父亲说，医生怎么说的？医生也说不准，一个村干部说。

田二伏一直听着他们说话，在他们停息的时候，他说，推拿可以治疗瘫痪的。

有一个村干部看了看他，但是没有说什么。

乡里也没有什么说法噢？一个村干部说。

那天张书记看见我，问过一问的，另一个村干部说，也没有说别的，只是问了一问。

也可以针灸，针灸效果也很好的。田二伏又说。

小翠的母亲端了一盘热菜上来，她叫田二伏多吃菜，又说，小翠这死丫头，上街去到现在还不回来。

没事的，我可以等等的，田二伏说，有一个针灸医生，可以打热线电话给他。

小翠的母亲看到田二伏的脸红了，她笑了笑。

田二伏又转向村干部，他说，我有他的电话号码。

谁的？

那个针灸医生，田二伏说。

噢。

你们这里有没有电话，田二伏说，有电话我可以帮你们打一个电话。

他们向田二伏笑了笑，又稍微地举了举杯，喝了杯中的酒，田二伏也跟着他们一起举了举杯，也喝了。负责斟酒的人又给每个人加满了，给田二伏也加了，田二伏以为小翠的父亲会阻挡一下，或者叫他少加点的，如果是那样，田二伏就说，不碍事的，你们不要看我脸红，以为我不能喝，其实我的酒量还可以的。但是小翠的父亲并没有阻挡，也没有叫那个人少加一点，所以田二伏也不好说出来。

王坤林家的那块老宅基，好几个人都在动脑筋，一个村干部说，马三，马六，伟民……

哪个伟民？另一个村干部说，是不是苟阿土家的老二？

就是二狗子，一个村干部说，现在大名叫伟民了。

马三盯得最紧，小翠的父亲说，跑我这儿也跑了几回了，我跟他说，你跑我没有用的。

这事情不大好弄，一个村干部说，到最后要闹矛盾的。

一个女人走到他们的门口，向里边看了看，小翠的父亲说，子平他妈，你有事？

小翠的母亲也走出来，向这个女人打招呼。

这个女人犹豫了一下，她看了看田二伏，小翠不在啊？她说。

上街去了，小翠的母亲说，到现在也不回来，二伏等她好一会儿了。

这是你们家女婿？女人又看了看田二伏。

小翠的母亲笑了笑，也朝田二伏看看，又朝田二伏招招手，田二伏走到门口，这样两个女人都能更清楚地看到他了。

一表人才的，这个女人很真心地说，丈母娘看女婿，越看越欢喜。

进来坐坐，小翠的母亲说。

不了，这个女人的神色里有一些奇怪的东西，我看看子平在不在你家，他没来过？

没有，小翠的母亲说。

那我就走了，她说。

小翠的母亲有些奇怪地看着女人走远去。

子平是不是叫马子平？田二伏说。

是马子平，小翠的母亲仍然看着女人的背影，她发胖了，她说。

噢，是我的同学，田二伏很高兴地说，我们是同班同学。

屋里的村干部又喝了喝酒，有一个人站起来要走了，他向田二伏点了点头，就走了。

另外两个村干部又喝了几杯酒，也要走了，他们走到门口的时候，一个人向另一个人说，你说针灸能不能治瘫痪？

也可能的，另一个人说。

他们一边说一边走了出去。

小翠的母亲来收拾碗筷，她看了看墙上的钟，田二伏也看了看墙上的钟，要不，我就先回去了，田二伏说。

小翠怎么搞的？小翠的母亲说。

有空来啊。小翠的父亲说。

田二伏走在乡间的田埂上。正是春末夏初时候，田野里的景色十分的美丽，田二伏的心情也很好，他一边走一边听生活热线节目，主持人热情地告诉听众，如果您想亲手烹制一道精美的菜肴，请拨打1688688，生活热线为您出谋划策。

嘿嘿，田二伏心里笑了一笑。

迎面走过来两个人，田二伏一看，一个是小翠，另一个正是他的同学马子平。小翠向田二伏扬了扬手，嗨，田二伏，这个人你认得吗？

怎么不认得，田二伏说，马子平呀。

马子平与田二伏握了握手，田二伏笑起来，马子平，他说，刚才你妈到小翠家找你的。

我们上街去了，小翠说。

我晓得的，田二伏说，你妈说的。

田二伏，小翠说，你来干什么？

给你家送点粽子。田二伏说。

端午节了，马子平有些感叹地说，日子过得真快。

马子平现在在城里做事。小翠说。

噢，噢噢，田二伏点了点头。

瞎混混。马子平说。

你有出息的，田二伏说，在学校的时候，大家就说你以后会有出息的。

这条围巾漂亮不漂亮？小翠扯了扯脖子上的围巾，子平送给我的，是真丝的。

田二伏看了看围巾，觉得确实很好看。好看的，他说。他们站在田埂上聊了一会儿，眼看着太阳也要西下了，他们就互道了再见，田二伏往南走，小翠和马子平往北走了。田二伏回到家，母亲问了问小翠家的情况，田二伏说了喝酒的事情。母亲看他的脸很红，有点担心。你不会喝酒的，母亲说。

我会喝的，田二伏说，我喝了十几杯，他们都说我酒量大的。

事情没做起来，吃吃喝喝已经会了，父亲说。

吃过晚饭，田二伏到村里的小店去买电池，小勇和桂生也在小店那里。小勇给田二伏发了一根烟，他们抽着烟，烟雾在小店门前的灯光里飘来飘去。你们说什么呢？田二伏问小勇，小勇只是笑了一笑，桂生吭哧吭哧地说，田二伏，我们想出去。

到哪里去？

城里。

干什么？

打工。

咦，田二伏想了想，到城里去打工？为什么？

咦，小勇说，什么叫为什么？

咦，田二伏又想了想，你们去做什么呢？

什么都可以做的，小勇说。

不知道城里的活多不多？桂生看了看小勇，他看上去有点担心，会不会到了那里找不到工作？

不会的，田二伏说，城里的活很多的，建筑工地、饭店里、建材市场，他们都招人的，还有宾馆。

宾馆干什么？桂生说，做服务员吗？

做保安，田二伏说，穿警察制服的。

那不是警察制服，小勇说，是保安制服。

是的，田二伏说，是保安制服，看起来蛮像警察制服的。

有没有枪？桂生说。

没有的，田二伏说，可能会有警棍。

电警棍吗？

不可能的，电警棍只有警察可以用，田二伏说，别人不可以随便用的。

那是普通的警棍，桂生说。

就是一般的棍子，小勇说。

还有许多工作呢，田二伏说，我笔记本上都记着的，不过我没有带在身上，要不要我替你们拿来看看？

不用了，小勇说，我们自己会去找工作的。

他们又抽了一根烟，桂生说，田二伏你去不去？

咦，咦咦，田二伏笑了一笑。

田二伏要谈对象的，小勇说。

咦，田二伏说，不是的。

你不喜欢城里吗？桂生说。

喜欢的，田二伏说，城里很方便的，要修电视机，打个电话人家就上门来修了，不要自己搬过去的。

他们一起离开小店，天已经很黑了，桂生用电筒照着歪歪扭扭的小路。小勇说，我们过两天就走了。

噢，田二伏说。

过了两天小勇和桂生他们真的走了。田二伏在田里劳动，他看见小勇桂生都背着一个背包，走在田埂上。田二伏喊了他们，他们回头向田二伏挥挥手，他们是朝着东边走的，太阳正好升起来，田二伏眯着眼睛看他们走远去，他又埋头劳动了。

后来田二伏的堂叔田远富从城里回来了，田二伏在村口碰见堂叔的时候，他一下子没有认出来。田远富穿着西装，他拍了拍田二伏的肩，你不认得我了？

认得的认得的，田二伏说，你一说话我就认出来了。

我是变样子了噢，田远富说，有时候我照照镜子，我自己都觉得不像我了。

你像个干部，田二伏说。

一个人待在外面的时候，心里老是想家，心里老是放不下，田远富说，总想回来看看。

他们正在说话的时候，村支书也过来了，他老远就向田远富打招呼致意，走到田远富身边，支书赶紧往外掏烟。田老板啊，听说你回来了，我就来看你了，支书说。

田远富伸出手去和支书握了握，并且挡住了支书的烟。抽我的，抽我的，他说。他把烟又递给田二伏，你也来一根。

嘿嘿，田二伏看了看，我平时一般不大抽的。

男人不抽烟，像女人长胡子一样难看。田远富笑着说。

他们都笑起来，田二伏就拿了一根。他看了看烟丝，烟丝是嫩黄的颜色，这是好烟，他说。

田老板，支书热情地盯着田远富，你是荣归故里。

我回来随便看看。田远富说。

你光宗耀祖了。

哪里哪里，田远富说，人总是想着家乡的呀。

是呀是呀，我们这里出去的人，对家乡都很好的，支书说，你们在外面发了财，做了大事情，都不忘记家乡，都很支持家乡的。你看那边那座桥，是周小保捐款造的，就叫小保桥，还有，东面那条机耕路，是李二出钱修的，叫李二路。我们有个规定，谁出资建的，就以谁的名字命名。

嘿嘿，田远富说，若是我出资，就叫远富什么了。

就是的，就是的，支书说，比如你资助我们的小学，就可以叫远富小学了。

小学是我堂叔的母校呢，田二伏说，我堂叔肯定是要关心的。

田远富也是承认这样的说法的，是的呀，他说，说起学校，我倒是很想了解了解的，我们的小学现在怎么样了？

小学么，怎么说呢？支书好像一时无从说起的样子。不如这样，支书说，我陪你到学校去看看，指导指导。

也好的。

他们就一起往小学里去了。路上，田远富又继续说了，人为什么穷，你们知道吗？他回头看看田二伏，再回头看看支书，为什么穷呢？就是因为不重视教育呀。

是的是的。

什么什么什么么，什么什么什么么，田远富一直在说。

是的是的。

田远富又递了一根烟给支书，支书说，远富，你现在像个干部。

我也觉得。田二伏说。

怎么说呢？田远富笑了笑，人有了钱，就要有点责任感的，人有了责任感，可能就像个干部了。

他们一路碰到村里的人，田远富和他们点头打招呼，有的人认得出他，有的人认不出他，以为他是干部。检查工作，他们说。

不会的吧，检查工作怎么田二伏也跟在旁边呢？另一个人说，田二伏又不是干部。

小学里正在上课，每个教室都传出老师哇啦哇啦的声音，有一间教室的学生在唱歌，另外有一班学生在操场上上体育课，他们看到有人进来，就回过头来看，有几个学生说，支书，支书。

体育老师正在指导学生跳山羊，他们没有山羊，是拿学生来做山羊的，让一个学生弯下腰，两只手撑在自己的膝盖上，其他的学生排着队，从远处奔过来，两只手往他的腰背上一撑，两腿张开，就跳过去了；也有的学生跳不过去，结果他和那个做山羊的学生就一起倒在地上，滚作一团，其他学生都笑起来。体育老师骂了他们，笨蛋，他说，真笨。

摔下来的学生撩起自己的裤腿，膝盖上有一团红红的印子，他笑了笑，啊呀哇。

田二伏看着也笑起来，要是有护膝就好了。他说，体育用品商店里卖的那种，套在两个膝盖上，起保护作用，运动员都用的。

体育老师看了看他，翻了一个白眼。

或者去买真的鞍马来跳，就不容易跌倒。田二伏这话是对着田远富说的，但是体育老师仍然翻了他一个白眼，不过他们没有看见。

田远富对学校的情况是不满意的。他对支书和校长摇摇头，这样不行的，这样不行的，他说，这里的条件太差，支书唉，还有校长唉，你们对教育不够重视啊。

我们重视的呀，支书苦着脸说，可是没有钱呀。

钱算什么，田远富有点激动，他说，知识才是最重要的，有知识就会有钱，反过来，有钱并不一定有知识，知识是钱买不来的。

是的呀是的呀。

你看看，这个操场，什么什么什么，你再看看，这几间教室，什么什么什么……

是的呀是的呀。

这么说了几句，田远富就要走了，走了几步，他又回过头来挥挥手，向他们道别。支书和校长都愣愣地望着，看到田远富挥手，他们才想起也应该举一举胳膊的。

走出学校的时候，田二伏说，其实，其实……

什么？

其实支书和校长，还有老师他们，田二伏说，都以为你要赞助学校。

赞助，那也不是什么了不起的事情，田远富说，其实问题的关键不在于给几个钱，关键在于思想上的重视……

有人从对面经过，看到他们，就问，田二伏，你家里来亲戚了？

咦，他是我远富叔呀。

这个人再看了看田远富。他看出来了，哎呀呀，我都看不出来了，他说，到底不一样了，听说你在城里开卡拉OK？这个人说着又看了看田二伏，田二伏你要走了吧？

到哪里去？

咦，这个人说，你远富叔肯定会带你去发财的。

我没有。

这个人笑了笑，就走过去了。

田远富回头向田二伏看看，说，二伏，谈对象了没有？

嘿嘿。

什么是嘿嘿，谈没谈？

谈了。

哪里的？

马尾巴村的马小翠。

这么急干什么？

嘿嘿。

嘿嘿，田远富也笑了笑，拍了拍田二伏的肩，不如跟我到城里去，打打工。

好的呀，田二伏说，城里好的，小勇他们也到城里去了。

田二伏下晚回去，田大爷不在家，田二伏就和母亲说了说打工的事情，母亲正在灶前烧火，她听了田二伏的话，抬起脸来看了看他，灶火把她的脸映得红红的。你想去吗？母亲问。

我，田二伏想了想，去也好的，他说。

那就去。

城里到底好的，我喜欢城里，田二伏说。

田二伏打开收音机听节目的时候，母亲又说，你假如要去，小翠那里要去和她说一说的。

什么？田二伏没有听清母亲的话。

小翠，母亲说。

后来田二伏的父亲回来了，跟他一起进来的还有田二伏的大嫂。田大爷气鼓鼓的，而田二伏的大嫂呢，也有点气的样子，还有点神秘兮兮。他们把田二伏的母亲叫到里屋，叽叽咕咕了一会儿，又出来了，田二伏也没有注意到他们的脸色不好看，他正在听生活热线节目，他在自己的笔记本上记下一个电话号码，这是一个肿瘤专家的电话。他父亲说，你现在用功也来不及了。

我不是用功，田二伏说，我记一个电话号码。

田大爷坐在矮凳上，脸色阴郁地抽着烟。

我问你，田二伏的嫂子说，小翠和你说的什么？

什么，田二伏有点摸不着头脑，小翠什么？

你呀你，大嫂指了指他的头，小翠跟人家跑了。

跑了？跑到哪里去？

嘿呀，他的大嫂说。

那天下晚小翠的父母亲来了，甚至马子平的母亲也跟着来了，他们都骂了小翠，也骂了马子平，都检讨自己的问题，马子平的母亲甚至哭了起来。小翠的母亲很不高兴地对她说，你哭什么呢，又不是你家媳妇跟人家跑了。马子平的母亲说，我对不起你们呀，所以我伤心呀。他们就这么在田二伏家里哭哭闹闹，觉得很对不起田二伏，他们都眼巴巴地看着田二伏，好像在等候田二伏发火，但是田二伏没有发火。他说，也没有什么的，也没有什么的。

他们又惊又喜，但是又不敢相信。

你倒想得通。田大爷说。

我想得通的。田二伏说，做生意的人签协议书也这样的，开始大家都觉得可以这样做的，就签了合同。但是也可能后来他们思想和看法会发生变化，所以协议书也是可以更改甚至撕毁的。

他们都微微地张着嘴，因为他们对田二伏说的话反而有点想不通了。

田二伏蛮会说话的。

田二伏蛮大气的。

小翠不要田二伏，真是不识人的。马小翠的母亲甚至这么想。

他们这样想着，渐渐地松了一口气。他们开始觉得可以走了，但是又吃不准是不是真的可以走了。所以他们一边继续关注着田二伏的脸色，一边慢慢地往门口退去，他们是每走一步都很小心的那种样子，好像随时准备着有人要叫他们停下来，但是一直没有人叫他们停下来，他们慢慢地就走远了。

田大爷看着他们走远。

他们就走了，他说，他们就走了？

田远富走过的时候，正好和小翠的父亲他们交叉而过，他并不认得小翠的父母他们，但是他很客气地向他们点了点头，打个招呼，好像是老熟人一样。

走啊，他说。

走了。

他们有点仓促地走了，田远富想，咦，他们没有认出我来。

田大爷一直站在门口，他有点发愣，直到田远富走到他的眼前了，他还没有注意到呢。

哥哥啊，田远富说，你在想什么心思呢？

啊啊，田大爷这才回过神来，啊啊，你来了。

我不进去坐了，田远富说，我在村里走走，看看大家，你叫二伏准备好啊，他一边说着一边就走过了田二伏家。

田大爷心里一直是闷闷的，他们叫他吃晚饭，他也不想吃。不吃，他说，小翠都跑了。

喔哟哟，田二伏的大嫂说，跑了就跑了呀，小翠有什么好的。

小翠有什么不好的，田大爷说，他看了看准备吃饭的田二伏，气不打一处来，你这个人。

田二伏的收音机里正在播广告，广告说，时代家具，典藏唯美意向，意蕴居家内涵。

什么呀，田二伏的大嫂说，什么呀？

田二伏是听懂了的，他想解释给大嫂听，但是田大爷阻止了他，田大爷说，你远富叔叫你做什么呢？

什么？

你远富叔叫你准备好什么呢？

噢噢，田二伏说，远富叔叫我跟他去打工。

你要去吗？

我要去的。

田大爷生气地看了看他，小翠都跑了，田大爷说，小翠都跑了。

田二伏觉得父亲的这句话不太好理解，他就没有吭声。

这样田二伏就跟着堂叔田远富走了，他走的时候，他的父亲坐在堂屋里抽烟，他的母亲在灶间烧锅，等母亲出来的时候，他们已经走远了，母亲眯着眼睛，看到田二伏的背影已经很模糊了。

田二伏走在路上，前一些日子，他看到小勇和桂生他们也是沿着这条路进城的。

有两个村里人从对面走过，他们向田二伏和田远富打招呼。

田二伏进城打工了，其中的一个人对另一个人说。

第二章

　　田二伏现在是新潮歌舞厅的保安了。他穿了制服，腰里系一根皮带，他照了照镜子，镜子里的这个人很神气。田二伏甚至有些难为情，这样不像个农民了呀，他想。但他心里是很满意的，他笑了笑，就走出去上班了。

　　上班是从下午开始的，因为歌舞厅上午不营业。下午一点以后，就会有人来了。下午来的人，不怎么热闹，用包厢的也不多，他们一般就是跳跳舞，在大厅里唱几个歌，也没有起哄的。有经验的人说，下午一般是同学聚会，或者单位的同事约好了来庆祝什么的，这样比较文雅，所以保安的任务就轻松些，像田二伏这样，他只要在大厅的四周走几圈。歌舞厅的灯光比较暗，他刚来的时候，什么都看不清楚，以后时间长了，就适应了一些，能够在昏暗的灯光下看清一些东西。按照规矩，保安和服务员是不能坐的。有的时候，下午下雨了，或者正赶上淡季，一个下午也没有客人来，就算这样，他们也是不允许坐下的，这样他们这些人也就练出了好腿功。只是在刚开始的时候，站得腿都发肿，有的人甚至从腿一直肿到脸了，说出来人家也不相信。有人问，你的脸怎么肿了？告诉他站肿了的，人家就会笑，你是用脸站的吗？腰也像断了一样，背也像断了一样，但是再后来就习惯了，习惯站着了，坐下来反而觉得憋得慌。这是比田二伏早来歌舞厅工作的人告诉田二伏的，但是田二伏不相信，怎么会呢？他想，坐着总比站着好呀。不过现在田二伏还没有尝到这种种滋味呢，他刚刚来到歌舞厅上班，什么都是新鲜的。田二伏头一次上班是一个下午。人很少，他们坐在大厅的椅子上，围了一小圈，点了一些茶水和小吃，低低地说话。田二伏就这么转了几个圈子，努力地习惯在昏暗的灯光下看东西。

小姐，点一个歌。

小姐，加茶水。

其间有人这么叫过一两次，声音是低沉的，低沉到几乎没有。但因为歌厅里很安静，所以小姐听得见。小姐过去办好了，就再也没有其他事情了，他们唱歌也唱得不多，总共好像只唱了两三首歌。

咦，咦咦，田二伏想，这样就能拿工资了？

晚上会忙起来的，其他人说。

后来就到了晚上了，晚上果然和下午不大一样，他们许多人是喝了酒来的，醉醺醺，吆吆喝喝的。

喂，叫你们老板来。

喂，给我最好的包厢啊。

喂，要漂亮的小姐啊。

不漂亮不付钱的啊。

他们东倒西歪的，看见小姐就要动手动脚，弄得歌厅里这里尖叫一声，那里尖叫一声。

下作得来。

野蛮得来。

她们叽叽喳喳地说，因为灯光的关系，田二伏看不清她们脸上的表情。他听她们的声音是很气愤的，是受了欺负的样子。后来他就过去了，他去对这个人说，喂，你想干什么？

这个人乱动的手还举在半空中，他的嘴微微地张着，呆呆地看着田二伏，好像没有听见田二伏说的什么。

田二伏有点生气了，他以为这个人是在装傻，所以他的嗓门抬高了一点，他说，请你注意啊，这里是公共场所，手脚规矩一点啊。

手脚规矩一点，这个人重复了一遍田二伏的话，但是好像仍然没有弄懂，手脚规矩一点吗？你什么意思？你是干什么的？

你欺负我们的小姐，田二伏说，我是来管你的。

接下来的事情是田二伏没有意料到的，因为所有的小姐都喷出一大股笑声来，她们笑得弯下腰，又直起来，直起来，又弯下去。

啊哈哈。

咦嘿嘿。

但是这个人却不笑，他盯着田二伏，你想干什么？你想打架吗？

啊哈哈。

咦嘿嘿。

你想打架，这个人说，我们出去摆场子。

唉呀，一个小姐拉住他的手臂，老板哎，别理他啦，他拎不清的。

先生呀，别跟他一般见识啦，另一个小姐拉住他的另一条手臂，她说，他乡下刚刚出来，老土！

她们这么将他拉来拉去，他的气也消了，算了算了，他说，看在小姐的面子上。

小姐又去推开田二伏，你走开吧，她们说，你走开吧。

咦，田二伏说，我来帮你们的，你们倒这样。

咦嘿嘿。

啊哈哈。

小姐们又笑了，然后她们就不理田二伏了，她们继续做她们的工作，因此歌厅里仍然是这里尖叫一声，那里尖叫一声，然后是说：

下作得来。

野蛮得来。

现在田二伏知道她们没有不开心，她们有这样的声音恰恰证明她们是开心的。田二伏以后还会知道得更多一些，比如说，就算小姐真是不开心了，这事情也不归田二伏管，这不是他的职责范围。总之现在田二伏还刚刚开始在这里工作，一切对他来说还都是陌生的，甚至有时候他偶尔在墙上的大镜子里看到自己，也许是因为灯光昏暗的关系，他会一愣，觉得碰到了一个熟人，但是一时想不起来是谁，后来才想起来，原来就是我自己呀。

晚上来的客人好像不大喜欢多说什么，他们坐下来就要唱歌的，因此点歌的单子一张一张像雪片一样飞起来，小姐来来往往地穿梭也来不及。

快点，小姐。

怎么这么慢呀？

我们点了半天也没有轮上，你们的生意怎么做的。

小姐像蝴蝶一样飞来飞去，给生气的客人送去些活泼。对不起，先生，对不起，老板，她们笑眯眯地微微弯着腰站在他们旁边，有些客人会看在她们的面子上，看在她们美好的身段和微笑的面容分上，消了火气，耐心地等待，反正他们也不会空着闲着的，他们仍然喝着酒，啤酒、红酒、洋酒。因为他们在晚餐的时候已经喝过，现在再喝，就容易过量，过了量，事情就好办了，这是歌舞厅老板最开心的事情，因为如果他们真的喝多了，反而会觉得自己的酒量很大很大，这点酒算得了什么，如果再有小姐说，先生啊，你少喝点吧，身体要紧，他们就会再要一瓶。

先生啊，您不能再喝了。

谁说我不能再喝？

你瞧不起我呀？

于是他们又喝了，点的歌甚至都可以不要唱了，这时候如果他们再邀请小姐陪他们一起喝，那就更理想了。小姐好像是机器人做的，喝不醉，喝不倒，也不像他们这些人喝一点酒就满身的酒气，酸胖气，小姐是兰心慧质，喝多少酒，身上也只有脂粉的香气，但是酒是眼见着它们一瓶浅了，更浅了，没了；再换一瓶，浅了，更浅了，又没了。

一般在大厅里就是这样的情况，这是田二伏的管辖范围。包厢的情况他不太清楚，有时候包厢的门打开了，小姐送吃的喝的进去，田二伏无意地看一眼，也看不太清里边的什么，有一次包厢里有一个人喝得太醉了，又吐又哭，又要打人，又要寻死，小姐没有办法，醉鬼的同伴也没有办法。他们就叫田二伏，田二伏哎，过来帮帮忙呀。

田二伏进去以后，看着那个又哭又闹的人，也是手足无措，他两只手张开着，怎么弄呢，怎么弄呢？

呜呜呜，呜呜呜，那个人声泪俱下。你让我去死，你让我去死，他说。

这不行的，这不行的，田二伏说。

呜呜呜，呜呜呜，活着有什么意思，活着有什么意思，他说。

有意思的，有意思的，田二伏说。

你光说有什么用，你帮帮忙呀，小姐她们也都是手足无措。她们说，田二伏你光说有什么用，你弄呀。

哎呀呀，田二伏头一次碰到这样的问题，他去抱那个人，那个人就踢他，他去扶那个人，那个人挥舞着拳头打他。哎呀呀，哎呀呀，田二伏说。

给他喝茶吧，有一个人建议。

不行的，田二伏说，喝茶更难过，要喝醋。

醋喝过了。

吃吗丁啉。

吗丁啉吃过了。

呜呜呜，啊啊啊，那个人痛苦得不得了。

掐人中。

但是那个人的手挥来挥去，他的身体在沙发上扭来扭去，而且他还不是固定在一张沙发上。他从这一张沙发扭到那一张沙发，像一条上了岸的鱼，一边翻着白眼，一边肚皮一挺就弹起来了，只不过他这条鱼是在包厢的沙发间弹来弹去，把包厢里所有的沙发都揉得不像样子。茶几上的水果点心被他扫到地上，饮料也打翻了一些，所以虽然有人说了掐人中，也有人试图去掐他的人中，但是他们掐不到他的人中。

怎么办呢，怎么办呢？

给他吃安眠药，又有人提议。

吃了安眠药他就要睡了。

不能的不能的，田二伏说。

酒后服用镇静剂要出问题的，有一个人是懂的。

卓别林就是的，后来就死了，田二伏说。

那怎么办呢？

后来经理也来了，经理看了看一团糟的包厢，脸上仍然是笑眯眯的。常有的事，常有的事。他说，田二伏啊，你帮帮忙，把他背出去。

背到哪里去呢？他的同伴有些不放心，有地方吗？你们继续玩啊，经理说，你们放心玩啊。

田二伏就去背那个人，那个人仍然挣扎着。田二伏弄不住他，只好用了在乡下背粮包的办法，把那个人抱起来往肩上一掼，那个人就趴在他的肩上了，他的两只手顺势抱住了田二伏的头，抚摸来抚摸去，他说，我爱你啊，啊啊，心肝宝贝，我真的爱你啊。

啊哈哈。

哦呵呵。

噢嘿嘿。

经理走在前边，田二伏背着一个醉鬼跟在后边，他们穿过大厅的时候，田二伏听见有人在议论。

醉了。

醉了。

人生难得几回醉。

田二伏想问问经理，他们要走到哪里去。但是他看着经理的后背，觉得经理一点也不想讲话，田二伏就没有问什么，反正叫我背到哪里就到哪里了。

这样他们走到厕所了，他们就把那个人放在一只抽水马桶上，让他坐在那儿。经理拍了拍他的肩，喂，他说，到家了，睡吧。

那个人坐在那里已经发出了鼾声。

经理把那扇小门带上，在厕所的角落里拿了一块牌子挂在小门上，牌子上写着：此位已坏，请勿使用。

有人来上厕所，听到里边的鼾声，都笑了笑，他们上完厕所就走出去，告诉他们一起来的人，有个人在厕所里睡着了，还打呼呢。

现在田二伏又归位了，他听到大厅里一堆客人说起醉酒的话题。

有一个人，他喝多了，上汽车，拉开后边的车门，就往后座上一躺，鞋一脱，就睡了。到家的时候，司机说，某先生，到了，他醒过来找鞋，但是鞋找不到了。

他脱在上车的地方了。

他以为上床了呢。

哈哈哈。

后来司机有没有帮他去找鞋呢？那我就不知道了。

还有一个人，也是喝多了，他走出饭店看看天，看到天上有个亮亮的圆圆的东西，他拦住对面一个人问了，先生，请问这天上是太阳呢还是月亮？对面那个人朝天上看了看，看了半天，他摇了摇头说，对不起，我是外地人，我也不知道。

嘿嘿嘿，田二伏笑了起来，说话的那个人回头朝他看看，

别的人也朝他看看，他们一起对他笑了笑。

打架惹是生非的人毕竟是少数，田二伏在无事可做的时候，也会和闲着的服务员说说话了，她们都笑话他土巴拉叽，一口着着实实的乡下话，也不大懂文明卫生，有时候还想随地吐痰呢。其实她们中间有些人也是从农村出来的，只是她们出来比他早一点，她们已经先学会了像城里人一样说话，一样文明卫生，不随地吐痰，哪怕是在没有人看见的情况下，也不会随随便便，所以她们就觉得有责任带带田二伏。

田二伏哎，帮我拉一根绳，我要晒被子。

田二伏哎，帮我修这个台灯。

田二伏哎，我的猫爬到树上去了。

他们的宿舍都在歌舞厅后面的一排平房里，这是老板统一替他们租的，房钱从他们的工资里扣除。这样他们这些人上班在一起，下班也在一起，就容易混得熟。田二伏来了没多长时间，她们就使唤他干这个那个，好在田二伏是助人为乐的，而且反正他除了听听广播，业余时间也没有别的爱好，不像她们喜欢逛街啦，打麻将啦，还喜欢看录像，总之都比田二伏忙。

有一天有一个记者来采访她们，你们这里有许多外来妹，我采访谁呢？他问。

你采访荷叶好了。

她们就把荷叶推出来，因为荷叶年纪稍微大一些，文化也稍微高一些。后来记者就采访了她，并且把荷叶说的话都登在报纸上了。那个采访的事情，田二伏没有碰上，他还没有来呢，但是到报纸登出来的时候，他已经来了，就看到了，那一段采访是这样的：

21岁的荷叶每天要在歌厅上班十个小时以上，每周休息一天，这样算下来，如果不生病，一个月的收入是六百多，还不计客人给的小费。

荷叶和同来的几个小姐妹在邻近租了房子，每月平均摊到每个人头上的房租只有四十多元钱，再加上自己买菜做饭，开销不算大。荷叶说，租房子给我们的人，看起来对我们客气，但是实际上他们还是看不起我们，因为毕竟我们是外地人呀。

不过，这小小的不快并不影响荷叶对城市的热爱。我想我可能不大会回去了，荷叶这么说，家里那么穷，我和我们几个小姐妹都不想回去了，在城里多挣点钱，找个可靠的不算太穷的城里人结婚，把家安下来，以后把父母接过来，让他们好好过完下半辈子。

嘻嘻嘻。

嘿嘿嘿。

她们看到荷叶这么说，就去嘲笑荷叶了。

可靠的。

不太穷的。

城里的。

嘿嘿嘿。

神气的。

高大的。

像张丰毅。

像濮存昕。

其实在她们的笑声里，都隐藏着难为情的意思，她们笑话荷叶的时候，等于是说出自己的心思了。

你们都想到以后的事情了，田二伏说，你们想得蛮远的啊。

总归要想想的，她们说，田二伏难道你不想？

田二伏也会想一想的，但是一想到未来，田二伏的心里就隐隐地触动了一下，那是马小翠。她现在会在哪里呢？

田二伏有老婆的，一个人说。

没有的。

叫什么春的。

不是什么春，是翠，马小翠，田二伏说。

啊哈哈。

啊哈哈。

她们就笑成了一团。

在那张报纸上，关于外来工的采访还有许多，其中还有一个综合分析——是什么影响了进城民工的"去"和"留"？有调查的数据：

一心想留在城里的外来民工——

  18 至 29 岁：91%

  50 岁以上：11%

  女性：57%

  男性：37%

  未婚：65%

  已婚：38%

田二伏把那张报纸压在枕头底下，他觉得自己工作单位的同事上了报纸，他很开心，就把报纸收藏起来，有时候还会拿出来重新看一看。现在他很想给什么人写一封信，告诉他一些事情，但是他找不到写信的对象，他想了想，最后决定以马小翠的名字开头：

  马小翠同学：

    您好。很久没有和您联系了，我现在也进城打工了，

    我在新潮歌舞厅做保安……

他写着写着，又换了一个开头：

  马小翠小姐：

    您好。

    我不知道现在你在哪里，我也不知道我的这封信你能不能看见，

但是我还是想给你写一封信……

田二伏的同事偷看过田二伏写的信，她们不知道田二伏的信是不会寄出去的，她们就捉弄起了田二伏。

有时候田二伏正在收听广播，她们就凑到他的耳边喊一声：

马小春来了。

马小翠，是马小翠。

噢，马小翠来了。

田二伏总是要抬头往外看看，尽管他受过很多次的捉弄，但他还是习惯这样看一看。

上午院子静静的，她们睡觉的睡觉，出门的出门，都没有在屋子里白白地待着。田二伏呢，肯定是在听广播，现在田二伏的业余爱好是受到一些影响的，主要是时间上的限制。从前他在乡下的时候，真是一天二十四个小时都可以听广播的，就算是劳动的时候，甚至是村里开什么会的时候，都可以听听的。但是现在不行了，上班时候肯定是不可以听的，不上班的时候呢，同宿舍的人如果想睡觉，他听广播就会影响别人，所以田二伏去买了一个耳塞，将声音塞到耳朵里，这样就不会影响别人。开始的时候他有些不习惯，总觉得耳朵里胀胀的，不舒服，甚至还有些轻微的疼痛，但是听了一阵以后，这些不习惯和不舒服就消失了，慢慢适应了新的形式，如果他不用耳塞，就会觉得主持人的声音不真切，遥远得很，而且杂杂的，反而不习惯了，只有戴上耳塞，才能够找回听广播时那种贴心的愉悦。田二伏现在正在听着城市频道的生活热线节目，这是他常听不厌的节目，他也仍然习惯做笔记，将听到的有关内容记下来。他的笔记本上的电话号码越来越多，很快就要换新的笔记本了。只不过有一点和乡下不同了，在乡下的时候，老乡们有什么事情，会来找田二伏的，但是在城里却没有人来找田二伏问什么，他们都比他见多识广，他们也会听广播，还可以看电视，而且只要拿一张当天的晚报，上面是什么都有的。所以刚刚开始的时候，田二伏甚至有一点失落感，他仍然像在乡下一样，主动去给别人提供信息，但是别人的信息比他还多呢。

咦，这事情我早就知道了。

噢，那事情我早就听说了。

他们甚至还会指出田二伏信息里的错误和不实之处。

咦，不是这样的，是那样的。

哎，不是那样的，是这样的。

所以田二伏现在虽然依旧能算是一本百科全书，却不大有人来翻他这本书了，田二伏的信息越来越多，却无法输送出去。

田二伏想，城里和乡下到底是不一样的。

田二伏这么想着的时候，广播里正在说一个法律方面的小故事，说有几个警察冒着生命危险奋不顾身抓住了歹徒，但是踩坏了一个人院子里的萝卜，后来这个人就要求派出所赔他的萝卜，他的这个要求，遭到了大家的反对和指责，人家看见他都是指指点点地戳他的背脊骨，甚至他的单位也觉得他给他们丢了脸，就把他开除了。记者去采访他的时候，他就躲起来，他觉得这件事情很难为情……

隐隐的好像有人叫了一声马小翠，田二伏习惯地向外面看看，他就看见有两个男的已经站在了门口。

喂，马小翠在不在？

咦，咦，田二伏一时有些不明白，马小翠，马小翠怎么会在这里？

不在这里能在哪里？两个人中的一个说，他的面相凶凶的，好像很生气。

他们中的另一个是更生气的样子，你想包庇她？休想啊！他说。

你们说什么呀？田二伏说，什么呀？

你想跟我们玩缓兵之计？

我们不会上你的当。

真的不在这里。田二伏说，要是在这里，我的信也有着落了，再说了，要是在这里，我还写什么信呀，天天见面说说话就可以了。他心里这么想着，但是没有说出来。

昨天还在这里上班呢，今天就不在了？骗谁呢。

上班？田二伏这时候把耳塞摘了下来，他听见他们说上班，就更听不懂了，你们找谁啊？

王小香。

喔哟哟，搞错了，搞错了，田二伏笑起来，冬瓜缠到茄棵里了。

怎么会搞错呢？他们说，不会搞错的，王小香就是在这里的，休想逃走。

是在这里的，是在这里的。田二伏很热情了，王小香的熟人，就像是他自己的熟人一样的，你们请坐，你们先坐，这会儿她人不在，不过一会儿就要回来的，你们先坐下歇歇。要不要喝水？喝开水还是喝茶？

他们两个人怀疑地看着田二伏。这个人一会儿咬定不在这里，一会儿又说在这里的，又要叫他们喝什么，他们觉得他在耍什么花招，他们的警惕性很高，不坐，也不喝什么。他们是来向王小香讨回彩礼的，他们中的一个叫铁蛋，和王小香配过亲，彩礼也送过了，是五千块钱，后来他们的事情不行了，就退了婚，但是彩礼没有退。铁蛋叫王小香退，王小香说，那是你自己送给我的，我不退了。

王小香就进城打工了，铁蛋到王小香家里去讨，也没有讨着。王小香家里的人都和王小香的说法差不多。

我们又没有向你们要，是你们自己送过来的。

给了又要讨回去，想好事得来。

铁蛋虽然是乡下人，但是嘴巴也算是会讲的，另外他还有一个表哥做后盾，他们两个加起来，在嘴上也不会吃亏的。

不给彩礼你们肯嫁女儿吗？

给了彩礼你们还赖皮呢。

你想叫我们人财两空啊？

王小香家里人也觉得有点说不过他们了，他们现在已经有一点以退为进了。

没有办法，钱已经用掉了。

最后他们甚至只好出卖王小香了。

你的钱我们又没有拿到，只是看了一眼而已。

实在要讨，你找王小香去讨吧。

铁蛋和表哥就来找王小香了，事情的经过就是这样。田二伏听了这样的事情，心里就想，你们的事情比我还好一些，我连彩礼还没来得及给呢，马小翠就已经走掉了。不过现在田二伏还不知道是怎么回事，他看着这两个人很生气地站在他面前，挂着两条胳膊，也不走，也不坐，也不要喝水，有一点不知所措的样子。他有点同情他们,他想劝劝他们,但是他并不知道事情是怎么样的,所以他无从开口。开始他只是笑眯眯地看着他们,但他们并没有什么反应,后来他想出了一个办法,他把收音机的耳塞拔掉,让声音传开来。

听听广播吧。

他们两个对他看了看。

是萝卜的事情。

他们两个又朝他看了看。

毛病啊。

毛病啊。

他们的眼神是这么说的,但是田二伏并没有读出他们的眼神来。他告诉他们,这是萝卜的故事,有一个人要叫警察赔他的萝卜。

什么东西啊。

他们两个的脸色更难看了,他们认为田二伏是在戏弄他们。他们早已经听说王小香在城里又找了一个对象,会不会就是这个人?看他这种样子,倒蛮配王小香那种样子的。他们两个对视了一眼,又说话了。

你少来这一套。

你别把我们当傻瓜。

你们是不是听说我们要来,故意设计好了圈套?

什么呀。

轮到田二伏莫名其妙了。

问你,什么名字?

问我吗?

不问你问谁?

我叫田二伏呀。

田二伏?田二伏吗?

他们中的一个向另一个看看,另一个想了一想,自言自语地说,田二伏,田二伏?

是这个名字吗?

好像是……好像不是……好像是……

怎么不是呢？田二伏有点委屈的。我明明是田二伏，为什么好像是又好像不是呢？

好，就算田二伏吧，田二伏你是王小香的什么人？

咦，咦咦，田二伏笑起来，他实在觉得太好笑了，什么呀，这个话，怎么反倒你们来问我呢？应该是我问你们的，你们，你，还有你，你们是王小香的什么人？

我们，我们，他们觉得有点尴尬，说不出来。

咦，咦咦，田二伏说，你们连自己是王小香的什么人都说不清楚，你们不会是骗子吧，或者是犯罪分子。

你才骗子。

你才犯罪分子。

那么你们是干什么的呢？

你明明知道的。

你是王小香的对象，你还假装不知道。

咦？

咦什么？他们说，咦有什么用？今天是逃不过的。

田二伏突然觉得脑子有点乱。

田二伏哎，王小香拿了一堆电池来，给你喏。

哎呀呀。

哎呀呀什么呢？像个女人，大惊小怪的，王小香说。听广播费电的，我从前听的时候，两天就要换新电，不换就嘶啦嘶啦的。

是的呀，是的呀。

收起来吧。

你哪来的这么多呢？

偷的。

嘻嘻嘻。

嘿嘿嘿。

她们都笑起来了。

田二伏啊，王小香看中你了。

田二伏啊，王小香帮你偷电池哎。

田二伏啊，你长得像王志文。

像周润发。

嘻嘻嘻。

嘿嘿嘿。

田二伏遐想起这些，就忍不住笑了起来。王小香好是蛮好的，想起她的事情有点甜丝丝的，但是她不是我的对象呀，他想。

那两个人站得有些不耐烦了，他们拖了凳子坐下来，田二伏说，你们喝开水吗？

不喝。

那你们，喝茶？

不喝。

那你们？我有速溶的咖啡。

不喝。

那，总要喝点什么，口干的。

不喝。

他们两个人又看了看田二伏，现在他们慢慢地觉得可能自己的想法出了问题，田二伏如果是王小香新找的对象，他可能不会是这种样子。他对他们很客气，态度也好，还要请他们喝这喝那的，虽然他们不肯喝，但是他们心里也是有点感动的。所以他们慢慢地打消了与他作对的念头。他们调整了一下思路，觉得可以从另一条路重新开始走，他们拿出烟来请田二伏抽。

田二伏平时是不抽烟的，但是如果有人请他抽，他也会抽一根，所以当铁蛋和表哥请他抽烟的时候，他就拿了他们一根烟，像他们一样点起来抽了。几个剑拔弩张的人，一点了烟，紧张的气氛就开始缓和下来。现在他们这里的气氛确实是好多了，他们开始说一些别的话题了。

你们是王小香家乡的吗？

是的。

我猜猜啊。田二伏说，我猜猜你们是来干什么的。

铁蛋和表哥就看着他，看他能不能猜出来。

我猜出来了,田二伏说,你们是想请王小香帮你们找工作。

咦,田二伏的话倒提醒了铁蛋和表哥,他们确实是想在城里找工作的,找王小香讨钱也是真的,但是两件事情都还没有做成,心里难免有点着急。现在田二伏说了这样的话,让他们感到有一点希望了。

王小香能帮我们介绍工作吗?

王小香是不是混得很好啊?

王小香么,田二伏说,要说好也是一般,要说不好,也还可以的吧。

那,他们两个觉得希望又在逃走了,有些泄气,那——

田二伏感觉到了他们的失望和气馁,他心里有一丝丝疼痛,他看着他们沮丧的脸,觉得有点于心不忍,要不,要不,他说,或者我——

什么?

可以帮你们想想办法的。

找工作吗?

找工作呀。

咦咦。

咦咦。

你帮我们找工作啊?

你帮我们找工作啊?

他们的脸上分明写着奇怪和不信任,但是田二伏是感觉不到这一点的,他不是个愚笨的人,但是他的敏感总是往好的方向去的。

可以试试的,田二伏说,我有点把握的。

哎呀呀。

哎呀呀。

你怎么不早说呢?

你怎么不早告诉我们呢?

他们两个激动起来,有点摩拳擦掌的样子了,好像就要上班,也会像田二伏这样穿着神气的制服了。

哎嘿嘿,你原来是领导呀,他们说。

嘿嘿,我不是的,田二伏说。

但是看起来你有点像的,他们说。

我堂叔是领导,田二伏说,他是老板。

所以呢,你是领导的亲戚,所以也有一点像的,他们说。

嘿嘿,别人也有这么说的,田二伏说,不过我自己不觉得的。

现在他们的思路已经走得很远很远了,他们似乎已经把讨彩礼的事情丢到一边,暂时忘记了。

我们其实不一定在乎做什么工的。

我们也不一定要像你这样穿这种制服的。

我们也可以做做一般的活,体力活,什么都可以的。

比如洗洗碗。

洗洗杯子。

扫地也好的。

没有男的做这种事情的,田二伏说,男的只能做保安。

那我们就做保安吧。

田二伏想说好的,我帮你们争取争取,但是他还没有说出来,就有一群女孩子奔进来了,她们一路奔一路叫着。

来了来了。

来了来了。

什么来了呀。

派出所来了。

奔进来的人里就有王小香,她进来看到铁蛋和表哥,她说,咦,你们来了,你们什么时候来的?

田二伏张望着,看着外面,看了一会儿也不见有派出所的人进来,在哪里呢?在哪里呢?他问。

已经走了,他们来抓田老板的,看见田老板在吃面,就抓走了。

啊呀呀,田二伏一急,拔腿往外面跑了,其他女孩子也跟着又一起往外跑,王小香也跑,铁蛋和表哥在后面追着喊:王小香,王小香!

第三章

　　田远富犯了什么事，谁也说不清楚，大家都有点激动，七嘴八舌。

　　是不是诈骗啊？

　　是嫖娼吧？

　　赌博也要抓的哎。

　　田老板一碗面还没有吃完呢。

　　田老板说，你让我把面吃完好吗？但是警察不肯，他们说，走吧。田老板走出去的时候，那半碗面还冒着热气呢。

　　他们在议论的时候，田二伏在一边发着呆，他不知道自己应该干什么，只是觉得心里空空的，好像丢失了什么重要的东西。

　　有一个懂一点的人对他说，田二伏啊，你快去看看田老板吧，现在可能还只是拘留，拘留是可以看一看的，万一一会儿转逮捕了，你看也看不到了，要等到判下来呢。

　　要多少时间判下来呢？有一个女的问，她肯定不是王小香，王小香正和铁蛋及表哥谈事情呢，她暂时不会过来参与他们的。

　　那不一定的。现在田二伏已经清醒过来了，而且他这方面是懂的。他经常听广播，广播里也有法律方面的热线，他们告诉听众，案件如果复杂，或者办得不顺利，从拘留到逮捕再到判刑可能时间会很长的，如果办得顺利，也可能很快就判下来了。

什么又是很长,又是很快?你等于没说,他们说。

因为案情不一样的,田二伏说。

唉呀唉呀,田二伏啊,那个懂一点的人说,你还有心思在这里讲人家的事情呢。

那,那,我到派出所去看他?

你不到派出所你到哪里呢,总不见得到市政府吧。

嘻嘻嘻。

嘿嘿。

有人笑起来,那个懂一点的人瞪了她们一眼,还笑呢,饭碗都敲掉了,等一会儿就要哭了。

但是田二伏不认得派出所的人,他是新来的,在这一带还没有开始混起来呢,他不知道到了派出所该找谁,找了谁又该说什么,大家又七嘴八舌了。

你自己去人家不会理你的。

卵也不卵的。

会把你骂出来的。

这是他们一致的想法,所以他们又积极地给田二伏出主意了。

找王虎带你去好了。

还是洪兵有用,派出所里有他的弟兄。

那还是黄大好,黄大的妹夫是派出所的所长。

副所长。

他又不是这个派出所的。

这个派出所和那个派出所还不都是派出所,他们派出所和派出所之间,等于是一家人,今天你帮我抓这个人,明天我帮你抓那个人,都是这样做的。

这样他们就带了田二伏去找黄大了,黄大倒很爽快,他拍了拍胸,不就是见一个面吗?他说,你跟我走。他就带着田二伏到派出所去,路上认得田二伏的人问,田二伏啊,到派出所去啊?

哎哎,田二伏觉得有点尴尬,难为情,但是黄大倒是风光的,他一路跟人点头、打招呼,是啊是啊,到派出所去。他还给人家派烟,好像碰到了喜事一样。

派出所里人很多,乱糟糟的样子,好多人坐在长凳上排队。黄大又给警察派了烟，警察的桌子上散乱地扔着一根一根的烟，但是警察不抽烟，他看到黄大扔烟的时候，就笑了笑。黄大把田二伏交给警察，他跟警察说了几句，警察看了看田二伏，向他点了点头。

黄大走了以后，田二伏就坐在长椅上排队等候了。

这是田二伏头一回进派出所。这里人多事杂，田二伏觉得很新奇。有一个人正在说照相馆不经他的同意，就把他女儿的照片挂出来了，弄得人家都说他的女儿是什么什么。不过他不是在向警察诉说，而是向和田二伏这样的到派出所来等候办事的人说，因为警察都在忙着，暂时还没有轮到他向警察说话呢，他可能性子急，等不及，就先向别的人说了说，人家听了，就七嘴八舌地议论起来。

挂出来也好的呀，等于给你女儿做免费广告呢，有一个人说。

我干什么要做免费广告，他有点生气，我女儿又不是做生意的。

叫他赔钱好了，又有一个人出主意。

叫他赔的，他不肯呀，这个人说，所以才来找派出所。

这个事情不归派出所管的，田二伏说，他是十拿九稳的口气，你去找消协好了。他从这个人的脸上看出来，他可能没有听懂，所以又加了一句，消协就是消费者协会。

咦，有一个人看看田二伏，你怎么知道？

我听广播的，田二伏说，广播里的法律热线节目。

那个人哼了一声，有点生气的样子，广播里的东西没有用的，他说，我上过当的。

他们说话的时候，有一个警察过来拍拍田二伏的肩：新潮歌舞厅的？

是的是的，田二伏赶紧跟他过去了。

你怎么来的？警察说，我们还没有传唤你，你怎么已经来了？

咦，我就来了呀，田二伏说，我是要来看看——

他的话没有说完，哄哄地，从外面拥进来乱七八糟的一大群人，有一个女人在尖叫：杀人啦，杀人啦！另外一些人吵吵闹闹，七嘴八舌，听不清他们到底说的什么，后来有一个警察用力地拍桌子，才把他们拍静下来。

干什么干什么，警察说，以为这里是居委会啊？

你这话不对的，一个老太太说，居委会就可以吵吵闹闹吗？

唉呀呀，警察说，王主任啊，先把事情说清楚好不好，杀什么人了，杀没杀呀？

就是呀，田二伏也附和着说，总要先把事情说一说的，如果真的杀了人，警察要马上去现场的。

老太太瞪了他一眼，你新来的？新来的没有调查就没有发言权。

我不是新来的，田二伏说，我不是派出所的，我是来派出所办事的。

老太太警惕地打量他，上上下下地看了又看，你不是警察啊，那你管什么闲事？

趁老太太纠缠田二伏的时候，警察撇开她，去问吵架的两个主要人物，他们是一男一女。

是夫妻两个，有一个跟来看热闹的人说。

放屁，那个女的凶巴巴地说，你放屁。

咦，这个人有点气，你们不是夫妻吗，你们不是夫妻怎么住在一个屋子里的？

那么你是谁？警察问这个人。

咦，关我什么事，关我什么事，怎么问我呢？这个人往后退了退。

活该，女的有点幸灾乐祸的，谁叫你多管闲事？

我是邻居呀，这个人说，怎么是我多管闲事呢，榔头是从我家借去的，假如真的出了事情，我算什么呢？

后来总算弄清楚了事情的经过，一个男人回到家，发现门锁已经被老婆换了，他进不了屋，就在街上大吵大闹，吵了一会，就跑到邻居家去了。

喂，借把榔头。

喔哟哟，邻居说，干什么呀，杀气腾腾的。

这个人拿了榔头就去砸门了，在他把门锁砸开来的时候，一个女人奔了过来。住手！她说。

她就是他的老婆，她拿自己的身体去挡住门，你不能进去。

咦咦，男人开始冷笑了，这是谁的家啊。

我的家。

那么我是谁呢？

我不认得你，你跟我没关系，他的老婆说。

啊哈哈，大家都笑起来。

笑什么笑，他的老婆说，我们已经离婚了。

没有离呢。这个男人说，办是在办着呢，还没有拿到离婚证呢，怎么算离了呢？

咦，老婆说，你没有拿到，我拿到了；你没有离婚，我离婚了。所以这个房子，你不能进去了，你进去我就告你私闯民宅。

他的老婆拿出了一张离婚证书，给他看看，你看看啊，你看看清楚啊，是不是我们两个的名字啊？

咦咦，这个人看了看，果然是他和他老婆的名字。他有点疑惑了，这算什么？

原来是已经离婚了啊。

大家都这么说，这个人的脸红了起来，他是因为生气，也因为委屈。他说，是不是只要一个人拿到了离婚证，就算离婚了呢？

现在他们站在派出所里，他的老婆手里仍然拿着那张离婚证，她对着警察扬了扬，你们看看啊，这是什么？

警察是有点生气的，现在的人，不管什么事情，动不动就叫警察，好像警察是随随便便就可以叫的。有一个人修摩托车修得不满意还打110，叫警察去批评修车工，警察也是忙够了。

所以警察生气地对他们说，走走走，结婚离婚，找街道去啊，找居委会去啊。

咦咦，居委会的老太太又有意见了，你这是什么话？现在不是结婚离婚的事情，现在是谁能判定他们到底有没有离婚。

后来有一个人就站出来说话了，不算的。他庄严地说，一个人是不可以领离婚证的。这个说话的人是田二伏，田二伏说，这是法律规定的。

他这么说了，人家都朝他看看，那个要离婚而未离的男人也朝他看看，你是谁？他问，你是法院的？

我不是法院的，田二伏说，但是我知道法律的，一个人单方面是不能决定婚姻关系的，结婚不可以，离婚也不可以。电台里的法律热线节目，经常有这样的内容，你们可以听听的。

他们又朝他看看，有一个人说，这个人是谁？不认得的。

外地人。

农民工。

犯了事被搭进来的。

自己犯了事，还管别人闲事。

我不是的，田二伏说，我不是的。

但是没有人理他，他们只是随便地说了说，又继续去看夫妻吵架。警察这边呢，因为已经知道并没有发生杀人事件，也就不去理睬他们了。警察只是把他们安顿在靠边一点的地方，让他们继续吵。可是人家夫妻吵了吵，就不想再吵下去了。那个老婆说，唉呀，算了算了，少在外面丢人现眼了，回去说吧。

回去说回去说，丈夫说。

他们走出去了，他们的邻居在后面喊，榔头，我的榔头！

榔头还捏在那个丈夫手里，他把榔头还给他，喏，你的榔头。

他们就这么出去了，看热闹的人也散了，田二伏有点意犹未尽的感觉，因为关于婚姻的法律知识，他还有很多很多呢，他还没有来得及说出来，人家就已经不要听了。田二伏本来以为事情是要往激烈的方向去的，弄得不好甚至会打起来，但是没有想到他们却又心平气和了。田二伏觉得城里的人有时候是有些不可思议的，要是在乡下，就不一样了。

现在派出所里安静多了，警察也终于有时间来问一问田二伏了。他们一个人问，一个人记录。

叫什么名字？

咦？

咦什么，叫什么名字？

叫田二伏。

新潮歌舞厅的保安？

是的。

干多长时间啦？

蛮长的了。

那么问你啊，警察说，老老实实回答啊。去年十二月五号晚上，是不是有个李先生到你们舞厅去的,他长得什么样?个子有多高?……

唉呀,我不晓得的,田二伏说,十二月五号我还在乡下老家,我还没有进城呢。

两个警察你看我一眼,我也看你一眼,他们不相信他。不就一个多月前的事么,你怎么还没进城?你不是说干蛮长时间了吗,蛮长是多长?两年,三年?

没有的,没有的,田二伏说,我是上个月来的。

搞什么搞,警察说,你是新来的?

也不算新的了,有一个多月了,田二伏说,我已经熟悉工作环境了。

搞什么搞?记录的警察看看问话的警察。

搞什么搞?问话的警察也看看记录的警察。

走吧走吧,他们一起对田二伏挥了挥手。

咦,咦咦,田二伏说,怎么叫我走呢?我是专门来找你们的,你们忘记了啊,是黄大领我来的。

警察这才回想起黄大是来过,是拜托他们事情的,现在才记起就是这件事情。想看田远富啊?他们问。

是的是的。

看吧看吧,他们说,有什么好看的。

田远富从铁栅栏里看到田二伏来了,就呜呜呜地哭起来了。警察向他看看,说,哭什么哭?

我伤心呀,田远富说,我难过呀。

早知今日何必当初。警察又对田二伏看看,喂,你掌握时间啊,少说几句,事到如今,说什么也是废话了。

呜呜呜。

哦哦哦。

啊啊啊。

田远富发出各种不同的哭声,田二伏想劝他也不知怎么劝法。叔叔啊,他试了试说,叔叔啊。

哎,田远富答应了一声。

叔叔啊,我听他们说,你一碗面还没有吃完呢,就抓起来了。

是的呀，是的呀，田远富已经不再哭了，他听到田二伏说面，眼睛里发出了光，刀师傅那碗面真是没得说，没得说，他咂着嘴，仍然是津津有味。

叔叔啊，等你出来再去吃啊。

呜呜呜。

啊啊啊。

田二伏一说，堂叔又哭起来了，但是并没有持续多长时间，他又提到刀师傅的面了。二伏啊，他说，你叔叔走南闯北到过许多地方，吃过许多好东西，但是呢，比来比去，都不及刀师傅这碗面的呀。

噢。

二伏啊，叔叔也没有什么好东西给你，叔叔只告诉你一句话，你记住啊。

我记住的。

一个人啊，别的方面可以马虎，吃的方面一定不能马虎，别的方面可以将就，吃的方面决不要将就，听到了没有？听到了。

听懂了没有？听……就是告诉你，食要精啊。宁可不吃，也不要吃孬的。

噢。

这样我就放心了，田远富点了点头，看起来他放心多了。后来他又说，我要是放出去了，我还是要在城里的，乡下没有这样好吃的面啊。

叔叔啊，你什么时候放出去啊。

呜呜呜，田远富又伤心了，呜呜呜。

叔叔啊，你犯的什么事情啊？

这个么，田远富神秘兮兮地压低了嗓音，二伏啊，你不要问我，我不好说出来的。

那那，那。

我可是大案子啊，田远富说，人家看相的人早就给我算过了，要不就是大富大贵，要不就是大苦大难。

那……

田远富抹了抹眼睛，二伏啊，你要是回去，可别去告诉村里人啊。

但是，但是人家要是问起你来呢？

你就说我到外地去了。

哪里的外地呢？

就说是南方好了。

去干什么了呢？

去做大生意呀，南方生意好做，我生意做大了，就到南方去了。

南方哪里呢？

南方哪里吗？就说深圳好了。

深圳吗？

不吧，还是不说深圳，说海南吧，海南生意更好做哎。

海南现在叫海口了。田二伏说。

我知道叫海口的，田远富说，我是说惯了口，没有改过来。田远富说着，不由自主地点了点头，脸上有些向往的神色，他的思想好像已经到了海南那一片热土了。

那那，田二伏说，叔叔啊，那你到底什么时候放出来呢？

田远富嘴一咧，又要哭出来了。这时候警察已经过来了，时间到了，走吧走吧。

田远富指了指警察，你要问他的。

警察啊，田二伏说，我叔叔什么时候放出来呀？

你要问他的，警察指指田远富。

田二伏回到新潮歌舞厅的时候，他们正好在贴封条，封条上有一个大红的印章。田二伏想过去看看是什么印章，被他们赶开了，他们说，走开走开，封条有什么好看的。

田二伏往住的地方去，走到一半，就碰到了二毛，二毛背着点东西，慌慌张张，像是逃跑的样子，田二伏说，二毛你干什么？

二毛说，房东正在找人呢，田老板没有付他房钱，他见谁就盯着谁要。

咦，田二伏说，这没道理的。

就是呀，二毛说，所以田二伏你也不能过去，他看见你，肯定要缠住你的，他要问你要钱的。

我不会给他的，田二伏说，我也没有钱。

我不管了。二毛说，刚才我进去，他就守在门口了，我是跳窗子出来的，你不相信你回去看好了。

他们人呢？田二伏说。

谁们呀？

咦，王小香啦还有他们。

唉唉，二毛说，都走掉了，留在这里有什么用？

怎么这样呢？田二伏心里有点难过，怎么大家说走就走了呢，告别也没有告别，再见也没有说一声，真是树倒猢狲散了。

那么二毛，田二伏说，你要到哪里去呢？

二毛也不知道。我不知道，他说，我也不知道。

你住到哪里去呢？

我不知道。

你回家去吗？

不回家。二毛说，城里到底好的，我喜欢城里。

我也是的，田二伏说，我也喜欢城里的。

田二伏后来没有听二毛的话，他到底还是回过来了一趟。他回过来的时候，他的收音机还开着呢，但是因为开得时间长了，电池不足，声音又嘶啦嘶啦了。电台正在播报空气质量指数，还有紫外线，希望大家注意防晒之类。田二伏听这种节目的时候，他的心里总会感动。城里到底好的，他想，城里人的生活就是这样，总是有人关心他们，乡下就没有这样。

房东坐在他家的堂屋门口，他是看见田二伏进来的，但是他却没有过来向田二伏讨钱，他只是对他翻了一个白眼，没有说话。田二伏倒有些奇怪了，他想去问问他是不是有人把房钱付了。但是房东看出来他想过去，就要起身进去，把门关上。

哎，田二伏忍不住叫了一声。

怎么？那个房钱，田二伏说，是不是有人付了？

付了，房东说，谁付，你付？

我不付的，田二伏说，我不会付的，房子又不是我租的。

既然你不会付，我跟你啰唆什么。房东说着就进去关了门，让田二伏面对着他的门发了一会愣，有一点想不明白了。

院子里有几只麻雀飞下来，找了找吃的东西，又飞走了。房东家的一只猫走在旁边看了看田二伏，过了一会儿它也走开了。田二伏心里空荡荡的，脑子里也是空荡荡的。他不知道现在他该做的第一件事情是什么，后来还是收音机的声音提醒了他，我还是先去买两节电池，他想。

田二伏虽然来这里的时间不算长，但是因为他三天两头要来买电池，小店里的人也认得他了，他们都知道了歌厅的事情。他们问他，你怎么弄呢？我还没想好呢，田二伏说。

你要回乡下去吗？

我不回去的。

还是要在这里找工作的，小店里的人说，反正现在城里大部分的活都是你们农民工做的。

是呀，小店里的其他人也说，是呀。

你们算算，一个人说，现在我们从早晨起来，到晚上，一天当中，要碰到多少外地人在做的事情啊。

是呀，另一个人说，早晨出去吃点心，大饼油条都是外地人来做的。

到饭店吃饭服务员也是外地人。

你要买件衣裳穿穿，卖服装的也是外地人。

小菜场卖菜的也是外地人。

做保姆的是外地人。

造房子的。

打扫卫生的。

踏黄鱼车的。

摆地摊的。

修水管的。

咦咦，他们说，想想也真是的，多少行当给外地人占领了呀。

农村包围城市呀。

虽然他们的话鼓励了田二伏，但是他的心里仍然是忧伤的。他回去的时候，特意绕道到歌厅门口。再见了，田二伏在心里说，再见了。他这么想着的时候，就有人在后面拍他的肩，嗨，田二伏啊。

啊哈哈，小勇，啊哈哈，桂生，田二伏真是有点意外的惊喜，是你们两个。

田二伏，你在这里做什么呢？

啊啊，田二伏说，我走过，随便看看的。

看看，这个有什么好看的？小勇说，走吧，走吧。

跟你们走吗？

跟我们走呀。

到哪里去呢？

喝酒呀。

嘿嘿，田二伏说，你们去喝酒？

小勇和桂生看起来都很爽，桂生说，今天我们涨工资了，要庆贺的，所以去喝酒。

他们来到街头的大排档。他们要的是啤酒。小勇一要就要了十瓶，大排档的老板是个中年人，长相有点老，他也是外地口音，但是田二伏听不出是什么地方，反正跟他们的家乡不近的，因为口音的区别比较大。老板看着他们，酒量真好，他喜滋滋地说。

他们看着大排档的老板把十瓶酒搬到桌子上堆成一堆。田二伏说，你们不喝白酒吗？

不喝，小勇说。

啤酒胀肚子，田二伏说，其实是白酒爽气。

白酒不喝的，小勇又说。

他们就开始喝啤酒了。喝了一会儿，桂生就去方便，过了一会儿田二伏也要方便了，他说，啤酒真的胀肚子。

我就不要去的，小勇说，我不用去的。

你憋得住啊，田二伏向小勇看了看。

憋不住我吹什么牛？小勇指指桌上的酒，这些都喝了，我也不用上的。

田二伏惊讶地看着他，不过这惊讶并不是不相信。但是小勇也许以为他的惊讶就是不相信，所以小勇说，你不相信，不相信我们就打个赌，怎么样？

赌呀赌呀，桂生说。

嘿嘿嘿，田二伏笑起来，我相信的，我没有不相信啊。

老板在边上看了看他们，这时候，也到凳子上坐下来了，小勇说，老板也来一杯。

老板就拿了个茶杯，也倒了一杯啤酒喝了喝。他不像小勇他们那样一口灌进去，而是有层次的，分批分批地下去，看见他的喉骨一动一动地动了几下，一杯酒就没有了。

嘿嘿，老板抹了抹嘴巴。

厉害，厉害，田二伏说。

他们继续喝啤酒，菜是一个一个上来的，有炒肉丝，有一条红烧的鱼。田二伏吃了吃，就想起堂叔的话了。

二伏，你记住啊，别的方面可以马虎，吃的方面一定不能马虎。

田二伏想着，想到堂叔现在还在铁栅栏里边关着，不要说不马虎的东西了，就是马马虎虎的东西，也不知道有没有得吃呢，想着就不由得叹了一口气。小勇和桂生朝他看看，他们也没有问他叹的什么气，倒是那个老板看着田二伏，似乎看出了一点什么。

你怎么不吃呢？老板问。

田二伏吃了一口。

不好吃吗？

田二伏又吃了吃，觉得鱼有点腥气。鱼有点腥气，他说，酒放少了，葱姜也放少了。

咦咦，桂生也朝田二伏看了看，你倒懂吃的。

这有什么，老板说。烧鱼么就是这两条，酒啦，葱姜啦，别的还有什么呢？

那还有火候呢，田二伏说。他这会儿想起生活热线的介绍来了，一想就想起了许多东西，比如煎鱼的油，要烧到多少度，也是有讲究的。

这倒是的，桂生说，我妈烧鱼的时候也是这样的，油太烫了，鱼皮要焦，油太不烫，鱼肉不透的。

啊哈哈，老板笑了，有一点不以为然，有一点嘲讽，那我还要用温度计伸到油锅里去量一量啊。

那倒不用的。田二伏说，主要是凭经验呀，比如你第一回下锅早了，第二回就晚一点，第二回晚了，第三回再早一点。

有一回我是晚了，老板说，锅子都烧起来了。

那也不要紧的，田二伏说，把锅盖一盖就可以了。

说是那样说呀，到时候一看见火起来，都吓得乱叫，还锅盖呢，明明锅盖就在手边，但是慌得根本就找不着锅盖了。

没有锅盖拿菜倒进去也有用的，菜一倒进去，火就灭了，田二伏说。

根本想不到菜了，老板说，乱七八糟地就拿了块抹布扔进去。

哎呀呀。

抹布扔进去就烧得更厉害了，老板说，唉嘿嘿，弄得不像样子了。

看看你也蛮利索的样子，怎么会这么抓手抓脚的，小勇说，做饭店的这样做法怎么来事呢？

这是看家本领呀，桂生也说。

基本功呀，田二伏也说。

又不是我，老板一副与己无关的样子，又不是我，是她，他顺手指了指在屋檐下锅边做菜的女人，我老婆呀。

女人好像听到他们说了话，又好像没有听到，她向他们看了一看，但是她的脸是没有表情的，既不笑，也不不笑，然后她又回头去弄菜了。

你帮她做做下手嘛。

我帮她做下手的呀。

其实呢，田二伏说，其实真正能做出好菜来的，还是男人呀，你看看人家大厨师，都是男的哎。

喔哟哟，老板笑起来，你叫我弄我是弄不起来的，你叫我弄菜等于要我的命了。

叫我弄我也不行的，小勇说。

我也不行的，桂生说。

我也——田二伏还没有说，他们就打断了他的话。

田二伏行的。

田二伏行的。

田二伏懂那么多，油啦酒啦，还有葱姜啦，肯定行的，他们一边笑一边说，其实是在笑话田二伏。

他们又继续喝了，现在十瓶酒只剩下两瓶了，正在开最后第二瓶的时候，有一个街上的女人手里抓着个勺子慌慌张张地奔过来了，来了来了，她说，来了来了。

她一边说着一边奔过去了。

他们往某个方向一看，知道是市容队来了。老板脸色有些沮丧地说，完了完了，今天一天又白做了。

逃跑是来不及的，因为市容队就在眼前了，是三个人，他们似乎是排成一排并肩走在街上。他们的眼睛左边扫一扫，右边扫一扫，都是横扫的，因为他们并不把头扭过来扭过去，街的两边，会有许多归他们管的事情，老板就紧紧地跟随着他们的眼光。现在他们的眼光已经落到老板的大排档上了，落到他的桌子、凳子以及放在人家屋檐下的炉子和锅上，现在就连小勇和田二伏他们也跟着紧张起来。当然他们不是为自己紧张，他们是为老板紧张，虽然他们只是老板的一个顾客，他们在这里喝酒吃饭是要付钱给老板的，一分也不能少，但是既然他们坐到了老板这个桌子上，好像跟老板也有点沾亲带故了，老板的事情他们也不能不关心了。所以现在他们也都紧张地看着那三个市容队的人，看他们怎么来处理老板的大排档，等到他们开口的时候，小勇和田二伏他们甚至可能出面替老板说几句情的，不管说情有没有用，能不能说得上，他们总是要说的，就像市容队里有他们的熟人。

处理的方法一般有几种，文明一点，他们可以让老板把东西撤走，是立刻马上的，不能拖延的；再稍微严厉一点，就是在老板撤走东西的同时，罚他的款，罚多少，也是他们自己说了算的，虽然有政策规定可以参照，但是最后的政策总是在他们嘴里的。如果这几个人今天心情不好，办事不顺，或者被领导批评了，或者和老婆吵架了，他们就会不大文明，他们会把火发到老板身上，把他的东西全部砸了，或者至少是弄一辆车子来把老板的全部家当扔到车子上，拖到郊区的什么地方烧掉，那样老板损失就比较惨重，所以老板他们现在的全部精力都集中在三个人的嘴巴上，看他们嘴里说出什么来，因为他们一说出来就是法律，一般的人是没有能力让他们改判的。

就这样老板和田二伏小勇桂生他们都等待着，前边一点的位置上，已经有人望风而逃了，他们乱七八糟地嚷着：来了来了，快逃呀。

老板知道自己是首当其冲，所以他一开始就放弃了逃跑的想法，反正伸头一刀缩头也是一刀，索性等着那一刀吧。

但是奇怪的是那一刀始终悬在他们的头上，一直没有砍下来，那三个人这边扫几眼，那边扫几眼，分明也是扫到了老板的摊位上的，而且目光停留的时间还不短呢，足足有几秒钟，但是然后他们就走过去了。他们并没有停下脚步来宣布他们的决定，甚至眼睛里也没有表示愤怒的神色，好像他们看到的东西并不归他们管，并不是在他们的职责范围里的，所以他们就若无其事地走过去了。

丢下老板还有田二伏他们张大了嘴，愣了半天。

咦。

咦咦。

咦咦咦。

他们下班了？

可能的。

现在放开不管了？

可能的。

咦。

咦咦。

前边位置上望风而逃的人也纷纷回来了，他们一边整理着逃跑时丢得乱七八糟的家当，一边欣喜地相互打探。

怎么了？不晓得呀。

因为谁也说不清楚，他们就瞎猜猜了。

会不会是什么什么了。

可能怎么怎么了噢。

是不是那个什么呀。

他们的猜测是没有结果的，事实上那三个人已经走远了。他们走得既不慢又不快，但毕竟是一点一点在往远处去，一步一步地离开这条街。现在大排档的老板脸上看起来已经有点轻松了，但仍然是存着一丝疑虑的。

会不会杀回马枪啊？啊啊。

大家都朝着那个方向看，看他们是不是又回来了，但是他们没有回来，到底是没有回来。

喔哟哟，老板长长地叹出一口气，像女人一样，有点做作，但确实也是一场虚惊以后的那种放松，所以虽然有点做作，却也是真实的。反倒是他的老婆并不怎么动声色，她一直也没有说什么，脸上仍然是没有表情的，她只是停止了炒菜而已，现在她又开始炒菜了，只听见滋溜一声菜又下锅了。

现在小勇他们也又重新喝酒了，经过这一场风波，好像前边的酒已经发散掉许多，肚子也不再胀鼓鼓的了。他们又喝的时候，酒下得更顺畅了，这么喝着喝着，他们看到街上走过一个女孩子，身材很好，但是他们没有来得及看见她的脸，在她走过以后他们才注意到她，那已经只是她的身材了。

城里小姐，到底长得好看。桂生说。

嘿嘿，田二伏笑了，他心里是赞同桂生的说法的，只是嘴上不大好意思说出来。

这个人又不是城里的，老板说，她也是外地来的。

是哪里的呢？

那我就不晓得了，我也没有问过她，我只晓得她是在前边美容店做的。老板说。

就是那个美容店吗？田二伏指了指。

老板往那边看了看，就是的。

其实可能他们一个没有指对，另一个也没有看对，反正也无所谓的，只是随便指指说说。

就算她是外地的，也变得像城里的人了，就像是城里人了，桂生嘀嘀咕咕的。他仍然盯着她的背影，尽管她已经走得很远了，桂生还是一直看着她。

田二伏和小勇也看着的，老板也看着的，但是他们各人的看法都不太一样，田二伏是比较含蓄的那种，似乎是要把喜欢放在心底里，因此脸上只是微微地笑，心里是甜丝丝的；而小勇则是有一点傲气的，他的意思好像是说，就算好，也好不到天上去，我也不是没有见过好的，小勇是这一层的意思；而老板呢，又是另外的一种了，他也看着她的背影，只是他的思想是不能暴露的，他是在想，唉，我老婆要是有这样的身材就好了呀。

你们说是不是,桂生还在继续他的思维,你们说是不是,就算她也是乡下出来的,但是她肯定到城里的时间长了,变得像城里人了,你们说是不是?他们说着一个陌生的女孩子,后来就联想到与他们自己有些关联的事情了,小勇和桂生就想起了马小翠。

喂,桂生说,田二伏,我们看到过马小翠的。

田二伏的脸一下子就红了,他有些答非所问地说,我没有碰见她。

不过马小翠没有跟马子平在一起,桂生说,我们没有看见马子平。

嘿嘿,田二伏说,马子平跟我同班的。

我们也没有问马小翠,桂生说。

桂生说这些话的时候,小勇就一直在抽烟,烟雾几乎笼罩了他的脸孔,使别人看不清他的脸。其实别人也并不想要看他的脸,只是好像他自己要把脸藏起来似的,好像马小翠本来不是田二伏的对象,而是他的对象,所以他的脸有点挂不住的样子。

老板是不知道他们在说什么的,他只是拿了他们的酒又喝了一杯,喉结鼓动了几下,酒杯又空了,酒瓶也快空了,他看了看空酒瓶,就问小勇,要不要再来?

他可能看出来小勇是他们三个人中间比较重要的一个,所以他是看着小勇问的。

不了,小勇说。

不了就不了,老板也是想得开的人,他拿起酒瓶将最后的酒倒给了自己,发财酒,他说,发财酒好的。

要发财么,小勇说,这样做不行的。

小勇的话也启发了田二伏,他觉得自己半天没有说话了,也应该积极地出一点主意,他说,要开一个像模像样的饭店才好。

老板的老婆自始至终都没有说话,也没有表情,但是现在听到田二伏的话,她就突然地"咦"了一声,而且是很响亮的,他们都听到了她的声音,就都朝她看了。她的脸上现在是充满了光彩,笑意也出来了。

我一直这样跟他说的。她说的他,当然是指老板。

他们又朝老板看看。

我这个人，老板说，马马虎虎的。

有一个人骑着黄鱼车慢慢地经过，他看到老板就喊了一声，王才，要不要进一点啤酒、饮料？他们这才知道这个老板姓王，王老板。

王才说，要就要一点。

那个人就停下来，从车上往下搬啤酒和饮料，他大概恨不得搬下来很多很多。但是当他熟门熟路地将东西搬到应该堆放的地方时，他呀了一声，呀呀，他说，你这里还有这么多呢。

王才说，要是生意好起来，吃吃也快的。

还是自己开个饭店的好，田二伏刚才说的话，好像是受到了一些重视，至少王才的老婆一直不说话，因为他的话，她才开口了，甚至还笑了。田二伏受到鼓励了，他又说，打游击是没有出路的，租一个店面好了，市口要好一点，饭店和别的店不一样，市口很重要的。

咦，哪个店市口不重要呢？桂生说。

那倒也是，田二伏说，不过你要请厨师，厨师要请好一点的，关系很大的。

他们在说话的中间，感觉到一个堆杂物的地方有一点动静，起先他们谁也没有在意，他们仍然在随便说说，是田二伏注意看了，他看见那里钻出一个小孩来，睡眼蒙眬地站在那里。王才的老婆这时候头一次放下手里的勺子，抓了一块牛肉给他。

睡醒了？

睡醒了。

因为田二伏在看小孩，小孩也就盯着他看了看，田二伏看出来小孩是斗鸡眼，他想笑，就对着小孩笑了一笑，小孩也回报了他一个笑，那是一个斗鸡眼的笑，笑的时候，两个眼睛的黑眼珠完全并在一堆了。

小孩一边笑着，一边就到田二伏身边，他倚着田二伏，把田二伏的酒杯拿到自己嘴边，喝了几口，酒溅在他的嘴边，他用自己的小手擦了擦，又拿手往田二伏的衣服上擦了擦。

几岁了？

五岁，王才说，他满意地看着自己的儿子，五岁了，才长这么一点个子。

一个孩子吗？

怎么会呢？王才说，我这么老了，这个小孩这么小，看看也不可能呀，我的老大老二，都二十出头了，他又看看田二伏，像你这么大了。

是女儿啊？

没有女儿的，王才说，有女儿倒好了。

小孩现在爬到田二伏的腿上了，田二伏的嘴边可能有什么菜的痕迹，小孩用手抹他的嘴。

他们都笑起来。

咦咦，和田二伏有缘啊，小勇说。

好像认得的，桂生说。

我家的儿子，王才说，就是这样的，从来不认生，我跟他说的，你这样，让拐子把你拐了你也不知道的。

嘿嘿嘿，大家一起跟着王才笑了笑。

拐了去做人家的儿子喽，桂生说。

小孩只是爬在田二伏腿上，他又在弄田二伏的头发，把田二伏的头发弄得一根一根都竖起来了，他自己左看右看的，咦，咦咦，小孩嘴里发出奇怪的响声。

田二伏盯着小孩的斗鸡眼看，越看越觉得好玩，他一直想笑，但是忍住了。他觉得嘲笑一个小孩的斗鸡眼不大好，而且小孩对他这么亲，好像是他自己的小孩一样，他不好嘲笑他的。

后来他们酒足饭饱，可以结账走路了，账是小勇结的，这一点王才的眼光是准的，小勇是有一点领导的派头的。而事实上，小勇到了工地不久，真的已经做了一个小头头了，管着几十个人呢。所以现在他结了账，站起来对田二伏说，田二伏，走吧。

田二伏愣了一愣，他们这样的喝酒，又经过市容队的惊吓，议论别的事情，再后来是小孩出来，过了这么些时候，田二伏几乎有点忘记堂叔的事情了，也忘记了歌舞厅被封，自己已经没有工作了。在他的感觉上，他一直是和小勇桂生他们一起的，他们是一伙的，是老乡，是同事。所以当小勇叫他走的时候，他就很自然地哎了一声。

田二伏要站起来了，但是小孩仍然坐在他的腿上。田二伏说，你下去，我要走了。

小孩就滑了下来，却又去牵了他的手。大伙又朝田二伏笑了。

你要跟他走吗？

嘻嘻。

你不好跟我走的，田二伏倒有些急了，我不好带你走的。

他们又一起笑起来了，王才说，老实人，他是个老实人。

小孩从什么地方拿出一颗糖来，糖纸已经和糖粘在一起了，剥也剥不开，小孩是要给田二伏吃的，但是田二伏看了看，恶心，他说。

小孩咯咯咯地笑起来，他的手往自己头上抓了抓，抓住了什么，去给田二伏看，田二伏看了看，他的头发里居然也粘着一颗糖，真恶心，田二伏说。

嘻嘻。

王才也在一边跟着笑，一边笑一边说，小死人，小死人。

小勇和桂生看田二伏仍然在和小孩子嘻嘻哈哈，他们有点等急了，就说，田二伏，你到底走不走啊？田二伏赶紧向王才挥挥手，跑过去了。

其实事情是很明显的，小勇和桂生听说了田远富的事情，他们是来帮助田二伏的。只是桂生不如小勇这么沉得住气，这么替人着想，他也算是熬了半天了，但是熬到最后还是忍不住要说出来，田二伏啊，桂生说，你堂叔到南方去挣钱了啊。

咦，你怎么知道的呢？田二伏说。

歌舞厅换了老板啦。

咦，咦咦，你知道的。

你就下岗了吧。

咦，田二伏想，这是我准备编出来骗他们的话，他们都已经帮我编好了呀，这是怎么搞得呢？

第四章

那天田二伏跟着小勇和桂生来到他们的工地上。本来事情是很清楚的，小勇和桂生知道了田二伏的事情，就想来帮他一把，他们毕竟是一个村里的，都是出来打工的，今天你帮我，明天我帮你，这个道理是不用别人教的，他们天生都懂，只是田二伏还不好意思承认他堂叔出事了。小勇和桂生是了解他的，所以他们也不去戳穿他，他们决定带田二伏去见工头。

他们一边说着话，一边就往工地上来了，这个工地在比较密集的居民居住区，属于旧城改造的范围，也就是要拆了旧房子，在原来的地方造新房子，所以他们这些外来的民工，等于是和当地那条街上的老居民做了邻居了，他们就生活在他们中间，这样比较特殊的情况，使得他们的举止言行也会收敛和文明一些，要不然居民要骂他们的。

居民骂他们的口头禅一般有这样几句：

外地人。

乡下人。

野蛮。

拎不清。

最多也就这些。你叫他们骂得再厉害一点，他们也做不到，除非你真的惹火了他们。

现在小勇桂生带着田二伏穿行在老街上。正是下晚的时候了,老街上人来人往,买菜的,接孩子的,下班的,熙熙攘攘的。一个妇女的自行车后座上带着一个孩子,孩子坐得不安分,扭来扭去的,妇女可能车技也不怎么样,所以车子也扭来扭去了,一会儿就掉了下来,不过因为骑得慢,掉下来也没有什么。那个小孩还在笑呢,但是妇女有些恼火,她瞪了小勇他们一眼,就说,乡下人,会不会走路?

咦,桂生说,你什么事情?

什么什么事情?妇女撑着车子拉着小孩,对他们说,你们几个横排在路上,叫别人怎么骑车?

他们是有些横排着走的意思,因为他们一路走一路在说话,所以虽然不是很平整的一排,但毕竟算是并排着在往前走,现在既然妇女有意见,他们就分开了一点,走成前前后后的样子,这样妇女也就不再多说什么,重新骑上车去,小孩也重新爬到后座上。她仍然骑得歪歪扭扭的,还差一点撞到别人身上,有人就笑起来。

睡不着觉怪床。

拉不出屎怪马桶。

嘻嘻。

这话不是小勇和田二伏他们说的,是老街上的居民说的。田二伏听到他们这么说,觉得很亲切,虽然口音是不一样的,但是在田二伏的家乡也有这样的比喻,也是这样说的。

这个女人蛮的,有人这么说,说话的人是在路边坐着看西洋镜的闲人。

外地人也烦的,有人那么说。

拆得一塌糊涂,路也不好走,有人又说。

这也不能怪他们,老板叫他们拆的,又有人这么说。

田二伏和小勇桂生穿过他们随随便便的议论,往工地上过来,就看到了工头,他也是一个外地来的民工,只是在城里做的时间长了,就变成了工头。他是可以不要做活的,只要张着一张嘴、伸出一根手指头就可以,东看看西看看,看到不满意的地方就指出来。心情好的时候,会讲点道理,心情不好的时候,他就要骂人，他骂了人，人家也不敢吭声的，因为用人的权掌握在他的手里。他高兴了，今天可以叫你来上班，他不高兴，明天就可以叫你走。我工地上不要你，他可以毫无理由地对民工说这样的话，民工是无处讲理无处申诉的，所以他们只能对工头恭恭敬敬，甚至还要讨好他。他如果到工棚里来看看，他们会争着给他递烟、泡茶，称呼他老板，虽然他们知道他并不是真正的老板，但他喜欢他们叫他老板。所以虽然看上去他穿的衣服走路的样子什么的都是和一般的民工差不多，但是实际上骨子里他们已经相差很远了。

工头看到小勇和桂生带了田二伏来，他问也不用问，就知道是介绍来做工的，工头就点了点头，你带带他啊，他对小勇说。

晓得的。

工头对小勇是很信任的。因为他说了这一句话以后，就走了，其他的事情，田二伏来工地做活的所有的事情，吃啦，住啦，做什么活啦，都是可以交给小勇去管的。

田二伏跟着小勇桂生到工棚看了看，这就是他以后在这里住、在这里生活的地方了，要住多长时间，这是谁也预料不到的。当然这时候田二伏也不会去想这个问题，他现在还有一点神魂未定的样子呢，因为一切都来得比较快，比较突然，他一时间还有点接受不了。

工棚里都是打的地铺，一个紧挨着一个，一个大房子里，可以住很多人。

嘿嘿，田二伏说，我以前想象的打工就是这样的，而不是那样的。

不是哪样的？他们问。

我住在那边的时候，是四个人一间，是上下铺的。

上下铺，桂生说，像学校那样的？

是像学校那样的。

他们和别的打工的人也一起说起话来，人家就问起来了，一个村的？

一个村的。

他中学毕业呢，桂生说。

中学生噢，人家说，喔哟，中学生呢。

我是一个字也不识的，有一个人说。

我只念了三年小学哎，另一个人说。

比比就不一样了，他们说。

有什么不一样？小勇说，不是一样地打工。

他们说了说话，田二伏的心情开始平静一些了，他把收音机拿出来，打开了收音机，声音嘶啦嘶啦的，田二伏这才想起买过两节电池的，但是他摸了摸口袋，新买的电池却不在了，咦咦，他想。

什么？买的电池没有了。

掉了。

可能是那个小孩拿走了。

哪个小孩？咦，大排档的那个。

噢噢，那个斗鸡眼啊。

田二伏立起身来，我去买电池啊，他说。

那天晚上你也是去买电池，桂生说。

哪天晚上？就是我们跟你说要出来的那天晚上，在小店里你不是去买电池的吗？我还问你去不去，你说不去。

我没有说不去。

但是你也没有说要去呀，桂生说，你当时还马小翠呢。

嘿嘿。

你不是过了几天就出来了吗？

那是我堂叔叫我出来的，田二伏说，我堂叔来叫了我三次。

你不是来找马小翠的呀？小勇说，人家说你出来追马小翠了。

现在收音机里连嘶啦嘶啦的声响都没有了，不行了，田二伏说，我要去买电池了。

走出去往左拐就有一个小店的。桂生说。

桂生陪他去一趟吧。小勇说。

不用的不用的，田二伏说，我自己去。

田二伏往左一拐，果然看到了小店的灯光，他的心里就想起了家乡的小店，那灯光真是一样的温馨呢，但现在毕竟身在异乡了呀。田二伏这么想着，心里有一点漂泊的感觉，这漂泊的感觉是酸溜溜的，有点涩也有一点甜的味道。

小店的里边和外边，都站着一些人，他们说着话，柜台里边有一台小的黑白电视机，画面像雪花一样，不知在放什么节目，虽然是开着的，但是也没有人关心它，他们只是在说话。

在买电池的时候，有一个人走到田二伏的身边，拉了拉他的衣襟。

自行车？他的声音很低沉，而且含混不清。

什么，田二伏没有听清楚，你说什么？自行车。

自行车，什么自行车？田二伏仍然没有反应过来。

那个人神神秘秘地向田二伏招了招手，把田二伏叫过去，墙角放着一辆自行车，帮帮忙，他说，老娘病了。

你要干什么，要卖自行车？田二伏已经猜到一些，但是他不能确定他的猜测对不对。

是呀是呀，那个人说，我要赶回家去。

也是外地来的？

是呀是呀，他说，同是天涯沦落人。

咦咦，田二伏想，听口气蛮有文化水平的，你念过中学啊？

唉唉，不说什么念书不念书了，他很急的样子。再不赶回去，要见不着老娘最后一面了，帮帮忙，这车子五成新有的啊。

田二伏看了看车子，是有五成新的样子，但是他不需要车子。

帮帮忙了，那个人的眼睛几乎要勾到田二伏的口袋里了，你身上有五十块吗？

没有。

有三十块？

没有。

那，二十块肯定有的，就二十块拿去啊，那个人已经向田二伏伸出手来了。

咦咦，田二伏说，我跟你说我不要车子呀。

要的要的，要车子的，他说，就算你自己不用，你一转手，就赚了。

我也不要转手，田二伏说。

那你就自己骑。

我不要骑的。

你要骑的。

田二伏的手不由自主地伸到口袋里了，再回出来的时候，就拿了两张十块的票子，那个人伸手一拉，钱就拿过去了。大恩大德，大恩大德，他说。

田二伏只是看了一眼车子，那个人就已经往前奔走了，哎哎，田二伏叫喊起来，车钥匙呢？

那个人虽然奔得快，但倒是负责任的，一边奔一边回头说，在车上。

田二伏过去看看，车钥匙果然在车上，田二伏推起车子，又回到小店这里来了，但是就在他刚刚回到小店门口的时候，传来了乱糟糟的吵闹声，抓贼啊，抓贼啊，有人叫喊。

事情其实是明摆着的，那个人偷了车，就弄到这里卖给田二伏了，事情发生得太快，追贼的人追到这里，看到车在田二伏手里，当然认定田二伏是贼，这是合情合理的，恐怕没有人不这么想。

抓住了，他们看到田二伏和车，就大喊大叫起来，在这里，抓住了。

田二伏也已经明白发生了什么事情，不是我，不是我，他说，不是我。

他的声音实在太软弱无力，肯定没有人会相信他的话，他们差不多就要动手动脚了，他们是这街上的居民，自从有外地民工住过来以后，他们已经被偷过许多次，他们早已经义愤填膺了。

外地人贼胚。

乡下贼骨头。

不是我，不是我，田二伏只会这么说。

但是田二伏真正是属于人赃俱获的那一种。他有一百张嘴也是讲不清的，他说他是二十块钱买来的；他说是一个不认得的人强行卖给他的；他说他本来根本就不要车的等等，但哪里会有人相信他呢？

偷了东西还赖。

贼骨头要请他吃生活的。

不吃生活下回还要偷的。

送派出所。

围观的人越来越多，他们更加七嘴八舌了。

外地人来了，我们就不太平了。

外地人来了，我们就不安逸了。

外地人不来，我们门也用不着关的。

外地人不来，我们不要太定心噢。

不过也不是完全一面倒的，也有人说几句别样的话，他们说：

不过话说回来，苦的生活全是外地人做得去了。

还有脏的生活。

扫垃圾。

倒马桶。

造房子。

他们的话题就说远去了。

现在造房子的全是乡下出来的农民，工人哪里去了呢？

工人下岗了。

嘻嘻。

但是失主不要听他们这些话，他觉得他们的都是废话，他现在是人赃俱获了，他不但要拿回这一辆车，他还要跟田二伏算以前的账。

这是第三辆了，他说，前边还有两辆呢？

不是我。

就是你。

后来就不仅仅是失主追查他了，又有别人也参加进来。

我家的皮夹克。

我家的电吹风。

我家的高压锅。

外地人什么东西都要的。

拿得去当废铜烂铁卖。

田二伏无法可想了，小店里灯光刺着他的眼睛，现在他也没有家乡般的温馨感觉了，但是这个刺眼的灯光倒让他想起该说什么话了，你可以问小店里的人，他说，你可以问他们。

问他们什么？

我刚才过来买电池的时候，是没有车子的，他转向小店的人，你们可以作证的，我是不是空着身体走过来的。

好像是。

好像不是。

刚才我正想买电池的时候，有一个人把我拉到那边，他说他家里老母亲病了，要——

你骗谁啊。

把我们当戆大啊。

把我们当小孩啊。

你们可以问小店里的人，田二伏又说，他们可以作证的。

好像是有一个人。

好像没有的。

小店里的人因为要作证，所以也是认真的，他们认真地想来想去，但仍然是有人觉得是有人觉得不是。

就算是，失主说，就算是有一个人把你叫走了，这个人肯定是跟你一伙的。

不是的。

他偷上手了就来叫你。

不是一伙的，田二伏说，根本不是的，我根本就不认得他，他的说话口音和我也不一样的，不信你们问小店里的人。

好像是。

好像不是。

他们终于失去了最后的耐心，不要跟他啰唆了，他们说，抓到派出所去。

他们就想去抓他了，田二伏没有反抗，也没有想逃跑，他想，跟他们这些人真是说不清，可能到了派出所，反而说得清了。

但是这时候小勇和桂生来了，他们可能等了半天不见田二伏，就出来找他了，来的时候，正好大家要抓田二伏到派出所去，他们说他偷了自行车。

慢点，小勇说，你们是要抓他吗？

小偷呀。

抓小偷呀。

你们说他是小偷，所以你们要抓他到派出所，但是如果派出所查出来你们抓错了怎么办？

他们有一点迟疑了，反正是他偷的，他们说。

假如你们敢咬定，小勇说，你们就抓他到派出所，但是假如你们抓错了，要赔偿的。

赔偿什么呢？名誉损失和精神损失。

要多少呢？那就难说了，小勇说，要看他受伤害的程度。

弄不好就是几千几万的，桂生说。

咦咦，他们既迟疑又不服，哪有这样的道理？

这叫法律，小勇说，你们不懂法的？

他们不懂法的，桂生说。

他们果然有一点犹豫了，算了算了，就有人开始后退，反正车子拿到了。

那还有以前的呢？有人不想退。

以前的就算自己倒霉吧，他们有点息事宁人了，后来他们就慢慢地散开了。小勇和桂生都是五大三粗的样子，而且还会讲法律，他们也吃不透的，就想大事化小，小事化了了。

你们要是抓了你们就倒霉了，桂生说。

田二伏半个小时前才头一次到这个地方，小勇说。

他是来买电池的，桂生说，他喜欢听广播。

他们朝田二伏看了看，半个钟头前才来的吗，这个人？他们将信将疑，就去问小店里的人，他是不是陌生面孔？他们说，这个人是不是陌生面孔？

小店里的人也看看田二伏，好像是，陌生面孔，好像不是，他们说。

小店里的人把电池交给田二伏，他们三个人就往工棚去了。

田二伏一直不说话，他的情绪很低落，小勇和桂生也能够体谅他的心情，碰到这种事情，被冤枉了，谁会开心呢？所以小勇提出一个主意来，想让田二伏心情好一些。

不如我们陪你去找马小翠。

咦咦，田二伏觉得小勇忽然提出这个主意，令他一时有点猝不及防，甚至心里有点慌了，脸也有点热了，好像他们已经找到马小翠，马小翠已经站在他的面前，对他说，嗨，田二伏哎。

前次马小翠遇到小勇桂生的时候，曾经留了一个地址的，现在小勇找出这个地址,他们便按照地址去找马小翠,但是那里的人告诉他们,马小翠不在这里了,她好像到一个超市去工作了,到底是在哪个超市,在哪个地段,她们都说不清楚。

他们沿着原路回去,路上就经过超市了,他们走过去朝里边看了看,有一个人穿过出口通道的时候,机器叫了起来。

你拿什么了?营业员上上下下地打量他。

这个人张开两只手,一脸无辜的样子,没有呀,没有呀,他说,你们看,我哪里拿东西?

但是那个机器仍然在叫,呜呜呜呜,像警报的声音。

大家的眼光在这个人的身上扫来扫去,最后就扫到了他的裤裆那儿,营业员有点尴尬,因为这个人是男的,她是女的,她不大好指着他那儿说什么,后来就来了一个男的,他可能是这里的经理,他是无所谓的,他指着那个人的裤裆,拿出来吧,他说,你逃不出去的。

那个人没有办法了,从裤裆里把偷的东西拿出来了,是一盒草莓奶油派。

嘿嘿嘿。

嘻嘻嘻。

看的人都笑起来,连经理也要笑了,他虽然在忍住笑,但是笑意从脸上的每个部位都要爬出来了。

反正也是一个偷了,有一个人说,不好偷点值钱的东西?

蠢货。

笨胚。

万一逃过了,不就合算了?

逃不过的,田二伏也参与他们的事情了,他说,逃不过的。

就是,别人附和说,要是都能逃得过,超市不要赔光的?

咦咦,那个偷东西的人想不通,他挠着头皮在想,仍然想不通,他有点莫名其妙,我藏在裤子里,机器怎么会叫呢,它是X光吗?

你的东西没有消磁呀,田二伏说,没有消磁机器会叫的。

什么消什么?那个人听不懂的。

消磁,消灭的消,磁场的磁,消磁你不懂的,田二伏说,就是说,你要想办法把货物上的密码磁条弄掉，出来就不会叫了。

咦咦？现在经理和营业员都盯住田二伏了。

你想干什么？

你怎么晓得的？

你做过这样的事情吧？

怪不得我们超市老是被偷。

小勇见田二伏又要惹点什么事情了，唉呀呀，他说，走吧走吧。

田二伏说，奇怪了，磁条的事情我是听广播里介绍的呀，难道广播里他们也是偷过超市的吗？

他们走开的时候，听到那个偷东西的人在哀求说，我其实不想偷的呀，我是看见这个派，我不知道派是什么，什么是派，我想见识见识新鲜东西。

嘿嘿嘿。

嘻嘻嘻。

大家又笑了笑。

乡下人。

面汤水，拎不清。

田二伏回头看看那个人，他叹息了一声，唉唉，他说，素质这么差。

他们回到工棚就睡了，不一会儿，小勇和桂生都发出了鼾声。但是田二伏却好一阵没有睡着，他心里乱乱的，乱七八糟，想了很多的事情，却没有一个有头绪的。

第二天田二伏跟着小勇桂生上工地去干活，他们穿过老街小巷的时候，有人认出他来了。

喏，就是这个外地人。

偷自行车的。

虽然他们没有当面指着田二伏说，但是他们在背后指指戳戳，使得田二伏和小勇他们好像背上有蚂蚁在爬来爬去，很难过。

甚至他们到了工地上，还有人专门跑过来看他，好像他是一个新鲜的东西。他们站在工地边，手向这边指着，有的人看不清，互相问来问去，哪个？哪个？有人就回答，喏，那个，那个。

唉呀呀，小勇和桂生也觉得有点烦了，后来他们对田二伏说，你就那么要听广播啊。

你要是不去买电池，不就没有那个事情了么？你要是没有那个事情，这些烦的人就不会来看你了。

田二伏不好说什么，但是他心里涩涩的，他决定要做一件事情，不过这件事他暂时没有说出来，谁也不知道他要做什么。

晚上田二伏就守在这条老街的角落里。

田二伏守候这个小偷守了三个晚上，在第四天天刚刚亮的时候，田二伏终于把他堵在了犯罪现场。

你还有什么好说的？田二伏说。

我没有什么好说的了。

你还认不认得我？

认得认得，小偷说，你是警察，便衣警察哎。

田二伏在微微的晨光中，发现自己抓的不是那个卖自行车给他的小偷，是另一个小偷。田二伏一时有些尴尬，但是想了想，还是要抓他的，他走上前去靠近了小偷。

别打我，小偷说，我老实的，我从小就老实的。

田二伏心里偷偷地一笑。就在这个时候，这个老实的小偷像兔子一样蹿了出去，他蹿到墙边，手抓住护栏，蹭蹭两三下，看着他就上了墙，小偷蹲在墙上欲往外跳，突然就停了下来，回头朝田二伏看着，苦着脸说，想不到外边这么高。

你跳呀，田二伏说，你跳呀。

我不敢，小偷说，这么高，我跳下去不要摔死？

你试试看，田二伏说。

你不要骗我，小偷说，你肯定是骗我的，跳下去肯定要摔死的，你想骗我跳下去，我才不上你的当。

田二伏站在墙下望着他，你既然不往外跳，那就往里跳吧。

往里跳？小偷想了想，说，往里跳是矮多了，但是往里跳正好跳在你面前，你就可以抓我了，我才不上你的当，我不跳的。

那你怎么办？田二伏说，蹲在墙头上过年？

不可能的吧？小偷说，从现在到过年还有好长时间呢。

那只有一个办法了，田二伏说。

什么办法？小偷的眼睛在黑夜里闪闪发亮。

我上墙来捉你呀，田二伏说，你不肯下来，我只好来迁就你了。

那，那，小偷说，那不好意思的。

那你就跳下来，田二伏说。

好的，那我就跳了噢，小偷说，我有点怕的，我闭上眼睛，你等等，你等等，你让我先喘一口气，我人还没跳，心倒先跳起来了，哎呀呀，心跳得这么快，会不会是心脏病噢——

在啰里啰唆中田二伏听得扑通一声，小偷跳下去了，但他不是往里跳，而是往外跳了。田二伏一急，也蹿上墙去，往外面的地上一看，小偷正躺在地上哼哼，唉呀，唉呀，警察，你不要跳下来，我反正逃不掉了。

咦，田二伏说，变成我蹲在墙上过年了？

警察，警察，小偷说，你听我说，你要是跳下来，砸在我身上要把我砸死的，你要是不砸在我身上，你就会砸在地上，地上这么硬，你自己也要受伤的，何苦呢？已经有一个人受伤了，不要弄得两、两——那个什么伤了。

两败俱伤，田二伏说。

是两败俱伤，是两败俱伤，小偷嘿嘿地笑了一下，警察，你蛮有文化水平的呀。

田二伏从墙上一溜就滑了下去，站在了小偷的面前。

咦，小偷说，咦，你怎么下来的？

你以为警察是吃素的？田二伏说。

不是的不是的，小偷说，警察是吃荤的，所以力气大。

废话不少，田二伏拉起小偷说，走吧，废话再多你也逃不了。

唉哟，小偷刚刚走了一步，大叫起来，唉哟，唉哟，痛死我了。

田二伏扶着小偷来到派出所，小偷的额头上全是汗，小偷抹了一把汗，把湿漉漉的手伸给田二伏和几个警察看，你们看看，你们看看，我出汗了呀，他说，我是有病的人呀。

警察都笑了起来。

这里是派出所，不是医院啊，一个小警察说。

看起来真的伤了，一个老警察说。

怎么是看起来，小偷说，不看也知道是受伤了。

送医院看一看，田二伏说，要不要？

你说废话呀，小偷说，都伤成这样了，还问要不要看，你们警察怎么这么没有人性啊。

你说话牙齿足足齐啊，小警察说话的时候，忽然感觉到哪里不对，瞪着他们看了一会，你们两个，到底是哪里的？

田二伏被他一吓唬，一时有些发愣。

咦，小偷先反应过来了，他突然聪明起来，他已经猜想到田二伏根本就不是警察，咦咦，原来你是，原来你不是，他对田二伏笑道。

什么是不是的，小警察说。

田二伏刚要说话，小偷抢先了，警察啊，我们是老乡，我的脚摔坏了，我老乡陪我来求警察帮忙的呀。

你叫你老乡背你去医院，小警察说。

啊呀呀，小偷说，我这个老乡，你看他长得蛮高蛮大，其实没有力气的，他老婆都嫌他出工不出力的。

好了好了，老警察一拍桌子站起来说，张毛四，别装腔作势了。

脏猫屎？小偷东张西望，问田二伏，你叫脏猫屎啊，恶心死了。

咔嚓一声，老警察的手铐已经把张毛四铐住了。他又和田二伏握了握手，谢谢你啊，我们捉他捉了好些天了，狡猾得很。

啊哇哇，我真的呀，小偷说，我要发病啦，你们看好啊，第一步就是出汗，然后我的眼泪鼻涕都要下来了，再然后我嘴里就会吐白沫了。

你羊角疯啊，老警察说。

小偷想站起来，一立，脚痛得又坐了下去，你怎么知道，你怎么知道？他很崇拜地盯着老警察，你一眼就能看出我的病来，你比算命先生看得还准呀，我羊角疯马上就要发了，你们要找一块木头让我咬在嘴里，不然的话我要咬人的。

小警察用脚踢踢凳脚，这是木头，你咬吧。

小偷的眼泪鼻涕果然下来了，但是嘴里没有白沫。咦，小偷咽了口唾沫，咦，没有吐白沫，咦，我的羊角疯怎么还没有来？

你的羊角疯要看时辰？小警察说。

时辰？小偷说，时辰倒不一定，可能要看场所，这里是什么地方？这是派出所呀，羊角疯它敢发吗？它不敢的。

小偷一边说着，汗和眼泪鼻涕不停地往下滚。老警察走过去，抓起他那只摔伤的脚捏了一下，小偷杀猪般地叫喊起来。

小王啊，老警察说，你送他去医院吧。

小警察十分不情愿地站起来，狠狠地瞪了小偷一眼，叫老子给小偷开车，他说着走了出去。

他是四川人吗？小偷说，四川人称自己为老子的。

田二伏觉得有点过意不去，要不，他试着说，要不，我一起去。

老警察摆了摆手，小偷一瘸一瘸瘸到门口的时候，还回过身来对田二伏说，脏猫屎啊，明明你是脏猫屎啊。

我不是的，田二伏对老警察说。

老警察当然是洞察一切的，他向田二伏笑了笑，问道，你怎么抓住他的？

门口小偷又在大呼小叫了，啊呀呀，我走不动呀。

小警察退回来，狠狠地说，走不动，我背你？谢谢，谢谢，谢谢警察，小偷说。

小警察真的往小偷前面一蹲，小偷就趴到他背上了。

咦咦，田二伏想，城里的警察真好呀，乡下的警察要打人的，他们对不好的人抬起来就是一脚，拉起来就是一个头皮，还要骂粗话呢。

小警察走了两步就喘气了，小偷看上去不胖，却死沉死沉，小警察说，你全赖在我身上了。

嘿嘿，小偷说，警察你真好。

你是怎么抓到他的？老警察又问了。

我没有偷自行车，他们说我偷了。我就去抓偷车贼，我守了三个晚上，后来就守到他了，但是那不是他。田二伏说了说，觉得自己没有说清楚，他试图重新再说一遍，但是老警察已经听懂了。他抓住田二伏的手，谢谢啊，再次谢谢啊。

不用谢的,田二伏说,不用谢的。

田二伏为了抓小偷,几个晚上没有睡觉,他再去上班的时候,就在班上打起了瞌睡,甚至睡着了,还打呼。工头看见了十分生气,你走吧,他说,我可不是请你来睡觉的。

咦咦,田二伏当时被惊醒了,一时还没有清醒过来,想了一会儿才想起是什么事情。咦咦,他说,我去抓小偷了,我抓住小偷了,嘿嘿,那个小偷竟然蹿到墙头上去了,我也跟着上去了,他又跳下去了,我也跳下去追他,嘿嘿,我从来没有爬过这么高的墙头,嘿嘿,奇怪的,我怎么会上去的呢?你现在叫我上去,我是上不去的。

田二伏回想起抓小偷的精彩片段,讲述得有点眉飞色舞,他是要一直讲下去的,后面还有到派出所的事情,还有小偷装羊角疯、警察识破他的经过,都很精彩。但是田二伏看到工头的手臂抬起来,向他挥了一下,他意识到这是在阻止他继续说话了,田二伏就停下来,他是想听听工头有什么想法,然后再继续讲他的抓小偷的故事。可是工头乘他稍一停息的间隙,马上说,既然你会抓小偷,你不如到派出所去做警察吧。

田二伏张着嘴,没有说话,因为他觉得他不大好回答工头的话。

工头看到小勇想替田二伏说话,决定不让小勇说出来,便摆了摆手,小勇你不要说情了,他说,你说情也没有用。

工头现在看起来并不是很凶的样子,但是他的口气十分的强硬。小勇知道,这件事情没有回旋的余地了,工头这个人,他们已经摸透了,如果他的样子很凶,吃相很难看,甚至骂人了,那说不定事情还有希望,但是如果他是冷静的,看上去不凶,事情反而没有希望了。

第五章

　　劳务市场其实也看不出是什么市场，就是乱糟糟的一些人，三五个一堆，四六个一群那样子，叽叽咕咕，好像很神秘的样子，好像他们手里都掌握着重大的职业秘密，不能给别人听了去。田二伏靠近了想听听，他们就警惕地看看他，不说话了，后来田二伏走开了，他们就又说话了。

　　我又不是——田二伏说。

　　又不是什么？

　　田二伏也不知道他们是要防谁的，是防警察呢，还是防记者，或者是防别的什么人——工商税务？反正田二伏看上去也不像别的什么人，他就像一个外地来的民工，来这里是想找一个工作的，一般在这里混了些时间的人，有些经验的人，应该都看得出来，但是他们仍然不愿意让他听见他们的谈话内容。田二伏瞎转了转，看见一个年纪轻的女孩子跟着一个老人走了，她是去做保姆了，田二伏想，这里倒是女的好找工作呀。

　　在劳务市场上还有一种人是不神秘的，他们很公开，手里举着一张牌子，上面写着字：

　　力工
　　漆工

电工

木工

瓦工

水暖工

等等。

他们的脸色是平静的,并不着急,也没有什么特别的期盼,他们蹲在那里,也有的是站着的,有几个还凑在一堆打牌,有雇主过来喊他们。

喂,漆匠。

哎,老板,要做活啊。

漆地板是怎么算的?

四十块钱一平方。

贵。

不贵的。

我再问问别人。

你去问好了。

雇主就走开了,他们继续打牌,或者继续说说话,又有人过来了,喂,师傅,你是做木匠的?

木匠。

有资质证书吗?几级的?

没有的。

他还资质证书呢,别人说,要么鸡脚证书。

他们笑了笑,听的人也走开了,然后又有人来,又有人走。田二伏看了看,他如果也要站在这里,可能打一张什么牌子呢?至多也只能是力工,他是没有一技之长的。就在左顾右盼中,田二伏的眼前突然亮了一下,前面有一块牌子,上面写着:为您服务中介公司中介处。

这里有一张桌子和两个人,他们不像漆工木工那样悠闲,他们口中不停地喊着,劳务中介啊,劳务中介啊。

有些人只是走过看看，并没有被他们所打动，但是更多的人，像田二伏这样的，就被他们的声音吸引过去了。

只收手续费十元啊，他们中的一个说。

十元钱找工作啊，另一个人说。

他们的桌子前围了很多人，田二伏要用劲挤才能进去，别人还不愿意他挤在前面，先来后到，他们说，你挤什么？

可以介绍到哪里呢？他们问道。

去处多呢，他们回答。

服装厂。

玩具厂。

汽修厂。

等等。

都是十元吗？

一律十元。

便宜的。他们说着，就掏钱出来，去交了。但是也有人表示怀疑，怎么这么便宜呢？怀疑的人说。

咦咦，他们不满意地看看这个人，便宜反倒不好啊，那我们多收你一点好了，你愿不愿意呢？

我不是这个意思，这个人说，人家都说，便宜没好货。

货好不好，你可以自己去看呀，他们说，你可以货比三家呀，你可以到别的中介公司去试试呀。

他们的口气石骨铁硬，叫人不得不相信。

接下来是要填一张表格的，大家拿到表格都有点激动，感觉到事情像真的一样了，感觉到机会已经在向他们招手了。他们七手八脚地填了，有的不会写字的，就请别人代写，田二伏自告奋勇帮助了好几个人。然后中介公司收了表格，就进行第三步了。

第三步是收手续费，他们说。

啊啊。

一百元。

啊啊。

怎么这样的呢？

不是说十元钱找工作的吗？

交了一百元再怎么样呢？

交了一百元，就发介绍信了，他们说，你们拿了介绍信就直接到厂里去报到了。

就上班了。

有人掏出一百块钱来，也有的人掏不出来，他们看着有一百块钱的人，很羡慕的样子。田二伏身上是有一百块钱的，但是他犹犹豫豫，没有拿出来，人家就催他了，办不办啊，办不办啊？他们好像能够看得出谁身上有钱谁身上没钱，他们就盯住身上有钱的人说话。

过了这个村可没有这个店啦，他们说。

招工也只是一次性机会啊。

到时候你想进也进不了啦。

到时候你出一千块也进不去啦。

他们这样一说，又有几个犹豫的人拿出钱来了。其他没有钱的人，都看着他们，看着拿钱出来的人，也看着有钱而没有拿出来的人。田二伏被他们看着，也不由自主地去拿钱了。

好啊，好啊，中介公司的人满脸笑容了，他们开始开介绍信，一边写上他们的名字，张三，李四，王五，一边说，本来呢，还有三十块钱的代办费，也免收你们的啦。

介绍信是很简单的，某某单位，兹介绍民工某某某来你单位工作，下面落款是为您服务中介公司，一个大红的印章。

拿到介绍信的人，都仔细地看过，然后小心地收好，他们问，我们就可以去了？

可以去了，你到玩具厂，坐3路车直达。

你到服装厂，坐20路中巴。

这样他们怀揣着介绍信就像怀揣着定心丸，准备出发了。但是接下来却发生了一桩意想不到的事情，有一群人吵吵嚷嚷地拥了过来，他们一路过来一路骂着人。

骗子。

流氓。

恶劣分子。

虽然他们七嘴八舌地乱说乱吵，但是别人都能听得懂，因为对这个事情，大家都是敏感的，尤其是拿出十块钱又拿出一百块钱的人，一下子都已经听懂了。

这是前一批报名的人，他们拿了介绍信到单位去，单位说，我们早已经招满了，不要人了。他们就回来了，要向中介公司讨回一百块钱。

钱是不可能还的，中介公司说，你们报名找工作，我们给你们介绍了工作，我们当然要收费用的，至于人家单位已经招满了人，这是人家单位的事情，与我们无关的。

骗子。

强盗。

接着就发生了事件，他们一哄而上，去抢被骗去的钱，甚至连没有交钱的人也去抢了。那时候田二伏站的位置离他们的钱箱最近，他一伸手就拿回了自己的一百块，他的心慌得很厉害，手心里出汗，他赶紧挤了出来。有人说，傻X，离那么近，你不好多抢几张。

警察闻讯赶来的时候，中介的那两个人，抱着头蹲在地上哭，也还有人围着继续看，有人试图去告诉警察发生了什么事，警察却摆了摆手，他们对那两个哭着的人说，起来跟我们走。

那两个人说，警察啊，我们被抢了。

警察说，你们搞地下劳务市场，还诈骗，抢了也是活该，没被人砍了算你命大。

大家哄笑起来。田二伏听到笑声，回头朝这边看看，就觉得有什么东西在牵他的衣角，起先也没怎么在意，后来感觉越发明显了，便回过了头。

咦，田二伏既惊又喜，咦咦，你呀，是你呀。

王才的小孩正朝他笑着呢，他的斗鸡眼笑起来就斗得更厉害了，眼睛里的两点黑豆几乎就是并在一起了。

嘿嘿嘿，田二伏好像见到了久别的亲人，心里有一点温情生出来，他想抱抱小孩，但又觉得不好意思，他就摸了摸小孩的头，小孩的手就伸到他的手掌里来了。

你怎么来了？你爸爸呢？田二伏四处看看，没有看到王才，也没有看到王才的女人。

你跟你爸爸来的？

嘻嘻。

你跟你妈妈来的？

嘻嘻。

咦，你这个小孩，田二伏说，怎么不说话，是哑巴吗？

已经有两个人开始注意到田二伏和小孩了，他们先是在一边默默地观察，并且交换着眼光。过了一会儿，就有一个走过来搭讪，嗨，他向田二伏笑笑，扬了扬手，好像是老相识。

哎，田二伏也应答了一声，他有点似曾相识的感觉，要不然那个人怎么会这样跟他打招呼呢？这么近乎，这么随意。田二伏努力地想了想，但是没有想起来。

那个人掏出烟来敬田二伏，顺便看了看小孩，是你的小孩吗？

不是我的，田二伏有点不好意思，我还没有结婚呢。

那是，那个人说，看得出的。

这时候他的那个同伴也走过来了，他们又交换了一下眼色，然后他们对田二伏做了一个手势，是伸出五个手指的手势，但是伸了以后，很快又收回去了，从他们脸上的表情看，好像什么手势也没有做过，是若无其事的。

什么？

他们又伸了一下手，并立即收了回去。

五？

怎么样？

田二伏摇了摇头，他还没有明白是怎么回事。

那你开个价，他们中的一个说。

也不能太那个啊，他们中的另一个说，毕竟是个斗鸡眼啊。

田二伏心里忽然闪过一点什么，既模模糊糊，又有些清晰，田二伏努力地想捕捉，但是刚刚要捉到，好像又滑走了。那是什么呢？那是一种感觉，一种想法，一种认识。

他们中的一个又开始伸手了，这回他伸的是六。

就这个了，不能再多了，他们说。

我们会给他找个好人家的，他们说。

他跟着你也不见得有什么好，他们说。

幸亏了是个男的，要是女的，又眼睛不好，你连这个价都没有的，他们又做了个手势。

咦咦，现在田二伏心里的那种感觉越来越清晰了，他已经完全明白了，他们要买王才的儿子，给他六千块钱。

啊哈哈，田二伏不由得笑起来，而且笑得很响，把那两个人吓了一跳，不明白在讨价还价最紧张的时刻，这个人怎么会傻笑起来，他们愣愣地看着田二伏，不知他哪根神经搭错了。

啊哈哈，啊哈哈，田二伏笑。

啊哈哈，啊哈哈，小孩也笑，他笑的样子和声音与田二伏很像，他一笑，黑眼珠就斗成一团。

毛病啊，他们说。

田二伏终于笑够了，他拍了拍小孩的头，说，他又不是我的孩子。

当然不是你的孩子，他们虽然对田二伏感到莫名其妙，但是仍然抱最后一丝希望，我们见识过做这一行的人多啦，哪个会卖自己的小孩呢？

他是别人的孩子，田二伏说，别人的孩子我怎么能卖呢，我要是卖别人的孩子，我不成了人贩子吗？

你什么意思，他们的脸色有点变了，看着田二伏的笑，他们突然感到恐怖起来，你什么意思？

嘿嘿，田二伏笑。

嘿嘿，小孩也笑。

你，你到底是干什么的？他们一步一步往后退了，退到一堆人群里，他们一下子就消失了，连影子也不见了。

哈哈哈，田二伏又笑。

哈哈哈，小孩又笑。

他们手牵着手，在市场里转了转，也没有见王才和他的老婆，田二伏说，你自己跑来的？

嘿嘿。

你来干什么？

嘿嘿。

这里有人贩子的，你乱跑什么呀。

嘿嘿。

田二伏就牵着小孩的手，把他送回家去。

其实根本就不是田二伏把小孩送回家，而是小孩领着他回来的，因为从前田二伏只是知道王才在一条街上摆大排档，但那条街又不是王才的家，他摆大排档是要打游击的，今天躲到东，明天躲到西的，田二伏根本不知道王才住在哪里，所以准确地说，是小孩把他领过来了。

啊呀呀，王才远远地看见田二伏，就喊叫了起来，啊呀呀。

田二伏以为他是着急孩子不见了，连忙说，王才，你儿子跑到劳务市场去，一个人在那里乱走。

王才只是刮了儿子一个头皮，热情却是在田二伏身上。他看着田二伏，笑得合不拢嘴，咦咦，咦咦，是你呀，怎么会是你呢？

是我呀，田二伏说，你还记得我啊？

怎么不记得呢？王才高兴地说，我想去找你的，但是不知道怎么个找法，这真是有缘千里来相会啊。

田二伏这时候才定下神来看看王才的地方，咦咦，田二伏有点意想不到，这是一个饭店呀，他说。

是一个饭店，王才说，怎么不是一个饭店呢？

咦咦，咦咦，田二伏说。

你是不是觉得像做梦呢？王才说，我自己也觉得像做梦呢。

做梦也做不到的呀，田二伏真是从心底里佩服王才，他说，换了我，我是做梦也做不出来的。

王才的老婆正在指挥着一个人挂饭店的牌子，她仍然是不吭声的，但是她的脸上有了光彩，不像在人家屋檐底下摆大排档那样脸色灰灰的，田二伏看了看那块牌子，王才说，我自己想出来的店名，天天有，你觉得好不好？

好的，田二伏说，天天有这个名字好的。

饭店原先是王才的一个老乡开的，后来他要回去了，就来找王才了。

王才啊，什么什么什么。

老乡啊，什么什么什么。

王才啊，什么什么什么。

老乡啊，什么什么什么。

他们说了说，又说了说，就把事情谈成了。

王才的这一段故事现在田二伏还不知道，但是以后田二伏会知道的。在以后的日子里，王才会和田二伏说许多许多的话，其中也会包括他是怎么开起饭店来的，他是怎样把乡下家里的房子卖掉了才把这个饭店接下来的。

你这是背水一战了呀，后来田二伏听了王才的故事，这样对他说。

我是的，王才说，我是背水一战了，我是下决心要到城里来了。

你不回去了？

不回去了，王才说，回去干什么？种几分地，有什么意思呀。

毕竟在城里还有小孩的前途呢，王才又说。

毕竟在城里可以见多识广的呀，王才又说。

毕竟在城里什么什么。

那都是以后的话题，现在我们先回到故事开始的时候。故事开始的时候，王才要开饭店了，他就要物色人员了，王才这么一想，立刻就想到了田二伏，那个人好的,王才说,那个人好的。

王才其实也不知道田二伏叫什么名字,他也不知道田二伏是哪里来的,在哪里做事,他根本是无法去找田二伏的,而其他的人,比如他的老婆,连他的心思都是不知道的,虽然王才说,那个人好的,那个人好的,但是他的老婆只是朝他看看,她哪里知道他说的那个人是哪个人呢。

巧得来,王才说,真是巧,说到曹操,曹操就到,说到你,你就自己走来了。

你们说到我了吗?田二伏说,其实也不是我自己走来的,是你们家小孩把我带来的。

他晓得个屁呀,王才说。

你肯定告诉他的吧,田二伏说,要不然他怎么会。

我告诉他他也不懂的,王才说,斗鸡眼。

他们笑了笑,王才又说,不管怎么来的啦,反正你是来了。

我就想到了你,王才又说,你弄菜有一套的,你还能说出油的温度呢。

我想到你是有道理的,王才又说,我才不是随随便便就想到谁的。

但是田二伏觉得王才这么重视他,他有点着急了,我不行的,他说,我不行的,我是纸上谈兵。

那个小孩在边上笑,王才又刮了他一下,你笑个屁。

他叫什么名字?田二伏问。

我是心想事成呀。王才没有回答田二伏,只顾着自己说,我想到找你,你就来了。

我真的不会烧菜,田二伏说,这个不可以滥竽充数的,马上就要暴露出来的。

一个精瘦的人围着围裙出来了,他手里拿着勺子,一开口,就露出一排黑黄的牙,老板,都弄好了。

王才向田二伏说,喏,这是我请的厨师,你做他的下手。

精瘦的人扫了田二伏一眼,他的目光有点傲慢,好像在说,就你,也配做我的下手?

一直到这时候王才才"呀"了一声,啊呀,他说,我还不知道你叫什么名字呢。

哼哼,那个厨师鼻子喷出一点声音来。

我叫田二伏，田二伏说，就是大伏二伏的二伏。

咦咦，王才笑起来，这也叫名字。

我哥哥生下来的时候是大伏天，就叫他大伏了，田二伏说。

那你生下来是二伏天啊？

不是的。

嘻嘻嘻。

事情经过就是这样，田二伏几乎连想也没有想，就在王才的饭店里干上了。现在他们都知道他叫田二伏，以后不久田二伏也会知道瘦厨师叫方师傅，王才的小孩叫树桩，王才的老婆叫妮毛。

后来又来了两个做杂活的，洗洗碗扫扫地之类，都是女的，一个结过婚了，叫银仙，一个没有结过婚，叫陆妹。

第六章

　　店里的事情是有分工的，田二伏做方师傅的下手。也就是说，方师傅烧菜的时候田二伏要守在一边，方师傅烧好一个菜，就由田二伏端出来送到顾客的桌子上，并且要报出菜名。田二伏穿着白色的围裙，头上戴着白色的帽子，有时候他不习惯，常常把帽子忘了，但是检查卫生的人随时都可能来的，要是不戴帽子，就要罚款。为了不被罚款，王才每天都要检查他们的帽子和其他一些卫生方面的东西。

　　嘻嘻，那个小孩看着田二伏笑。

　　是不是我帽子戴歪了？

　　嘻嘻。

　　是不是我戴帽子很滑稽？

　　嘻嘻。

　　后来田二伏也笑笑，对小孩说，你笑的时候很难看哎，他也做了一个斗鸡眼的样子，一下做过了头，觉得眼睛酸酸的，一根筋一直酸到脑子里。

　　里边方师傅叫田二伏了，田二伏哎，起菜了。

　　田二伏跑进去，一个菜已经炒好，该田二伏端出去给客人吃，这是一个咸菜炒肉丝，田二伏端出来的时候，向客人报了菜名，客人其实并没有怎么在意。到王才这个饭店来吃饭的人，不会是很讲究的人，一般外地的人比较多。在这里做工的，有什么好事喜事，就不吃盒饭，搞一顿好的庆贺一番；或者是偶尔经过这里，正好是吃饭时间了，看到有饭店，也无所谓大小，无所谓装修简陋还是豪华，就随便地跨进来了；也有附近的居民，家里来客人，就请到这里来吃一吃，或者炒几个菜端回去。

老板，吃饭。

请，请，王才说。

有什么吃的？

别看我地方小，王才说，您想吃什么有什么的。

喔哟哟，老板口气蛮大的啊。

王才就笑了，他对着厨房喊一声，方师傅啊！方师傅在里边答应一声，哎！感觉上是王才在叫方师傅出来，感觉上好像方师傅也是要出来的，但其实不是，他们只是这样互相地叫应一声，就知道要弄菜了，然后田二伏就把方师傅炒好的菜送出来。

番茄炒蛋。

咸菜肉丝。

嘿嘿，客人笑了笑，他们就吃了，他们一般吃得比较粗，也比较马虎，不像本地的城里人那样细腻精致，他们至多能吃出个咸甜苦辣也就了不得了，所以他们更不会对菜名有什么想法。但田二伏是有想法的，他总是对菜名不满意，因为菜是他端送的，菜名是他报的，有时候他甚至觉得菜名比方师傅的功夫还重要呢，报出一个好的菜名，人家会对菜有更多兴趣甚至胃口大开的。

王老板，田二伏说，菜名应该改一改的。

什么？王才没有听懂。

就是菜的名字呀，比如咸菜肉丝，比如开洋冬瓜，不好听。

噢，这个菜名呀，不好听？王才看了看田二伏，那么什么好听呢？咸菜肉丝不好听，就叫肉丝咸菜好了，开洋冬瓜不好听，就叫冬瓜开洋，倒过来说，是不是好听一点呢？

那没有用的，田二伏说，换汤不换药。

那怎么好听呢？王才说，菜名么，不就这样了，还有什么讲究的？

有讲究的，田二伏说，怎么没有讲究？讲究大呢。

再讲究也不能把冬瓜叫作西瓜北瓜的。

但是可以叫作白玉的，比如有一只菜，把冬瓜挖空了放进火腿冬菇，叫什么呢，就叫白玉藏珍。

嘻嘻嘻，王才咧嘴笑了笑，白玉啊，还黄金钻石呢。

当然是有的，有黄金糕啊，钻石么，也可以想出菜名来的。生活热线节目专门有一个栏目是介绍烹饪的，里边还有一个更小的子栏目，专门讲菜的名字。在田二伏的笔记本上，是记着许多菜名的。

肝胆相照，是蛋黄和猪肝拼成的冷盘。

金碧辉煌，是油煎鳕鱼。

霸王别姬，是甲鱼炖鸡。

白玉满堂，是玉米百合。

翠衣匿凤，是西瓜蒸鸡。

比如嗻，田二伏说，一半是白米粉，另一半白米粉做成绿色，可以拼成一个图形，就是太极图。

开什么玩笑噢，王才说。

不开玩笑的，田二伏觉得王才是朽木不可雕了，他又讲了几个形象化的菜名。

比如煎臭豆腐呢，可以叫炸金砖。

比如要来一个荷塘小景，怎么弄呢，把豆腐、肉末、虾仁、干贝调成糊状放进小碗，上面布上青豆，蒸出来，就是一个莲蓬的样子了，所以可以叫荷塘小景。

噢噢，我知道了，王才现在有些明白过来，他明白过来以后，就突发奇想起来，把小孩叫过来，你过来，你过来。

小孩就过来了，他笑眯眯地看着田二伏，两个黑眼珠斗在一起。

王才说，嗻，这样也可以做一个菜的，拿皮蛋放在中间，拿咸鸭蛋的蛋白放在旁边，这么围起来。

叫什么呢，田二伏觉得王才蛮有想象力的。

叫斗鸡眼。

嘻嘻嘻。

嘿嘿嘿。

哈哈哈。

连王才的老婆都笑了，她平时总是沉着脸的，也不大说话，更难得一笑，所以笑起来就特别的灿烂，脸上像一朵菊花；陆妹和银仙笑得更厉害，她们一会儿弯下腰一会儿又直起来，一会儿跺脚，一会儿又拍手。

小孩一直斗着眼睛看看你看看他，最后他仍然是要看田二伏的，他倚在田二伏身边，一个客人看了看，是你的孩子吗？他问。

田二伏指指王才，他的。

看起来倒是像你的呀，他们说。

小孩又想往田二伏的身上爬，但是田二伏站着，他爬不上来，爬了几次，只好放弃了。

比如喏，就是简简单单炒一个菠菜，也有好听的名字呢，叫红嘴绿鹦哥，田二伏的思路仍然在菜名上，你们听听，多么富有诗意啊。

到底是中学生，王才说，说出话来也是酸屁屁的，绿鹦哥啊，听起来肉麻得来。

还有喏。

这时候陆妹就叫起来，田二伏哎，帮我搬这个。

她是负责洗碗的，有的时候客人多了，碗要用筐来装的，筐装了碗，就特别地重，这时候陆妹就要叫了，田二伏哎。

田二伏去帮她搬，别人看着他的背影都要笑的，陆妹是喜欢田二伏了，这个谁都看得出来，因为陆妹总是要支田二伏帮她做事情。

陆妹的样子，王才的老婆是最不要看的，但是因为她平时不大说话，别人也不大知道她心里想的什么，她在不喜欢陆妹样子的时候，就翻一个白眼，不过一般别人也不会在意的，她并没有翻给别人看，她等于就是自己翻给自己看的。但是如果不是在镜子面前，自己是看不见自己的眼神的，所以王才的老婆心里不喜欢陆妹，不要说别人不太明白，就连陆妹自己，也是不知道的，她还常常地去讨好她。

老板娘啊，我帮你切菜吧。

不要。

我帮你排排齐好了。

不要。

王才老婆是有刀功的，她的刀功很细致，又快，别人在边上看，都会看得眼花缭乱的，甚至会看得心跳起来，怕她切到自己的手上，其实是不会的。她的刀是长眼睛的，只会切菜不会切手，陆妹看过两次，看得眼红了，我要是也能切得这样，我能长工资的，她想。

但是王才的老婆不要她帮忙，王才说，你让她也试试好了。

不要。

这样陆妹就没有办法了，她只好放弃了学刀功的想法，我还是洗碗吧，她想，洗碗也好的。

陆妹觉得还是洗碗的好，因为她如果洗碗，她就常常能支田二伏帮她做这做那的，她知道大家在看着田二伏笑，她要的就是这样的笑，她还嫌大家笑得不太明白呢，她指望着大家把事情戳穿。

陆妹的指望是很容易实现的，因为他们平时也没有更多的话题可以一说再说，所以说着说着就会说到陆妹和田二伏身上去的，甚至晚上王才躺在床上也会和老婆说说。

我看蛮般配的，王才说。

他的老婆总是不说话，虽然这样，但她的气息王才是能够感觉出来的，你觉得不配吗？王才问。

老婆翻了一个身，就背对着他了，王才去扳她，也扳不过来，王才只好放弃想法了。真不合算，他说，说了说陆妹，连累到我自己了。

在陆妹和银仙那儿，她们也在说话，银仙说，田二伏蛮高大的啊。

死样子，陆妹说。

倒是田二伏自己这里，是不大有这种谈话的，因为方师傅不提这个话题，田二伏也不至于自己去挑起来谈，就算方师傅有时候提，田二伏也没有谈兴，这是田二伏的秘密，不能告诉别人的。一般情况下，方师傅总是倒头就睡，田二伏听广播，记一些笔记，这时候小孩总是在他这里，他坐在田二伏的腿上，不吭声，也听广播，并且看着田二伏做笔记。他才五岁，还不认得字，但是他也会把田二伏的笔记本拿出来看看，有时候是倒过来看的，田二伏就嘲笑他，你不认得字就不要看了，小孩就笑了。田二伏说，走吧走吧，时间不早了，你爸你妈都睡了。

但是小孩不走。

咦,田二伏说,你这个小孩,怎么不要爸爸妈妈的。

小孩后来就睡在田二伏这里了,他挤在田二伏脚边,睡着以后还打呼呢,后来田二伏说他,你这么小个人,怎么会打呼的?

王才说,他不打呼的,他是小孩呀。

打的。

方师傅也证明小孩是打呼的,他说,我起先以为是田二伏,后来听听又不大像,我特意爬起来听的,才知道是他。

王才说,奇怪的,他跟我们睡的时候,怎么不打呼呢。

田二伏哎,陆妹又叫他了。

上午一般大家都不太忙的,陆妹叫田二伏做什么,可能就是她自己的什么事了,田二伏帮她做一做,他就要出去的。

我去买电池。

咦,你昨天刚刚买过电池么,他们说。

可是已经不行了,嘶啦嘶啦了。

唉呀呀,现在的东西,他们说,都是这样子的。

其实田二伏是找个借口而已,他是要出来走走,走到小店去的路上,要经过一个美容美发店的,这个地方,就是田二伏心底的秘密所在。

田二伏去买电池的时候,有一个年轻的女孩子站在美容美发店门口很热情地跟他打招呼,大哥哎,她说。

她是北方人哎,田二伏想。

大哥哎,她又叫了,进来洗头呀。

我不的,田二伏说。

捏捏肩胛。

我不的。

五块钱呀。

我不的。

三块吧,她伸出三个手指,三块呀。

三块，田二伏觉得很不过意，三块怎么能？

反正闲也是闲着的，她说。

但是你出力气的呀，田二伏说。

力气又不要钱买的，也不算成本的。

田二伏就进去了，她们就帮他洗头，按摩，但是做活的是另一个女孩子，不是在门口叫他的那个。在门口叫他的那个，把他带进来以后，自己又出去了，仍然站在门口，她看见人就会说，大哥哎，洗头吧。

但是后来一直没有人进来，所以店里只有田二伏一个人，给他洗头的女孩子看起来很瘦，但是手劲却很大的，她把田二伏捏痛了，田二伏叫了起来。

啊哟哇。

你这个人，不吃痛的，她说。

你轻一点，田二伏说。

好的，她说，其实她并没有减轻，她下手就这么重，要她轻也轻不起来的，所以她仍然捏得田二伏生疼，只是田二伏不好意思再叫了。再忍耐一会，他就不再感觉痛了，反而觉得舒服，甚至后来还希望她的手再重一点呢。

这样他们就认识了，但是也不能算很认识，只是田二伏可以从镜子里看见她的脸，她长得很漂亮的，是那种清清爽爽不拖泥带水的美丽。田二伏一看见她，就会拿她和其他的人比一比，比如马小翠，比如王小香，又比如陆妹，一比之后，田二伏就忍不住更加地要去看她。田二伏看她，她也不是不知道，但是她可以装作不知道，她只是做自己的工作。

后来沙发上有一个躺着的人醒过来了，有些朦朦胧胧，他问道，田七啊，几点了？

九点。

他翻了个身，放舒服姿势，又去睡了。

你姓田？田二伏说，我也姓田。

我不姓田，田七说。

那，那，那个人怎么叫你田七呢？

叫田七又不一定姓田的。

噢，对的对的，田二伏说，可能是张田七李田七王田七……

田七的手在他的头上按来按去，她不是很想说话的那种人，所以只要田二伏不说，她一般也不主动说话；田二伏也不是一个话特别多的人，但是现在他从镜子里看着她，就觉得想和她说话。

　　田七小姐是哪里人啊？

　　你问这个做什么？田七说。

　　没什么，瞎问问的，田二伏说。

　　瞎问问有什么问头？

　　田二伏笑了笑，他说，你肯定以为我是坏人吧。

　　我没有以为。

　　你以为我想骗你什么吧？

　　你骗我什么？

　　你可能碰到过不好的人吧？田二伏说，其实我不是的，其实我就是你的邻居呀，我就在那边的一个小饭店。

　　噢。

　　是天天有饭店。

　　噢。

　　我是做厨师的助手的。

　　噢。

　　本来我也可以做厨师的，老板是硬要叫我做厨师的，是我自己不肯。

　　噢。

　　我对菜是有些研究的，不过实际能力差一点，所以我说我还是不做厨师吧。我们老板说，那你就做厨师的助手，但是你要经常指点厨师的，厨师虽然操作起来还可以，但是他理论水平不够的。

　　噢。

　　门口的那个人喊进来了，田七啊，来客人了。

　　咦，田二伏说，怎么都是你做的呢。

　　无所谓的，田七说，忙的时候大家都要做的，闲的时候，谁做都一样的。

　　田二伏的椅子就让给那个新进来的人了，田二伏站在一边，等候田七发话，田七说，你要不要吹风？要吹风，我叫师傅起来。

师傅就是睡在沙发上的那个人，田二伏本来是不要吹风的，但是他想再在这里多待一会，反正现在回去，店里还没有开始忙上呢，所以他就点了点头。

要的。

田七向他的头看了看，好像笑了一下，又好像没有笑。

我的头发，乱糟糟的。

连吹风要十五块的，田七说。

十五块就十五块好了，田二伏说，大的店里要几十块呢。

那个躺着的师傅起来了，他叫田二伏坐到另一张椅子上，把田二伏的头发抓着看了看，什么人帮你剪的？他说，剪得个什么样子。

嘿嘿，田二伏有些不好意思。

师傅就给他吹风了，三下两下，风吹好了，又喷了定型水，额前的头发竖起来一撮，从镜子里看上去，显得十分精神，师傅拍拍他的肩，好了。

咦，田二伏说，这么快。

小意思，师傅说着，又坐到沙发上去了，又斜下去要睡觉了。

田二伏往回走，一路上他一直觉得有点不好意思，头发弄得这么好，是不是太神气了？他怕人家会盯着自己看，但是他注意了一下，还好，路上的人只顾走自己的路，并没有很在意他，有的人明明已经看到了他的头发，但是眼神并没有停留，就滑过去了。一直到他走进饭店，先是陆妹叫了起来。

啊呀呀。

别人没有在意什么，听到陆妹的叫，才回头来看，一看，大家都有些发愣，好像不认得他了，过了片刻，才有了声音。

啊哈哈。

咦嘻嘻。

什么样子噢。

一个大冲头。

一个洋葱头。

大家的看法，使得田二伏有点慌了，他现在甚至不知道自己到底是个什么样子了。照照镜子，你自己看看，陆妹说。

田二伏在镜子面前吓了一大跳，这里的镜子和理发店里的镜子怎么照出来是不一样的，田二伏只是匆匆看了一眼，就恨不得赶紧躲起来，他的脸涨得通红，因为脸红，他的头发看起来就冲得更厉害。

咦，咦咦，田二伏想。

怎么想得到的，王才说，去吹什么风啊。

肯定是那里的小姐花的，陆妹说，三花两花，叫他做什么都肯的。

做什么都肯的吗，王才有点坏笑地说。

没有的，田二伏说，没有什么的。

哼哼，陆妹说。

本来是一个比较无聊的上午，他们正没有什么事情可说，现在有了田二伏的这个头，他们的兴致给吊了起来，他们对田二伏的头看来看去，笑来笑去，后来因为时间到了，要做事情了，才暂时告一段落。

这是田二伏头一次遭遇田七，第二次田二伏到菜场去买菜，看见了田七，那时候田七正和别人在吵架，那是两个男人，他们很凶的样子，围着田七，还有一些人在看热闹，他们指指点点，议论着，田二伏去和田七打招呼。

嗨，田七，他说。

田七看了看他，没有理睬，她好像根本就不认得他。

我是上次到你店里去的那个人呀，田二伏说，你帮我洗头按摩的。

哈哈，别人笑起来。

田七仍然没有和他说话，也不说是想起来还是仍然没有想起来，那两个盯住田七吵架的人也对田二伏很不耐烦，你也不看看这是在做什么，他们说，你走开点。

咦，田二伏说，为什么要我走开点，我又没有碍你们的事。

他们都不理他了，回头继续吵他们的架，你敢耍我们大哥，他们对田七说，你胆子不小啊。

耍他又怎么样，田七说。看样子她根本不怕他们。

你又不是不知道我大哥的脾气，他们说，你耍了他，你有好果子吃啊。

我等着呢，田七说。

走，跟我们走，他们说，到大哥那里说明白。

我没有空，田七说。

没有空也要去的，他们说着就有点动手动脚了，他们要去拉扯田七。田七并不急，她是不动声色的，但是站在一边的田二伏急了，他上前说，你们不许动手动脚。

咦，他们说，你是谁？

我，田二伏说，我是她的朋友。

朋友？他们不解地看了看田二伏，其中的一个回头对田七说，你耍我们大哥，就是为这小子吗？

你放屁，田七说。

他们中的另一个又看了看田二伏，不是他，他说，上次我们跟踪的不是他。

那你又换人了，他们同时对着田七说。

你放屁，田七说。

你是万人坑呀，他们说。

啊哈哈。

噢呵呵。

围观的人大笑起来了，田二伏很恼火，他竖到那两个人面前，你们嘴巴放干净点。

咦，他们说，想管闲事啊？'

我的事不要你管，田七也说。

我看见了我就要管的，田二伏说。

咦咦，他们说，打架啊？

打又怎么样？田二伏说，我不许你们欺负女孩子的。

眼看着他们就要打起来了，这时候有人过来了，干什么干什么？

那两个人一看到来的人，更是精神抖擞了，大哥，大哥，他们说，这小子讨打。

他们的大哥看了看田二伏，又看了看田七，对他们说，你们搞什么搞？不是她。

咦，咦咦，他们觉得不可思议，不是她？

你们长不长眼睛，我女朋友是这样子的吗？大哥说，白喂你们饭了。

咦咦，他们盯着田七看了又看，不过是长得像的，是不是，大哥？

像个屁，大哥说，一点也不像。

嘻嘻嘻，田七笑起来。

你笑什么？他们说，既然不是你，你干什么要瞎承认？

我什么时候承认过？田七说，我好好地在走路，是你们硬要挡住我不给我走的。

不是你就不是你，跟我们搞什么？他们说。

是你们跟我搞，我又不认得你们，田七说。

你不认得我们，为什么不说出来？害我们白忙半天。他们心里有点鸣啦不出的。

我说出来你们相信吗？田七说。

在田二伏参与这件事情的时候，有一个人经过这里，他是认得田二伏的，他看见田二伏要和别人打架了，就走开了。他经过王才那里的时候，对王才说，王老板，你那个帮工跟人家打起来了。

怎么会呢？王才说，田二伏不喜欢打架的，他又不惹事情的。

好像是为了一个女的，那个人说，好像是理发店里的一个女的。

谁？

谁我不知道的，我又不去洗头按摩的，那个人说了说就走了。

后来田二伏回来了，王才问他，田二伏啊，你是不是喜欢上那里的谁了呀？

哪里的？

美容美发那里的，王才说，是谁呢？

没有的。

我都知道，哼，陆妹说，你不要以为我不知道，哼。

什么呀。

叫林彩凤。

不对的，不叫林彩凤。

是姓周的，是有点胖的那个。

不是的，不是她，田二伏说，一点也不胖的。

田二伏这样说了，反正大家都确定他是真的了，虽然他们不一定知道是谁，但是可以确定田二伏是了。王才有些不放心，就说，那种地方，不大好的，田二伏你又没有多少钱，少去啊，去也不能做什么事情的。

人家就是洗洗头,田二伏说,又不做什么事情的。

人家做那种事情,会做给你看啊,王才说。

田二伏没有再说什么,但是他想,别人怎么样我不知道的,但是我知道田七不是那样的。

第七章

田二伏后来又去洗头了，他去的时候，田七手里有别的活，另一个顾客的头还没有洗完呢，所以另外有空闲着的小姐肯定提出来我帮你洗吧，但是田二伏是不愿意的，田二伏说，我不急的，我等一等好了，她们那些人就笑了，她们说，田七啊，他很专一的啊。

田二伏心里是希望田七快一点完成那个手头的任务就来帮他洗头的。可是田七并不着急，她一点也不会马虎的，仍然和平时一样，慢慢地，很认真很细心的样子。田二伏等了等，后来他反倒感动了，他想，这样的人好的，不会因为来了熟人就影响对别人的服务。所有商店都说自己是老少无欺，其实有好多店是做不到的，也许他们店里是想做的，但是因为职工素质不高，就做不到了。但是在田七这里，倒是真正做到了的。田二伏这么想着，心里就甜蜜蜜的，好像田七是他的什么人似的，她好了，田二伏也会跟着高兴的。

田二伏就坐在沙发上，从镜子里看着田七。镜子里的田七，看起来嘴稍稍有一点歪，因为嘴有点歪，整个脸也有点歪了，但是这种歪，倒又是一种风采，看上去很自然，偶尔有一丝笑意，就更显得有魅力。只是田七的笑意总是比较少。

田七也知道田二伏在看她，但是她不在意，她是当做不知道，她不去看田二伏，好像他根本不存在。田二伏并不失望，他知道田七是认真工作的，他觉得这样反而好，如果他来了，影响她的工作，他是会过意不去的。

他是哪里的呢？店里有一个新来的小姐，她不认得田二伏，就问她们。

他是王才那里的伙计，另一个人说。

才不是伙计呢，再一个说，才不是伙计呢，王才看重他的。

王才喜欢他的。

王才老婆还要更喜欢呢。

嘻嘻嘻。

嘿嘿嘿。

有没有认你做干儿子啊？

她们开田二伏的玩笑，他有点不好意思，没有的，没有的，他说。

认不认也无所谓的，你等于是他的干儿子呢。

不是的。

嘻嘻嘻。

嘿嘿嘿。

你们店里也有个女的。

是银仙。

小的那一个。

噢，是陆妹。

那个人跑到我们店里来的。

咦，她又不要洗头的，田二伏说，她总是自己洗的。陆妹说洗发店的小姐手不干净，手指甲里有毒的，田二伏是不相信的，他看她们的手都是白白的，常常浸在肥皂里，怎么会不干净，怎么会有毒呢？

她过来就瞪着田七看看，也不说话。

后来呢。

后来就走了。

咦咦。

嘻嘻嘻，她们又笑了。

现在田七做完了那一个头，就轮到田二伏了。田二伏坐到椅子上，田七的手往他头上一按，田二伏心里就软软的。

田七的手仍然是有力道的，但是田二伏已经适应了她的力道，田七还是不大愿意说话，田二伏就找出话来和她说。田二伏说，嘿嘿，田七你不大说话的啊。

田七不说话。

田二伏又说，我知道的，你是属于那种人，他说，那种有点冷的，冷冰冰的。冷美人啊，她们笑话说。

田七终于微微笑了一下，嘴有点歪，脸也有点歪。

是的，就是这样的，田二伏不大好意思说出美人两个字，由她们说出来，他很开心，是正中下怀的。

田二伏来的时候，她们就这么和田二伏说说笑笑。后来有一次就说到租房子的事情了，她们说田七想租房子，田先生哎，你帮帮田七呢，她们说。

她们叫田二伏田先生，田二伏是很开心的。还从来没有人称呼过他先生呢。在他的印象中，被称作先生的人，都是西装革履那种样子的，或者是戴着眼镜文质彬彬的。像他自己这样的，虽然在农村里也算个知识分子了，但是到了城里，是算不上什么的。城里人的眼睛是很凶的，不管他是不是开口说话，不管他穿着什么样的衣服，他们一眼就能看出来他是外来打工的。他们不会称他先生的，他们只会叫他民工，或者叫外地人，再不好听一点，就是乡下赤佬。

田二伏一直是想帮田七做点什么的，自从认识了田七，他总觉得应该照顾照顾田七。这种想法也不知从何而来，因何而生。田二伏也没有细细地去品味过自己的想法，也没有认真地分析过自己的想法，他只是有这种欲望而已。他总是想做点什么，现在机会来了，田二伏就决定替田七去试试看。田二伏先回去翻自己的笔记本，他听广播记录下来的东西记了满满几本子，好在他早有分类，所以寻找起来也不太麻烦，他一翻就能翻到关于房屋中介的内容。

但是田二伏只是翻了一翻，就觉得有点手足无措了，房屋中介的东西太多太多，多得叫人有点摸不着头脑。

  世纪租房
  新新中介
  阳光房产
  理想家园
  工薪家族
  房屋代理

等等。

他们的广告语也是令人头晕目眩的：

　　上班族的知音
　　工薪阶层的密友
　　外来者的桥梁
　　单身贵族的天堂

等等。
还有写得像诗一样的句子，歌颂房子的，田二伏也记下来了一些，比如：

　　春天的风和谐美丽
　　一个充满美学的意境

等等。
接着田二伏又看到下面的这些具体内容：

　　出租：
　　玉光新村3F,52平方米，二室一厅，每月600元，全地砖，家具，淋浴，空调，彩电，洗衣机，电话，管道煤气。
　　梅桥巷平房，30平方米，一房一厨，每月250元，水电全。

等等。
　　田二伏这么看了看，心里很感慨，城里的生活真是方便，世界上好像有许多东西都是天生替他们准备好的，都是现成的，不用费什么力气，只要打一个电话，就能解决问题了。
　　但是田二伏并没有按照广告上的电话去打，因为满眼的广告用语和电话号码，把他的头也搞昏了，他犹豫了半天也不知道该给哪家公司打电话询问，而且他又怕打电话的事情不太可靠，最后就决定自己去跑一趟。
　　田二伏直接去找中介公司，他推门的时候，就有一个戴眼镜的文绉绉的小伙子热情地迎了出来。

来啦。

好像是事先约定好的,也好像他跟田二伏早就认得,而且很熟悉。

来啦。

田二伏也不得不跟他熟悉起来,田二伏想,城里人都有点自来熟的,要是在乡下,乡下人会盯住一个陌生人瞪他老半天呢。

是外地来的吧,是要租房子住吧,不要太大是吧?不要太贵是吧?小伙子笑眯眯地说,我是小刘。

咦咦,田二伏想,他们的工作真是做得很熟很熟了,顾客还没有开口,他们就知道你是谁,也知道你要干什么。

要哪个地段呢?要多少平方呢?小刘翻一翻他的记录簿,这里,这里,他说,就在这里,我们的房源不要太充足噢,什么样的条件都能满足你的。

田二伏和小刘是一手交钱一手交地址的,他交了定金和中介费,小刘就交给他地址,田二伏根据小刘交给他的地址,兴致勃勃地去找了那一间房子,房子里还有人住着,主人看见田二伏来了,就知道是来看房子的。

还有人住在里边呀?田二伏原来以为是个空房子,现在看到有人,觉得有点奇怪,他不太清楚租房这行业的一些规矩。

谈妥了就可以搬的,那个人说,本来早就要搬的,一直没有谈妥么。

看看,我是来看看的,田二伏说,你房子是旧的。

当然是旧的,四百块你想租新房子是没有的,他说。

什么四百块钱?田二伏说,他们谈好是月租两百块。

你开什么玩笑。

谁开玩笑呢,田二伏想,明明是你们在开玩笑,两百和四百,整整差一半的价钱呢。

两百是不可能的,房东说,他就要关门了。

咦咦。

田二伏又回到中介公司,啊啊,小刘说,没事的,这样的事情常常有的,他原先答应两百的,后来又反悔了,这种事情是正常的,我另外再介绍给你。

田二伏来到第二户人家,他敲了半天的门,有一个老太太来开门了,她只开了一条门缝，从门缝里警惕地瞪着田二伏。

你想干什么？

我来看房子。

看什么房子？老太太说。

田二伏想探探头看看清楚，老太太伸出手来推了他一下，你走远点，外地人，你想进来抢劫啊。

咦咦，你怎么这样的呢？你要出租房子，我要租你的房子，你总要让我看一看房子呀，田二伏说。

谁要出租房子？咦咦。

我还没有死呢，老太太说，等我死了再来吧。她把门关上了。

小刘听田二伏这么说了，又笑了笑，正常的正常的。他说，是她的儿子来登记的，她可能确实不知道，也可能她不愿意出租，你不用着急的，我这里房源多得是，我一开始就告诉你的，什么样的条件我都能满足你的。

这样田二伏又跑了两家，一家说，咦，我们还没有想好呢，到底是不是出租，全家的意见还没有统一呢，你倒已经来了。

另一家让田二伏打呼机，田二伏在小巷的公用电话那里打了传呼，吩咐电话管理员，有电话来叫他，但是他前前后后打了十几次传呼，也没有等到回电，反倒弄得他上班也不定心，老是要朝电话那边看，王才说，田二伏你干什么呢？

田二伏去向小刘讨回定金和中介费，因为他们的墙上和广告上都写着，中介不成，分文不取。田二伏说，你这是中介不成呀。

但是小刘不承认这是中介不成，他说，你怎么知道不成呢？你怎么证明不成呢？你跑了几处不成，不能说明我们中介不成，因为我们可以继续给你介绍，你还可以继续跑呀。田二伏说，我要上班的，我没有时间。

没有时间那就是你自己的事情了，小刘说，你如果不肯跑了，这是你自己放弃租房的，不是我们中介不成，所以收的钱是不好退的。

怎么这样的呢？田二伏想，怎么这样的呢？这好像是骗子，但又不像是骗子。如果是骗子的话，他倒是可以告他们的，但是他们又不是那种骗子，说他们不是骗子的话，他们明明是骗了他的钱去，这事情总有点不对头。田二伏因为常常听广播，算是对各种知识了解得多了，他甚至以为自己可以算一本百科全书了，要查什么东西翻开来就有的，但是他现在却有点茫然了，他的这个百科全书里翻不到这样的内容，田二伏弄不懂像这样的事情该谁去管一管，于是他想起了广播里经常听到的两个字：无序；又想起另外两个字：混乱。

因为这个无序和这个混乱，弄得讲不清道理了，本来田二伏是最不怕讲道理的。在家乡的时候，村上的人碰到什么纠纷麻烦，有时候也来找田二伏问问，因为他们知道田二伏肚里有一本清清爽爽的账的。现在田二伏心里乱乱的，他走在老街上，街上是穿来穿去的人影，街旁是花花绿绿的店家，田二伏回想当初在乡下有条有理地替别人分析矛盾的事情，竟觉得很遥远很遥远了，恍若隔世似的。

在乡下的时候，村上的人有时候上街碰到吃亏的事情了，回来就会说，乡下人老实，弄不过城里人的。从前田二伏总是不肯相信这样的说法，但是现在他有点相信了。只不过田二伏觉得那个小刘好像也是外地人，不是本地人，他虽然讲的是普通话，但是没有本地人说普通话的那种浓浓的口音。

田二伏再到田七那里去的时候，觉得有点不好意思，他走在路上一直在想，她们要是问起来，该怎么回答呢？

但是她们都没有提这事情，田七自己也没有说起，好像根本就没有这件事情似的，她们仍然和田二伏开开玩笑，倒是田二伏心里不踏实了，后来就问出来了。

什么？

租房子呀，田二伏说，你不是说你要租房子么？

田七皱了皱眉，我要租房子？我什么时候要租房子？

咦，田二伏说，上次我来洗头的时候，你们说起的，我说我帮你去，你也没有说不要，后来我就去了。

后来呢？

后来也没有租到，田二伏说，不过我还可以再去的，我已经积累了经验，下次再去，不会上当了。

田七说，我没有说。

咦咦。

她们就咯咯咯地笑起来，可能她们就是瞎说说的。我们的话，她们对田二伏说，我们说的话，你听听就罢了，不可以当真的啊。她们看田二伏一时有点愣了，她们说，你不会是生气了吧？这样一问，田二伏反倒笑了起来。是不会生气的，他能够为田七做点事情，就算是白做的，心里也有点温馨的，是不会有怨言的。

不过后来事情还是有点曲折。那天田二伏洗了头走出来，他走在街上，田七就从后面追上来了。她并没有喊田二伏停下，田二伏其实也不知道后面有人在追他，但是他似乎有一点异样的感觉，他就回头看了一看，结果一眼看到了田七。

咦咦，田二伏有点喜出望外，你。

田七因为奔跑了，稍微有点喘气，她说，其实，其实我是要租房子的。

咦咦，田二伏说，好的呀。

麻烦你，田七手里抓着一个小包，她拉开拉链，对田二伏说，我放一点钱在你身上，租房子要交定金和中介费的。

田二伏正要说话，眼前就看到一个人影子忽闪了一下，有人冲向他们，伸手抢了田七的钱包，撒腿就跑。

啊呀呀，田七叫起来。

田二伏眼前一花，听到田七叫喊，赶紧去追，他一边追一边喊，抢钱包啦，抢钱包啦。

路上的人都看着他们，一个逃跑一个追赶，还有一个田七，既不追赶也不再叫喊，呆呆地站在那里，脸上是很奇怪的表情。

田二伏脚底下生风，几步上前就追上了那个人，他一扑，就把那个人扑住了。那个人瘦瘦小小，脸色蜡黄，看到田二伏扑过来，赶紧把钱包交到田二伏手里，还给你。

田七也已经赶过来了，田二伏把钱包交给她，你看看，少了没有。

田七并没有看，脸上却仍然是奇奇怪怪的样子。田二伏扭着那个人，走呀，走呀，他说，到派出所去。

那个人苦兮兮地说，哎呀，放了我吧。

不能放的。

钱包已经还你了。

那也不能放的。

围观的人也在议论纷纷了。

不能放的,放了他还会去偷去抢。

这种人害人的,要抓起来。

大白天抢钱,这样混乱,社会上还得了呀。

一部分群众是群情激愤地要抓他的,但是也有人心肠软一点,他们的想法不一样。

算了算了,人家也已经还了。

看上去也可怜的。

脸色难看得来,是不是饿了几天了。

看起来有病的样子啊。

这过程中田二伏一直紧紧揪住小偷。突然小偷开口说话了,他说,田七啊田七,你就眼看着我被抓起来啊?

田七的脸有点发白。

田二伏看了看田七,你认得他呀?他问。

是老乡,田七说。

老乡啊,大家说,老乡还抢老乡,不像样子。

从前都说,老乡见老乡,两眼泪汪汪,你这个老乡。

田二伏有点不知怎么办了。他看着田七,你说呢,田七你说怎么办。

让他走吧,田七说,让他走吧。

田二伏听田七的,手就松开了。他的手一松开,那个老乡就像蛇一样地滑溜开去,一下子蹿出去老远。但是他并没有立即逃走,他站在别人抓不到的地方,手指着这边,田七,田七,你等着,他说。

哪有这样的人。

早知道就不放他的。

大家又议论纷纷了。田二伏和田七一边说着一边往回走,田二伏说,田七啊,你那个老乡是干什么的?

不知道。

他叫什么名字呢?

不知道。

田七可能是不愿意说这个老乡的事情，田二伏也就不再提了，他们走到应该分手的地方，田二伏说，田七啊，我帮你租房子啊。

不要了。

咦咦。

不要了。

田二伏想问问为什么，刚才田七追出来找他，明明是要他帮助租房子的，现在这么个事情一来，她又不要租了。

不麻烦的呀，田二伏说。

不要了。

那，田二伏心里好像有一点遗憾，那就走了。

走了。

他们就分头走了，各自往自己的店里去了。

第八章

方师傅人很瘦，但是食量很大，他炒菜的时候，可能经常抓一点吃吃，但是王才从来没有当场捉到过他。他们走进厨房的时候，方师傅总是在忙着，一副全神贯注的样子，就算看他的嘴，嘴也不会在蠕动，嘴上甚至也不会有油光的，看上去根本就不可能吃过盆子里的菜，但是菜送出去，客人总是说，你们的菜，分量不足呀，大盆只有人家的中盆，中盆只有人家的小盆，小盆呢，简直就要没有了。王才就过去看，盆子里的菜确实是少，王才只好说，对不起，对不起，可能搞错了，换一盆，换一盆。

就端进去换，但是换了出来仍然是少的，人家意见就很大。

这样做生意怎么做得起来。

你抠也不应该抠在这种地方。

客人们纷纷说。

王才也不明白，他在分配生菜的时候，明明是给足分量的，想来想去，只剩下一个可能，就是方师傅在炒菜的时候偷吃了。

于是王才就留了一个心，看看到底是不是这样。但是他留了好几个心，也不曾留到。方师傅有一回知道王才在留心了，很生气，他说，我偷吃吗？我要是偷吃，我不得好死。

王才就不好再说了，再说就伤和气了。他只好在配生菜的时候，再给更足的分量，好在开一个饭店，发也不是发在这上面，亏呢，也不是亏在这上面的，连人家顾客都知道这个道理的。

要等到落了市,差不多不会再有客人来了,饭店里的员工才开始吃饭。他们围在一张桌子上,方师傅是狼吞虎咽的,一般人家都说,做厨师的因为平时油烟味闻也闻饱了,都吃不下饭的,但是方师傅吃得下。他是厨师,烧菜是讲究的,但是自己的吃,却是连汤泡饭加菜倒在一个大海碗里,呼啦呼啦地吃,他一边吃一边说,我是饿死鬼投胎。

王才对这个厨师呢,说不上很满意,但也没有很多的不满意,他倒是一直对田二伏寄予着希望,他叫方师傅方便的时候顺带着教教田二伏,让田二伏也学几手,方师傅就老实不客气地说,教会徒弟饿死师傅。

虽然方师傅不怎么肯教田二伏,但是田二伏自己还是能学到一点的,尤其是在每个月方师傅回家的那一两天,是王才的老婆做厨师,她的手艺虽然不如方师傅,但是她肯教田二伏,她甚至就让田二伏上灶掌勺,她在边上指点指点。这样田二伏的进步也就快了起来。

方师傅每个月是必定要回去一两天的,开始王才对这一点不满意,但是方师傅坚持,王才也没办法,就嘲笑他,说方师傅是专门赶回去跟老婆睡觉的。

方师傅也不否认,是这样的,他说,老婆一定要常常跟她睡的,你要是不跟她睡,她就要去跟别人睡。

方师傅说到这个地步了,王才也不好不让他回去,要不然万一他的老婆真的跟别人去睡了,方师傅要怪王才的,王才也不愿意承担这种责任。好在方师傅的家也不远,去一两天就回来了,他不会待很长的时间,没有超过两天的,他们又嘲笑他,说他再多住一天也吃不消了,方师傅也承认,他说,是的。

后来饭店做的时间比较长了,和周围的居民也都熟悉了,居民有时候会自己拿一点生菜来,方师傅啊,帮我们炒一炒吧。

方师傅是不大愿意的,他脸色不好看,以后他们就不来找他了。等到方师傅回家的日子里,他们就来找田二伏,田二伏啊,帮我们炒一炒吧。

好的好的,田二伏是热情的,他们看到田二伏热情的笑脸映在炒菜的火光里,他们说,田二伏是好人哎。

田二伏去买了一本菜谱,对照着上面的方法,去建议别人该买什么样的菜配什么东西。有一次在三月份要学雷锋,居委会和个体户协会来找他们,在三月五号这一天，要派人去做好事，至于做什么好事，可以根据自己行业的特点自己决定，但是各行各业的人是要集中在一起的，在居委会指定的街上做好事，电视台要来拍电视。王才就跟田二伏商量，田二伏说，那我就去炒菜吧。

后来他们搬了一个炉子和一些锅子，到街上摆了个摊，免费替居民炒菜。在那里有人免费替人家裁剪衣服，有人免费给人家理发，还有修电器的等等，但是他们的生意都不如田二伏这里的好。田二伏这里排起了很长的队，大家都去买了菜请田二伏炒一炒。

那一天在田二伏的案头上，扔了好多的香烟，这是大家敬他的。田二伏把一根烟夹在耳朵上，电视台也真的来拍了电视。他们的镜头对着田二伏好一会儿，是时间最长的。他们还问了田二伏几句话。

陆妹那一天做田二伏的下手，收摊以后，她回来告诉大家，田二伏讲话的时候，蛮像个知识分子的，人家电视台的人也这么说。后来大家等看晚上的新闻，等到这个新闻出来，却没有看到田二伏，倒是有陆妹的。陆妹在切菜，因为是陆妹的背影，所以起先大家没有在意，都在找田二伏呢，忽然陆妹就喊了起来，是我是我，我在那里。

大家看见果然是陆妹。陆妹上电视了，他们说。

怎么会是背影呢？陆妹说，明明是在我面前拍的呀，怎么会拍到后面去了呢？

方师傅的事情最后是被他自己不幸而言中的，虽然方师傅每个月坚持回去，但是他的老婆最后还是跟别人去睡了。方师傅听到这个传闻以后，就说了一句，这下好了！就像平时人们看见两条船要相撞了，大家会发出惊叫，不好了不好了，等到两条船撞上了，他们就说，这下好了。方师傅就好像是一直等着这么一撞，等到真的撞上了，他的一颗悬着的心也放下来了。他说，王老板啊，我要回家了。

咦，王才想不通的，你怎么反而要回家了呢？

叶落归根，方师傅说，人总归要回家的。

咦咦，王才就更想不通了，老婆都没有了，你还回去干什么呢？

方师傅说，老婆都没有了，我还在外面干什么呢？

方师傅就这样走了，幸好田二伏差不多已经可以顶替他了，王才就升田二伏做厨师。但是田二伏自己心中慌慌的,我不行的,我不行的,他反反复复地说。

你叫我做厨师,我心里急的,你叫我做厨师,我心里急的,他又反反复复地说。

大家都笑了,田二伏就更着急了。王才说,我都不急,你急什么?你这是皇帝不急急煞太监。

田二伏仍然是疑疑惑惑的,我就这样做厨师了?他说,我也不需要去学习的?

学习什么?王才说,你想上大学啊?

比如说,到厨师培训班那样的地方去学一学,田二伏想起生活热线节目里是常常有介绍的,某某厨师培训班,某某烹饪速成班,很多的,一般是为下岗的工人开的,让他们学一点手艺,好再重新找饭碗。

喔哟哟,王才说,麻烦什么呀,我们又不是什么大饭店,马马虎虎的,再说了,你去学习了,水平真的高了,你不肯在我们小店里做了,我不是人财两空了?

我不会那样的,田二伏说,我怎么会那样呢?

在田二伏的笔记本上,记着许多厨师培训班的情况和电话号码,比如:

南天厨师培训班是这样的情况:汇集天下名菜,培养厨师精英,南天厨校以一流的设施、一流的管理、一流的教学质量饮誉省内外,欢迎先参加后报名。初级班30天,学费200元;中级班30天,学费350元;高级班30天,学费480元。联系电话:7654321。

长兴厨校有白班和夜班,常年举办一、二、三级厨师培训,红案班学费350元,包会二十桌以上宴席,传授200余种高中档菜肴;面点班学费240元,学会为止。免费升级,发全国通用证书,推荐工作,可勤工俭学,电话:5432761。

还有很多很多。

但是王才不要他去学习。王才说,你不要啰唆了,你去准备烧菜吧。

那,那不行的,田二伏想了想,说,我不能马上就上灶,我要先到菜场去的。

咦咦?

他想干什么呢？

别人是不能理解田二伏的，厨师其实用不着亲自上菜场，店里需要的菜，菜贩子会主动送上门来，他们还求之不得呢，田二伏可不能断了他们的生路呀。

我不是去买菜，田二伏说，我是去看菜。

咦咦？

田二伏也不向他们作什么解释，解释了他们也不一定听得懂，听懂了他们也不一定能够接受。看菜这样的说法，是广播节目里介绍的，是在胖大嫂谈烹饪这个节目。经常有听众打热线电话，诉说每天买菜烧菜的苦恼，这苦恼就是千篇一律，难以变化，烧来烧去总是那几样菜，家里人都吃厌了，实在是巧妇难为日常菜。后来胖大嫂就给大家出了一个主意，她说，你们可以到菜场去转，去看菜，在看菜的过程中，会突发灵感，不要事先想好去买什么菜，不要事先规定明天吃什么菜，随意地走到菜场，你不受什么拘束和约定，就会产生突发的灵感。

嘿嘿，当时田二伏在收音机旁边笑了笑，他觉得城里人真是有点那个什么，买菜还讲究什么灵感，讲究什么想象。那时候他的笑，既是羡慕的，但多少也带着一点嘲笑的，是那种不能理解的嘲笑，现在田二伏不觉得好笑了，一种尝试的欲望在他的心里油然而升，他已经体会到这个建议是有价值的，所以他决定先去看菜。

田二伏来到菜场，菜场里乱哄哄的。田二伏忽然心里一动，他就想起了他当初在劳务市场的情形，想到王才的斗鸡眼儿子拉扯他的情形，不由得笑了起来。这时候有人在后面猛地拍了拍他的肩，大声地又叫又笑，啊哈哈，老乡，啊哈哈，老乡！

田二伏看到一个身材矮小的脸色黄黄的人站在他的身后，手还高高地举着，好像还没有拍够他。

田二伏觉得面熟，但一时想不起来是谁，咦，咦，他说，面熟的。

当然面熟的啦，那个人说，老乡嘛。

田二伏现在想起来了，他是田七的那个老乡，抢田七钱包的那个老乡，田二伏说，咦，咦，你是田七的老乡呀。

啊哈哈，老乡啊，你想起来了，他说。

但是我不是你的老乡呀，田二伏说。

怎么不是呢？他说，不是也等于是的呀，你想想，你和田七那么要好，真是天生的一对呢，真是郎才女貌呀。

田二伏听他这么说，心里是很开心的，嘿嘿，嘿嘿，他说。

你和田七不等于是一家人吗？所以我就叫你老乡了，他说，我叫得不对吗？嘿嘿。

喂喂，老乡啊，他说，那件事情，你就不要再挂在心上了啊。

哪件事情？

就是钱包的那件事情呀，过去就过去了啊。

过去就过去了，田二伏想，这说法也没有什么不对。

老乡笑眯眯地拿出烟来，要给田二伏抽，田二伏犹犹豫豫的，老乡说，喔哟哟，老乡呀，你嫌我的烟蹩脚是不是？

他这样说了，田二伏反倒不好意思了，拿了一根，老乡立即替他点上火，伺候得很好的样子。田二伏觉得有些不过意，老乡是看得出他的心思的，老乡说，不要不好意思，我是要拍拍你的马屁的，以后还要拍得多呢，拍得多了，以后你就习惯了。

嘿嘿，田二伏觉得这个老乡奇奇怪怪的，他倒不知说什么好了。他朝老乡再打量一番，老乡是两手空空，身边也没有什么东西。他看不出老乡在菜场上做什么。

你做什么呢？

我等你呀。

说笑话了。

不说笑话，老乡像是认真起来了，我是在等天天有饭店的大厨师呀。

咦咦，田二伏觉得不可思议，方师傅刚刚才走，王才刚刚叫他做厨师，总共才多长的时间，这个老乡怎么已经知道了呢？他的消息这么灵通，从哪里得到的呢？田二伏想着，觉得思路有些阻塞。

老乡满脸笑意看着他，好像在说，你连这个都想不通呀？

田二伏的思路忽然就通了一通，他想到了田七，可能是田七告诉老乡的。如果真是田七告诉老乡的，那说明田七一直很关心他，对他的一举一动，一点小的变化，田七都在关注着。想到这里，田二伏心里一暖，嘿嘿，他说。

老乡是把握了田二伏的思路的，他知道他已经联想到田七了，所以他不失时机地又提到了田七。田七好的呀，他说，田七人很好的。

嘿嘿，田二伏心里一直暖洋洋的。

田七有没有和你提到过我，老乡说，她说我什么？

田二伏想说没有，但觉得老乡眼巴巴地期望着什么，就不忍心说田七根本就不愿意提到他，田二伏只能含糊一下，嘿嘿。

老乡说，她有没有说我也是做厨师的？她肯定说了吧？

咦咦，田二伏觉得很意外，你也是做厨师的？

什么叫我也是做厨师的？老乡说，我不要太有名气噢，八味斋，你听说过八味斋吗？

八味斋田二伏是知道的。是百年老店呀，他说。

是的是的，老乡说，你倒也是见多识广的啊，我是八味斋的白案师傅。白案你知道吧，就是做面食点心的，后来他们嫌我没有文凭，不要我，都是学校毕业的小孩子进去了，他们的饭店弄不好了。

田二伏听他这么说了，对他就有点另眼相看了。他原来就想不通，田七的老乡怎么在街上抢钱包呢？现在可能想通了，因为下了岗，经济困难，才出那样的下策，去抢老乡的钱包，他也许认为，反正是老乡，抢了也不要紧的。田二伏想，幸亏我没有听别人的话，幸亏是听了田七的话，没有把他捉到派出所去。

现在老乡从身上掏出了什么东西，递给田二伏。田二伏一看，是一张八味斋的工作证，上面是老乡的照片，还有老乡的名字：周本大。

你叫周本大？

周本大？周本大？老乡拿过工作证去看了看，说，当然周本大，我当然叫周本大。

工作证已经很旧了，都发了黄。田二伏说，你在八味斋工作很长时间了？

当然长的。周本大拿回工作证，小心地藏好了。说，我被辞退的时候，他们要收回去的，我不肯，我不给他们，收回去了我拿什么来证明我自己呀。老乡，你说是不是？要是现在我不给你看我的工作证，你肯定以为我是骗子，是不是？

这倒是的，田二伏说。

但是有了这个工作证，你肯定是相信我的，是不是？如果你还不够相信我，我也有办法叫你更相信我的。

比如说吧，周本大说，我问你啊，做面食包子的要领是什么，你说得出吗？

田二伏想了想，他想起生活热线介绍过的，面要发得好，他说。

我就知道你会这么说的，换了别人，也会这么说的，其实这种说法有问题的，周本大说，做老面包子，要领是手劲啊，要力气大，揉面要揉得透。

噢，田二伏说。

怎么样，周本大说，现在你更相信我了吧？要是我不是周本大，要是我不是八味斋的白案师傅，我怎么知道做包子的要领呢？

这倒是的，田二伏承认他说得有道理，不过我并没有怀疑你呀，田二伏想，我就算不相信你，田七我总归是相信的呀。

现在说说你们的饭店吧，周本大说，你们老板对你很好的啊。

好是蛮好的，田二伏说，不过……

老板像是你的父亲。

不是的。

那就是你的亲戚。

不是的。

那就是你的老乡。

不是的。

那就是你们老板很看重你的。

田二伏想了想，周本大所说的，父亲啦，亲戚啦，同乡啦，什么啦，虽然都不是的，但是王才对他，确实是有一种说不清的东西的，像是父亲，像是亲戚，像是同乡，也像是很看重的。田二伏不知道这种东西从何而来因何而生，反正他想起王才，想起王才的老婆，甚至想起王才的斗鸡眼的孩子，他心里都会有一点温暖的。

肯定是的啊。周本大看出田二伏在体会温暖，他说，所以我来找你还是来对了。

接下来周本大就告诉田二伏，他早就看准了，田二伏一定是可以替他介绍工作的，他认准田二伏是有这个可能性的。

没有的，没有的，田二伏说。

有的。

我不是老板呀。

但是你等于是半个老板呀。

我们店里不做面食点心的。

从前不做不要紧，以后开始做就行了。

周本大是有点自说自话的，他只按照自己的思维往前走，田二伏怎么拉也拉不住他。田二伏说不行的，他就说行的，田二伏说没有可能的，他就说一定有可能的。最后田二伏看时间不早，他要走了，周本大向他挥着手，说，哎，我等你的消息啊。

不行的。

行的。

他们就分头回去了。

虽然田二伏嘴上说不行，但是他心里却是存着事情了。虽然他知道周本大这样托他是很脱空的，有点莫名其妙，但是周本大确实是把希望寄托在他的身上，他看得出周本大眼睛里充满了对他的信任和期待，这种信任和期待压得他心里沉甸甸的，所以田二伏竟然就把一件脱脱空空的事情真当成一回事了，真的就放在心上了。当然田二伏把周本大的事情放在心上，还有一个更重要的因素，那大家也知道的，就是因为田七，无论怎么说，他毕竟是田七的老乡。田二伏决定去和王才谈一谈，一个不做面食点心的饭店，如果增加一项业务，也做包子馒头卖，对饭店应该是个好事情呀。

所以田二伏回到饭店，先看看王才的脸色，但是他看不出王才的情绪是高还是低，他心里忐忐忑忑的，想说话，又不知怎么开口，毕竟这事情太突然，也有点离谱，他感觉到要等一个机会再开口。

这个机会后来就来了，是那个斗鸡眼孩子带来的。孩子要吃包子，王才叫陆妹去帮他买了两个包子，孩子咬了一口，就不吃了。

不好吃。

怎么会不好吃？王才也拿过去咬了一口，是不好吃，黏牙的。

面发得不好，陆妹说，面发得不好就会黏牙。

这样他们就说到城里的点心了,他们一致认为城里的点心都做得不好,揉面的人不肯下力气揉,所以面食就没有韧劲,吃起来会黏牙。

城里人到底力气小,揉不动面的。

这样说了说,他们差不多就要转换话题了,田二伏就赶紧拉住这个话题,他说,如果我们店也卖馒头包子,其实倒也能增加收入的。

王才还没有回过神来,他的老婆又发出声响了。

咦,咦咦,她说。

现在居民买包子馒头的很多,陆妹也说。她总是支持田二伏的,虽然每个人都知道田二伏喜欢别人,但是陆妹仍然是要支持田二伏的。

那边店里一直排着长队,其实他们的包子也不好吃的。

因为附近没有别的点心店了呀。

他们七嘴八舌地议论开了,朝着田二伏喜欢的方向。田二伏就有点推波助澜,他说,今天做今天赚,明天做明天赚,不做就没得赚。

王才有点奇怪地看看田二伏,咦,他说,你干什么?

田二伏聪明的,陆妹说,田二伏已经学会经商了,田二伏已经有经商的头脑了啊。

有经商的头脑有屁用,王才说,他又不会做包子的。他回头问田二伏,你会做包子啊?

我是不会,田二伏说,但是有别人会的。

叫他来做包子,叫他来做包子,小孩抱住田二伏的腿,叫他来做包子,他一边说着,一边把鼻涕擦在田二伏的裤腿上。

这个孩子好像专门是要帮助田二伏的,他总是在关键的时候推田二伏一把。因为小孩这么说了,王才就说,照你这样说,你已经有人可以推荐了。

田二伏就说了周本大的事情,他说周本大做包子是出名的,人家都知道他的大名。其实这个话是他编出来的,但是无论如何,八味斋的名气是人人皆知的呀。所以王才的耳朵竖起来了,王才的老婆脸上已经有了笑意了,这样事情就有八成的希望了。

他们最后真的走上了田二伏设定的路线。他们增设面点制品,并且做了一个广告,广告肯定是田二伏来做的,他的美术字写得很好,他写了一条很大的横幅，当街挂了起来。

"本店特聘请八味斋白案师傅制作老面包子馒头。"

包子馒头的生意是出奇地好，每天都要排队，所以周本大做起来也很有劲，他热了就脱光了膀子做，他说，怎么样？怎么样？怎么样？

居民们远远近近地都来买了。他们来的时候，会有邻居问他们，老李啊，你到哪里去？

去买八味斋的包子。

张阿姨啊，你出去呀？

是呀，去买八味斋的包子。

单位里的人也有来买的，他们说，喂，我去买八味斋的包子，你们谁要啊？

我要。

我要。

我要。

他的同事都说要的，有的还要多买几个，不光是自己吃，还要带回家给家里人吃，所以他们就委托同事替他们带回来。

我要十个。

我要八个。

我要咸菜馅。

我要菜包子。

喔哟哟，他们的同事说，我要用计算机算一算了，要买多少个呀。

反正也是要排队的，少买不如多买，他的同事说。

他说，这倒也是的，排了好长的队，买少少的，心里不大甘心的。

这样他就去排队了，排队以后买了好多个，装了几个马甲袋，后面排队的人都叫了起来。

怎么这样买法的呀？

你一个人把八味斋的包子全包了啊。

这叫我们等到猴年马月啊。

这个单位里的人一脸的对不起样子，提了几个袋子就快快地走了，热气从马甲袋的口子里蒸腾出来。

生意真是好，居民们说。

八味斋的包子是好吃。

我昨天买了，今天又要来买。

王才他们虽然很忙，但是忙得开心。正在忙着的时候，就有两个人站到了他的面前。

你是老板吗？

我是的。

你姓王吗？

我姓王。

那你怎么能卖我们的包子？

王才没有听懂，他愣了一愣，你们的包子？他想，明明是我做的包子，怎么变成你们的包子了？王才愣愣地想着，话还没有问出来，那两个人又已经说了，八味斋是我们，我们是八味斋，所以，你不能卖八味斋的包子。

八味斋？王才说，我没有卖八味斋的包子呀。

那就问问他们，这两个人把王才拉到排队的顾客这里，他们问道，你们买什么呢？

我们买八味斋的包子呀。

八味斋的包子味道好的。

他们纷纷地说。

这两个人就不说话了，他们觉得已经没有什么可说的了，他们两个都面对着王才站着，他们等待他的答复。

咦咦，王才说，什么时候是八味斋的包子了呢？

他们觉得王才是有意耍这一套的，就有点生气了。他们让王才看自己拉的横幅标语，你自己念一念，他们说。

本店特聘请八味斋白案师傅制作老面包子馒头。王才念了一遍，没有觉得念出什么意思来，他又重新念了一遍。

白纸黑字啊，他们说，白纸黑字啊。

其实是红纸黑字，但是王才觉得也没必要去纠正他们。

发生这些事情的时候田二伏不在场，他又到菜场去寻找灵感了，等田二伏回来的时候,那两个人已经走了。他们把事情告诉了田二伏,田二伏说,后来呢?

后来他们就说是侵什么了,王才说。

侵什么,侵权?

侵权,什么侵权?王才说,我们不懂的。再后来呢?

再后来他们就说,叫我们不许再做包子了,王才说,是不是有点莫名其妙?

简直是太莫名其妙,陆妹说。

那我们,还做不做包子呢,王才说,难道要听他们的?不听的,王才的老婆说。

是不听的,王才说,他们又不是工商的,他们也不是公安的。

这样他们仍然做包子,仍然是有人排长长的队,他们买了包子走在路上,仍然跟别人说,买包子了,八味斋的包子好啊。

我昨天也买了。

今天又要买了。

这样过了两天,那两个人又来了。他们交给王才一张纸,王才还没有来得及看呢,又有两个人扛着摄像机过来了,他们说,我们是电视台的,来拍侵权的事情。

啊呀呀,王才说,啊呀呀,谁叫你们来的?

是八味斋呀,电视台的人说,喏,张经理喏。

是张经理跟我们头联系的,电视台的另一个人说。

张经理说,前天我们已经口头通知你们停止侵权了,你们没有理睬,而且,据了解,这两天你们变本加厉,包子卖疯了,这样我们也没有办法了,我们的利益受到了侵害,我们只好请电视台来拍一拍。

张经理说话的时候,电视台的人开始去采访排队的顾客。

包子怎么样?

味道好极了。

群众以为是来宣传表扬包子呢,所以他们都很配合地做出了赞扬的表情。

这边王才有点手足无措了,这算什么呢。他挂着两条胳膊,张着两只手,转来转去,既不能去阻止电视台,又不能眼看着他们拍下来,他焦头烂额地说,这算什么呢。

也没有什么，张经理说，只要你们停止侵权，我们也不会怎么样的，如果你们不停止侵权，电视台拍的就是我们上法院告你们的证据啊。

电视台已经拍过群众采访，接下来他们要拍这件事情中的最关键人物了，那就是八味斋的白案师傅。他到底是谁，其实连张经理他们也没有搞明白，他们一直在想，会不会是王才编出故事来骗人的，他们把八味斋下岗退休的人员想来想去，也没有想出是哪一个可能到王才这里来做，因此他们今天来，还带着揭穿骗局的想法。后来他们随王才走进了厨房。

咦，人呢？王才看到只有陆妹在里边。

走了，陆妹说。

从哪里走的？我怎么没有看见。

后门走的，陆妹说，他看到电视台来了，就说了一声，我要走了，就走了。

咦咦。

张经理的警惕性倒是蛮高的，他为什么看见电视台就走了？他是不是冒充的？他到底叫什么名字？

这样事情到这时候就穿帮了，因为王才说，他叫周本大，张经理和他们店里的另外一个人就惊讶地叫了起来，脸色怪怪的。

什么呀？他们又问了一遍。

周本大。

死人啊，张经理说。

周本大前年就过世了，另一个人说。

啊呀呀，陆妹尖叫起来，啊呀呀，我的妈。

见鬼了啊，他们都这么想，一个死人来给他们做包子，还卖得这么好。但是他们又都是聪明人，他们在这么想着的时候，思想里忽然就有了另一个闪光的亮点，他们的思维已经在不知不觉中进入了正确的思路：肯定是有一个人冒充周本大。

他们几乎同时想到这个问题，但是电视台的人无所谓，他们没有拍到八味斋的白案师傅，就拍了拍厨房。陆妹说，上次电视台拍我的时候，明明拍的正面，放出来的时候，就变成背影了。

电视台的人笑了笑。

那么这个假冒死人的人，是什么样子的呢？张经理说，他肯定是知道周本大的，周本大是我们的老师傅了。

他是瘦瘦小小的，脸色有点黄，王才说。

有这样的人吗，张经理问他的同事，我们店里有过这样的人吗？

这个么？他的同事想了想，难说的，我们店里进进出出的人很多的，叫我想，我也想不起来的。

本来是要告王才侵权的，现在变成了另一个案子了，王才说，你还要告我们吗，我们也是受害者呀。

你们怎么是受害者呢？张经理说，他到底帮你们做了这么多天的包子，你们到底赚了的啊。

咦咦，王才到这时候才发现另一个重点的中心人物田二伏不在，田二伏呢？

他去打电话了，陆妹说。

刚才事情开始闹起来，田二伏想，周本大是我引荐来的，而且他又是田七的老乡，如果他不是田七的老乡，我可能也不会这么积极地去引荐他的，我是有一点私心杂念的，现在影响到王才的声誉和生意，要被人家告了，要打官司了，这个事情我是有责任的。他这么想着，就去翻自己的笔记本。他的笔记本上有许多关于法律的知识，但是没有碰到过白案师傅这样的案例。

我可以去打法律热线电话，田二伏想，去咨询法律顾问。他这么想着，就往外走了。

田二伏就要去打热线电话了，这个号码他是很熟的，早在乡下的时候，他就已经记得牢牢的了，只是在乡下是无论如何也用不上，他也是很想用一用的，但是始终没有机会，就算到了城里，也不是随随便便就能用上的。田二伏一直守到今天，才有了这么个机会。

我终于要去打热线电话了，一想到这个，田二伏忽然有些紧张起来了。虽然感觉上他已经对电台的热线了如指掌了，好像他已经打过无数次，已经驾轻就熟了，但是等到事情真的来了，田二伏落到实处一想，心里就慌慌的了，就忐忑起来。这毕竟是头一次呀。

田二伏努力去回忆广播里别人是怎样打热线电话，是怎样开头，怎样继续的，他可以学他们的样子。但是这些几乎整日与他相伴的内容，现在却变得那么飘忽,那么遥远,那么的不可触摸。这使得田二伏一下子有点不知所措了。

不过他的脚步并没有停下来,一直在往电话亭那里走过去。一边走田二伏一边在心里打腹稿。

喂,您是法律顾问王律师吗?

是的,请问您贵姓。

我姓田。

噢,田先生您好。

王律师您好,我有一个法律上的疑问。

请说。

田二伏已经来到了街边的电话亭,但是电话亭里有人在打电话,外面还站着两个等候的人。田二伏再往前走,又到了一处,也仍然是有人打电话,也仍然是有人焦急地守候着。田二伏穿过马路,来到第三个电话亭,还好,只有一个人在里边打电话,田二伏停了下来。

正在打电话的是个女孩子,她抱着电话像是抱着个洋娃娃,身体扭来扭去的,脚在地上一捻一捻的,虽然田二伏听不见她的声音,但是他感觉到她的声音是嗲嗲的那种。他猜想她一定是在给男朋友打电话,这么猜想,田二伏心里竟是甜甜的,好像他就是她的男朋友。

田二伏本来是站在她身后等的,他不想立到她的面前去,田二伏觉得那样做不太礼貌。但是等了等,她一直没有要结束电话的样子,她的姿势仍然是老样子,仍然是身体扭来扭去,脚在地上一捻一捻的。田二伏有些等不及了,他只好不礼貌一点了,他动了一下位置,想让她看见他的存在。明明看见他在等打电话,但是她却视而不见,甚至还把身体转了过去,这样她又看不见田二伏的存在了,田二伏敲了敲电话亭的玻璃,女孩子有点生气了,她打开门,伸出头对他说,你想干什么,偷听我打电话啊?

我听不见的,田二伏说,门关着的,玻璃也是隔音的呀。

听不见你一直站在这里干什么?

咦咦,田二伏说,我等打电话啊。

咦咦,她觉得不可思议,街上电话那么多,你干什么非要盯住我?

对不起,对不起,田二伏说,那边几个电话都有人在打。

嘻嘻嘻，怒气冲冲的女孩子忽然又笑了起来，嘻嘻嘻。

田二伏顺着她的目光回头看，发现陆妹跑来了，她气喘吁吁地叫喊道：哎呀呀，哎呀呀，奔死我了。

你干什么呢？田二伏说。

哎呀呀，陆妹说，我来叫你回去的。

打电话的女孩子嘻嘻地对田二伏说，她是你老婆啊。

不是的，不是的，田二伏说。

快回去呀，陆妹说，你这个人，怎么介绍个死人来做包子呀。

什么死人做包子？

周本大是个死人呀，陆妹说，你见鬼了啊。

怎么是死人呢，田二伏觉得陆妹很不可思议，死人会说话，会做包子吗？

他们吵吵嚷嚷地回到店里，王才也很生气。王才说，田二伏啊，我是看重你的，你不要给我乱来啊。

我没有乱来啊，田二伏说，他说他是白案师傅，我就介绍了。

但是他根本不是周本大啊，王才说。

但是他告诉我他叫周本大呀，田二伏说，对了，他还给我看了他的工作证，上面还有他本人的照片。

什么东西啊，王才仍然有点生气，工作证可以去买一张假的，什么证都可以买的，你介绍的什么东西啊，是骗子。

根本不是周本大，陆妹说，不过呢，他做包子是做得好的。

这倒是的，王才想，可惜他逃跑了，都怪电视台。

工作证可以买一个的，人家说。

他们七嘴八舌地说了一会。

现在外面的群众都对王才有意见，他们觉得包子还刚刚吃出点味道来，还刚刚吃开了头呢，就停做了，这是不负责任的表现，这是不为群众着想，这是只追求经济效益、不要社会效益的愚蠢表现。

我没有经济效益呀，王才冤枉地说。

那你就继续做包子吧，他们说。

现在王才要来求田二伏了，田二伏哎，他说，你去找找看呢。

田二伏来到田七这里，他把事情和田七说了，先回忆了抢钱包的事情，又说到菜场上的巧遇，再又详细说了假周本大去做包子以后发生的一系列事情，最后希望田七帮助找找她的老乡，他说，以后我们不用八味斋白案师傅这样的广告，就不会惹事了。

田七一直不说话。

田二伏又说，虽然老乡骗了他，也骗了王才，说自己是一个死人的名字，但是他和王才都是可以原谅他的，他们也是能够体谅他的，因为他毕竟是找工作心切，不捐八味斋的牌子，怕他们不肯理他呀。所以现在王才一心想重新请他回去，仍然去做包子，群众很欢迎他的包子。

田七听完田二伏的话，忽然哭了起来，把田二伏吓了一大跳，因为在田二伏看来，田七一直都是平平静静的，甚至都是冷冷的，她不大肯笑，更不会哭，现在她哭了，田二伏便很慌张，心里也很痛，我说错什么了？我说错什么了？他慌慌张张地问。

你不要找他了，田七说。

为什么？

他不可能回去的，他是个通缉犯，所以看到电视台来，就要逃走的。

咦咦，田二伏的心莫名其妙地跳了起来，紧张起来。

他犯了事情，逃出来了，警察就通缉他了，田七说，他一直东逃西躲的，也一直冒名顶替的。

啊呀呀，啊呀呀，田二伏说，怎么办呢？

他冒过好多人的名字呢，田七说，她从抽屉里拿出一张照片，给田二伏看看。

田二伏看了一看，正是田七和他的合影，田七说，是结婚照。

其实田二伏已经先从照片上看出些什么意思来了。他想，两个人的头靠得那么近，肯定是对象了，也可能是从前谈过恋爱，后来吹了，因为他觉得田七不可能和一个骗子一起的。田七说了结婚照三个字，田二伏有些意外，但又不是太出乎意料。原来他是田七的丈夫，田二伏想，难怪上次他抢她的钱包时，她说算了算了。

现在田二伏的心已经怦怦地跳得很厉害了，好像感觉那个被通缉的人就是他自己了，他就是一个到处躲藏也躲不掉的人，他好像看见警察已经出现在他的眼前了。

那，那怎么办呢？田二伏明显地慌了。

关你什么事？田七说，她已经擦干了眼泪，现在又重新开始冷漠了，那种冷冰冰的东西又出现在她的脸上。

咦咦，田二伏说，怎么不关我的事，他是你的丈夫，你是我的朋友，朋友的丈夫有事情了，怎么不关我的事呢。

你要管也管不了的，田七说，她冷冷地看了看田二伏，你以为你是警察啊。

那么，那么，田二伏说，他现在在哪里呢？

咦，我告诉你，让你去告诉警察？田七说。

我不会的。

你知道了他在哪里，你不报告警察，你就是包庇罪，田七说。

但是，但是，田二伏说，但是我知道一些法律知识的。

田七仍然冷冷的，现在她连看也不看他了。

真的，我是喜欢听广播的，广播里有专门的法律热线节目，我笔记本上有各种各样的案例，我可以拿一个比较接近的来对照一下，看看你的那个、那个丈夫是犯了哪一条，严重不严重。

诈骗。

诈骗，田二伏想了想，是诈骗的话，如果退了钱，会从轻的。

哪里有钱退，田七说，然后她扔下田二伏，就回了店堂。有人在那里等她洗头，而且已经等得有点不耐烦了。

第九章

田二伏决定要帮助田七，当然他不会把自己的决定告诉别人，他甚至不会说出田七的丈夫是通缉犯这件事情。王才追问他的时候，他就说，我找不到他，他可能已经离开这里了。王才叹了口气，只好叫田二伏去做包子了。田二伏做的包子，是不如假周本大的，差得远了。虽然田二伏牢记他的教导，掌握了要领，揉面的时候下了死劲，但是仍然做不出很好味道的包子。

群众是有意见的，但是王才就算接受他们的意见也不能使这个情况有所改变，所以后来群众反反复复地讲了讲，也就不再讲了。仍然是有人来买包子的，不过不像从前那样排成长队了。

快到年底了，王才终于把欠他们一年的工资发下来了。田二伏曾经再三想象，拿到工资以后，除了留一点钱给父亲母亲买点礼品回去，其余的钱，都去交给田七，如果田七不肯收下，他一定要说服田七收下的，如果田七收下了，他也不要她写什么借条。他会跟田七说，你以后有了钱再还我好了，我反正也不急用的。如果以后田七不再还他，他就当做是资助田七，也不会再去向田七讨钱。这时候收音机里正在播出爱情与婚姻节目，今天的内容是谈离婚的。田二伏听了听，思维就有点乱了，他忽然就想到马小翠，又想到田七，后来又想了想自己的人生之路。

这样田二伏觉得事情是有希望有盼头的，这和他决定帮助田七的事情是紧紧联系在一起的。他想来想去，能够帮助田七的，只有在经济上，能够让她的丈夫把诈骗的钱退掉一点，再去投案自首。虽然他这样的想法没有和田七沟通过，而且就算他想去沟通，田七也不会听，但是田二伏坚信自己的主意是正确的，是唯一的出路。

在王才给他们发工资的时候，王才好像忘记了一个人的存在，他就是王才的老乡，当初硬要把饭店塞给王才的那个人。那时候他对王才说，你什么时候做出钱来了，什么时候还我都可以的，他的名字叫吴途，叫起来就像是糊涂。吴途一直没有来找王才，人影子也没有见过，好像他已经把自己的饭店忘记了，王才可能因此以为他真的是糊涂的，其实王才错了。

吴途在适当的时候就出现了，他说，王才啊，我知道这时候来找你最是时候了。

为什么呢？

你手里有钱呀。

我手里有钱，王才说，我要付他们一年的工资呢，我要讲信用的，再说了，你也来晚了，我已经发给他们了。

那我不管的，吴途说，这是你自己犯的错误，我不管你的错误，反正你不能拖欠我的钱。我过三天来找你！最后吴途斩钉截铁地说，说过之后，他就走了。

我要是不还吴途的钱，吴途就要收回饭店了，吴途收回了饭店，我到哪里去呢？王才想，还有我的老婆孩子到哪里去呢？乡下的房子也已经卖掉了，王才现在真的有点走投无路了。他的儿子在他身边走来走去，王才没有办法地拍拍儿子的脑袋，儿子啊儿子，他说，你老子辛辛苦苦都是为你做的呀。

这时候田二伏正在往田七那里赶呢。

田二伏在一路上甚至想了好几套说词，先说一套，这一套如果田七听不进去，就说另一套，反正他要动员田七把这个钱拿回去，因为在田二伏的思想里，田七是不会拿他的钱的，他要对田七说，你这种想法太见外了，什么事情最重要？

当然是挽救一个人最重要。

尽管田二伏想了好几套方案，但是到底一套也没有用上，田二伏远远地出现在那里的时候，一个小姐叫喊起来，大哥，洗头啊。

这个小姐不是田七，但是田二伏仍然向她笑眯眯地点点头，他感觉上这个店里的人都是很亲切的。他走进店堂，没有看见田七，他以为田七在忙别的事情，就坐下来。我等一等好了,他说。

嘻嘻。

嘿嘿。

小姐们都笑了笑。

她们的师傅已经应声而到了,你洗头啊?他问田二伏。

洗头。

叫她们中哪一个洗吧,师傅指了指那几个空闲着的小姐。

嘿嘿,田二伏有些尴尬,他说不要吧,有点伤其他小姐,他说好的吧,又亏了自己,因为他心里只想田七来帮他洗。其实店里的人都知道他的想法,从前来的时候,她们从来不会为难他,今天好像有点不一样了。

你是要等田七的,师傅又说。

嘿嘿,田二伏说,嘿嘿。

可是,可是,师傅好像犹豫了一下,好像有话不大好说出口的样子,但是最后他还是说了,田七不在这里做了。

啊啊?田二伏惊讶地张了张嘴,啊啊?田七走了。

到哪里去了?我们也不晓得。

那,那,田二伏有点手足无措了,那怎么办呢?

师傅拿出一个封好的信封,交给田二伏,田二伏的心里重新燃起了一丝希望,有点激动。毕竟田七还是给他留了一封信,田七知道他会去找她,这算不算心有灵犀呢,但是如果田七留了信,他却不再去找她,这封信不是失去意义了么?

怎么可能呢?田二伏想,我肯定是要找她的呀。

田七在信里留了一把钥匙,并且写了一个地址,她告诉田二伏,这地方是她租的一间房,已经交了三个月的租金,现在她走了,那房子不住满三个月也是白浪费,如果田二伏需要,他可以到她的屋子去住。至于田七为什么走的,走到哪里去了,她的丈夫后来到底怎么样了,是被捉住了,还是逃走了,田七的信里都只字未提。

这算什么呢?田二伏拿着钥匙有些发愣,她等于什么也没有说呀。

喂喂,喂喂,店里的小姐看他这种样子,她们都觉得有点好笑,去叫了叫他,田二伏才有点清醒过来。

这个人，她们说，倒看你不出的啊。

什么呀？

花功蛮好的呀。

什么呀？

一门心思盯牢了田七，人家有男人你也不管的，一个小姐说。

近水楼台，他走几步就可以过来看田七嘛，另一个小姐说。

还有一个自己店里的呢，那是更近了呀。

窝边草也要吃的。

嘻嘻。

嘿嘿。

我没有呀，田二伏说，我什么也没有的。

还没有呢，今天又来过一个找你的。

肚子都大了。

有这么大了。

小姐们叽叽喳喳嘻嘻哈哈。

田二伏以为她们拿他寻开心的，他知道辩解也没有什么用，他倒是仍然想问问田七的情况，但是她们不跟他说田七，她们只是说那些嘻嘻哈哈的话。

你到底有几个好妹妹？你究竟爱的是谁？

田二伏只好红着脸逃开了。

田二伏按照田七给的地址，来到那个地方，这里比较偏僻，是城乡结合的地方，田二伏开门进去看了看，他想，我是不会到这种地方来住的。

房东看到他，向他点点头，笑了一下，来啦，他说，他的口气好像一直是田二伏在这里住着。

田二伏只好含糊地哎了一声，他不好去解释的，要解释人家恐怕也听不懂。

你老婆呢？房东问。

田二伏知道他误认为田七是自己老婆了，心里有点异样的感觉，脸上不由得有点热起来。

回老家还没有回来啊？房东又问。

哎哎，没有回来，田二伏只好顺着房东知道的话题应付下去。

你老婆漂亮的。

你老婆人也好的。

你老婆怎么怎么的。

田二伏支吾了两声就逃了出来。他有点不平静，他想，要是马小翠不那样，他的老婆就是马小翠，再也不可能是田七。田二伏心里多少有一点失落，因为田七最后还是没有用上他的钱。

田二伏口袋里装着一些钱，但是心里却是空空的。他现在有点体会到过去不能体会的一句话：钱不是万能的。电台的节目里经常会谈到这个话题，说一个人穷得只剩下钱了。田二伏是很喜欢听这一类理想节目的，但是毕竟从前对这样的感受是不深的，想不到进了城，现在还是刚刚有了一点钱，而且也只是一点点的钱，他就已经开始体验这样的感受了。

唉唉，田二伏想，城里和乡下真是不一样的。

田二伏的脚步不知不觉就往原先的新潮歌舞厅那里去了。他回想了一些事情，堂叔是怎么带他出来的，他是怎么在歌舞厅里工作的，后来歌舞厅又是怎么出事情的，再后来小勇和桂生是怎么在这里找到他的，等等等等。他这么回想着，心潮是一起一伏的，他有点想念小勇和桂生了。他这么想念着，脚步就不由自主地往小勇桂生他们的工地那儿去了。虽然工地对他来说，是一桩桩不堪回首的往事，但是因为有小勇桂生在那里，田二伏现在回想起偷自行车之类的窝囊事情，心情却是平平淡淡的，没有什么激愤，也没有什么不平。他想如果见到了小勇和桂生，他就要对他们说，走，喝酒去。

今天我请客。

今天要喝白酒的。

今天要进正式的馆子，而不是在路边的大排档。

但是田二伏没有见到小勇和桂生，工地上的人告诉他，小勇在没有任何防护的情况下，爬高去拆房子，结果房子倒塌，小勇摔下来，受了重伤，不能动了，桂生一直在医院陪他。啊呀呀，田二伏说，怎么会的，他们没有来告诉我呀。

工地的人朝他看看，你是他们的谁呢？

我是老乡。

也是在这里打工的？

是的。

那他们告诉你干什么呢？

告诉你有什么用呢？

田二伏觉得他们的思路是不可思议的，田二伏没有再和他们多说什么，就往医院去了。

你怎么不告诉我呢，你怎么不叫桂生来告诉我呢？田二伏冲到小勇病床前就说，你为什么不让我知道呢？

没多大个事，告诉来告诉去的，麻烦，小勇说，田二伏你也赶得巧，我今天正好要出院回家了。

小勇虽然躺着不能动弹，但情绪却是好的。他还记得告诉田二伏，他后来见过马子平，马子平告诉他，马小翠现在去人家做保姆了。

田二伏一时有些发愣，他忽然间就想起在劳务市场上看到一个姑娘跟着人家走的那情形，他不由得叹了一口气。

是个好人家，小勇说，是个知识分子家庭，人家是大学里的老师哎。

田二伏见小勇情绪好，觉得自己也不好紧锁眉头，他也开心起来，说了说自己的情况，他说发了工资，有了钱，本来想来约他们喝酒的，现在看来要到春节回家时一起喝个痛快了。

小勇也很高兴，他说，田二伏啊，春节后，我就可以和你们一起出来做了。

后来小勇的母亲也来和田二伏说话，她问田二伏，二伏啊，她说，乡下有好多传说呀，是关于马小翠的，说你跟马小翠又好了啊？

田二伏红着脸摇了摇头，他来到城里，还没有见过马小翠一面呢，乡下怎么这么传说呢？

还有是说马小翠去做坏事情了，她又说。

没有的，田二伏急了，没有的。

那你知道她的事情啊？

我不知道的。

那你怎么说没有的？小勇的母亲脸上是一种完全不相信的表情，没风不起浪的呀，还有人说她嫁给人家做小老婆了呢……

好了好了，小勇阻止他母亲乱说，你管管自己家的事情吧。

小勇的母亲愣了一愣，接着就抹起眼泪来，她边哭边说，我的命怎么这么苦啊，人家也出来打工，就好好的，怎么就偏偏你……

田二伏看不得人家哭，他的鼻子酸酸的，急忙走了出去，他到医院的小商场去买了一只收音机，打算送给小勇。他回到病房的时候，看到桂生一个人站在病房外偷偷地抹眼泪。他瘫痪了，桂生说，他再也站不起来了。

啊呀，田二伏心里突然很痛，一刺一刺的。没有防护措施，你们怎么能施工呢？他说。

都这样的呀，桂生说，都是这样的。

那小勇，小勇他自己知道不知道？田二伏问。

他情绪好像蛮好的，他又说。

他知道了，桂生说。

田二伏突然就慌了起来，他的心乱跳着，腿也软了。这时候推车已经过来了，小勇躺在推车上向田二伏和桂生挥手告别。田二伏想扶着推车送小勇一段路的，但是他根本就迈不开步子，走不动路了。他还想问一问小勇，要不要支持他一点经济，但是他也开不出口，说不出话来。他只是呆呆地站在原地，心慌意乱，手里紧紧地捏着新买的收音机，一直到小勇从他们的视野里消失。

田二伏看看桂生，桂生也看看田二伏。

走了。

走了。

他们分头往自己打工的地方去了。

田二伏回去以后，先把带在身上的钱拿出来藏好，走出房门的时候，碰见了陆妹，他对陆妹说，陆妹啊，我老乡受伤了。

哪知陆妹哼了一声，很生气的样子，扭着身子不理他。

咦咦，田二伏说，咦咦。

你都弄大人家肚子了，陆妹说。

咦咦。

一个大肚子女人，在对面街上守了你半天了。

咦咦。

田二伏顺着陆妹的指点往外看，他惊得差点叫起来，那个人竟是马小翠。

马小翠马小翠，田二伏一边喊一边跑过去，他跑到马小翠身边，激动得有些不知所措。他以为马小翠会哇地大哭起来，他想她如果扑到他的肩上，他一定是要扛着她的。但是马小翠没有，她只是笑眯眯地看着田二伏。

嗨，田二伏，她说。

你，田二伏不知说什么好，你，嘿嘿，你结婚了？

没有。

嘿嘿，田二伏脸红了，他不敢去看马小翠挺起的肚子。

不过快了，马小翠说，田二伏哎，我今天就是来请你帮忙的。

马小翠告诉田二伏她的故事，这是正式的版本，她说，可能他们说了我许多故事吧，她笑了一笑，我自己说出来的，才是最正式的噢。

马小翠爱上了东家，东家也爱上了她，他们是真心相爱的。现在东家要离婚，但是东家太太要一笔钱，东家没有这么多钱，马小翠出来替他筹钱。

只要给她钱，她就肯离了，马小翠说，不算难缠的。

田二伏一时有些张口结舌，他不知道说什么好，总觉得有点那个什么。马小翠是聪明的，她可能已经看出了他的疑虑，她说，他不是为钱，他是真心爱我的，他为我做什么都愿意的。

那，那，田二伏又不知说什么好了。

马小翠又替他说了，到底要多少钱呢，这个呢也不用你操心的，我今天来找你，不是向你借钱的，你一个打工的，凑出来了也不够我们一个零头的，我是来问一问马子平的新地址。

那，那，田二伏仍然有点耿耿于怀，那个人，他。

他是个好人，他是真的爱我的，我们是真心相爱的，她反反复复地说。她的眼睛里放出光彩，很幸福的样子。所以田二伏想，虽然弄得人家离婚这个事情不大好，但是如果马小翠开心，而且能够托付终身，虽然不大好的事情也是要去做的呀。

田二伏陪马小翠去找马子平，这个地址还是小勇早先告诉田二伏的。田二伏一路上就有点担心，这不是什么新地址了，有一段时间了，马子平不会又搬家了吧？马子平可不要又搬家了啊，他反复地说，很焦急的样子。

田二伏哎，马小翠盯着田二伏看，又笑，她说，你还是老样子啊。

嘿嘿。

事情果然被田二伏担心着了，马子平不在。马子平的房东说马子平早已经逃走，他以为他们也是来要债的，十分同情地说，唉，我们是同病相怜的呀，他欠了我整整两年的房租了。

马小翠向田二伏挥挥手，嗨，田二伏，谢谢你啊。

咦咦，田二伏想说一句什么话，比如说，就这样了？你怎么办呢？等等，但是没有等他说出来，马小翠已经登上了公交车，她在车上又向田二伏挥了挥手。

虽然马小翠并没有表现出失望和难过，但是田二伏心里能够感觉马小翠走的时候眼光是暗淡下去了的。田二伏目送着公交车渐渐远去，田二伏想，我应该帮助她的呀，虽然她这样，虽然她那样，但是我毕竟是应该帮助她的呀，她走的时候，一定觉得我很小气，一定以为我对她有意见，她心里一定难过的，等等等等。田二伏想了想，他很快就决定回去拿了钱再去追马小翠。

陆妹他们都在店堂里，他们看着田二伏急急地穿过店堂到后院的宿舍里去，只是过了一小会儿，就听到田二伏大声地叫起来，咦，我的钱呢？

大家过来看看，田二伏手里拿着两张一百元的钱，四处张望着，咦咦，怎么只剩这两张了？他说。

大家觉得心里慌慌的。

我没有拿啊。

我也没有拿啊。

我没有进过你们的房间啊。

我也没有进过啊。

这时候王才也闻讯过来，他只是听大家说话，一直没有发表意见，他们有的是相互怀疑，有的只是洗刷自己，也有的甚至怀疑田二伏瞎说。

从前没有过这种事情的，他说，我们都做了一年了，谁少过一分钱？

是没有的。

田二伏也有点不高兴了，难道是我瞎说的？

这个谁也不知道呀。

陆妹又出来帮田二伏了，你这叫什么话，田二伏是那样的人吗？

大家又被陆妹问住了，又七扯八扯了一会，就有人开拓了一条新思路。

报派出所吧。

叫警察来吧。

警察一来马上就能查出来的。

一直没有做声的王才突然开口了，不要了，不要找警察吧，他说，钱是我借用的。

咦咦，田二伏说，你偷了我的钱，这算是借用吗？

唉呀呀，田二伏啊，王才一脸的苦恼，我急等用钱，实在等不及你回来了，再说了，我还给你留下二百块的，你自己说过的，这笔钱你暂时也没有什么大用处，你只要买点礼物带回家给父母亲就行了，所以我给你留下了二百块。

咦咦，田二伏哭笑不得。

你自己说的，这笔钱你准备存起来的。

他要生小孩了，陆妹说。

你还给我啊，田二伏说，我要去帮助人家的。

咦，你要生小孩，什么意思？王才说，你还没有结婚呢。

他学人家城里人呀，陆妹说，未婚先孕。

哎呀呀，你什么不好学，就去学这个东西，王才说，你以为学学他们你就是城市人了？

你不要管我怎么样，田二伏说，你还我钱，你不要管我怎么样，这钱总是我的。田二伏说话的时候，他的心里又浮起了马小翠的形象，马小翠脸色苍白，跟从前不一样了。

你这是偷钱，田二伏又说，你怎么能够偷我的钱？

不是我偷的，王才说，我也不知道你的钱放在哪里，钱是小孩拿来的，他拿给我的。

小孩这时候正斗着眼睛冲田二伏笑，田二伏瞪了他一眼，你是小偷，他说。

嘻嘻。

你要抓起来的。

嘻嘻。

你什么时候偷看我藏钱的？

嘻嘻。

还幸亏小孩看见了，王才说，你叫我找，我还真找不到呢，谁想到你会藏在那种地方。

哪种地方？有人问。

王才和田二伏都没有回答他。

你要还我的，田二伏说，你还我就不算你偷钱。

我还不出了，王才说，已经用掉了，要不是急用，我也不会去拿你的钱。

你要还我的。

还不出了。

你要还我的。

还不出了，王才说，田二伏你就给我点面子吧，你又不急着用钱。

你偷钱是不对的，田二伏说，你要还我的。

还不出了。

他们的谈判就一直这样僵持下去。后来王才把别人都赶走了，就剩下他和田二伏，那个小孩呢一会儿进来，一会儿出去，欢欣鼓舞的样子。

你要怪就怪小孩好了，是他拿给我的，王才说。

你要还我的。

还不出了。

你不还好了，我把你小孩抱走，卖掉，田二伏说。

你卖好了，卖了钱分一点给我啊，王才说，他现在的口气有点像个无赖了。

嘻嘻，小孩说。

他们就这样坚持着，但一直没有结果。

第二天早上王才老婆起来就没有看到小孩在床上，咦咦，她想了想，昨天晚上小孩有没有爬到床上来呢？她甚至有点想不起来了，因为每天都一样地过日子，日子平淡无奇了，大家对日子也不会很在意的，昨天怎么过，今天还是怎么过，只有一旦发生了什么，才会想一想日子有没有什么异常。但是她想不起来了，好像小孩是和每天一样爬到床上来的，也好像昨天晚上小孩没有爬到床上来，但是即使是小孩没有爬到床上来，也不足为怪的，因为小孩常常会在别的地方睡一觉,有时候会在灶间的柴堆上,有时候会在田二伏宿舍里,在田二伏的脚跟头。王才的老婆先到灶间的柴堆上看看,没有,她又到田二伏的宿舍看看,也没有,连田二伏也不在。但是王才的老婆不是要找田二伏,她是要找小孩,所以田二伏不在屋里,她是不会在意的。所以她又走了出来,现在她要去叫醒王才了。

王才啊,她说,小孩呢?

咦咦,王才睡眼朦胧地看看她,咦咦。

小孩到哪里去了?

他会到哪里去?王才不满意地说,这么早吵醒我。

后来王才反正也已经被吵醒了,就不再睡了,他起来四处看看,他会到哪里去呢?

我问你呀。

一会儿就要来的,王才说。

但是他们等了很久,也没有等到小孩出现,王才现在有点认真了,他也想起了田二伏,问问田二伏吧,王才说,他会知道的。

田二伏也不在,王才老婆说。

他们又到田二伏的宿舍里。

可能去买电池了,一个人说。

可能的,另一个也说,昨天晚上他的收音机嘶啦嘶啦了。

那么到小店去看看。他们就到小店里来,问过了,小店里说,没有呀,没有来买电池。

怎么会呢,王才说,就是经常来买电池的那一个呀。

我认得的,小店里说,我认得他的,我晓得他听收音机的,但是今天没有来过。

咦咦,王才老婆说,又去洗头了。

不会的,王才说,洗头店要到九点开门。

他们的脸上开始露出焦急的神情了,他们在小店门前说话,小店里的人和周围的人说,是不是他偷了你们的东西和钱啊?

不是的。

不是的。

那你们急什么呢？

但是他人到哪里去了呢？

那么你们这么急着找他干什么呢？他这么大个人，又不会迷路的。

哎呀呀，他们的话再次提醒了王才和他的老婆。他们说，我们不是找他呀，我们是找小孩，我们小孩不见了。

那就是他抱走了。

他们的话把王才和他的老婆吓了一跳，他们马上摇头了。

不会的。

不会的。

咦咦，他们说，你们怎么脑筋转不过来的呢，这不是明摆着的么，一个大人没了，一个小孩没了，那肯定是这个大人把这小孩抱走了。

就是呀，总不会是这个小孩把这个大人抱走了，另一个人说。

抱到哪里去了？

抱去干什么呢？

那要问你们了，我们怎么知道，他们说。

不会的吧？

不会的吧？

大家的思路往一条路上走了，就有点紧张了，喔哟哟，有一个人说，不要是拐卖噢。

不可能的。

不可能的。

喔哟哟，另一个人说，不要是绑架噢。

不可能的。

不可能的。

喔哟哟，不要是谋杀噢，再一个人说。

不可能的。

不可能的。

王才和他的老婆仍然在说不可能的，但是他们的心里却在打鼓了，他们被他们说得心中慌慌的，他们想起田二伏说过的，你不还钱好了，我把你的小孩抱走，卖掉。当时王才说，你卖好了，卖的钱分我一点，现在王才想起这两句对话，他的心抖起来了。

哎呀呀，他叫起来。

快点报案去呀，又有一个人说了。

晚了你小孩就麻烦了，他们都一致地说。

也可能他带他出去玩玩的。

也可能他带他去买玩具的。

哎呀呀你们，他们说。

这样王才和他的老婆就慌慌张张地回去了，他们把小店里的人的想法和说法都说了出来，饭店里的人就轰动起来了，他们很激动，开始议论纷纷。

想不到田二伏会做这样的事情啊。

平时倒看不出他是这样的人啊。

你们放屁啊，陆妹说，她是属于坚信田二伏的一派，跟她意见相同的也有几个人，持反对意见的也有几个人，他们争论起来，陆妹差一点要哭出来了，而且她说话就很难听了，她甚至要骂人了。

喔哟哟，被陆妹骂了的人说，陆妹你这么起劲帮他干什么呀，人家又不喜欢你的。

他不喜欢我我喜欢他的，陆妹说。

嘻嘻。

笑什么笑，陆妹说，反正我不喜欢你。

王才和他的老婆现在心里只是想着小孩，不知道小孩到底怎么样了，但是别人却在为田二伏争论，他们有点伤心，你们一点也不为小孩着急的，说田二伏有什么用呢？

咦，他们说，怎么没有用，知道田二伏是哪样的人，就知道小孩要不要紧了呀。

王才看看他的老婆，他的老婆也看看他。

报案吗？

报案吗？

他们仍然在心底里希望田二伏突然出现，他牵着小孩的手说，唉呀呀，缠住我要买什么什么。

或者田二伏并没有出现，小孩倒是从哪里钻出来了，他斗着眼睛笑眯眯地看着他们。

可是他们一等再等，既没有出现这一幕，也没有出现那一幕。

第十章

现在田二伏带着小孩住在田七的房间里,他们走进来的时候,是这一天的下晚了。房东说,你回来啦?

回来啦。

这是你的儿子吗?

嘿嘿。

你儿子不像你啊,房东看了看小孩,有点像你老婆的。

嘿嘿。

眼睛蛮特别的。

嘿嘿。

你老婆没有回来吗?

没有。

咦,房东感觉到味道有点不对,你们不会是那个了吧。

什么了?

离婚。

嘿嘿。

你碰到什么好事情了,老是嘿嘿啊。

嘿嘿。

他们穿过房东那儿的客厅,走进自己的房间。这是我们的家,田二伏对小孩说，你看看怎么样。

小孩点点头，嘻嘻，他说。

好也只能住三天啊，田二伏说，三天以后我们就回去。

嘻嘻，小孩说。

他们就住下来了。田七这里都是现成的东西，很方便，还有灶具，可以自己做饭吃的，甚至还有大米，还有油盐酱醋。田二伏现在才有时间回想田七当时的情形，他想田七可能是急急忙忙走的，什么都没有来得及处理。他又想，田七好像是专门为他准备的这个地方，如果没有田七的这个地方，他也不会把小孩带出来的，带出来了，住到哪里去呢？总不能去住旅馆吧，在这个城市里他还有什么地方可以去呢？要是有，也就是小勇和桂生他们的工棚了。现在小勇也已经不在，只剩下桂生一个人，他也不能带了小孩住到那里去的，就算桂生愿意，人家工头到时候也会赶他们走的，还有就是马子平和马小翠了，但是现在他们自己都碰上了困难，都是自顾不暇的。

小孩看着墙上田七贴的明星照片，他认得他们，所以他笑眯眯的，田二伏看了看他，斗鸡眼，他说。

田二伏开了收音机，收音机里正是生活热线节目的医药顾问栏目，有一个医药专家在回答观众的问题，有一个听众打电话进去了，他说，我想问问糖尿病人饮食方面应该注意的问题。专家就开始回答了，他从头讲起，先讲糖尿病的起因、症状等等，小孩听了听，就去关掉了。

咦，田二伏说，你干什么？

不好听。

田二伏又开了收音机，怎么不好听？他说，有用的，万一谁生了糖尿病，可以提供给他的，所以，他把笔记本拿到小孩面前给他看看，你看，你看，我都记下来的。

不好听。

你不懂的。

我要看电视。

没有电视。

我要回家。

你不能回家的，田二伏说，你一回家，我的计划就要落空了。

小孩就不说话了，他觉得很无聊，他拿了田二伏的笔，在明星的照片上画来画去，田二伏看着小孩，他说，今天都带你玩了一整天乐园了，你还不满意啊？

不满意。

那我明天再带你去玩。

不要。

动物园。

不要。

植物园。

不要。

太空园。

不要。

恐龙园。

不要。

后来田二伏的收音机里发出了嘶啦嘶啦的声音，小孩回头看看他。

没有电了。

我帮你去买。

田二伏拿了两块钱给小孩，小孩不要，他居然从自己口袋里拿出了一点钱，对田二伏扬了一扬。

咦，你也有钱的？

小孩就往外走了，田二伏不放心，对他说，你不会逃回去吧？

嘻嘻。

田二伏说，你逃也逃不回去的，你又不知道家在哪里。

嘻嘻。

你逃好了，田二伏说，就算你逃回去，我还是可以把你再捉过来的。

嘻嘻。

小孩走出来，碰见房东，房东说，喂，你爸爸是做什么的啊？

不做什么。

噢噢，房东说，我知道了。

小孩走了出去，他来到小店里，买了两节电池，小店里的人看了看小孩，咦咦，这个小孩，斗鸡眼啊，他们说。

喂，小孩，他们说，你买电池做什么呢？

肯定是放在玩具里的，另一个人说。

现在的小孩，真是开心，再一个人说，玩的东西不要太多噢。

小孩付了钱，拿了电池就往回走了，他在回来的路上买了几个包子，一路吃着回来了。

换上新的电池，收音机的声音又清晰了，现在是晚间新闻节目了，田二伏好像到这时候才注意到时间，他看了看手表，喔哟哟，已经七点了。他说着的时候，心里忽然忽悠了一下，喂，他推了推小孩，你说，你爸爸妈妈会不会找你？

小孩趴在桌子上打瞌睡了，他抬起眼皮看了一眼田二伏，又合上了眼皮。

他们找不到你会不会着急的？

他们找不到你会怎么样呢？

他们会不会不找你呢？

要是他们不找你，我就没有办法了，我只好对你爸爸说，算我输了，钱你拿去吧，你愿意什么时候还就什么时候还，你如果一定不肯还我，我也没有办法了。

小孩又抬起眼皮看看他，然后再次合上了眼皮。

田二伏说，哎，我给你讲个好玩的事情啊，也是我听广播听来的故事。有一个人啊，也是外地来的民工，他没有钱用了，就想去抢劫人家的钱，但是他又怕打不过人家，抢不到钱，他就想了一个办法，买了一包胡椒粉，往一个人的眼睛里一撒，那个人眼睛里被撒进胡椒粉，肯定很疼的，就松开手了，钱就被抢去了。但是他虽然眼睛疼，嘴巴还是能叫喊的，他就大叫起来，边上的群众就冲上来，把那个抢劫的人抓住了。抢劫的人没有办法了，就把抢到的钱还了，他还了钱就准备走了，人家说，啊，你想走啊，他说，咦，我钱都还了，不走怎么样呢？人家说，以你这样的情况，胡椒粉抢劫，至少判十五年啊。那个人一听，傻掉了，喂，你说说这个人，你说说这个人，叫我怎么说呢，是不是一个典型的法盲啊。

小孩发出了轻微的呼噜声。

唉唉，田二伏想，到底是个小人，一会儿就睡着了。

田二伏还不想睡呢，他一直在听广播，仍然是老的习惯，他喜欢边听边记录的。后来就到了夜间新闻，那是夜里九点半播的节目，这个节目田二伏是喜欢听的，因为都是千奇百怪的社会新闻，比如说，一个老太太为了抢占风水好的坟地，就去自杀；又比如，一个丈夫日子过得无聊，去征婚玩玩，妻子一怒之下和他离了婚；还有一个人上了公共汽车，因为太挤，他和一个女同志贴在一起了，他的裤子纽扣勾住女同志裙子的拉链，把女同志的拉链拉下来了，人家骂他流氓，被打了耳光，等等。世界之大，真是无奇不有，田二伏听这个节目的时候，常常会这样想。

现在又到了这个时间了，田二伏听出今天播音员的声音与往日有一点不同，她好像有点激动。他想，今天可能有什么比较重要的事情了，这是田二伏的经验。果然的，播音员说，首先播送一条最新消息，本市今天发生一起儿童绑架案。

此事发生在今天早晨，城西一家饮食店店主夫妇起床后，找不见儿子，后来发现本店的一名职工也失踪了，此名职工曾经多次威胁事主，要绑架他们的儿子。

咦咦，田二伏想，这个人太不像话了。

播音员继续说，公安部门希望广大群众积极配合，发现可疑情况，立即打110向他们反映和举报。

接下来，还没有等田二伏回过神来，播音员就报出一个名字，就是那个绑架儿童的罪犯的名字，她说，绑架者名叫田二伏。

咦咦，田二伏想，怎么叫田二伏呢？

还不等田二伏回味过来，紧接着播音员又播了被绑架儿童的名字，她说，他叫王树桩，六岁。

王树桩？田二伏的心头好像掠过一个熟悉的东西，他又跟着重复念了一遍，突然吓了一跳，他急忙去推小孩，喂，你醒醒，你醒醒。

小孩嘴角淌着口水，朝他看了看，又要闭眼，田二伏说，你不能睡，我问你，你叫什么名字？你好像是叫王树桩的，是不是？我听见他们叫你树桩的，你是不是王树桩？喂，喂，你不能睡啊。

小孩不再睡了，他醒过来，笑眯眯地看着田二伏，嘻嘻。

不能笑了，田二伏说，出大事情了，他们以为，他们以为我绑架你了。

嘻嘻。

我没有绑架你啊，田二伏说，你要给我作证的啊，我只是想吓唬吓唬他们的，谁叫他们偷我钱的呢。

嘻嘻。

我还带你去玩乐园呢，田二伏说，这怎么能算绑架，乐园一张门票要三十块，我们两个人进去六十块钱，我还给你吃了饮料和快餐，绑架能有这样好吗？

嘻嘻。

本来我要带你回去的，田二伏说，现在怎么办呢？

嘻嘻。

你怎么只会嘻嘻，你说怎么办呢，现在公安局肯定都守在你们家里，我们一回去就要被抓起来的。

嘻嘻。

我不是法盲，我不像那个撒胡椒粉的人啊，田二伏说，你不要以为我也不懂法的，我是天天听法律热线的啊。

嘻嘻。

我不跟你说了，田二伏说，跟你说你也不懂的，我只是晚了一步，我本来是要打电话告诉他们的，我过两天就要带你回去的，本来我想听好夜间新闻就去打电话的。

嘻嘻。

我知道你是要想回去所以你开心的，别笑得像个傻子，可是你有没有替我想想，我回不去了呀。

嘻嘻。

你想回去你现在就走好了。

嘻嘻。

你不认得回去的路是吧。

嘻嘻。

我可以帮你出去叫一辆出租车，车钱我来出好了，但是如果人家把你拐走了，不好怪我的啊。要不然只有我送你回去，但是我不能走近你家的，我只好远远地把你放下来，我可以看着你走进去，我才走开。你进去以后肯定要告诉他们我就在不远的路上，他们会来追我的，就算他们追不到我，你会告诉他们我住在这个地方，他们也会来找到我的。反正你看着办吧，我是没有办法了。

嘻嘻。

如果不想让他们追到我，你就不能告诉他们，但是你肯定是要告诉他们的，怎么办呢，我是没有办法了，除非你能保证你不说话，你像个哑巴一样的，你想说也说不出来，你又不会写字，或者你像个呆子一样，你什么也不懂，你也不知道我这个地方是田七给我住的，你也不知道田七是谁，你也不知道这个地方是什么地方，这样我倒也放心的。他们就算问你，你也说不清楚，你只会吱吱呀呀的，他们也拿你没有办法。可是呢，你又不是哑巴，你又不是呆子，你肯定会告诉他们的，这样我就没有办法了。

嘻嘻。

但是我总是要想出办法来的，首先就是我不能让你回去，不能让别人再见到你，我把你关在这里，要出去就我自己出去，因为他们不一定能认出我来，而你是太容易被人认出来了，为什么你知道吗？

嘻嘻。

因为你是个斗鸡眼呀。

嘻嘻。

不过你放心啊，我不会让你饿肚子的，我又不是真的绑匪，就算真的绑匪，也要给人质吃东西的，要不然如果人质饿死了，他就拿不到钱了。喂，你说我说得对不对，你是不是认为我是有这方面的知识的，不过只是知识而已，可不是什么经验，你不要以为我是一惯做这样的事情的啊。

但是我出去的时候，你要是逃出来怎么办呢？我只能把你绑起来了，绑起来你嘴巴里叫喊怎么办呢？嘴巴里要塞一块手帕的，那样就真的像绑匪了，要是房东看不见你问我你到哪里去了，我就说你回乡下去了。但是如果房东也听到了广播呢，或者他是不听广播的，但是如果电视新闻里也播了呢，他们肯定是要看电视的呀，还有报纸上也会登出来的，房东如果知道了这个消息，他会怎么想呢？他马上就会联想到自己的房间租给了什么人，他一想那个房客带着的小孩是个斗鸡眼呀，他一想哪有这么巧的事情呢，房东这么想着，他会吓出一身冷汗来的，为什么你知道吗？因为他想到自己的家里竟然住了一个绑匪，肯定是要害怕的，换了你，你也会怕的，换了我，我也要怕的，但是房东怕归怕，总是要想办法的，他就壮着胆子悄悄地走到我们的房门口，听听有没有动静，他听到没有动静，他就溜出去了，你知道他溜到哪里去吗？

嘻嘻。

你没有脑子的，你是不是得过脑膜炎啊，这还用问吗，他肯定是去派出所啊！

嘻嘻。

也可能直接到外面去打110了。

嘻嘻。

不过还是有另外一种可能的，就是我们的房东他没有听广播，也没有看电视，他什么都不知道，他一直还以为我是田七的丈夫，你是田七的儿子呢，那样是不是就可以高枕无忧了呢，不能的。你想想，是不是还有别人会泄露我们的行迹呢？

嘻嘻。

你怎么会想得到呢，你是笨蛋呀。田二伏说，我告诉你吧，还有那个卖电池给你的小店呢，小店里的人也会想起来的呀，他们想，哎，下晚来买电池的那个小孩，不就是斗鸡眼吗？他们继续往下想，这个小孩以前我们没有见过呀，从前好像不是住在这一带的，今天晚上是头一回见着，他们这么想，警惕性就会提高起来，他们会议论纷纷，而且又紧张又兴奋，最后他们中间会有人提出，报警吧。

然后地段上的派出所会挨家挨户地过来查问，他们查到房东这里，房东会说，我这里不会有什么绑架案的。警察说，据说你有房子出租的，房东说，那是田七和他的丈夫还有他们的儿子呀，但是警察的警惕性肯定是很高的，他们不会放弃一点点的线索，他们就会把门敲开。

他们就看见了你和我，也许开始他们不能确认我是不是他们要抓的那个人，那个田二伏，因为我脸上并没有写着田二伏三个字呀，但是他们照样会马上确定下来，你知道为什么吗？

嘻嘻。

就是因为你的斗鸡眼呀，人家一看见你就要笑的，人家一笑就会想，咦，这个小孩是斗鸡眼呀,接着他们又往下想,咦,那个被绑架的小孩也是斗鸡眼呀,正是他,这样他们就扑上来了,我们就被抓住了。

小孩已经不再嘻嘻了,因为他又睡着了,田二伏把他抱到床上,替他盖了被子,田二伏坐下来想,我要好好想一想了,到底怎么办。但是他还没有来得及想,激烈的敲门声就响起来了。

不好了,田二伏心慌得腿都发软了,他想站起来去开门,但是站也站不起来了。

快开门,外面的人说,我们知道你在里面的。

门已经打开了,是小孩开的,田二伏还没有注意到他,他已经一溜烟地从床上下来,去开了门了。

真的是警察来了,他们进来就上前揪住田二伏的胳膊,啊呀哇,田二伏疼得大叫起来,你们轻一点啊。

老实一点,警察说,你是老金吧?

咦,咦咦,田二伏看了看警察,他没有听懂他们说的话。

说你是老金。

老金?田二伏摸不着头脑了,我又不姓金,我不是老金,他说,你们可能搞错人了。

老金也不一定姓金,警察说,你不是老金吗,那你是不是田七的丈夫呢?

我不是田七的丈夫,田二伏说,你们搞错人了。

咦咦,警察去把房东叫了进来,喂,他们说,你刚才说他是田七的丈夫,是田七的丈夫,就是老金,是老金就是田七的丈夫。

房东朝田二伏看看,我问过你的,你说是的,我还问小孩是不是你们的儿子,你也说是的。

我没有说是的,田二伏说,你仔细想一想啊,我没有说是的。

房东认真地想了想,他现在有点想起来了,他说,是的,好像是的,好像你当时只是嘿嘿嘿嘿地笑,没有说是的,我还问你是不是碰到什么喜事了,老是嘿嘿。

警察有点生气地对房东说,那你刚才怎么能瞎说呢。

房东说,对不起,警察同志,对不起。虽然他没有说是的,但是他那种嘿嘿嘿嘿的样子，好像就是承认的呀，我一直就以为他是的，哪里想到不是的。

警察说，你这也太想当然了。

房东说，但是也奇怪的呀，田七租的房子，怎么会给你住呢，你又不是她的丈夫。

是呀，警察也说，你别想蒙混啊，你现在蒙混，一会捉进去，你就会老实坦白了。

不是的呀，田二伏说，你们查好了，我不怕的，我肯定不是田七的丈夫，不信你们问小孩好了。

小孩的话不好作准的，他们说，哪有叫小孩作证的。

这时候才有一个警察想起了通缉令，把那个东西拿出来看看，他说，对照一下。

另一个警察就拿了出来，通缉令上有老金的照片，他们对着田二伏的脸比照了一下。

是不大像啊，一个警察说。

主要是身高不对，另一个警察的口气明显有点泄气了，老金只有一米六八，这个人至少有一米七八，喂，你有没有啊？

我有一米七七，田二伏说。

我眼光还是蛮准的啊，这个估身高的警察说。

警察们都泄气了，他们有点自认倒霉了，你不是老金，他们朝田二伏看看，你不是老金，那你是谁？

我是田二伏。

几个警察面面相觑了一下，其中一个说，咦，田二伏是谁，这个名字好像哪里听到过的，有点耳熟。

另一个说，管他是谁呢，走吧。

反正也是个外地民工，再一个警察说，这种人都要小心他们一点的。

警察没精打采地往外走了，房东也往外走了。警察走的时候，心里是愤愤不平的，他们说了一些话。

这些外来民工，不安分的。

外地人麻烦实在多，我们忙得屁股都坐不着凳子的。

他们又跟房东说，喂，居民里互相关照关照啊，要过年了，自行车小心点。

是的是的，房东说，外地人手脚不干净的。

他们一边说一边走出去了。他们在的时候，小孩是一直在床上的，也不知他睡着没有，反正他也没有说话，但是到了这个时候，小孩忽然跳了起来，从床上跳到地上，又奔到桌子边，张开嘴大叫起来，啊啊。

田二伏情急之下，急忙去捂住他的嘴。小孩也急了，他说不出话来，就有点手舞足蹈，他的手胡乱地挥着，一会指向床上，一会儿指指别的什么地方。田二伏说，我不管你怎么样，反正不能让你说话，反正不能让你把他们叫回来的。

小孩挣扎着想要说出话来，想要叫出声来，但是田二伏死死地捂住了他的嘴，掐住了他的喉咙，还压住了他的手脚。我不好给你叫出来的，他说，我也不好给你挣脱开来的，你一叫出来他们就要回来提我了。

后来终于警察和房东都走远了，他们再也听不到小孩的叫声了。田二伏这才放开手，他对小孩说，你搞什么鬼，指着床上干什么呀，床上有什么呀？他一边说一边过去掀开被子，哎呀呀，一股臊臭味，你尿床啦？田二伏捂着鼻子说，你这个小孩不好的，怎么尿床了呢，这么冷的天，叫我晚上怎么睡觉呢？他一边说着，一边推小孩，喂，喂，你不要装睡了，你拆的烂污你自己要负责的啊。

小孩趴在桌上不吭声。

田二伏说，你怎么又睡着了？你是不是前世里没有睡过觉啊。

小孩仍然是一动也不动，田二伏去掰他的头，他的头软绵绵地耷着，田二伏去摇晃他的胳膊，他的胳膊也软绵绵地挂着，田二伏再去推他的身体，他的小小的身体哗地一下就倒在地上了。

田二伏的心口像是被电击中了，又麻又痛，一股滚烫的东西一下子奔涌到喉咙口，田二伏听到自己带着哭腔的声音在说：你不要吓我啊，你不要吓我啊。

香火

第一章

　　那和尚回头看了香火一眼，说："阿弥陀佛，草长得比菜都高了。"说罢就盘腿坐下，两眼一闭，念起经来。

　　香火却不依他，回嘴说："这么辣的太阳，村里的人也要躲一躲，难道做一个香火倒比做农民还吃苦？"

　　和尚不搭理他，自顾说道："早也阿弥陀，晚也阿弥陀，纵然忙似箭，不忘阿弥陀。"

　　香火气道："你还好意思说忙似箭，究竟是谁忙似箭？早知这样，我才不来你这破庙里当香火。"

　　和尚要香火去菜地干活，否则庙里要香火干什么。香火却偏不服他，又去挑斗他说："谁想到一个和尚这么难说话，比周扒皮还难说话。"他一边说话，一边在和尚身边绕来绕去，企图干扰他，但和尚不受香火的干扰，他闭着眼睛，根本看不见眼前有这个人。

　　香火又再拿话激他说："你念阿弥陀佛一点用也没有，我又不是孙悟空，你也不是如来佛，你念破了嘴皮子我头也不疼。"

　　又挖苦和尚说："看见大佛笃笃拜，看见小佛踢一脚。""阿弥陀佛不离口，手中捻着加二斗。"等等。

　　话是说了又说，气却没有泄出来，香火也知那和尚不会理睬他，便使出本领，将气撒到爹的头上，念道："爹啊爹啊，世上哪有你这样的爹。"停顿一下，仍觉不够,重又念,"爹啊爹啊,世上没有你这样的爹。"

这本领果然了得,引那和尚开口道:"怎么怨得着你爹?"

香火道:"不怨他怨谁,要不是他,我就不会来当这受苦受累的香火。"

和尚说:"冤枉你爹,明明是你自己要当香火的。"

香火无赖说:"就算是我自己要当,但是爹为什么要同意,他应该拉住我,不让我来,他不但不拉我,竟然还亲自把我送到庙里来,怕我在半路上逃走。"

又说:"奇了,我爹又不是你爹,干吗你要帮他说话?"

那和尚说:"算了算了,看在你爹的面子上,我不与你计较。"

香火不服说:"怎么看我爹的面子,我在这里辛辛苦苦伺候你,你不看我的面子,反倒要看我爹的面子,这算什么道理?"

和尚说:"连爹的醋也要吃。"

香火说:"这是我和我爹的事情,与你无关。"

和尚说:"阿弥陀佛,我也不说了,我说什么你爹也听不见,只有你说了,你爹才听见。"

香火怀疑道:"我爹对我有那么好吗?"

和尚说:"我不知道,你自己知道。"终于睁开了眼,朝香火看了一下,这一眼一看,那和尚顿时明白过来了,差点又着了他的道儿,幡然省悟,断然不再与他啰唆,说道:"不说爹了,说你自己吧,你到菜地锄了草,太阳下山的时候,还要挑水浇地,然后还要煮晚饭,还有好多活要干呢,你抓紧点吧。"

木鱼也敲妥了,经也念罢了,和尚从蒲团上起了身,不紧不慢朝后院去了。

香火被撂在那里,愣愣地瞧了瞧殿门柱上一对对子:"绳床上坐全身活,布袋里藏两大宽。"气道:"那是活的你们和尚,那是宽的你们僧人。"口干舌燥,想着菜地上的菜被晒了一天后又被浇了凉水的那个惬意,气就不打一处来,骂不着别人,骂起菜来:"我一身臭汗还没得洗凉水澡呢,你们的福气难不成比我好?菜天生是给人吃的,哪有叫人去伺候菜的,这没道理。"

他当然不去菜地,他没那么勤快,只管往前院树荫下偷懒去,背靠在树干上打瞌睡。

起先有一只知了在头顶上躁叫,香火找了一根长竹竿捅过后,知了不叫了。可刚刚闭上眼睛,就见那知了"呼"地变成一个火团腾飞起来,把香火吓一大跳，赶紧睁开眼睛，就看到大师傅正从那个高高的门槛里跨出来，他穿着布鞋，鞋子很软很薄。

香火惊奇，大师傅根本就没有发出声音，他是怎么听到声音的呢，那声音是从哪里来的呢？

大师傅换了一件新的袈裟。香火还是头一回见他穿得这么精神，忍不住"啧"了一声，说："人是衣装，大师傅，你像是换了一个人哎。"

大师傅点了点头，说："今天要来人了。"

香火没听懂，茫然地看着大师傅，想听他再说一遍，再说清楚一点。但他知道那是痴心妄想。大师傅说话，从来都只说一遍，大概因为念阿弥陀佛念得太多，所以别的什么话都懒得多说。

大师傅说这句话的时候，差不多正是胡司令他们从公社出发的时间。

香火始终没能搞清楚，大师傅是怎么知道的。一直到许多年以后，香火还在想着这件事情。

香火迷惑不解地看着大师傅不急不忙走到院子当中，站在大太阳底下。

香火好奇说："大师傅，你干什么？"

大师傅站在当院搁着的那口缸前，朝缸里探了一下。

那口大缸香火早就探过，里边什么也没有，只是扔了一些稻草，有什么好探的呢？

大师傅并不着急，但也不缓慢，他朝缸里探了一探后，就竖直了身子，双手搁在缸沿上，这个动作让香火一下看出来，大师傅好像要到缸里去。

大师傅身子有点胖，而且年纪也蛮大了，看他老态龙钟的样子，香火觉得他是爬不进去的，正这么想着，就见大师傅两手轻轻一按缸沿，"哧溜"一下就窜了上去，在缸沿上蹲了片刻，大师傅的身子就飘了起来，轻轻的像一片灰，一晃之间，大师傅就落到缸里去了。

香火惊了一会儿，等慢慢地回了些神，赶紧到缸那边去探望，大师傅已经盘腿坐定在缸里了。那缸不大不小，大师傅放在里边不松不紧，恰恰好。

香火忍不住"啊哈"笑了一声，说："大师傅，这口缸好像就是为你定做的。"但是他并不知道大师傅要干什么，用心想了想，似乎有点明白了，饶舌说："大师傅，你练气功啊？"

这时候,大师傅不再说话,也不再念阿弥陀佛了。

院子里忽然静下来,一点声音也没有,知了也不叫唤了,香火忽地打了一个冷战。大热天没来由地打冷战,那必是有鬼经过人的身边,吹的鬼风。

香火赶紧喊二师傅。二师傅没应答,也不知到哪里去了。又喊了几声小师傅,其实也知道喊他无用,那小和尚昨天已经出门去了,背了一个大包袱,恐怕不是一两天回得来。

既然喊和尚都喊不动,只有喊爹来给自己壮胆,香火喊道:"爹啊爹啊,你又不怕鬼,我又死怕鬼,应该你来当香火才对啊。"

身上仍然冷飕飕的,又继续道:"爹啊,爹,你明明知道庙里鬼头鬼脑,你还把我送来当香火,孔常灵,孔常灵,你不是我的爹,我不是你的儿,我不是你养的,我是和尚养的。"

又喊上了爹的大名,又说了这么歹毒忤逆的话,算是泄了点心头之气,但身上还是横竖不舒服,想必是大师傅那势态作怪作的,赶紧离开大师傅,往大殿里去找菩萨保佑。

刚要拔腿,猛地听到有人敲庙门,喊:"香火!香火!"

香火听出来正是他爹,心头一喜,胆子来了,赶紧去开了庙门,说:"爹,是不是有事情了。"

爹奇怪地看看香火说:"香火,你怎么知道?"

香火得意地说:"我就知道有事情了。"

爹朝着香火拱了拱手,说:"香火,你当了香火,果然料事如神。"

香火身子歪开来,不受他爹的拱拜,说:"你别拱我,我又不是菩萨。"

爹说:"香火,胡司令已经出发了,马上要来敲菩萨,三官让我来给你师傅报个信,好让你们有个准备。"

香火立刻"咦"了一声,说:"敲菩萨?那怎么行?敲掉了菩萨我怎么办?"

爹不说怎么办,只说:"香火,三官交代了,等一会儿胡司令来了,你不能说是三官报的信啊。"

香火说:"那是谁报的信?"

爹说:"是我呀。"

香火说:"你是怎么知道的呢?"

爹说："听三官说的。"

香火说："那还不等于是三官报的信。"

爹说："反正你别说报信的事，我得走了，怕胡司令顺道进村，把东西给抄了。"

香火说："什么东西？原来你有东西？"

爹一听，慌了，急忙说："没有东西，没有东西。"爹不敢恋战，拔腿要走，却又放心不下，叮嘱道，"香火，菩萨要紧，你赶紧告诉你大师傅。"

香火哪里听信爹的，跟他绕嘴舌道："我告诉大师傅，是让大师傅保佑菩萨呢，还是让菩萨保佑大师傅？"

爹一听了，眼神就趴了下来，可怜巴巴说："香火，你当了香火，嘴巴还这么刻薄。"

香火"嘻"一笑，道："刻薄不蚀本，忠厚不赚钱。"

爹急道："错了，错了，是刻薄不赚钱，忠厚不蚀本。"

香火说："爹你才错了呢，你自己忠厚不忠厚？你忠厚得把老本都蚀光了，把儿子都蚀到庙里当香火了，还不蚀本啊？"

爹两头惦记，心里焦虑，脚下就犹豫起来。

香火看爹那模样，似乎要留下来帮他，他却只管惦记爹的东西，赶紧说："爹，你快快回去藏好你的东西吧，别给胡司令瞧了去。"见他爹仍腻腻歪歪，欲走欲留，赶紧又说道，"爹，你放心，我家师傅是什么人，你还不知道？一粒骰子能掷出七个点。"

爹不怀疑，点头称是："我一看你家师傅，就是个抿嘴菩萨——不怕红脸关公，就怕抿嘴菩萨，那胡司令，顶多是个红脸关公而已。"

这才放心而去。

爹这一走，香火才着了急，暗想道："假如菩萨真的被胡司令敲掉了，庙里没有菩萨，算个什么庙，也不会有人来拜佛了，也不会有人来上香了，和尚的饭碗没有了，香火的饭碗也没有了。"

赶紧去报大师傅，走到缸边，见大师傅还是刚才进去时那样子，盘腿坐着，一动不动，双手合十，眼睛也闭上了，再仔细看，又觉得眼睛好像还张开着，这又像开又像闭的，叫人看了心里不受用，香火赶紧说："大师傅，你莫吓人啊。"

大师傅不吱声。香火见他这样子，浑身已没了劲道，手足都酥软，知道拿他没办法了。这大师傅一旦闭了眼睛，就什么话也听不进去了。

香火一时不知该怎么办，心里有点恼，嘀咕说："不管菩萨了？连和尚都不管菩萨了，这算什么？"

嘀咕了两句，把自己的火气又嘀咕起来了，竟然忘记了缸里这个人是庙里的掌门和尚，是大师傅，就用手去推他，要把他推醒，让他起来阻止胡司令敲饭碗。

奇的是香火这手还没有伸出去呢，那大师傅的身子已经往下缩了一下。

大师傅这一缩，香火方才明白了，心想道："原来你爬进缸里就是为了躲避的，我还以为你装神弄鬼有一套，一粒骰子掷七点呢，却原来你一粒骰子连一个点也没掷出来。"

再往仔细里瞧，这口缸好像就是为了让大师傅躲藏才一直搁在那里的，因为它不大不小，正好装下大师傅的身体，还垫些稻草，好让大师傅坐在里边屁股不硌疼。

不过香火最后还是发现了一点问题，缸稍稍矮了一点，大师傅的身子装进去了，脑袋还露出小半截，因为它光光的，所以特别亮，特别容易被人发现，进院子的人，肯定第一眼就会看到这半个光脑袋。

香火说："大师傅，你躲不过的，这口缸，连个盖都没有，他们肯定会找到你的。"

又说："大师傅，你倒是躲着地方了，二师傅肯定也找到地方躲了，小师傅更不要脸，干脆就逃走了，我怎么办呢？难道你们和尚不管菩萨，倒叫我一个香火来管菩萨，没这道理的。"

又再说："我以为我做香火，菩萨也会对我好的，其实不是这样，菩萨只对你们好，对我又不好，凭什么要我管它？"

任凭香火怎么说，大师傅也不吱声，香火无计可施，便自我安慰说："大师傅，你躲吧，我不躲了，胡司令不会拿我怎么样的，我爹是他的隔房老娘舅，他爹是我爹的什么什么。"

大师傅的光头被太阳照得像一盏灯，耀着香火的眼睛，他有点晕，但脑子却还清醒，一个德高望重的大师傅这样躲着，甚是丢人，想了一想，有计策了，跑到灶间拿来一个碗罩，碗罩很大，正好扣在缸沿上。

大师傅被罩在乌赤赤的碗罩里，头上的光亮罩没了，就不那么引人注意了。

过了不多久，果然胡司令就带着一队人马来了。

爹走的时候庙门并没带上，半掩着，手一推就开了，不用轰的，但他们还是轰了几下，把庙门轰了一个洞，从洞里钻进来。

香火赶紧上前认亲，凑到胡司令的脸前说："隔房哥哥，你来啦。"

那司令眼睛向上翻。

"你喊谁呢？谁认得你？"

香火说："咦，你不认得我啦，我是你爹——不对，你是我爹——不对——"

司令"啐"他一口，骂道："什么你爹我爹，你有爹吗？"

香火道："司令你贵人多忘事，去年过年的时候，我还到过你家，给你爹你娘磕头的。"

司令说："磕头？你敢封建迷信？"

旁边立刻就有人上前，伸手把香火推了一个趔趄，倒退了好几步。

香火气得骂人说："司令，你六亲不认？"

那司令这才伸出长长的手臂，对着他的队伍画了一个圆圈，说："小和尚，你说对了，我们，六亲不认。"

香火不解，问："为什么？为什么六亲不认？"觉得这话没问在点子上，又赶紧辩解，"司令，我不是和尚，你看，我有头发的，和尚是光头。"

司令看了看香火的头发，不屑道："你不是和尚，那你是什么东西？"

"我是香火。"

"香火是什么东西？"

香火正想回答香火是什么东西，那司令却制止了他，朝他劈了一下手臂，说："四旧！封建迷信！"

香火赶紧说："不对不对，香火是劳动人民。"

那司令又狐疑地看看香火，怀疑道："谁说香火是劳动人民？"

香火说："香火在庙里低和尚几个等，打杂干活，庙里什么事情都是香火做的，扫地烧饭种菜浇水，一天做到晚，累也累死了，还不是劳动人民吗？"

司令虽然还有些疑惑，但暂时放弃了对香火的追查，问道："你庙里的和尚呢？"

香火想，想必这个难题迟早是要摆到面前的，到底是保全自己还是保护师傅，事先没来得及掂好分量，却已经有一个人注意到那口缸了，他大叫起来："一个缸，一个缸！"

大家都看到那口缸了，但他们有些不明白，因为缸上不是盖了一个缸盖，而是顶了个什么东西。

那司令一把揪住香火的衣领，把他提溜过来，问："这是什么奇怪？"

香火扭了两下没扭出来，生生地被那司令揪着，香火怕他扯烂衣领，只得踮起脚，让身子去跟着衣领子，边挣扎边说："哎哟，衣领子，哎哟，衣领子，那不是奇怪，就是一口缸。"

那司令说："缸上顶了个什么奇怪？"

香火说："没顶什么奇怪，就是一只碗罩。"

司令的人马哄笑起来，司令也笑了笑，放开了香火的衣领，说："缸上顶碗罩，还不是奇怪？罩什么呢，难不成下面罩了一只老虎？"

大家又哄笑，有一个人嘲笑说："罩只老鼠还差不多。"

那司令举了棒要打这个碗罩，参谋长走上前来，挡住了胡司令。

香火这才看清了参谋长的面目，原来是认得的，隔壁村人氏，前一阵不干农活跑到乡里去了，原来是跟上胡司令了。他本名叫个孔万虎，现在改名叫参谋长了。

他对着那口缸左看右看看了半天，发话说："司令且慢，从前听人说，和尚有金钟罩，谁若是打着了金钟罩，不光敲不烂它，自己的手臂会被震断。"

那司令撇了撇嘴，显然不相信这种说法，但他手里的棒却挂了下来，可能对金钟罩吃不透，多少有点惧怕，回头对着香火大喝一声道："小和尚，这分明不是碗罩，到底是什么罩？"

香火见那司令满脸杀气，赶紧抱住头说："我也不知道，我不是和尚，我只是香火而已，你问大师傅吧，你问二师傅吧。"

二师傅正在后边的茅坑蹲坑，他便秘，蹲了很长时间也没有蹲出来，腿麻得不行了，猛地听到前面院子里有人大喝一声，二师傅一哆嗦，裤带子掉粪坑里了。二师傅提着裤子，两腿一瘸一拐出来了。

大家盯住二师傅这样子,都觉得他有奇怪。参谋长说:"你为什么提着裤子?"

二师傅说:"我裤带子掉在粪坑里了。"

那司令刚想上前,忽然又回头看看参谋长。参谋长沉吟了一下,点头说道:"是听说过,有提裤功。"

司令一愣,问:"什么意思?"

参谋长说:"提着裤子跟你打。"

司令又一愣,问:"什么意思?"

参谋长说:"牛呗,提着裤子,就是不用手,不用手就能打倒你。"

香火朝着参谋长瞧了瞧,暗想道:"这参谋长倒像是和尚派到胡司令身边去的奸细,专门在为和尚说话。其实和尚哪有这么厉害,我自打进了太平寺,就从来没有见过他们练什么功,一天到晚就是坐在蒲团上念阿弥陀佛,扫把也拿不动,水也提不动,放屁都放不响。"

那司令看了看被二师傅提着的裤子,又看看二师傅的胖脸,就不去动他了。他真是个欺软怕硬的司令,重又过来一把提了香火的衣领,好像那衣领是专门用来让他提的,他提起来那么顺手,那臭嘴就顶在香火的鼻子跟前,问道:"他是你们的当家和尚吗?"

香火如实交代说:"他是二师傅,当家和尚是大师傅。"

二师傅急得说:"他瞎说,他瞎说,没有大师傅,我就是大师傅。"

胡司令不去治那谎话连篇的二师傅,却朝着香火乱嚷道:"小和尚,把你的大和尚交出来,不交出来就把你的脑袋当菩萨脑袋敲!"

香火才不愿意用自己的脑袋去顶替菩萨的脑袋,把大师傅供出来,也没什么了不起,本来就应该和尚管菩萨,要顶也应该让和尚的脑袋去顶菩萨的脑袋。

香火一张嘴,就要供出大师傅,可忽然间胆又怯了,赶紧念叨几句给自己壮胆:"大师傅,别怪我出卖你,你平时对我也不怎么样,我偷喝一碗粥你还要念阿弥陀佛来咒我,我现在也顾不得你了,我自己的脑袋也要紧的,没有脑袋就没有命了,没有命就是死人了,我不想当死人,我只好当叛徒了,可是当叛徒吧,又——"

香火胡乱念叨还没完没了,忽然间就有一声长号炸雷般地响了起来,简直是响彻云霄的响,简直是震耳欲聋的响,简直是稀出百怪的响。

大家定睛一看,是二师傅。

二师傅双手提着裤子,对着院子里的那口缸"扑通"一下跪了下去,顿时间哭得"噢嚎噢嚎"的。

没人知道他哭的个什么,大家倒是对那口让二师傅下跪的缸产生了兴趣,围到了缸前,透过碗罩,仔细了,才看到缸里有一个秃脑袋。

那司令又愣了愣,他不知道这又是什么花招,站定了,半躬下腰,离得远远的,伸长脖子朝缸里瞧。他的队伍也学着他的样子,半躬着腰,围成一个圈子对着那缸,却没有人敢再靠前。

还是香火过去揭开了碗罩,说:"你们看,没有什么,就是一个和尚,是我家大师傅,他已经死了。"

那司令的几个手下走近来看看,有一个胆子大的,用手去探探大师傅的鼻子,回头向司令报告说:"没气了。"

那司令生气道:"敢在你爷面前装死?你爷让你怎么死的,就怎么活过来。"

大师傅身子已经僵硬了,怎么也拉不出来,众人使出吃奶的劲,才把他从缸里架了出来。

大师傅果然是死了,奇怪的是,他被抬出来,放在地上,仍然还是在缸里的那个姿势,盘腿而坐,双手合十,双眼微闭,一点也没有改变。那司令上前去踹一脚,大师傅的身子竟像块石头,纹丝不动,倒把胡司令反弹了一个趔趄。

那司令"呸"了一口道:"晦气!还没打就死了?你爷岂不是白跑了——呸,跑得了和尚跑不了庙!"向众人一挥手,喝道,"进去敲菩萨!"

二师傅见他们要去敲菩萨,顾不上哭了,提着裤子又追又喊:"菩萨敲不得呀,菩萨敲不得呀。"

司令说:"怎么,你以为我们怕泥菩萨?"

二师傅说:"你听说过孙悟空吗?孙悟空都弄不过菩萨,你敲谁都敢敲,可不敢敲菩萨。"

司令大怒道:"你爷不敢敲菩萨?你爷就敲给你看!"

二师傅还在追着,还要说话,结果被参谋长伸腿绊了他一个狗吃屎,趴在门槛上不能动了。

众人涌进大殿,见到了菩萨,菩萨高高在上,那司令的棒子只能敲到菩萨的一只鞋,司令转来转去不甘心,叫人去端梯子,他提一把大刀,对着空气挥动了几下,嘴里"哗嚓哗嚓"先练习一遍。

二师傅趴在门槛上听到"哗嚓哗嚓"的声音,再次失声痛哭起来了:"菩萨呀,菩萨呀,菩萨保佑呀。"

那众人听到了,哄堂大笑起来。

"菩萨保佑谁呀,哈。"

"谁保佑菩萨呀,哈哈。"

端来梯子,司令动作利索,"唰唰唰"往上爬,大家伙也七手八脚地操起家伙,正呼呼生风,忽就听得"啪"的一声巨响,震得大家又懵又晕,等定过神来一看,才发现是司令从梯子上掉下来了,趴在地上一声不吭,有人惊得脱口说:"死了?"

庙殿里顿时一片死静,过了片刻,才依稀听到司令闷哼哼闷哼哼的声音,知道没有死,大家赶紧过去拉,可一沾司令的手臂,司令就像弹簧一样弹了起来,死死抱住自己的一条胳膊,大喊:"啊呀哇,抽筋了!"

眼见着司令的一条胳膊翻、翻、翻,他怎么扯也扯不住,好像有一个大力士在扭他的手臂,一直扭了他个一百八十度的弯,整个扭成了一条反胳膊。

那司令也不吵也不闹了,斜眼看着自己的反胳膊,眼泪和口水一起斜着流淌下来。又有人惊叫了一声:"中邪了。"

没有人呼应,知道自己说错了,吓得赶紧退到一边去了。

谁也不知道发生了什么事情,两眼茫茫然,惊恐万状,那参谋长虽作镇定,不露声色地观察着,但终究也没有看出什么名堂来,最后从牙缝里吐出了几个字:"奇怪,太奇怪!"

顿时间,司令的队伍大乱,众人夺路而逃,有人踩着了趴在门槛上的二师傅,吓得跪下来磕头说:"大仙,大仙,我不是有意踩你的。"

片刻之后,人都散光了,乱哄哄的场面安静下来,二师傅慢慢地从门槛那里爬起来,跪到菩萨面前,对着菩萨拜了拜,说:"菩萨,菩萨,我知道是你。"

香火奇道:"二师傅,难道是菩萨扭断了胡司令的手臂?"一边说一边就把自己吓着了,赶紧拍心口说,"二师傅,你别吓我啊,菩萨一直站在那里,一动也没动,他是泥做的,他怎么会扭人啊?"

二师傅说:"四月十四城隍庙轧神仙你去轧过吧,那就是轧吕洞宾,那一天吕洞宾会变成一个人,谁轧到他谁就有好运。"

香火说:"我是去过的,人轧人,鞋子都轧掉了,却没有轧到神仙。"

二师傅说:"不是人人看得见的。"

说完了这句话,他的心思又回到大师傅身上,重新又哭了起来。

香火回头看时,才发现刚才被架出来的大师傅,不知什么时候又回到了缸里,仍然是那个姿势,碗罩也仍然罩在他头上。

香火过去揭开碗罩,笑道:"大师傅,你装死装得真像,真的像个死人。"又说,"大师傅,胡司令走了,参谋长也走了,你起来吧。"

大师傅不理香火,香火又伸手推了推,感觉他的身子不像刚才那么僵硬了,软软的,但仍然一动不动,鼻子里也不出气。

香火奇道:"大师傅,你的屏功怎么这么好?你怎么能这么长时间不出气不吸气?"又回头跟二师傅说,"我找根蟋蟀草来撩一撩大师傅。"

二师傅哭丧着脸道:"香火,师傅不是装死,他是真死了。"

香火才不信他,说道:"刚才他们明明把大师傅从缸里弄了出来,他要是死了,怎么自己又爬回缸里去呢?"

二师傅的眼泪不停地流下来,鼻涕也很多,但他宁肯让眼泪流下来,却偏不让鼻涕流下来,下来了就"呼哧"一下提上去,下来了又"呼哧"一下提上去,"哧通哧通"的,两条鼻涕上上下下,弄得香火心里很烦,忍不住说:"二师傅,你哭什么,你看大师傅还在笑呢?"

二师傅睁着泪眼一看,顿时止住了哭,说:"对呀,师傅见佛祖,他是会笑的,我也应该笑的,师傅这是往生了呀。"

香火说:"二师傅,什么是往生?"

"往生就是入灭。"

"什么是入灭?"

"入灭就是圆寂。"二师傅说过后,知道香火又要问什么是圆寂,赶紧说,"你不要再问什么是圆寂了,你一定要问,我就告诉你,圆寂就是往生。"

香火说:"我知道了,往生就是入灭,你跟我兜圈子。"

二师傅跪得膝盖生疼,才盘腿坐下,香火一看这情形,知道二师傅要念阿弥陀佛,急了,怕他念个没完,赶紧说:"大师傅,二师傅,你们不要吓我,我胆小,你们一个坐在缸里,一声不吭,一个坐在缸外,要念阿弥陀佛,我怎么办?我干什么?"

二师傅说:"你没什么可干的,不如和我一起念经吧。"

香火道:"你要我念经,你拿什么引诱我?"

二师傅道:"香火,你真是个铜箍心。"

香火道:"你没听大师傅说过吗?从前有个和尚,要叫人念经,人不肯,他就叫小孩子念经,小孩子也不肯,他就跟小孩子说,你们念一声佛,我就给你们一钱,结果小孩子个个抢着念经,后来大人也跟着念起来,大师傅说,那是佛声不绝于道,二师傅,你不仅不如大师傅,你连几百年前的和尚也不如。"

二师傅说:"我现在一钱也没有。"

香火道:"那就等你有了一钱,再引我念佛吧。"

二师傅叹道:"唉,既然你不念佛,你就走开吧,不要打搅我,我要给师傅超度。"

香火猛一惊,暗想道:"超度这事情我知道,就是给死去的人念经,让他死的时候可以不孤单,不害怕,而且死后还可以到一个好地方去,吃香的喝辣的,要什么有什么。从前村子里死了人,死人家属就到庙里来请大师傅去给他念经,现在却轮到和尚自己给自己超度了。"

直到这时候,香火才相信大师傅真的往生入灭圆寂了。他瞥了一眼死在缸里的大师傅,赶紧往后退,站得离缸远远的,感觉尿急了,憋了憋劲,就把尿憋到双腿里去了,双腿筛糠,说:"我要逃走了,我要逃走了。"

二师傅朝香火看看,说:"你怕什么?"

香火说:"万一大师傅觉得一个人死太孤单,要带上我怎么办?"

二师傅说:"要带也不会带你的,会带我。"

香火又想了想,还是不放心,又说:"那也不一定,大师傅其实也蛮看重我的,他还说我做事机灵呢。"

二师傅才不服香火,说:"就算师傅说你机灵,也不会带你的,你没有慧根。"

香火且放了点心,但他终究还是想不明白,高低要问出个道理来:"大师傅怎么搞的,前一会儿还好好的,后一会儿就真的死了?他跳到缸里去的时候身子轻得像只猴狲,不对,他比猴狲还轻,像一片灰。"

二师傅说:"师傅要去见佛祖。"

香火倒不信了,说:"要见佛祖,身子就会变得很轻吗?"

二师傅说:"不是很轻,是很欢喜,师傅念了经,想怎么样就怎么样。"

香火没听明白,问说:"大师傅他想怎么样呢?"

二师傅说:"师傅想往生。"

香火说:"往生不就是死吗?难道想死就能死?没病没灾的,忽然想死了,就会死?"

二师傅点了点头,郑重其事说:"正是这样的。"

香火到底被他给吓跳了起来,指着说:"怎么可能?不可能的,不可能的——"

二师傅也懒得再给香火细细解释,只对着自己说:"所以,从今往后,我更要好好念经,只要念经念得多,念得好,就能像师傅一样,想往生就能往生了。"

香火一听这话,两眼珠子一对,二话不说,拔腿就跑。

二师傅在背后喊:"香火,你别走,香火,你走了谁替我超度啊?"

香火头也不回地逃走了。

第二章

香火跨出庙门，头也不回拼命跑，只恨爹娘没有把自己生出四条腿来，知道脚后跟上有个东西紧紧追着，但是不敢回头看，不知道是大师傅的阴魂，还是二师傅的佛号，还是小师傅的眼睛，总之是一阵铺天盖地的恐惧，就要上前来把香火扑倒了。

心里一慌，脚下就乱了，眼前也没了方向，跑了没多远就迷了道路，等到发现自己跑错了，赶紧停下来，喘着气四处打量，才知道把自己迷到阴阳岗来了。

阴阳岗就是一块望不到边的坟地，一个坟堆连着一个坟堆，一块墓碑比着一块墓碑，如同一方迷魂阵。一入了这阵势，就尽在里边打转，难出来了。

香火赶紧对着坟堆拜了拜，又对着地下拜了拜，说道："各位祖宗，香火不是来和你们结拜的，也不是来给你们请安的，香火只是走迷了道，借个路而已，你们开个恩，让条路给香火走走吧。"

哪想话音未落，那喷嚏就上来了，一个，两个，三个，我的妈，接二连三打个不停，清水鼻涕也跟着出来了。香火赶紧擤掉鼻涕，心里就犯奇，嘀咕道："奇了奇了，二师傅还说我阴气重，我要是阴气重的话，就不应该我打喷嚏，应该他们打喷嚏才对。"

这么个念头一着，竟然真的就听到一个大喷嚏，活生生的，新鲜响亮，不像是隔代老祖宗打的。这一喷嚏把香火打得魂飞魄散，腿一软，竟跪了下来，伏在那儿好半天，等着人家打第二个喷嚏呢，结果人家喷嚏不打了，倒使出了人声来，说道："咦，却是香火么？"

香火这才敢抬头一看，哪是谁家的老祖宗，却原来是自己的爹，搂住一个包袱，鬼鬼祟祟，贼眼四处张望。

没来由地遭他一吓，香火没好气地说："爹，你张望什么，这鬼地方，除了鬼，还能张望出个什么来？"

爹摇头道："难说的，难说的，现在这世上，到处都有人，可怕的，可怕的。"

香火顺嘴道："爹，你倒奇了，人有什么好怕的，你不怕鬼倒怕个人？"一边说一边向爹靠拢去，其实他对人对鬼都不感兴趣，倒是对爹抱着的那东西有兴趣，指了指道："爹，你果然有东西。"

爹愈加搂紧了包袱，紧张道："没有东西，没有东西。"

香火笑道："没有东西？那让我瞧瞧。"就上前去扯，爹赶紧夹住包袱朝后退，依到一个墓碑旁，警惕地盯着香火的举动。

香火扯那包袱的时候，已经吃到分量，想必是什么货色，说道："爹，你依着那石碑干什么，想祖宗保护你啊？"

爹说："正是，正是，祖宗会保佑我们的。"

香火"哧"一声道："稀罕，祖宗是什么，一堆乱蓬蓬的死人骨头罢了。"

爹急得说："香火，你是香火，你不能百无禁忌啊。"

香火却一发不可收道："祖宗是什么东西，总不见得比菩萨还厉害吧，连菩萨都保护不了它自己，你还指望一堆骨头来保护你？"

爹听了，更是大惊失色，双手一合，一拜，喃喃道："祖宗在上，祖宗在上。"

香火用脚点了点坟地，批评爹道："哪里在上，佛祖才在上呢，祖宗明明在下，在地下，你怎么说在上，你上下都不分噢？"

爹眼睛仍朝上看着，嘴上道："祖宗宽宏，祖宗宽宏。"

虽然爹一口一祖宗叫得亲，香火的心思却不在祖宗那儿，一包东西就在眼前，却叫他视而不见，怎能甘心？

香火重又上前去拉扯，嘴上道："爹，我只是个香火而已，我又不是强盗，你如此怕我干什么？"

爹抵挡不住他，手上的包袱到底被香火给拉扯开了，"哗啦啦"一下，散落开来，掉在地上。

香火低头一看，却是一堆破破烂烂的书，从一个硬纸匣子里撒了出来，香火好奇，嘴上道："爹，你大字也不识得几个，你竟然有书？"见爹支支吾吾，满脸慌张，又主动给爹解围说，"爹，不过你也不用心虚，你毕竟姓了孔，有几本书也是应该的嘛。"

爹赶紧说："这是的，这是的。"

其实香火一见那书，早已经泄了气，埋怨说："爹，你带这些破烂货来干什么？"

爹说："这不是破烂货，是经书。"

香火一听，顿时喜出望外，说："啊？是金书，难怪这颜色黄蜡蜡的，原来是金子做的书"

爹说："不是金子做的书，是经书，就是和尚念经的那个经书。"

香火又奇道："经书？难道孔夫子也是个和尚，他把经书传给了你？"

爹怕了香火，不想被他套了去，不敢再搭理他，但又怕得罪他，想裹了经书走开，香火却不依，挡着说："爹，经书是和尚看的，你留着干什么？你又不识得几个字。"一边说，一边朝那纸匣子上张望，纸匣子皮上倒是有一排字，香火只扫了一眼，字没认出几个，已经一阵头晕，赶紧闭上眼睛运气。

香火当了香火以后，看到和尚每日每夜守个经书念念有词，不知那是个什么东西，忍不住拿一本翻翻，见封面写着：金刚般若波罗蜜经，七八个字倒有一大半认不得，再往里一看，如是我闻一时佛在舍卫国祇树给孤独园……香火只看得半行，就觉得头晕眼花，两只脚像站在棉花上，轻轻飘飘地站不稳，吓得赶紧放下经书去问二师傅。

二师傅说："你身上有邪气，你要多看经书才能怯邪气。"

香火心想："我才不信你的鬼话，我不碰经书好好的，一碰经书就要被放倒，明明经书是个什么邪东西，反倒说我有邪气，和尚念了经，话都反着说。"

从此以后，香火不仅躲开和尚念经，见那些经书也逃得远远的。天气好的时候，和尚会把经书倒腾出来晒晒太阳，香火找了一把放大镜去照经书，想让它着起火来。经书被晒得干翘翘的，根本就没有水分了，应该很容易着的，却不知为什么它就是不肯着起来。

爹见香火闭了眼，欣喜说："香火，你快要升和尚了，和尚念经，都闭着眼睛，你念经,也闭上眼睛,你和和尚也差不多了。"

香火说:"爹,你才和和尚差不多呢,明知我沾不得经书,一沾就晕,你们还偏要我晕,你基本上就是个和尚。"

爹说:"我不行的,我差远了,你差得近。"反倒捧起那经书,递到香火跟前,讨好说,"香火,你再仔细看看,这是十三经。"

香火退开一点,生气说:"爹,你离我远点,经也离我远一点。"又说,"爹,这破经书,你带到阴阳岗来干什么?"

爹说:"家里没地方藏。"

香火说:"亏你想得出来,藏到祖宗家里来?"

爹连连摆手,说:"那不行的,会连累祖宗的,他们会连祖宗都挖出来的。"

香火又不明白了,问道:"那你还抱到这儿来干什么?"

爹那贼眼珠四下一瞧,压低声音说:"反正留不住了,早晚留不住了,干脆把它们烧给祖宗。"

香火说:"这又不是纸钱,你烧也是白烧。"

爹说:"我不烧也是别人来烧。"

香火说:"我看你这书纸黄蜡蜡的,不是金子,必是草纸,不如用来擦屁股,给家里省点草纸钱呢。"

爹见香火如此出口,着了慌,一边拿身子横过来,挡着香火,一边赶紧掏出火柴,"嚓"一下,火着了,香火撅起嘴,正想吹灭了它,不料"呼"的一下,火它自灭了。

爹说:"香火你别吹呀。"

香火说:"我哪里吹你了。"

爹重又点火柴,仍然是"嚓"一下点着了,又"呼"一下熄灭了。

爹说:"有风。"遂弯腰弓背,拿身体圈住自己的手,重又点火,又灭了。奇道:"咦,这风从哪里钻进来的?"起身朝四处看看,又说,"奇了,没有风呀。"再弯身去点,还是点不着。

爹沉默了,不再点了,过了一会说:"我知道,是他们不让我烧,要我留着。"

香火说:"是祖宗吹了你的火?"

爹没有回答香火,只朝祖宗说话:"祖宗,祖宗,你是知道的,你知道我实在是没地方可藏呀。"

香火"扑哧"一笑说："乖灰孙子，我知道你不孝，不想把祖宗的东西保管好。"

爹愁眉苦脸道："香火，我正和祖宗说话呢，你别插嘴。"

香火笑道："爹，你睁大眼睛看清楚，我正是你八代老祖宗呢。"

爹朝香火脸上看了看，没看出什么来，心里着慌，赶紧将散落的经书收拢包扎。

香火眼见前前后后啰唆了半天，什么也没捞着，于心不甘，提议说："爹，你也别为难了，你将经书交给我，我带到庙里藏起来。"

爹受一惊吓，连人带书往后退了退，防止香火前来硬抢。

香火道："爹，你现在连太平寺都不相信了？"

爹支吾说："太平寺我是相信的，但是我再一想啊，还是不对，你见了经书会头晕，万一晕倒了怎么办，经书撒在地上，会被别人捡去，交给你不保险。"

香火道："我只将经书紧紧抱在怀里，并不看它，不会晕的。"

爹的脸色一会儿喜，一会儿忧，犹犹豫豫地说："好是好，不过我还是不放心。"

香火赶紧说："你放心，庙里经书多得是，谁也不稀罕你那几个字，没人偷得去。"

见爹把他的话听进去了，香火赶紧把那堆书收收拢，把包袱布从爹手里拿过来，将书包了，搂到自己怀里，又说："爹，你放心，我虽然嘴馋，也不会馋到偷吃你的经书，我又不是蛀虫。"

爹盯着香火怀里的包袱，想了好一会儿，最后摇头说："难说的，难说的，从前你连棺材里的东西都敢吃。"他话虽说得慢，动作却不慢，趁香火不备，又把包袱夺了回去，紧紧搂住，转身就跑。

香火怕爹一下子跑没了，自己迷在阴阳岗坟地出不去，赶紧照着爹的背影追了一段，上了道，再仔细看时，才清醒过来，发现上了爹的当，爹是引着他往庙里走呢，香火心里恼恨，回头要找爹算账，却不见了爹的影子。见起毛在路边走，便上前喊道："起毛叔，起毛叔，见着我爹了吗？"

起毛一见香火，脸色大变，赶紧离香火远一点，说："香火，你，你从阴阳岗来？"

　　香火奇道："我只是迷了道，迷到阴阳岗去了，我又不住在阴阳岗，你这么害怕干什么？"

　　那起毛朝香火的脸瞧了又瞧，瞧得香火起了疑心，摸了摸自己的脸，没摸出什么来，又说："起毛叔，我脸上有什么吗？"

　　起毛又后退一步，文不对题说："谁知道呢，谁知道呢？"

　　香火见他没来由地慌乱，也不与他计较了，问道："起毛叔，你见着我爹了吗，奇了怪，他刚刚带我从阴阳岗转出来，怎么一眨眼就不见了？"

　　起毛顿时一脸警觉，说："香火，你在阴阳岗见到你爹了？"

　　香火说："是呀，他还，他还——"使劲憋了，才将那经书的事情憋在肚子里。

　　起毛赶紧回头要走，嘴上嘟囔说："不说了吧，不说了吧，你快回太平寺找你师傅吧。"

　　香火上前拉起毛，要他别急着走，起毛却甩开他，脚步起紧说："我要走了，我要走了。"

　　香火说："起毛叔，你有急事吗？"

　　起毛说："我没有急事，是你有急事。"

　　香火不明白，说："我有什么急事？"

　　起毛说："我不和你说了，你又抽筋了。"

　　香火听不懂起毛在说什么，再想问清楚些，那起毛却已经拉开脚步，慌慌张张跑开了。

　　香火说："起毛叔，你到哪里去？"

　　起毛朝自己的脚看看，调转个方向，又跑。

　　香火看着起毛的背影，奇怪说："咦，他明明就在这路口上，怎么没撞上爹，难道刚才在坟地里不是爹，而是爹的鬼？"胡乱一想，也想不到底，算啦，算啦，先不管是爹是鬼，看这起毛就够奇怪，人不人鬼不鬼的，也不知抽了哪个筋，还反咬他一口，说他抽筋。

　　香火顾不得计较起毛，他早已饿得前胸贴后肚了，自管定了定神，认了认回转的方向，撒开腿子，放死劲跑了起来。

　　一口气跑回家，先奔灶屋去，揭开锅盖看看，锅子刮得干干净净，再揭开碗罩看看，碗罩下只有半条酱萝卜。把酱萝卜塞进嘴里嚼了嚼，咸得舌头起麻，气道："知道我要回来，一点也不留给我。"将灶前的柴火堆踢了一脚，恨恨地喊道，"二珠三球，滚出来吧。"

喊声未落，就听到院子里"噼里啪啦"一阵响，赶紧追出来一看，看到二珠三球连滚带爬抱头鼠窜地逃出了院子，边逃边喊："娘，娘，香火回来了。"

香火没追上他们，跺了跺脚，也是白跺。回头进屋看看，原先在家时睡的床板也给拆了。分明这家里头，就没他的份了，香火气得拍了自己一嘴巴，正恼个不休，就听到院门口有动静，香火出去一看，是爹回来了，那包袱却不在身上了。

香火赶紧说："爹，经书到底给你藏起来了啊。"

爹眼睛发直，目光却是散的，不聚焦，只在香火脸上游了一游，人就穿过香火身边，一头就拱进屋里去了。

香火不知道爹要干什么，紧紧跟进来，看到爹在屋里翻东西。家里也没有什么东西可翻的，只有一口旧樟木箱，是娘的嫁妆。娘一生起气来，就拿这个樟木箱来瞧不起爹，她一边把樟木箱拍得砰砰响，一边数落说："孔常灵，你有什么，你家有什么，头顶茅草脚踏烂泥。"

樟木箱是上了锁的，钥匙在娘的裤腰带上系着，爹居然偷来钥匙开箱子了，香火赶紧凑过去，爹倒不回避香火，大大方方让香火看。

香火一眼就望到了底，丧气，原来樟木箱里没什么东西，只有娘的一件嫁衣，都已经褪成了土灰色。可爹还在嫁衣底下摸索着。

香火着急说："还有什么，还有什么？"

爹脸上一喜，变戏法似的变出一块东西，是块木牌子，香火定睛一看，大失所望，原来是一块祖宗牌位，上面写着孔家上辈子什么人的名字。

爹摸到了牌位，举着它，面朝着香火说："是你爷爷的爷爷。"

香火看了看牌子，说："他叫孔成辉？"

爹说："香火，你认字不认字啊，这是辉字吗？这明明是耀字，他叫孔成耀。"

香火又不服，说："他虽然不叫灰，但难道他没有成灰吗？"

爹说："他成不成灰，都是你祖宗，你要恭敬一点。"

爹火急火燎举着牌位就拱了拱，又围着香火的身体绕了一圈，替香火消毒去灾。

爹把祖宗的牌位擦干净,恭恭敬敬地供到桌子中央,左看右看,移来挪去,直到放得横平竖直、丝毫不差了,才松了一口气,直起腰来。

香火很不高兴,说:"爹,你只顾着死人牌位,你儿子一大活人站在你面前半天,你都视而不见。"

爹忧心忡忡说:"香火,不是我对你视而不见,要出大事了。"

香火说:"什么大事?"

爹说:"你不知道?你怎么还不知道?你当了香火怎么什么都不知道了——要掘祖坟了。"

香火说:"掘谁家的祖坟?"

爹说:"谁家的祖坟都要掘。"

香火且松了一口气,说道:"爹,那你急什么,既然不是掘我们一家的祖坟,你急也是白急。"

爹说:"怎么是白急呢,我赶紧把祖宗请出来,要给他们打个招呼,否则他们会生气的。"

香火说:"他们生气了会怎么样呢?"

祖宗还没生气,爹已经先生气了,说:"我不回答你。"又把祖宗的牌位再往正里摆了摆,然后到灶屋看了看,回头过来跟香火说:"咦,我记得有一条酱萝卜的。"

香火说:"是半条。"

爹说:"你吃了?该留给祖宗的。"

香火咂巴着起麻的舌头,说:"给他吃,不咸死他?"

爹对着祖宗的牌位又拱了拱手,抱歉说:"祖宗,没有东西供你了,舀一碗水吧。"就去舀了一碗水来,供在牌位前。

香火说:"爹,你给祖宗喝凉水,他万一拉肚子怎么办?"

爹一听,神色又不对了,点了头,又摇头,说:"不行,这样不对,太马虎了。"

爹犯了难,左也不行,右也不行,香火劝爹说:"爹,其实祖宗不知道的。"

爹偏说:"谁说不知道,祖宗什么都知道,祖宗天天看着我们。"

香火说:"爹,你搞错了,天天看着我们的,不是我们的祖宗,那是佛祖,是和尚的祖宗。"

爹一听这话，顿时两眼贼亮，死死盯住了香火。

香火起了一身鸡皮疙瘩，急得说："爹，你别死盯着我看，你可千万别说在我身上看到什么。"

爹两眼大放光芒，兴奋地说："看到了，看到了，香火，你是香火，你不就是香火吗？你就是香火哎！"

香火奇怪说："我是香火呀，怎么啦？"

爹朝香火也拜了拜，说："香火，你来拜祖宗，你来告诉他们。"

香火往后退着说："为什么是我拜？"

爹说："咦，你是香火呀，香火离和尚近，和尚离菩萨近，菩萨离祖宗近。"

香火说："你才近呢。"

爹一定认为香火更近，固执地说："你离得近，所以要你来拜，你比我管用。"

香火才不拜祖宗，只管跟爹胡说："我跟祖宗说了话，就不掘祖坟了吗？"

爹说："哎呀，哎呀，你到底是不是香火啊？"

香火拿着架子说："爹，瞧不上我，你自己跟祖宗说就是了，我才不稀罕跟死人说话。"

爹又急道："他不是死人，他是祖宗。"

香火总算还记得爹对他的好，不再拂爹的面子了，但香火也不能白辛苦，便说："爹，你叫我拜祖宗，你打算拿什么东西施给我呢？"

爹朝香火看看，似乎不相信香火说的话，疑疑惑惑地反问说："香火，你是在跟我谈价钱吗？你是在跟爹谈价钱吗？"

香火说："咦，你们到庙里烧香，不都往功德箱里扔吗？"拉着自己的衣裳口袋，拉出一个大口子，朝着爹说："爹，你就当这个是功德箱吧，你尽管朝里边扔。"

爹说："香火，你当了香火还是这个样子啊？"

香火说："爹，你以为我当了香火会是什么样子呢？"

爹说："我不跟你说了，你赶紧着拜祖宗吧，万一掘坟的人赶在前头了，就麻烦大了。"朝香火的脸看看，又小心翼翼说，"今天，炒鸡蛋吃。"

香火咽了口唾沫，又想了想，怀疑说："爹，你说了不算吧？万一娘不同意，不就炒不成蛋了吗？"

爹说："鸡和鸡蛋的事情我说了算，你快点吧。"

香火这才勉勉强强地走到桌前，爹紧紧守在一边，追着香火问："怎么弄，怎么弄？"

香火先朝着孔成耀的牌位拜了两下，正在想往下怎么唬他爹，忽然就听到门口一声急吼吼的尖叫："咦，咦，怎么可以这样？不可以这样的！"

香火回头一看，原来是四圈站在香火家门口，瞪着他们桌上的祖宗牌位，又瞪着香火，抗议说："你不可以这样做！"

香火好奇怪，说："四圈，你知道我们在做什么？"

四圈说："掘的是大家的祖坟，又不是掘你一家的祖坟，所以你不能只顾自己拜祖宗。"

香火说："咦，我们拜自家的祖宗，碍你什么事？"说罢了，又想了想，又补充一句说，"你也可以回去自己拜。"

四圈立刻说："那不一样的，香火拜祖宗，跟我们拜祖宗，不一样的，祖宗只相信香火的话。"

四圈这话一说，香火灵魂里"嗖"地一响，身上一激灵，就想撒尿。可他身子一动，四圈就看出来了，怕香火跑了，急急挡着，但又怕得罪香火，所以不敢跟香火来粗的，只是说："你只拜自家祖宗，便宜都叫你沾去了，香火又不是你一家的香火，香火是庙里的香火，庙是大家供起来的，香火就是大家的香火，就应该大家用，不能被你一家独用。"

爹被四圈一说，犹豫道："四圈说得也是，香火应该大家用。"

那四圈却不搭理香火爹，视而不见，连瞅都不瞅他一眼，死鱼样的眼睛只管死死盯着香火。

香火不耐烦被大家用，伸手把四圈扒拉开一点，一边拱着手对着桌上的孔成耀说："祖宗啊祖宗，你且等着，谁也阻挡不了，我马上就来拜你。"

四圈眼见抗议反对不管用，一拍屁股跑到院外场上大喊起来："快来人哪，快来人哪，香火要拜祖宗啦！"停顿一下，觉得这样喊言不切意，又重新喊，"快来呀，快来呀，快把祖宗的牌位拿到场上来，香火要给大家一起见祖宗啦！"

香火着急道："谁见祖宗？你才见你祖宗！"

呼啦啦一下子，香火家院子外的空场上桌子也摆好了，人也到齐了，家家户户的祖宗牌位都找了出来，也有人家穷得连个牌位都供不起，平时就只把祖宗放在心里供着，这时候觉得不行了，放在心里怕香火看不见，赶紧找张纸来，写上祖宗的大名也挤到桌上去，又怕风把纸张吹走，就借用他人的祖宗压一下，他人也没意见，反正我的祖宗在上，你的祖宗在下。

这么多的牌位和临时牌位集中供在一起，桌上摆满了，很拥挤，很壮观。香火和爹站在院门口看着，爹说："香火，没法子了，帮大家一个忙吧，谁叫你是香火呢。"

香火拿捏说："现在你们瞧得起香火了。"心里多少有点犯怵，在自己家糊弄糊弄爹，倒是小菜一碟，现在全村的人都来等他糊弄他们，香火没把握了，想逃走，又找不出个理由，再细一想，灵感就来了，说："不行不行，这不是个人行动，这是集体行动，队长不来怎么行？"

众人这才发现三官没在，有人急着问："三官呢？"

有人急得骂："倒头的三官，不想见他的时候，天天戳在眼门前，这时候要他了，倒不见鬼影子了。"

有人说："等一等三官吧。"

老屁不同意，说："等个屁，三官管屁用。"

四圈也说："我们是拜祖宗，又不是拜三官，祖宗也不归三官管。"

老屁说："就算归他管，他敢管吗？胆子有屁大。"

乱哄哄地闹了一阵，仍然没见三官，众人都心急火燎怕祖宗怪罪，建议要等三官的也等不及了，忽然的，众人不再七嘴八舌，都齐齐地闭上嘴巴，只是拿眼睛紧紧地盯着香火。

爹也不放心香火，他不知道香火的水平够不够，追着香火问："香火，你要帮忙吗？香火，你要大家帮什么忙尽管说。"

香火心里慌慌的，头皮也麻酥酥的，被爹提了醒，心里倒是一亮，有主意了，将桌上的牌位挨个儿看一看，指着群众说："你们拿什么拜，都空着两只手？叫我怎么有脸跟祖宗说话，怎么有脸求他保佑你们？"

众人面面相觑了一会，老屁说："对呀，光拿牌位来有屁用。"

四圈说："香火，你指挥吧，要什么？"

香火果断地说:"再去搬一张大桌子,要比这张大,再把你们每家能供的东西,不管是什么东西,只要是能供的,都端过来,那才叫供祖宗,那才有资格跟祖宗说话。"

众人信香火,纷纷奔回去拿吃的来,搁在新搬来的桌子上,虽然吃的东西不如牌位那么多,搁着不显满,但集中在一起,还是堆了一堆,散发出各种不同的香味,引得苍蝇和小孩都来了,苍蝇在人头上飞来飞去,小孩在大人的裤裆下钻来钻去,有的干脆拱到桌子底下等待机会。

香火闭上眼睛就知道是些什么东西,有麦芽塌饼,有青团子,有炒蚕豆,有炒米粉,咸菜,腌肉,一边咽着唾沫一边恨恨地想:"平常都哭穷,一个个都是饿死了老娘的样子,这会儿要求祖宗了,好吃的都出来了。"

东西都搁置好了,再也想不出什么理由拖延,香火也不想再拖延了,他要赶紧办完正事,才好赶紧代替祖宗享用那些食物。

香火想了一想和尚平时念经时的样子,正犹豫着自己是盘腿坐下,还是跪下,已经有人拿来一把稻草,扎了一个团,往桌前地上一丢,香火顺势就往稻草团上一跪,眼睛一闭,双手合十,就念起经来。

香火哪里会念什么经,这会儿被众人推举出来了,方才有些后悔,早知道念经还可以派用场,不如先前花点工夫死记硬背几句,也好蒙混过关了。可现在肚子里除了阿弥陀佛四个字,一句经文也没有。好在香火向来习惯急中生智,一着急,果然就急出点东西来了,记起小时候常念唱的一个顺口溜,前面几句忘了,反正是什么什么什么,中间一段记得,是这样的:"红眼睛绿眉毛,一眉眉到城隍庙,城隍先生请你——"下一段又忘记了,又是什么什么什么,最后是,"你结婚,我吃糖,你养儿子我来抱,你死脱,咪哩嘛啦咚咚呛。"香火断断续续在心里默念了几遍后,觉得最后两句最像经文,干脆就丢了前几句,把这两句反反复复地念起来:"你死脱,咪哩嘛啦咚咚呛,你死脱,咪哩嘛啦咚咚呛。"念了几遍,又觉太简单,怕人一听就听明白了,再又把阿弥陀佛加进去,变成了:"阿弥陀佛,你死脱,咪哩嘛啦咚咚呛。"

众人屏息凝神,想听听香火到底念的个什么东西,但是香火念得很含糊,他们听不分明,也就不去讲究念的什么经了,想必总是念的好经,想必总是在求祖宗保佑,想必是在报告祖宗,要掘祖坟了,但不是你们的小辈要掘的,是谁谁谁要掘的,如果祖宗生气,就找他算账去吧。

但是也有人听出点名堂来了,奇怪说:"他怎么老是念那两句,那两句是什么?"

别人都朝他瞪眼,说:"你懂个屁,和尚念经念得更少,总共只念四个字,阿弥陀佛,要念一生一世呢,香火还比他们多念几个字呢。"

那个提疑问的人不敢吱声了,众人任凭着香火"咪哩嘛啦咚咚呛"。

香火念了又念,却没想好怎么收场,只得不停地往下念。有人站得腿酸了,问:"要念到几时?"

立刻被别人批评说:"念到几时不是你说的,要听香火的。"

香火的膝盖虽然有稻草垫着,却也快把骨头跪碎了,早已熬不住了,可又不知该怎样才能顺利结束这场虚假的人鬼对话。不早不晚,那三官恰好回来了。他是香火的一根救命稻草,挤进人群说:"你们干什么呢?"

大家赶紧"嘘"他说:"轻点,轻点,香火在和祖宗说话。"

三官说:"为什么要和祖宗说话?"

大家说:"咦,掘祖坟呀,你不是开了掘祖坟的会吗,你不是叫我们做好掘祖坟的准备吗,我们在做准备了。"

三官这才长吁了一声,朝众人摆了摆手,大声说:"散了吧,散了吧,香火也别念了。"

香火趁势站了起来,揉着膝盖道:"队长,你念过经了?"

三官说:"我念什么经,念经是你们和尚的事情,不过现在不需要你念经了,我刚刚从公社回来,公社批准我们不掘祖坟了。"

三官话音未落,众人胡乱叫了几声,急急拱到桌前,把自家带来的东西又抢到手,紧紧捧着,头也不回急急往家去了。

眨眼间,桌子上的东西一扫而光,一点零星屑粒也没有留下,香火急得大叫说:"哎,那是给祖宗吃的,你们留下来。"

没人理睬香火。

香火又喊:"你们不留下来,祖宗要去追你们。"

他们跑得更快了,比祖宗还快。

香火闹了一个空欢喜,把气撒到三官身上,说:"怎么搞的,怎么搞的,说话不算话,一会儿要掘,一会儿又不掘了,掘祖坟也可以乱开玩笑的吗?"

三官没答话,顺脚踏进香火家院子,几个队干部跟着进来,就听三官说:"你们不要去扩散啊,是我骗了他们,我说我们村的阴阳岗是块僵地,漏水,水灌进去就漏掉了,这地里长不出水稻来,才拿了做坟地的。他们就说,算了算了,僵地要它干什么,你们争取今年粮食多收一点,就抵了你们的祖坟。"说罢这话,三官又朝香火看了看,说,"香火,今天的事,你也听到了,你嘴巴要夹紧一点。"

其他干部不服说:"香火又不是干部,怎么能说与他听?"

三官说:"他虽不是干部,好歹也是个香火,今后还能升和尚呢。"

香火指着站在一边的爹,不服道:"我爹也不是干部,你们不关照他嘴巴夹紧一点,倒关照我嘴巴夹紧一点,你们就不怕他扩散出去?"

大家并不朝他爹看,只是朝香火看,脸色怪异,也不说话,过了一会儿,三官才说:"香火,又吃你爹的醋?"

香火朝爹看看,说:"爹,你那屁大的胆子,经不起吓的,你要是出卖三官,到时候可别冤枉我啊。"

三官说:"香火,你又抽筋,不和你说。"朝几个村干部挥挥手说,"散了吧,散了吧。"

正要散去时,外面又吵吵闹闹有动静了,出来一看,村上的狗毛和铜锣又回头了,各自捧着一尊牌位,并带领着各自的家人,拉拉扯扯,拱到香火家院子里来了,香火一走出来,双方赶紧抢上前来,抢到香火跟前,把牌位竖到香火面前。

狗毛先说:"香火,你给断断,我家祖宗叫丛才根,这个牌位是不是我家的?"

香火看了一眼,牌位上确实写的是丛才根,就说:"是啦。"

铜锣不服,挤上前说:"香火,我家祖宗也叫丛才根。"他把自己手里的牌位随手摆到香火家桌上,回头指了指狗毛手里的牌位说:"他手里那块,才是我家的。"

香火再一看,果然两块牌位上的名字一模一样,都叫丛才根,再仔细看,却还是有区别的,牌位上的字写得不一样,一个端正些,一个潦草些,更不同的是两块木头的材料不一样。可惜香火并不识得这些木头是什么木头,哪块好一些,哪块差一些。

铜锣说:"刚才乱哄哄的,他拿错了,现在又不肯承认,看中了我家祖宗木头好。"

说话间身子就往狗毛身边靠过去,眼看着要动手动脚了。狗毛眼明手快,已经将身子往后缩,嘴上说:"这明明是我家祖宗,你凭什么说是你家祖宗?你喊它,它能应你吗?"

铜锣说:"那你喊它,它能应你?"手上指指戳戳,脚下也带了些风。

三官站在香火背后,见大家眼中无他,只管找香火,也没生气,只是忍不住开口说道:"抢什么抢,在祖宗面前丢不丢脸?"

狗毛和铜锣不服三官,说:"谁丢脸?搞错了祖宗才丢脸呢。"

三官戳穿他们说:"你们是为了祖宗吗?你们是为一块木头罢了。"

狗毛和铜锣更不买账,说:"我们是来找香火的,你多管什么闲事呢?"

三官退了下去,但嘴里还忍不住嘀咕:"一块杉木,一块松木,半斤八两,好也好不到哪里去。"

香火这才知道杉木和松木都不是什么名贵木材,但又不知道该怎么判断,到底哪块是哪家的,香火怎么会知道,赶紧推托道:"你们找别人断去吧,这事情不归我管。"

狗毛和铜锣顿时急了,说:"你是香火,你不断谁断?"

爹赶紧趴到香火耳边说:"我去他两家自留地上看看就来告诉你。"

香火道:"爹,你快点啊。"

众人一听,立刻噤了声,只有狗毛家的一个孩子不懂事,说:"咦,香火说什么呢?"

狗毛拍了他一个头皮,说:"闭嘴,不许捣乱,香火有香火的道理。"

那小孩子仍不明白,问道:"香火有什么道理?"

狗毛还没说话,铜锣不满意了,说:"狗毛,看好你的小孩,不要让他乱说话,影响香火。"

狗毛也认了铜锣的批评,把小孩拉过来,捂住他的嘴。

这边才说了几句,那爹已经返回了,香火奇道:"你倒快似箭啊。"见爹要开口,赶紧凑到爹耳边说:"你先别说,你一说,我就显得没有水平了,水平都叫你给显摆去了。"

爹说:"我不说,你怎知道呢?"

香火说:"你扯耳朵吧,狗毛家是松木你就扯右耳朵,铜锣家是松木你就扯左耳朵。"

爹点了点头,想了想,扯了扯右耳朵,香火喜道:"狗毛家松木?"

爹赶紧摇头,说:"错了错了。"又赶紧扯左耳朵。

这下香火吃不准了,有点生爹的气,问道:"到底怎么回事,到底谁是右谁是左?"

爹慌了,说:"你让我再想一想。"想了一会,认准了,重新扯耳朵,扯的是左耳。

香火看清了,说:"你再扯一遍。"

爹又扯了左耳。

香火道:"你认定了,不会再变了,没有差错了?"

狗毛家那小孩已经从狗毛的手里挣脱出来,不服说:"他在干什么?"

狗毛说:"他在装神弄鬼。"

铜锣也道:"不装神弄鬼,就听不到祖宗的声音。"

那小孩说:"他听到祖宗的声音了吗?"

众人不答他,光盯着香火看,香火脸色光鲜起来,他的确听到祖宗的声音了,不过他没有传达祖宗的声音,只将那松木丛才根拿起来,交到铜锣手里,铜锣欣喜地接过牌位,去看狗毛的脸,丛狗毛也不再多嘴了,乖乖地换回了杉木丛才根,还客气地跟丛铜锣说:"还是你家祖宗有面子。"

丛铜锣也客气起来,说:"其实也没有什么大面子,松木杉木,半斤八两。"

刚才面红耳赤势不两立的两个人,这会儿又都和和气气地谦让起来了。

香火却着急着暗示道:"你们到庙里拜菩萨,要烧香点蜡烛哦。"

狗毛和铜锣你看看我,我看看你,狗毛说:"在这里也要烧香吗,可这不是在庙里呀?"

铜锣也说:"我们并没有拜菩萨呀。"

两个忘恩负义的东西,认了祖宗就忘了香火,香火也有办法治他们,说:"那也好,就算我白忙,就算我没有替你们认祖宗。"

这一下狗毛和铜锣急了，转身往外跑，他们的家属子女不知道发生了什么事，也跟着往外跑，一会儿院子里就空空荡荡了。

不出几分钟，好事果然来了，狗毛先到，他在自留地上捉了几颗青菜，供送给香火。

香火看了看，不满意，说："怎么光是素的？"

狗毛说："你在庙里不是跟和尚一起吃素的吗？"

香火不客气说："丛狗毛，你别搞错了，你以为这是香火要吃吗？是你们的祖宗要吃噢。"

狗毛说："我就知道你会这么说。"

又掏出一片咸肉，肥得流油，香火赶紧接过来晃了晃，说："看看，看看，薄得像张纸头，风一吹就飘走了，你也拿得出手？"

狗毛哭丧脸说："你还嫌薄呢，我家里小的快哭死了。"

说话间铜锣也来了，他在鸡窝里掏了三个鸡蛋，塞给香火说："香火，鸡蛋。"香火将鸡蛋托在手上，说："只有三个？"

铜锣和狗毛一样哭丧着脸要解释什么，香火也懒得听他的，挡住说："三个就三个吧，鸡蛋算荤的还是算素的？"

铜锣直咽口水，结果被口水呛着了，一边咳嗽一边说："鸡蛋当然是荤的，鸡蛋当然是荤的。"

香火既收到了东西，就顾不上跟他们再啰唆了，急急到了灶屋，他娘已经在灶上煮晚饭了，看到香火就说："你走，你走，我不要看你。"

香火腆着脸将手里的东西捧到娘跟前，娘不看也罢，一看更来气，撇嘴道："来路不明龌里龌龊的东西，丢出去。"

香火说："什么来路不明，又不是偷的。"

爹追着香火手里的肉和鸡蛋进来了，也赶紧说："他娘，不龌龊的，来路明的，是狗毛和铜锣谢香火的。"

香火娘毫不理睬香火爹，直朝香火翻白眼道："要弄你出去弄，不要弄脏了我的锅！"

香火急了，香火爹也急了，二珠三球也急，只是没敢表现出来。香火爹壮着胆子说："一个灶头两口锅，我们俩一人一口，香火，你别用你娘的锅，就用爹的锅烧吧。"

香火朝两口锅看了看,问道:"哪口锅是爹的锅?"

娘气得直朝地上吐唾沫,骂道:"你把你爹都害了,你还认你爹的锅?"

爹赶紧告诉香火说:"灶头朝南,男左女右,香火你用东边的锅。"

香火又搞不清方向,问:"哪边是东边?"

二珠倒知道哪边是东边,朝着指了指,香火过去揭开了东边那口锅的锅盖,二珠赶紧配合,把咸肉丢下去煮,不一会儿咸肉的香味就飘出来了。

二珠三球有点撑不住了,问道:"娘,今天我们在哪里吃晚饭?"

香火娘气得晚饭也不煮了,指着香火道:"你不走我走,我不要看你。"起身拉二珠和三球,拉到门口,两个小的却死活不走了,他娘跺跺脚,胡乱骂了两句,自己跑走了。

二珠三球站在灶屋门口,进不进出不出的样子,香火诱惑他们说:"喊我一声爷爷,就给你们吃。"

二珠轻轻地叫了一声"爷爷",香火兑现承诺,赏了他一块肉,可三球怎么也喊不出来,张了几次嘴,声音都卡在喉咙那里,只能眼巴巴地看着二珠咂巴咂巴嚼肉,伤心得眼泪都掉下来了,还是喊不出一声爷爷来。

香火道:"算了算了,喊声爷爷就这么难,不如我喊你一声爷爷啦。"也给了三球肉吃。

两个小的见香火好说话,都不客气地抢上前来,香火一看爹吃得慢,抢不过他们,赶紧说:"你们慢点,留点给爹。"

二珠和三球听香火这么说,互相使个眼色,并不说话,光是嘴里呜噜呜噜,赶紧着吃。等爷几个把丛才根祖宗的东西吃尽了,舔嘴咂舌地再朝锅里望望,果然底朝天了,二珠才想到说:"香火,娘为什么不要看你。"

香火说:"我不是她养的吧。"

三球道:"那你是谁养的?"

香火嬉笑道:"我是和尚养的吧。"

三球到底还小,没听出个头绪来,爹在一边急道:"香火你不能瞎说,你明明是我的儿子,你却要给我戴个绿帽子。"

香火道:"不是我给你戴帽子,明明是娘给你戴帽子。"

爷儿几个出来一看，娘坐在灶屋门口，竟捧了一碗生米在吃，吃一口，用凉水送一口。

爹一看，急得跳脚说："哪有你这样吃的，哪有你这样吃的，这一大碗生米，可煮几大碗白米饭哎，你当家，家都给你败光了。"

香火娘不理他，一起身捧着生米碗就往外走，爹本来想追她，夺回那碗来，可走了两步，忽然停下来，回头仔仔细细把香火上上下下打量了一番，怀疑说："香火，不对呀，我想想还是不对呀。"

香火说："什么不对，丛才根走错了人家吗？"

爹说："不是丛才根，三官让我去给你报信，让你告诉你师傅，胡司令要去你庙里，你告诉师傅了没有？胡司令去了没有？你师傅说什么了没有？"

香火赶紧闭紧了嘴，没有应答，这些问题香火得想清楚了才回答，但香火又怕爹盯着他看，怕那秘密从眼睛里泄露出来，便闭上眼睛想起来。

爹说："你闭眼睛干什么？又不是叫你念经，问你事情呢。"

香火只得又睁开眼睛，说："胡司令去了，他的胳膊被菩萨扭断了，就逃走了。"

爹一听，乐得眼睛豁亮，细问道："怎么扭的，怎么扭的？"

香火不以为然说："你以为人人都能看见菩萨？连我二师傅都看不见。"

爹激动了一会儿，又疑惑说："那香火你怎么回来了呢？给爹报信吗？"

香火顺坡下驴说："当然啦，你给我报了信，我也得回头给你报信呀。"

爹说："那好，那好，你已经报了信，快回吧，我这里还有个信要给你师傅，你快快带过去。"

香火道："又有什么东西？"

爹说："孔万虎他爹特地跑来跟我说，孔万虎说了，不达目的决不罢休。"

香火说："什么意思？"

爹说："什么意思你还不知道，还要敲菩萨吧。"说着拿出一张纸，纸上画了一把猎枪，交给香火，香火没有接，先问："干什么？"

爹说："这是孔万虎他爹给的，叫你拿去贴在菩萨脸上。"

香火说："孔万虎怕这张纸？"

爹说："这不是一张纸，这是一杆枪。"

香火伸手到爹那里，弹了弹这个薄薄的纸张，说："纸上画的枪，他也怕？"

爹说："你小时候没唱过吗，老虎吃公鸡，公鸡啄蜜蜂，蜜蜂叮癞痢，癞痢扛洋枪，洋枪打老虎。"边念叨边把画着猎枪的纸塞到香火裤兜里，催香火说，"你快去吧，他们说来就来的。"

香火哪敢回庙里去，二师傅正在给大师傅超度，万一他超得好，大师傅一高兴，又回来了，那岂不是要吓死了他，香火抬头看了看天色，说："天都快黑了，明天再说吧。"一屁股坐了下来。

爹着急说："你不去？你再不去我要去啦。"

香火无赖说："也好，你去的时候，别忘了抱上你的经书。"

两个正纠缠着，三官也折回来了，说："香火，不对呀，我想想还是不对呀。"

香火说："怎么，你家的祖宗也搞错了吗？"

三官说："你不是香火吗，你怎么回来了，你什么时候回太平寺去？"

香火说："你说话怎么和我爹一样口气，你们商量好了的？"

三官脸色变了变，很不耐烦地说："你爹是你爹，我是我，我跟你爹没得话说，更没得商量。"

香火说："得了吧，怎么没话说，怎么没商量，你还让爹到庙里给我报信呢。"

三官脸色泛青，生气说："你抽筋，我不跟你说，我只管通知你，叫你马上回太平寺去。"

三官说话时，爹就张开两臂，前前后后紧紧地伺着香火。

香火不满说："爹，你要干什么，想绑我啊？"

爹急道："用绑吗？用绑吗？你自己不会去吗？"

三官说："香火，你不要用你爹来打岔，你赶紧回去。"

香火道："你是不是怕我留在村里，篡了你的权，我当队长。"

三官急道："才不是，才不是，这倒头的队长，不当也罢，现在当队长没有用。"停顿一下，叹一口气，又说，"香火，你想想，现在这是过的什么日子，敲菩萨的敲菩萨，掘祖坟的掘祖坟，下面还不知道要干出什么事情来呢，处处乱哄哄，人心里慌慌张张，我们靠不住，靠你了。"

爹见香火仍不回话，两条手臂也举得酸了，垂了下来，眼神也垂了下来，沮丧道："你真的不肯去了？你实在不肯去了？"

香火无赖地拍了拍腿,说:"腿在我腿上,你能把我怎么样?"

爹说:"唉,你实在不肯抬腿,只有抬我的腿了。"果然抬了腿就往外走。

香火瞧着爹的背影,嘴上道:"你去也好,你去当个老香火也好,给咱家也争点面子,光宗耀祖。"

话虽是这么说,两条腿两只脚却不听使,竟不由自主地跟上了爹,迈出屋门槛,经过灶屋,顺着朝里一看,恰好他娘煮熟了南瓜粥,盛了一钵头搁到桌上,香火进去抢了钵头就奔出来,听得他娘在背后骂道:"滚,滚,滚你娘的咸鸭蛋!"

香火没想到,他抢了南瓜粥,他娘竟然还骂了她自己,一边心里偷着乐,一边捧紧了南瓜粥,神差鬼使地追他爹去了。

第三章

香火捧着南瓜粥走在前面，爹紧紧地跟在后面，又重新往庙里去。

爹怕香火改主意，一路上小心翼翼，脚步都是轻悄悄地，生怕惊动了香火。路上碰见村上的人，问香火干什么，爹就赶紧抢到前面来，往前指了指，说："去呀，去呀。"

人家却不爱搭理香火爹，只管找香火说话，香火又偏不说话，倒不是他做个香火架子大，只是因为捧着南瓜粥，忍不住边走边舔，就没有第二张嘴多出来说话了。

爹赶紧替香火说话："小福子，如若有事，你尽管到太平寺找香火就是了。"

那人只作没听见他爹说话，朝香火拱了拱手，侧过身子就从香火身边穿过去了。

香火心里不服，说："爹，他一点也不把你放在眼里，不把你当回事。"

爹却很服气，还很高兴，说："香火，香火，他把你放在眼里的，他把你当回事的。"

香火懒得与爹计较，继续吃他的南瓜粥。南瓜粥虽然香，香火还是抱怨说："小气鬼，放点糖就好吃了。"

爹在背后小声嘀咕说："还糖呢，你娘连盐都不肯给你吃。"

香火和爹回到庙里的时候，二师傅仍然盘腿坐在那里敲木鱼念经，闭着眼睛，只作不知道香火回来了。

香火走的时候,二师傅在背后拼命喊,现在香火回来了,他倒不把香火当回事了,香火有法子治他,只管说道:"二师傅,我来和你道个别。"

二师傅果然停止了念经,睁开眼睛说:"香火,我知道你会回来的。"看到香火手里的南瓜粥,顺手就把那碗接了过去。

香火欲夺回来,爹却在旁边说:"二师傅,你一直在念经吗,你饿了吧,你吃点南瓜粥吧。"

香火赶紧说:"粥是我的,我舔过的,有唾沫臭。"

二师傅却不在乎香火的唾沫,接过去就呼啦呼啦把南瓜粥吃了,说:"好香,好香。"

爹劝慰香火说:"你娘煮得多,满满的一钵头,一头猪也能吃饱了,你已经吃掉一半,让师傅吃一半,大家分分。"

香火说:"原来你比我娘还坏。"又因生气二师傅吃了他的南瓜粥,阴损他说,"二师傅,你嘴上都起泡了,还在念经?你还没有超好度?"

爹一听香火说超度,赶紧问道:"超什么度?超谁的度?"

谁还没有回答他,他眼一尖,就看见了坐在缸里往生的大师傅。

爹惊愣了片刻,双手一拍屁股,连滚带爬地跑了出去。

香火看着爹惊慌失措的背影,心里暗笑,原来不止是我怕死和尚,爹也怕死和尚,他逃得比我还快,比兔子还快。

笑了笑,又回头问二师傅:"二师傅,这么长时间了,大师傅还没有走到那地方,怎么走得这么慢啊?"

二师傅从地上爬起来,两条腿僵硬得像石头块子,也顾不上揉一揉,跟香火说:"香火,师傅要去报丧,你好好守着大师傅。"

香火不愿意,跟他纠缠说:"大师傅又不会说话了,我为什么要守着他?"

二师傅说:"师傅的魂去见佛祖了,见过佛祖他还要回来的,师傅回来的时候,看到没有人陪他,会孤单的,你一定要守着,不能走开。"

香火说:"我走开他知道吗?"

二师傅说:"知道的。"

香火心想:"你就哄我吧,死都死了,连自己都不知道自己了,还会知道别人的什么事?"嘴上却说,"那好吧,我不走。"

香火嘴不应心，二师傅听得出来，不放心走，想了想，又吓唬香火说："你要是走了，师傅的魂会去你家里找你，别说你害怕，你家的人都会害怕的。"

这么吓唬来吓唬去，二师傅方感觉能把香火吓住了，这才放了点心，一步三回头地走了。

二师傅走后不久，天色阴下来，好像要下雨了。一下雨，那碗罩就罩不住大师傅了。香火到灶屋里把水缸的盖拿来，给大师傅盖上。才发现大师傅身子又往下缩了一点，半个光脑袋已经缩到缸里去了，不再露在外面，盖子可以盖平了。

香火盖了盖子，把大师傅闷在缸里，淋不着雨了，心里也就受用了，对着水缸敷衍了两下，说："大师傅，不是我不陪你，我胆小，再说了，我也忙了大半天，咸肉炒鸡蛋给爹和二珠三球他们吃了不少去，半碗南瓜粥也不顶用，我还得去弄点东西给自己吃。"

香火忙去院后摘了些菜蔬，又从酱缸里捞出两条酱萝卜，到灶屋起油锅用了不少油，油烧热了，菜倒进去，香味扑鼻，香火正咽着唾沫，就听到有人敲庙门了，心里一气，骂道："早不来晚不来，正香的时候，就来了。"

香火去打开门一看，吓了一大跳，当门口横着一口大棺材，老屁正指挥着几个村民把棺材抬进庙里。

庙的门槛太高，棺材又太重，他们一伙人"哼哧哼哧"抬不动了，就搁浅在门槛上了。

老屁生气说："香火你个狗屁，大师傅死了你都不告诉我？"

香火说："告诉你你就能让他活起来吗？"

老屁道："放屁，大师傅就这样放在缸里？你们连口棺材也不给大师傅睡？屁招精！"老屁重喝一声，"起！"他们重新起劲，"哼哟哼哟"一阵，终于把棺材抬了进来，停在院子里。

平时村里有事情，都是队长三官出头，今天三官虽然来了，却不出头，混在人堆里，也不说话，也不指派。

香火看不惯老屁指手画脚的老卵样子，跟三官说："队长，老屁当队长了吗？"

三官闭着嘴，指了指坐在缸里的大师傅，又指了指棺材。

香火赶紧说:"不行的,不行的,二师傅去报丧了,小师傅也不在。"

爹一直被众人排挤在后面,上不来,插不上话,旁人也没把他放在眼里,但他早就着急了,最后终于拱上来了,朝着香火说:"香火,香火,天气这么热,放在缸里两天就要烂了。"

没人接他的话茬,爹又说:"赶紧地动手吧,天要下雨了。"

天黑擦擦的,是要下雨了,爹说得明明在理,众人却都拿他的话当放屁,甚至连放屁都不如。香火来了气,指了指众人说:"你们对我爹也太不恭了,我爹好歹、好歹也,好歹也……"好了几个歹,也实在也想不出爹有什么特别的能耐,最后只好说,"我爹好歹也姓了个孔,看在孔夫子的面子上,你们也不能如此不把我爹当我爹,无视他的存在。"

香火这么说,众人不仅不反省对香火爹的不恭,反倒连香火也不放在眼里了,个个朝他翻白眼,有人索性站得离他远一点,不想沾上他。

三官打岔说:"算了算了,不说你爹了,还是说你大师傅吧。"

香火说:"要想埋葬我大师傅,一定要等二师傅回来,我只是香火,我作不来主。"

老屁又抢上来说:"你放臭屁,不能等,这口棺材是我们偷来的,是三官开了门叫我们偷的。"

三官说:"老屁你说话嘴巴放干净一点,是我叫你们偷还是你们自己偷的?"爹又插过去说:"是我出的主意,是我出的主意。"

香火不依了,酸道:"爹,你是我爹,还是老屁的爹,为什么老屁的事情你要揽在自己身上?"

明明香火和他爹在说话,老屁却不依,说:"香火,别以为你当个屁香火就了不起,就可以胡说八道个屁。"

三官见他们屁来屁去,耽误了不少时间,终于闭不住嘴了,言归正传说:"香火,赶紧弄吧,这棺材是牛踏扁给老娘准备的寿材,家里放不下,寄放在队里的仓库,钥匙一直系在我的裤腰上,现在被偷了来,要是牛踏扁发现了,追来讨回去,就麻烦了。"

老屁配合说:"那我们忙半天就忙了个屁。"

大家都朝三官腰眼那儿看,三官将那钥匙摘下来,塞进裤兜。

香火也懒得再与众人多嘴多舌，退让道："你们要埋就埋吧，二师傅回来也怪不着我。"

香火退开去，众人就七手八脚到缸里去抬大师傅，好不容易抬了出来，才发现大师傅的身体还是坐在缸里的样子，双腿盘着，双手合十，身子挺得直直的，跟活着念经时一模一样。

大师傅这个模样是放不进棺材的，要把大师傅的胳膊腿抻直了，弄软一点，可怎么弄也不行，大师傅手脚全身都是僵硬的，除非要用蛮劲把大师傅的手脚都掰断了才能抻直。

没有人敢把大师傅的骨头折断掉，众人都束手无策了，香火这才朝他们翻了白眼又撇了嘴，说："你们不能乱来啊，和尚死了，不睡棺材，就睡在缸里。"

老屁气得骂道："要放屁你早点放，等我们折腾完了你再放，你这是马后屁。"

众人又小心翼翼把大师傅抬回缸里，盖上缸盖，抽出抬棺材的杠棒和绳子，把大师傅的缸绑了起来，正在往起抬，香火又喊了起来："等一等，等一等，你们要葬掉大师傅，但是葬在哪里呢？他又不是孔家村人，不能葬在阴阳岗啊。"

香火一问，蠢货们才回过神来，大师傅的坟地还没有选好呢，急着抬了能往哪儿去？

暂时先搁下大师傅的缸，你看我，我看你，都等着别人拿主意。

从前村上死了人，若是姓孔的，都往阴阳岗去，若是外姓人，上不去阴阳岗，就请龙先生点穴定位。可现在不行了，龙先生躲了起来，谁也找不到他。前些时四圈的爷爷得急病死了，全家出动寻找龙先生，最后虽然给他们找到了，可是龙先生居然一口否认自己是龙先生，说他们认错了人。

没有了龙先生，众人心里就没了底，到底应该把大师傅葬在哪里，意见不一致，都知道要找风水好的地方，但又都不知道哪块地方风水好。七嘴八舌，有的说东头好，有的说西头好，有的说高一点的地方好，有的说靠水边的好，有的又说要离水远一点，本来就没个主张的三官更是一头雾水，不知该听谁的。

正手足无措，牛踏扁已经追来了，后面跟着一大群看热闹的村民。牛踏扁骂骂咧咧说："好你个香火，竟敢偷我老娘的棺材。"

香火说："不是我偷的。"

牛踏扁说:"不是你偷的,是我娘的棺材长了脚跑到你庙里来了?"

香火恶心说:"谁稀罕你的棺材,你还是留着自家用吧,你最好省着点,一家人——"后面的歹话好歹忍着没说出来。

村里人见过死人,但没有见过死和尚,都跟着牛踏扁来瞧新鲜。一进院子,看到大师傅盘腿坐在缸里,双手合十,闭着眼睛,妇女就开始流眼泪了,因为庙里安静,她们没有像村里死了人那样放声大哭,只是低低抽泣,男人都好奇地上前看仔细,觉得不可思议,甚至不相信这个坐得好好的大师傅,是一个死和尚。死了怎么还坐得住呢,死人的手怎么还能悬空着合拢呢?他们没有见过,也想不通,都朝香火看。

香火不受用,没好气说:"你们看我干什么?什么叫和尚,这就是和尚,和尚跟你们是不一样的。"

众人点头称是,都对香火刮目相看,说:"香火,你说说,怎么个不一样?"

香火说:"你们死了,四脚笔笔直,和尚死了,跟没死一样。"

众人又称是,说:"原来这样啊,怪不得你要到庙里来做香火,大概你也想死了跟没死一样吧?"

香火说:"呸你的,你才死了跟没死一个样。"

众人笑了一下。

又有人说:"香火,听说大师傅死了,你还去推过他?他的身子是软的还是硬的?"

香火说:"你自己去推一推就知道了。"

众人又直往后退,说:"那不行的,你是香火,你跟大师傅是一家人,你推他,他不会生你的气,我们跟他无亲无故,不敢随便推他。"

香火说:"你们这就错了,我家师傅对谁都不会生气的,师傅是出家人,善待天下一切众生,就算你们是畜生,是猪,是狗,师傅也会对你们客客气气的。"

众人啧啧赞叹,表示惊奇。

又有人说:"香火啊,从前你在村里作恶多端,到了庙里果然被和尚调教好了。"

香火说:"哪有这么快就调教好了,只是我师傅不跟我计较罢了,庙里尽吃素,把我肚肠子里的油都刮干了,我去偷了一只鸡烤了吃,师傅知道了,也就是多念了几声阿弥陀佛而已。"

四圈他娘一听,拍着大腿就骂起来:"杀你个千刀,原来我家的鸡是你偷的。"牛踏扁也骂道:"我家的鸡原先天天生蛋,现在越生越少了——"

香火打断说:"这还不明白,你家的鸡计划生育了吧。"

众人哄笑,牛踏扁恼了,一恼之下,又回到棺材上来了,跟三官说:"队长,你看他偷了棺材还嘴凶,这样的败类,你当队长的都不管吗?"

三官说:"他是香火,归和尚管。"停了停又说,"牛踏扁,你这回是冤枉香火了,棺材不是他偷的,不信你问问大家。"

虽然众人点头,可牛踏扁不相信,说:"不是他偷的,我牛字倒过来写。"

三官忍不住笑出声来,说:"牛倒过来,牛×冲天啊。"

大家都笑,老屁却不笑,认真说:"你们笑个屁,他又不是母牛,要他牛大嫂来,那才牛×冲天呢。"

牛踏扁更恼了,说:"香火偷我娘棺材,你们还帮着他欺负我,我找队革会去。"

香火爹认了真,挡到他和香火中间,急着解释说:"牛踏扁,棺材是我偷的,你别诬赖香火。"

牛踏扁既不认他的话,也不视见他个人,只管找香火说:"这村子里,只有你干得出这种事情。"

香火被他咬死了,怎么也不松口,气得说:"这么笨的棺材,我有那么大的力气,一个人扛过来?"

牛踏扁说:"这也难说的,都说庙里的和尚会作法,说不定你当了香火,也学会些什么妖怪了。"

三官有点沉不住气了,想必香火早晚会把他卖出来,所以赶紧打岔说:"牛踏扁,虽然你娘的棺材被扛到庙里,但是大师傅不是没有睡你娘的棺材吗?棺材还是你娘睡,所以,就算有人扛走了你娘的棺材,那也不能算偷,现在你就扛回去吧,我们得赶紧商量找个好风水埋葬大师傅呢。"

牛踏扁也不生棺材的气了,参加进来发表说:"好风水又不是为死人找的,是为小辈找的。"

香火头一个就不高兴,说:"你什么话,你的意思,不要给大师傅找好风水?"

牛踏扁道:"坟地风水好,小辈才发达,可是和尚又没有小辈,风水好不好也无所谓的吧。"

这话香火更不能同意,说:"谁说无所谓?和尚虽然没有小辈,但他有庙,庙里有菩萨,有其他和尚,还有香火,都要指靠他的。"

牛踏扁挠了挠头皮,说:"这也不行,那也不行,那我不说话了。"

香火爹说:"人算不如天算,还是天判吧。"

众人闹哄哄的,没有人听见香火爹说话,香火倒觉得爹的主意好,又替爹重复了一遍,说:"我爹说,天判最好。"

场面立刻安静下来,没有人反对香火爹的意见,他们都愿意听天的话。可是他们明明抬头就看到天,却又根本不知道天在哪里。

众人呆立了一会,脑子转不过来,都不由自主朝着香火看。

香火急道:"你们别看我,我不知道的。"

爹赶紧凑到香火耳边,压低嗓音说:"香火,你跟他们说,用扁担来判,叫扁担相。"

香火照着爹的教导说了一遍。

牛踏扁嘴碎,心里又不乐,找茬说:"扁担就是天吗?"

三官和老屁他们都赞同扁担就是天,老屁过来把牛踏扁扒拉开说:"你走开,没你的屁事。"

三官问香火道:"扁担相,怎么个相法?"

香火照着爹的说法说:"到地头上,站直身子,用力把扁担朝天上扔,等扁担落地,看它的头朝哪里,棺材就朝哪里搁。"

牛踏扁撇撇嘴又说:"扁头还有头啊?扁担两边都是头啊。"

香火说:"两边都是头,你不能做个记号记住一个头啊?"

三官说:"这是个办法,反正是天判的,天知道哪里是头。可是我们现在没有扁担呀,回村里拿?"

香火说:"没有扁担,杠棒也是一样的。"

三官喜了喜,说:"杠棒一头粗一头细,倒比扁担更好使呢。"

牛踏扁又想不通,说:"一头粗一头细,那么粗的算头还是细的算头呢?"

众人都瞪他,但他也没觉得自己错在哪里。

三官说:"粗的算头。"

牛踏扁还没服,问道:"为什么细的不能算头?"

三官说:"你摸摸你自己的头,是不是比你的脚大一点?"

牛踏扁这才被问倒了,不说话了。

众人把大师傅往生的那个缸抬到庙外空场上,大家等着三官扔杠棒,三官不扔,说:"我是队长。"

不知道他是什么意思。

牛踏扁又出主意说:"应该香火扔,香火和和尚是一家人。"

香火转着身子找爹,爹却躲起来不见他,心知爹也不会来替他扔杠棒了,只得硬着头皮把杠棒举起来,用力朝天上扔,众人怕砸着头,赶紧往旁边撤退,杠棒落地,粗的一头,竟然对准了庙门。

香火一看,急得跳起来,大喊说:"不对的,不对的,不可以葬在庙里的。"

爹朝杠棒看了看,又朝庙门看了看,说:"谁说要葬在庙里,你从庙门笔直往里看,是什么?"

香火说:"是大院。"

爹说:"大院再里边呢?"

"是大殿。"

"大殿再里边呢?"

"是后院。"

"后院再后面呢?"

"是后殿。"

"后殿再后面呢?"

香火松了口气,说:"那就不在庙里了,那是外面的菜地。"

爹也松了口气。

众人不曾在意香火在啰唣什么,三官朝那杠棒的方向看了看,明确了,朝几个壮劳力挥了挥手,说:"起!"

众人抬起缸就往后边的菜地去。香火总算把吓人倒怪的大师傅拱了出去,众人"哼唷哼唷"在前边走,香火跟在后面慢慢看动静。

到了菜地，香火第一眼就看到了寺庙禅房的后窗，顿时头皮发麻，那后窗里边，是一张床，香火就睡在那床上。

活脱脱的一个大师傅，现在死了，一动不动，埋到香火的后窗下，和香火靠得那么近，就坐在香火对面，香火心里不受用，瘆得慌，想了想，想出个歪点子说："刚才不能算，刚才我扔杠棒的时候，身子没有站正，扔出来的杠棒是歪的，不作数，重来。"

老屁一眼就看出了香火的心思，说："香火，你屁都吓出来了吧，怕大师傅离你太近，你算屁个香火。"

众人也愤愤不平，香火却不顾大家意见，重新又拣起杠棒扔了一遍。

这一回蹊跷了，杠棒那么粗的一个头，掉下来竟然笔直地插到了菜地上，杠棒就直直地站在那里了，一阵风吹过，它也不动。

大家啧啧称奇说："真是个天啊。"

又说："要不他怎么是天呢。"

众人就地挖了一个坑，把缸埋下去，又用土重新盖好，堆出一个小小的高墩，拍拍土，又拍拍屁股，想走人了。

香火见他们如此马虎，赶紧喊住他们说："哎，还没有立碑呢，哪有坟墓不立碑的。"

众人面面相觑一会儿，三官问香火说："香火，怎么立？"

香火才不知道怎么立。

香火爹说："找块石头，刻上大师傅的名字。"

香火依着爹也说一遍。可众人找来找去，只找到一块青砖。

三官说："就青砖吧。"遂捧到香火跟前。

香火不接青砖，还往后退了退，说："青砖上刻字，我刻不来的。"

三官说："你这也做不来，那也做不来，事事做不来，算个什么香火？"又说，"也罢也罢，你那狗爬字，还不如老屁。"

众人等着老屁在青砖上刻字，老屁却不乐意，说："狗屁，我的字也不如你三官。"

众人又等着三官在青砖上刻字。三官眼见逃不过，嘀咕说："我刻就我刻，不过你们别说是我刻的啊。"

香火赶紧去拿来一把剪子，递给三官。

三官说："剪子怎么刻？"

香火说："三官，你怎么这么麻烦，剪子不行，那你要什么，菜刀？火钳？"

三官怕了香火，赶紧说："就剪子吧，就剪子吧。"

众人围着那青砖，三官端正好了姿势，刚要下剪子，才想起来问："香火，你大师傅叫什么名字？"

把香火给问住了，愣了愣，嘀咕道："名字？大师傅有名字吗？大师傅姓什么？姓张？姓李？姓王？姓孔？叫张三？叫李四？叫王五？反正我知道他不叫孔常灵，他叫什么我不知道。"

三官说："不是问名字，是问法名。"

香火翻了翻白眼，法名也想不出来。

老屁气道："香火你翻个屁白眼，香火你顶个屁，你都当了香火，连你师傅的法名都不知道。"

香火还没求爹，爹已经过来，告诉香火说："香火，你二师傅是慧明和尚。"

然后三官又记起小师傅好像是觉慧，却偏偏想不起大师傅的法号，众人又凑了半天，才记起来有个叫明觉的，那肯定就是大师傅了。

最后就由三官拿剪子在青砖上刻了"明觉师傅之墓"几个字，竖在小土墩前面，终算弄完了事情，大家都已经累得汗流浃背，也饿得前胸贴后背了。

牛踏扁央求大家伙帮他把棺材抬回去，众人毕竟偷了棺材心虚，不好意思回绝，"哼唷哼唷"又把棺材往回抬，香火站在背后看着他们受苦受累，乐得拍屁股说："应该，应该。"

天色黑下来，下雨了，雨越下越大，风也吹进来了，庙里只剩下香火一个人了，油灯的火苗在风里晃来晃去，香火身上寒丝丝的，早早地关了庙门，躲到屋里。可屋后就是菜地，香火躲得越里边，离大师傅就越近。赶紧给自己壮胆说："大师傅已经埋下去了，埋得深深的，不要说他是个死人，他就算活着，也爬不出来了。"嘴上这么念叨着，身子却不由自主地往窗边靠过去，想不过去也不行。

身子到得窗口边，香火又想闭紧眼睛不往外看，但是眼睛也不听使唤，拼命睁大了就偏要往窗外看。

看什么呢，窗外就是埋大师傅的菜地，雨哗哗地浇着菜地，香火眼睛被雨闪花了，好像看到一个影子在大师傅的坟墓前晃动，香火一慌之下，失声尖叫起来。

那个影子听到了香火的尖叫，就扑了过来，等凑近了一看，竟是二师傅，一张圆脸都被雨淋得又尖又白，活像吊死鬼。

香火却不怕这个吊死鬼了，大喊道："二师傅啊，二师傅啊，救命啊，你回来了啊！"

二师傅从外面把后窗拉开一点，说："香火，这土堆里是什么东西啊？"

香火说："是大师傅。"

二师傅点点头说："我猜到是师傅。"又问，"香火，是谁把师傅给埋了。"

香火说："是三官队长他们来埋的，他们说要是不埋，大师傅就要烂了，就要臭了。"

二师傅说："说得也是，这几天天热得厉害。"又回头去看大师傅的坟墩和那个青砖碑，看了看，又回头看香火，奇怪地说："香火，我死了吗？"

香火哆嗦了一下，说："二师傅，你别吓唬我，你死了吗？"

二师傅说："咦，我死了我怎么不知道？"

香火说："二师傅你热昏了吧，你给雨淋昏了吧，你死了还会说话啊？"

二师傅想了想，说："对呀，我没有死，我死了怎么还会和你说话，除非你也死了。"

香火赶紧"呸"了一口，又掐自己的脸蛋，觉得疼，知道自己没死，才拍了拍胸。

二师傅说："我没死，明觉怎么死了呢，明觉就是我，我就是明觉呀，香火，我给你搞糊涂了。"

香火一听，赶紧问："二师傅你是明觉么？那么大师傅呢，大师傅是什么？"

二师傅说："早就跟你说过多少遍了，大师傅慧明。"

香火一拍脑袋说："喔哟，弄错了，不过这可不是我说的。"

二师傅说："那是谁说的？"

香火知道要护着自己的爹，说："是三官和老屁他们说的，他们说大师傅叫明觉，就写上明觉了，你不能怪我。"

二师傅说："我没有怪你，我们重新写过就是了。"

二师傅找了工具，借着油灯，把"明觉"两个字凿掉，重新刻上"慧明"两字。

香火在一边看着，还是记不住，埋怨说："你们和尚的名字又古怪，又差不多，明什么啦，什么明啦，觉什么啦，什么觉啦，记也记不住。"翻来翻去说了几下，香火似乎摸索到什么，停了下来，用心想了想，想通了，又道，"奇了，怪了，你们三个人，总共就是三个字，三个字竟然叫了三个人，还都不一样，颠来倒去的，莫名其妙。"

忙定后，二师傅先把湿衣服换了，拿到灶前去烤干，香火紧紧跟着二师傅，一步不离，灶膛里的火光照在二师傅的脸上，香火看了半天，说："二师傅，越看你的脸，越像个杀猪的？"

二师傅跳了起来，衣服掉到地上也没顾上拣，说："谁是杀猪的？谁是杀猪的？"

香火又逗他说："二师傅你不要急，我没有说你是杀猪的，我只是说你像杀猪的。"

二师傅慌乱地摸了摸自己的脸，说："我像杀猪的吗，你从哪里看出来我像杀猪的？"

香火说："你的脸好胖。"

二师傅不服说："脸胖就一定是杀猪的？"

香火说："那你有没有看见过杀猪的人是瘦子呢？"

二师傅说："我从前是瘦的，我是出了家、进了太平寺才慢慢胖起来的。"

香火说："当和尚惬意，日子好过，所以胖了。"

二师傅想了想，说："我师傅也胖的，师傅的脸比我的脸还胖，你怎么不说他像杀猪的？"

香火说："我还没来得及说呢，他就往生了呀。"

说了一会儿杀猪和胖瘦，时间快半夜了，遂各自回房休息。可香火哪有心思睡觉，两只耳朵一直竖起听窗子外面的动静，脑子里尽想着一墙之隔坐在地底下那缸里的大师傅，心脏怦怦乱跳，不受用，嘴上就忍不住骂起人来："谁造的断命的后殿禅房，断掉他的骷髅头，烂掉他的手指头，为什么偏要弄四间屋，假如只有三间屋，我就和二师傅住同一间了。"

咒骂了几句，仍觉空洞，起了身，跑到隔壁二师傅屋里。

二师傅屋里黑咕隆咚，二师傅躺在床上一点声音也没有，香火恨道："你倒睡得安逸，好像大师傅没死似的。"

悄悄蹩过去，俯下身子凑到二师傅的脸前，就在黑乎乎的夜色中，忽然看到二师傅两个眼珠子正在骨碌骨碌转，一下把香火吓得不轻，倒退一步说："二师傅，你吓人啊？"

二师傅说："我没吓人，是你自己吓自己。"

香火强词夺理说："我进来，你明明听到了，却不出声，你装鬼还是装死人？"

二师傅说："我以为小偷来了呢，就不出声，看看他偷什么。"

香火不知道二师傅是不是指桑骂槐，也顾不得跟他计较，说："好了好了，吓了就吓了，就算被你白吓了一回。"

二师傅说："香火，大半夜的，你来干什么？"

香火说："我来问问你，经书卖多少钱？"

二师傅就把眼睛闭上了，不做声。

香火说："咦，你又没有睡着，你假装听不见啊？"

二师傅说："我不回答你。"

香火激将说："为什么，莫非庙里的经书都给你卖掉了，你心虚了？"

二师傅也没有被激着，仍然躺着说："经书不是买卖的，经书是请的。"

香火心下好受了些，说："就是说，即使有经书，也不会有人出钱买了去？"

二师傅说："你都是些什么心思，你哪来的经书，你不是一看经书就头晕吗？"

香火说："我在阴阳岗看到我爹，要烧经书，我想抢来卖给你，结果没抢到，本来很懊悔，听你一说，经书不卖钱的，那也不懊悔了。"

二师傅说："你尽胡说就是了，我又不怕你。"说罢将身子重新放好，又不做声了。

屋子里一下子静下来，香火听见了自己的心跳，赶紧说："二师傅，我就睡你屋里吧。"

二师傅这下子倒给激着了，"腾"的一下坐了起来，说："不行，你不能睡在我屋里。"

香火说:"为什么?我不睡你床,我睡你地上都不行吗?"

二师傅口气强硬说:"不行。"

香火又奇又急,说:"二师傅,你平时很好说话,什么事都好商量,今天怎么这么别扭?"

二师傅说:"你别管我别扭不别扭,你就不能睡在我屋里。"

香火见说不动二师傅,便停下来想了想,再说:"你有什么东西,怕我偷啊?我就不相信,你一个和尚,能有什么好东西?"

二师傅不做声。

香火却不怕麻烦,又说:"再说了,你们和尚常说,生不带来,死不带去,就算你有东西,就算被我偷了,偷了就偷了吧,你又不要带到缸里去,你又不要传给小辈,你就当我是你的小辈,我叫你爹也可以,叫你爷爷也无妨,你就提前传给我算了。"

二师傅终于被香火激出话来了,说:"我没有东西,不怕你偷。"

香火就更奇了,说:"那你为什么不让我睡在你屋里?没道理的,要不这样吧,你既然不放心我,干脆你跟我一道睡到我屋里。"

二师傅说:"那也不行,我不能跟你睡一起。"

香火左说右说也没有用,终于不耐烦了,说:"你太没道理了,难道你是女人吗?"

二师傅说:"你看我像个女人吗?"

香火说:"你不是女人?那就更没道理了。"

二师傅停了停,喘口气,说:"香火,我睡觉打呼噜很响的,会吵得你睡不着。"

香火说:"我不怕打呼噜,从前我在家的时候,我爹的呼噜才响呢,像打雷,我娘的呼噜更响,像吹哨子,两个人的呼噜加起来,像杀猪。"

二师傅说:"你怎么老说杀猪?"

香火无赖说:"二师傅,要是你不爱听杀猪,我从今以后就不说杀猪,你要是不让我和你睡,我就老是说杀猪。"

二师傅说:"香火,不瞒你说,我不光打呼噜,我还磨牙,我还说梦话,我的梦话很吓人的，都是我做梦见到的事情。"

香火说："你做梦见到什么？"

二师傅说："我做梦尽见到死去的人，我跟他们说话，我还叫他们的名字，他们也跟我说话，也叫我的名字，你不害怕吗？"

香火说："他们在你梦里，又不在我梦里，你都不怕，我怕什么。"

二师傅又说："今天晚上，我肯定会和师傅说话，我有好多话要和师傅说，香火，你是俗人，你不敢听，你走吧，我要睡了，不能让师傅等太长时间。"说罢干脆翻坐起，又道，"我还是念阿弥陀佛吧，干脆请师傅早点来吧。"

香火拿二师傅没办法，见他果真地两腿一盘，眼睛一闭，要念了，赶紧喊道："二师傅。"

二师傅"嗯"了一声。

香火又喊："二师傅。"

二师傅又"唉"了一声。

香火再喊："二师傅。"

二师傅说了："咦，你有什么事就说，老是叫喊烦不烦？"

香火笑道："你看看，我喊了你三声你就嫌烦了，你日日夜夜念叨阿弥陀佛，难道佛祖他老人家就不嫌你烦？"

二师傅愣了一愣，说道："阿弥陀佛不会嫌烦的——阿弥陀佛，阿弥陀佛。"想必已经看穿香火有意跟他纠缠，赶紧用阿弥陀佛来打住他。

香火又生气道："这个阿弥陀佛是什么人，要这么多人天天念叨他，也不知道顾惜大家的嘴上有没有起泡，舌头上有没有长疗。"

二师傅道："香火，你又错了，不是佛要我们念，是我们自己要念佛。"

香火奇道："怎么错的总是我呢？"

二师傅说："因为你不念佛。"

香火道："那些人拿棍子棒子来敲菩萨砸庙，大师傅都没法活了，你个二师傅还念什么佛。"

二师傅道："刀刀亲见弥陀佛，箭箭射中白莲花。"

香火说："听不懂。"

二师傅说："你不念经，自然听不懂，我要念经了。"果断两眼一闭，念起经来。

香火使尽本事也没能睡在二师傅屋里,又气又怕地退了出来,不敢回自己屋去,就站在二师傅门口,好歹靠个活人近一点,站着腿酸,就蹲了,蹲着腿又酸,干脆一屁股在二师傅屋门口坐下,一坐下了,眼睛就搭闭起来,眼睛一搭闭,就看见大师傅站在他面前,说:"香火,你找我?"

香火急得说:"大师傅,不是我找你,是二师傅找你,二师傅有话要跟你说,他在屋里,你快进去吧。"

大师傅却笑眯眯地说:"我倒是想跟你说说话呢。"

香火惊得大叫起来:"我不要和你说话,我不要和你说话!"

大师傅忽然就变了脸,变成一个鬼脸,伸手在墙上一击,发出一阵巨响,把香火惊醒了。

第四章

香火睁眼一看,天已经亮了,不是大师傅在击墙,而是有人在敲庙门。香火到前院一听动静,是爹的声音,赶紧去开了门,就见爹扛了一架梯子等在门口。香火说:"爹,你拿梯子来干什么?"

梯子很重,爹扛不动了,一个趔趄跌进来,梯子滑到地上,砸了爹的脚,爹也不喊疼,赶紧扶起梯子,架妥了,才说:"香火,不能让你师傅敲菩萨,更不能让你敲菩萨,还是让我敲吧。"

香火奇道:"爹,你当胡司令了?"

爹说:"我就知道你不相信,他们马上又要来了。"

香火说:"来就来吧,他们要敲菩萨,谁也阻挡不了,让他们敲吧。"

爹急道:"香火你傻呀,他们才不会自己动手,他们也怕菩萨。"说罢重新扛了梯子,急急往大殿去,将梯子搁在菩萨跟前,趴下来朝菩萨磕了三个头,也不说话,就往梯子上爬。

香火看了又生奇,问道:"爹,你两手空空,怎么敲菩萨,你拿什么敲,你拿手敲吗,你的手是砍刀吗?"

爹没应答他,倒是那二师傅火急火燎地奔了过来,朝大殿里一看,说:"香火,你拿梯子干什么?"

香火"嘘"了他一口,压低嗓音说:"我爹正在上面敲菩萨呢,你小声点,别让菩萨知道那是我爹。"

二师傅也没朝梯子上面瞧一眼，说："香火，不敢胡闹了，胡司令又来了。"

香火"嘻"了一声道："我爹真没瞎说。"正要往梯子上去喊爹，就听到院门外动静大起来，知道是胡司令到了。

他们在门外说："咦，前天轰的洞，他们已经补好了？"

有个人阴阳怪气说："补也是白补，我们仍然轰这个洞，仍然从这里进去。"

这是参谋长孔万虎的声音。

又有人小声问道："为什么我们不走大门，要钻洞？狗才钻洞呢。"

孔万虎说："庙门是封资修走的，我们不走封资修的老路。"

轰的一声，补好的门洞又给轰开了，那块木板掉落在地上，被他们踩碎了。

胡司令的人逐个儿从洞里钻了进来，但一直等他们全部站好了队形，也没有看到胡司令进来，只有参谋长孔万虎站在胡司令的位置上，朝着香火说道："小和尚，今天你们两个和尚谁敲菩萨，你们自己商量吧。"

香火说："孔万虎，乡里乡亲的，装什么蒜，你又不是不认得我，你明明知道我不是和尚，偏要叫我小和尚。"

爹已经从梯子上下来，来到院里，看见了孔万虎众人，赶紧问香火道："香火，香火，那张纸呢？"

香火没头没脑道："什么纸？"

爹压低声音鬼鬼祟祟说："就是孔万虎他爹给的那张纸。"

香火浑身上下乱摸一阵，也没摸出那张纸来。

爹想起来了，赶紧说："在裤兜里，在裤兜里。"

香火朝裤兜里一掏，果然掏出个物什，却不是那张纸，是一把小铜锁，昨晚上从二师傅房间里顺来的。

爹急得直摆手："不是这个，这个没用。"

香火又掏，却再也没掏出什么来，心里也想不通，明明记得爹往他裤兜里塞了纸头的，怎么会没了呢？裤兜又没有漏洞，也是奇了。

说话间，那参谋长已经到了大殿门前，朝里看了看，看到那架梯子，问道："梯子哪来的？"

香火说："你没长眼睛，我爹扛来的。"

孔万虎笑道："你爹？你爹不仅能扛梯子来，还能扛棺材来呢。"

香火说:"参谋长想睡棺材,我爹肯定会扛来的。"

孔万虎道:"梯子都架好了,你年纪轻,还是你爬上去吧,免得你师傅爬上去又摔下来。"

爹抢到前面说:"我上去,我上去——"边说边朝孔万虎拱手,"参谋长,参谋长,你要我干什么都可以——"

孔万虎不理睬他爹,谁都不把爹当回事,香火没面子,把爹扒拉开来,说:"参谋长,你耳朵没聋吧,你没听我爹说,参谋长,参谋长,你让我干什么都可以。"

孔万虎纠正他说:"你别叫我参谋长!"

香火惊讶地看着他,说:"孔万虎,你不当参谋长了?你当司令了?怪不得胡司令今天没来。"

孔万虎说:"我们做所有的事情,都是胡司令的战略战术,他虽然受了伤没来,但我们都听他的指挥。"

香火晕了一会儿,想明白了,大声朝菩萨说:"菩萨,你听见了吧,今天参谋长就是胡司令,胡司令就是参谋长。"

孔万虎笑道:"小和尚,你尽管对菩萨瞎说八道,我告诉你,今天这菩萨,你是敲定了。"一边朝香火手里塞了一把砍刀,说,"你上梯子吧。"

爹急道:"我说的吧,我说的吧,他们这是三武灭佛,自己不会动手的,叫人家灭。"

香火奇道:"爹,什么是三武灭佛?听起来还蛮有知识的哦。"

众人都惊奇地朝他看,有人往后退了退,急着避开他的目光,也有人往前凑了凑,将他的脸往仔细里瞧了瞧。香火却不搭理他们,掂了掂手中的砍刀,想了想,塞到爹的手里,说:"爹,我想来想去,还是你敲吧。"

爹赶紧接砍刀,却没有接住,咣当一声,砍刀落在地上,爹索性不拿砍刀,又往梯子上爬。

香火道:"爹,你慢慢爬,不要摔下来。"

孔万虎道:"你以为装神弄鬼就能阻挡胡司令?你以为扛出你爹来就能破坏'文化大革命'?"说是这么说,毕竟还是拿这香火没办法,朝手下人看看,说道,"换个人吧,这小和尚看起来是不肯上了。"

手下几个应声围住二师傅,要架他上梯子,二师傅浑身瘫软,瘟鸡样地瞅着香火，指望香火救他呢，香火不受用他的眼神，说："你别看着我，我不会救你的。"

二师傅心知无望，哀叹了一声，闭上眼睛，管他有用无用，先念一声："阿弥陀佛。"

佛号未落，就听得菩萨那儿有了动静，"吱哩嘎啦"一阵响，就在众人疑惑时，菩萨的右臂开始摇晃，摇了几下，右臂就连根断了，"哗"地往下掉，一直死死守在菩萨下面的二师傅，"哗"地扑上前去，张开双臂，挺起前胸，一下子抱住了菩萨的手臂，菩萨的手臂很重，把二师傅砸得一屁股坐在地上，仍然紧紧地把菩萨的手臂搂在怀里，眼泪就哗啦啦地流下来，喃喃道："菩萨啊菩萨，你不愿意大家为难，自己把自己的胳膊扭断了，免得别人造孽，菩萨啊菩萨，你不当菩萨，谁当菩萨。"

孔万虎倒还镇定，瞧瞧那二师傅，说："和尚，你以为你抱了个神仙手啊，神仙手还不是乖乖地掉下来了。"

遂指挥众人将梯子移到菩萨的左手边，要二师傅上去敲，二师傅还没说话，半吊在梯子上的香火爹却已经大声喊叫起来："这不公平的，这不公平的，老话说，一命抵一命，胡司令就断了一条手臂，参谋长你为什么要敲掉菩萨两条手臂？"

孔万虎催促二师傅说："快上快上，早晚都得上，晚上不如早上，早上才来得及干活。"

二师傅慌道："还要干什么活啊？"

孔万虎说："敲掉他两条手臂，还要敲他的脑袋呢。"

二师傅急火攻心，又要小心抱好手里的菩萨这条胳臂，又怕另一条菩萨胳臂和菩萨脑袋真的被砍下来没人接住摔碎了，急得直喊香火。

香火知道二师傅喊他的意思，便摊了两手说："我要接也只接得住一件，如果菩萨的脑袋摔碎了，接住手臂又有什么用呢？"

二师傅愣了愣说："那你就接脑袋。"

香火想了想，说："我还是接手臂吧，万一接不住，手臂碎了罪孽还小一点。"

孔万虎又朝香火瞥一眼，说："嘴巴放干净一点。"又将香火推开一点，说，"你离远点，不许你接手臂，更不许你接脑袋，听到没有？"

香火心里一喜，倒挑他个一身轻松，朝二师傅无奈地撇了撇嘴，说："二师傅，你别怪我啊，是参谋长不许我接菩萨。"

二师傅急道："那谁来接啊？那谁来接啊？我一个人没有那么多手啊。"

孔万虎笑他道："和尚，你还想当个千手观音呢。"

这下面正闹腾，上面就出奇怪了，菩萨哭了起来，有呜呜的声音，眼泪也流出来了，细一看，菩萨的眼泪竟是红的，越淌越多，从菩萨的眼睛里出来，顺着菩萨的脸颊一直往下流，站在菩萨脚下的众人，看得心惊肉跳。

众人受到了惊吓，一时间大殿里鸦雀无声。

静了片刻之后，就听到大殿门口一阵长号："洋枪打老虎啊，洋枪打老虎啊——"

却是孔万虎他爹到了，他老人家跌跌撞撞栽了进来，手里正是拿着那张画着猎枪的纸。

香火凑上前一看，却不是原先爹给他的那张了，纸比原先那张大了些，枪也画得大了些，枪口那儿还画了一点火星子，表示子弹已经射出来了。

孔万虎他爹抖开纸张就冲着孔万虎来了，孔万虎不知他爹搞什么名堂，也没有躲避，被他爹当头当脸地用纸糊住了，孔万虎的爹嚷嚷道："打着了，打着了！"

香火爹赶紧凑上前看了看，也跟着嚷嚷道："着了，着了！"

孔万虎抬手轻轻一撕拉，纸就碎了，猎枪断成几段，火星子也四散了，孔万虎嘲笑他爹说："用张纸还能打人？"

他爹说："用树叶还能打人呢。"

香火爹说："用空气还能杀人呢。"

孔万虎说："爹，你少来搅场子，小心我对你不客气。"

他爹道："你敢对菩萨不客气，我就对你不客气，别说你在太平寺，你哪怕跑到太平洋，我照样蒙你个无脸见人。"

孔万虎在众目睽睽之下，被他爹没头没脸地蒙了一张破纸，又被他爹语言冲犯，挺住面子对爹说："好呀，我就等着你用一张纸来对我不客气。"

香火爹不等孔万虎的爹答复孔万虎，抢先说道："你以为这是一张纸？你真以为这是一张纸？"

香火早已经觉察出一些奇怪，追问他爹道："这不是一张纸吗？这到底是什么呢？"

爹说："你问孔万虎，他知道是什么。"

孔万虎已经慢慢感觉出什么来了，被他爹用纸蒙过的脸，很快胀痛起来，火辣辣的，又刺又痒，心下惊吓，但不敢把惧怕的表情露出来。

大家都在等着一张纸到底是什么的答案，因为一时没有答案，大殿里重新又沉寂了，孔万虎的一个手下下意识地朝孔万虎脸上一看，惊叫起来："参谋长，参谋长，你的脸，你的脸！"

孔万虎伸手往自己脸上一摸，摸到的竟是一摊血水，也顾不得体面了，惊道："这是菩萨眼睛里的水，怎么溅到我脸上来了？"

孔万虎爹仍然扬着那张碎纸，在孔万虎身上乱擦乱摸，嘴上不停地说："到你脸上，到你心里，肺里，肚肠里，腰子里，膀胱里，卵泡里——"

孔万虎毕竟没经过这阵势，边躲边退，在大殿的门槛上被绊了一个屁股桩，爬起来顾不得摸屁股，对他爹道："你疯了，你疯了。"落荒而逃。

孔万虎的爹还没放过孔万虎，在后面紧紧追赶，一边骂道："你一卵泡的血水，你卵泡断根了，你绝子绝孙了。"

他真是疯了，骂他儿子绝子绝孙，不就等于骂他自己绝子绝孙吗？

喊声渐渐远去，众人也渐渐散去，最后庙里又只剩下香火和二师傅，四周终于又静了下来。

香火想来想去，不得其解，直看二师傅的脸。

二师傅心虚说："你看我干什么？"

香火说："你脸上很奇怪的。"

二师傅摸了摸自己的脸，慌张起来，赶紧闭眼合十念了几声阿弥陀佛，才镇定了一点，睁开眼睛看到香火仍然盯住他，赶紧支开他说："香火，你去河里挑一担水来，我要给菩萨洗洗干净。"

香火说："水缸里不是有水吗，为什么还要去挑？"

二师傅说："缸里的水时间长了，不净，我要干净新鲜的水。"

二师傅不会说谎，要说谎，先在脸上露出怯来，自然逃不过香火的贼眼。但香火只是看在眼里，没有戳穿他，挑了空水桶走出庙去。

香火并没有先到河边挑水，却掩在一边偷看。

果然，等了不一会儿，就见老屁他们几个偷偷摸摸地从庙门里溜了出来，爹也紧紧跟在他们后面，一伙人急急地往村里去。香火在背后大喊一声："好哇，原来这奇怪就是你们几个。"

那几人吓得不轻，等回头看到时，原来是香火个屁，都骂起人来，老屁说："香火，你少放屁！"

香火说："老屁，你们蒙得了孔万虎，却蒙不了我啊。"

四圈急了，说："香火，你是吃狗屎还是吃人饭的？你是香火，庙里的事你不顾，还来反咬我们一口？"

他们骂得了香火，却摆脱不了香火，只得自认倒霉，老屁从口袋里摸出一包烟，远远地朝香火扔过去。

香火利索地一抬手，准确地接着了，看了一眼，说："大铁桥啊？不给飞马啊。"捧着大铁桥闻了闻，给他个面子说，"不过也蛮香的。"再扒开烟壳朝里看了看，数了数，又说，"不是一整包，只有十二根啊，你抽掉了八根。"

抽一根烟出来点上，吸了一口又说："咦，既然你们好有本事，干吗还要叫菩萨断一条手臂？保他个全身就是了。"

爹说："不断手臂，菩萨能哭吗？"

老屁说："你懂个屁，蒙你都蒙不过，能蒙得了孔万虎？"

爹说："香火，这叫丢卒保车。"

香火回爹说："这是丢臂保头。"

老屁他们不再搭理香火，慌慌张张去了。

香火瞧着他们的背影，就想："奇了怪了，爹原本是个安分守己的人，现在怎么到哪儿都有个爹？"

一时想不明白，也就随它去了。香水收好香烟，去河边挑水，一路想着回去怎么再诈一下二师傅，想到得意之处，忍不住笑了起来。

遂挑了水回太平寺，刚到庙门口，撞上一群人，抬一块门板，门板上睡一个人，连头带脚用一张花床单罩住，一动不动。四个人抬着，其他人紧紧守卫在门板周围。

香火虽只挑半桶子水，也够沉的，正累得慌，被这么多人乱哄哄挡住路，没好气说:"哎哎哎,好狗不挡道。"

那众人倒也不生气,一个跟着一个给香火赔笑脸,称他香火师傅,把香火弄得莫名其妙,说:"咦,我也不认得你们,你们怎么认得我?"

这众人有规矩,没有乱七八糟抢答,由其中的一个人站出来,朝香火躬了躬身,说:"香火师傅,是你爹告诉我们的。"

香火不信,说:"我爹刚才才从太平寺走开,他什么时候告诉你们的?"

那人道:"昨天晚上,你爹托梦给我的。"

出面说话的这人,虽然对香火五体投地,马屁连天,香火却没来由地不喜欢他,找错头说:"为什么这么多人都不说话,要你一个人出来言语?"

那人被噎,又不敢得罪香火,哑了口,众人才赶紧地七嘴八舌说:"我们选他出来代表我们说话的。"停顿一下,又说,"是因为你爹托梦给他,他才被选了代表的。"

香火又朝这代表细看了看,獐头鼠目,心里犯冲,还是不喜,一边怨着爹,托梦也不看看对象,一边指了指门板说:"代表,你抬错地方了,我们这是和尚庙,不是医疗站,你到后窑村找赤脚医生万人寿吧。"

那代表说:"我们抬的不是病人。"把床单一撩,香火探头一看,竟是一具泥菩萨。

二师傅闻声出来,一看泥菩萨,说:"认得的,认得的,这是法来寺的菩萨。"

那代表和那众人见了和尚,就丢了香火,都朝和尚去了,那代表说:"师傅,法来寺被烧了,我们拼了命才抢出了菩萨。"

二师傅说:"来法师傅呢?"

那代表愣住了。另一个不是代表的人忘了自己身份,抢上来检讨说:"我们只顾着抢菩萨,忘记抢来法师傅了。"

众人扒拉他,批评道:"叫你不要说话,你怎么说话了,让代表说。"

香火说:"菩萨当然比人要紧。"

那众人因为只抬来菩萨,没抢出来法,本是他们的不是,听香火一说,都闷闷地站着,一时无话可答。

二师傅急着说:"来法师傅没有跟你们一起抢菩萨?他会不会被烧死了?"

那代表惭愧说:"刚才忘了到灰堆里扒一扒,看看有没有来法师傅。"

这众人是西湾村的村民，从前他们从来不到太平寺来烧香拜佛，只认法来寺的来法师傅，这会儿却把来法弄丢了，来求太平寺了，是些过河拆桥的人物。香火尤其不喜欢这代表，呛他道："你是队长吗？"

代表说："不是队长。"

众人又赶紧捧他说："他是小队会计。"

香火说："怪不得，一看就是个会算计的人。"

那代表听不懂话，受用地笑了笑。

香火却不能依了他们，说："难道你们只有会计，没有队长？"

此话一出，那众人中间就有一个人悄悄地往后缩退，但众人却由不得他躲闪，把他推上前，叫他自报，他又不报，众人又催他，他才无奈自报说："我是副队长。"也没报名字。

香火朝门板上的菩萨看了看，这菩萨样子不甚好看，恶模怪样，香火心里又是不喜，但挑不了菩萨的毛病，只能挑人的毛病，指着那代表道："菩萨碰到困难，你们过河拆桥，不要他了？"

那众人自惭形秽，也等不及代表再说话了，七嘴八舌表态说："不是我们过河拆桥，就算我们不拆桥，我们也保不住菩萨。"

那代表回过神来，又代表大家说话："我们只是想把菩萨寄在一个太平的地方，以后再请回去。"

香火不客气说："你以为我们这里就太平吗？我们虽叫个太平寺，可一点也不太平，胡司令参谋长已经来过两回了，我们大师傅都死了——噢，不对，没死没死，是生了，是往生。"

二师傅赶紧念道："阿弥陀佛。"

香火又朝那众人说："再说了，太平寺已经很挤了，本来我们只有一个大老爷，后来二老爷回来了，就多了一个，再后来，大家想多生贵子，非要加一个观音菩萨，就加了，又后来，怕生病，又加了一个药王菩萨，四个菩萨够多的了，再来一个，供不下了。"

那代表连忙求告说："香火师傅，帮帮忙，供一下吧，供一下吧，哪怕挤在角落里。"

香火道："你们不怕挤着菩萨，惹菩萨生气？"

那代表说:"菩萨不怕挤的。"

那边众人齐声跟着说:"菩萨不怕挤的。"

那代表又说:"五百罗汉堂里有五百个罗汉在一起,他们也没觉得挤。"

众人又跟着代表说一遍。

香火嫌他们啰唆,问道:"你们这个菩萨,他是谁?"

那代表说:"是阎罗王。"

香火吓了一跳,说:"阎罗王?那更不能进来了,我们庙里的菩萨都是管生的,阎罗王管死,怎么搞得到一起?"

众人面面相觑,被难住了,回答不了这个问题。

香火又说:"你把他们放到一起,一个菩萨要你活,一个菩萨要你死,生死不分,乱七八糟。"

这一问,众人更没有答词了,那能说会道的代表也不吭声了,二师傅关键时刻胳膊肘子必定朝外翻,站出来说:"生死不分家,生就是死,死就是生。"

香火气道:"他们管的不一样,你听谁的?生也好,死也好,总会有一个菩萨不高兴。"

众人又齐声说:"菩萨是菩萨心肠,菩萨是大慈大悲,菩萨不会不高兴的。"

香火道:"无论菩萨高兴不高兴,现在我们庙里只有一个和尚,你们要他一个人伺奉五个菩萨,你们要累死他?"

二师傅胳膊肘子又朝往外翻了一次,赶紧说:"我不累的,我不累的,反正要念经的,几个菩萨一起念,顺便的。"

香火又强调:"多一位神道,多一炉香,你和尚不忙,我香火还忙呢。"

那代表这才彻底明白了,立刻表示说:"香火师傅,知道你们很吃工夫,还要给念经,还要给他打扫灰尘呢,不会让你们白辛苦的。"

这才终于入了渠,香火道:"上等之人,口说为凭,中等之人,纸笔为凭,下等之人,牛皮文书不作准。"

那代表说:"我们没有牛皮文书,我们只有一包法来寺的庙产。"

代表把这话一说,众人也都反应过来了,那副队长应声就拿出一个小布包,递在香火面前打开来,香火探头一看,包裹里是一些黄金和白银,有的是小块子,也有的已打成戒指链子,还有几块颜色深沉的老玉。

香火心里一喜，假装不识得，说："这是什么？"

那代表说："我们抢菩萨的时候一起抢出来的，是法来寺的庙产，你们帮法来寺保管菩萨，这庙产也归你们一起保管。"

香火看看二师傅，二师傅不吭声，众人也就不再信任他了，围定香火不放，谦恭说："香火师傅，你做主吧。"

香火心里受用，又拿了拿架子说："我只是一个香火而已。"

众人赶紧拍马屁说："香火也能当家。"

那代表觉得众人这么说还不够劲，又加码说："和尚都打倒了，现在香火比和尚更管用。"

香火便做主留下这位新菩萨，西湾村众人奋力把菩萨抬进大殿，放置好，再朝菩萨拜了拜，敷衍了一下，就安安心心地走了。

香火绕着新菩萨看了一会儿，觉得他们放得不是地方，想挪一下，但菩萨已生了根，纹丝不动，也只得任由菩萨歪歪斜斜地站在那个角落里。

香火又将法来寺的庙产翻来拨去地看了半天，看得心里满足些了，将包裹扎好，小心放在桌上，才问道："二师傅，他们留下的这些东西，你保管还是我保管？"

二师傅说："我没心思，你看着办吧。"

正中香火心意，说："那就由我保管吧。"伸手去抓放在桌上的小包裹，不料香火的手还没够到，二师傅的手倒快，已经抢在香火前面伸过来，一下子把包裹拿走了。

香火一急说："咦，你干什么？你不是说让我保管吗？"

二师傅说："我改主意了，不能让你保管。"

香火说："为什么？"

二师傅说："我不放心你。"

香火说："我是庙里的香火，又不是贼。"

二师傅说："这不是我们的东西，这是法来寺的东西，将来要还给法来寺的。"

香火说："法来寺烧掉了，来法也烧死了，还到哪里去？"

二师傅说："庙烧掉了，还可以再造起来，人不在了，还会有人再来的。"

说罢又将那小包裹掂了掂，说："货还不轻呢，我去收藏起来了。"一手夹着菩萨手臂，一手拐着包裹，走了出去。

香火眼巴巴地看着黄金白银老玉到不了手，气得翻了一阵白眼，但转念又想："看你能藏到哪里去，你早起念经的时候，我就去拿来，我才不会藏在我屋里，我会藏一个地方，让你无论如何也找不到、想不到。"

香火一夜没睡稳当，老觉得天要亮了，睁开眼看看，天还黑着，过一会儿又睁开眼看看，天还黑着，睁了好几回，香火就跟老天爷急，说："平时我想多睡一会儿，你早早地就亮了，今天我要早起，你又偏不肯亮起来。"

折腾了一夜，天总算微微亮了，就听到隔壁二师傅起床的声音，然后带上屋门到大殿念经去了。

香火赶紧起来，蹑手蹑脚到二师傅屋里，稍稍翻了一下，果然就在床底下找到了那个小包裹，抓了就溜出来，到后院翻墙出去，在大师傅的坟头上挖了个洞，把小包裹埋下去，又用土堆好，料谁也想不到大师傅坟头里会藏着东西。

埋好后，天已经大亮，香火又朝大师傅那青砖墓碑看看，看到"慧明师傅"几个字，就好像觉得大师傅在盯着他看呢，心里不踏实，朝大师傅的坟头拜了拜，说："大师傅，这是香火孝敬你的，你好好收着啊。"正要转身离去，就看到刚才挖开的土里，蹦出一只青蛙来，又肥又壮，香火猛地一愣，神经立刻紧张起来。

那青蛙朝香火张了张嘴，但并没有叫出声来，倒把香火吓得不轻。说："你是谁？你是谁？"

青蛙不说话。香火心里不踏实，硬要它说，指着它道："你叫一声，你快叫一声，你一定知道自己是谁。"

那青蛙却偏不出声，只是鼓着两个眼泡朝香火看着。

香火小心翼翼地说："你不会是大师傅吧？你是不是大师傅？你如果是大师傅，你就叫一声好吗？"

青蛙仍然不叫。

香火说："你叫一声，我就给你磕头，你不叫，说明你不是大师傅，你如果不是大师傅，我就对你不客气了，你以为我不敢对付你？我告诉你，我敢吃你，我小时候就吃过青蛙。"

青蛙始终没叫，它就在香火的眼皮底下，摆出一副架子，不慌不忙，认认真真地和香火对视了一阵，然后从从容容一蹦一跳地走远了，留下香火一个人守在大师傅坟前，两眼迷茫地发了一会儿呆。

香火重新把埋包裹的泥土又拍拍紧，才放了点心，吐出一口憋气，刚一起身，猛地发现竟有一个人悄没声息地站在他身后。

香火被吓得魂飞魄散，语无伦次说："你，你是青蛙吗？"

这个人哈哈大笑，说："你看我像只青蛙吗？"

香火说："刚刚有只青蛙在这里跟我捣鬼，怎么一眨眼变成你了，你是谁？"

这个人说："你倒来问我，我还要问你是谁呢？"

香火说："我是庙里的香火。"

这个人说："你的名字呢？你叫什么名字？"

香火向来和自己的名字有仇，所以根本就不记得自己的名字，说："我就叫香火，我的名字就是香火，不信你去庙里问问，不信你去村里问问，我是不是香火。"

这个人不屑地"哼"了一声，说："什么破玩意儿，连个大名都没有。"

第五章

队里开渠引水，挖着东西了。

挖着东西的人名叫起毛，干劲大，胆子小，扒着扒着，铁钯就搁着了，起毛眼睛朝下一瞧，脸即刻就乌青了，嘴上说："着了着了。"丢下铁钯拔腿就跑。

起毛逃了几步，在田埂上碰到了孔大宝，孔大宝两眼发绿，看出来什么东西都是绿的，起毛的脸也是绿的。他好奇说："起毛叔，你的脸怎么是绿的？"

起毛说："我绿吗？我当然绿了，我撞邪了，这么多人开渠，那东西偏偏就给我挖到了。"

孔大宝不知道那东西是什么东西，问说："起毛叔，你挖到什么东西了？"

起毛说："够倒霉的，偏还碰上你，你还问我什么东西，就是那东西，人死了躺在里头的那东西。"

孔大宝说："人死了躺在里头的，那不是棺材吗？"

起毛气道："不是它，还会是谁？"

孔大宝的胆子比起毛还小，一听说棺材，心里的肉团子就哆嗦起来，支支吾吾说："起、起毛叔，你、你挖到棺材了？棺材里有、有什么，有死、死人骷髅头吗？吓、吓死人了。"

他本来并不结巴，但凡一害了怕，说话就结巴。

起毛双手一拍屁股，大声叫起来："孔大宝亏你问得出来，棺材里有什么？棺材当然有死人骷髅头。"

起毛叫了两声，想给自己壮胆，却不知又被自己的回音吓着了，不再叫嚷，想避过孔大宝逃走，但是田埂太窄，起毛没踩稳，一脚踏到水田里，鞋子被烂泥吸住了，起毛光着一只脚，伸手捞起那只鞋来，也顾不得再穿上，拎着个粘满烂泥的鞋，急急穿过孔大宝身边就跑。

孔大宝追着起毛喊："起、起毛叔，等、等等我，起、起毛叔，别、别丢下我——"他喊了两声，见起毛不理他，停了停，又喊，"起毛叔，你拎的是一只老乌龟噢，回去笃汤噢。"

起毛顿住了，把鞋子提起来看看，泄气地朝地上一掼，掼了又舍不得扔，朝鞋子踢了一脚，重又拣起来，"呸"一声说："你爹才是个老乌龟。"

孔大宝说："起毛叔，你骂我爹是老乌龟，我告诉我爹去。"

起毛说："你爹我不怕他，你告诉你娘也我不怕。"

孔大宝老实，说："你又没有骂我娘，我告诉我娘什么呢？"

起毛"哧"了一声，说："你讨骂呢？你要我骂你娘是吗？"又把烂鞋子往起提了提，说，"喏，就是这个。"

孔大宝看不懂，说："起毛叔，这是什么？这是一只烂鞋哎。"

起毛说："乌龟配烂鞋吧。"说罢了，拎了烂鞋一溜烟就跑远了。

孔大宝腻腻歪歪没话找话和起毛啰唆，想拉扯住起毛跟他一起走，结果也没哄住起毛，孔大宝赶紧去追起毛，也好在一望无边的田野上有个伴，跑了几步，忽然就跨不开步子了，有个人挡在了他面前，孔大宝一喜，以为起毛停下来等他呢，再定睛一看，哪里是起毛，却是个和尚，光着个脑袋，头上有几个疤，穿个破袍子，瘦得像根丝瓜筋，肩上那包袱倒是沉甸甸的，那和尚整个身子就跟着那包袱往一边斜了去。

那和尚本来站定在路上，看到了孔大宝，就朝孔大宝迎过来，伸出一只手，向他讨要什么。

孔大宝说："你背的什么？"

那和尚说："包袱。"

"包袱里装的什么，是吃的吧？"

"是经书。"

"经书？什么经书？"

"是十三经。"

"十三经是什么,是四喜丸子吗,是五花肉吗,是腊八粥吗,十三经可以吃吗?"

那和尚没答他,解下包袱让孔大宝看了看,原来是一套书,有好多本,叠在一起,倒是蛮厚实的,外面还有个硬纸匣子包着。

孔大宝失望道:"倒是有模有样,可惜了,只是书。"

那和尚重新包好经书,背上肩,站妥了,一只手又向孔大宝伸了出来。

孔大宝不喜欢那只手,身子往边上歪了一下,躲开一点,说:"你伸手干什么?"

和尚说:"给点吃的。"

孔大宝急得跳了起来,说:"给点吃的,你给我点吃的吧。"眼见那和尚手越伸越长,快要掐着他的脖子了,孔大宝慌了,拔腿就跑,就听到和尚在身后说:"给点吃的吧,给点吃的吧。"

孔大宝一直跑到听不见和尚的声音了,才敢停下来,喘了一会,才回头看,身后果然没有和尚,什么人也没有,心里正庆幸,再往前一看,顿时头皮发麻,被那和尚一搅和,竟然跑错了方向,跑到开渠的这处来了。

几个胆大的家伙正在扒拉棺材上掉下来的木杂拉子,几个人还争着抢着,小屁的铁钯扒着四圈的铁铲,呛道:"四圈,你抢那么多烂棺材干什么,回去烧什么吃?烧屁吃?"

四圈说:"我烧什么吃关你什么事?"

小屁说:"管我屁事!"

三官生气道:"小屁,你在棺材面前屁啊屁的,小心棺材里的东西。"

小屁稍一愣怔,说道:"小心个屁,这是荒年,荒年是什么,荒年是屁,屁也没有,连棺材里也没有屁。"

好像是为了证明小屁的话是错的,大家都朝棺材里张望,这一张望,竟然张望出东西来了。

就是那只青蛙。

青蛙从破碎了的棺材里跳出来。它是一只真正的青蛙,一只标准的青蛙,一只大的青蛙,一只肥大的青蛙,它通体碧绿,两个翻透红白的眼球突在外面,像两支探照灯，又像两颗玻璃球站在它脸上，它的两边腮帮子一鼓一瘪，发出奇怪的声音："昂——昂——昂——"

谁也顾不上奇怪它，更来不及研究它，谁的反应也不比谁慢，只可惜他们手里都抓着铁钯铁铲，即便头脑反应再快，也得扔掉手里的家什才能空出手来抓青蛙，所以就不如赤手空拳的孔大宝动作利索了。

孔大宝一扑上去就十分准确地摁住了青蛙，摁了一会，感觉青蛙的脚在划他的手心，确信是逮住它了，才小心翼翼地用双手捧了起来，青蛙在孔大宝手心窝里闷着，"昂昂昂"的叫声变成了"汪汪汪"的叫声，像只小狗在叫，孔大宝小心翼翼地朝着自己合拢的两只手笑了笑。

大家惊异地看着孔大宝，好半天后，四圈才说："孔大宝，你是孔大宝吗？"

孔大宝不做声。

四圈奇道："你是孔大宝，你怎么敢抓棺材里的青蛙？"

他们说话，小屁悄悄地向孔大宝靠拢一点，孔大宝立刻就发觉了，赶紧离他远一点。

小屁重新鼓了鼓士气说："孔大宝，就算你抓住青蛙，也没有屁用，青蛙不是你的。"

孔大宝立刻反问说："不是我的，那是谁的？"

他抓着了青蛙，有了底气，不再害怕，一点也不结巴了。

四圈渐渐缓过神来了，赶紧跟着小屁说："青蛙是劳动的人的，是我们的，你没有开渠，你不能带走青蛙。"

孔大宝身子往后一缩，双手捧紧了青蛙，怕小屁他们来抢。

四圈说："孔大宝，你捧得太紧会捏死它的。"

孔大宝珍惜地瞧了瞧自己合拢着的两只手，说："死的活的一样吃。"

四圈说："这你小孩子就不懂了，活货和死货的味道不一样，差远了。"

小屁朝三官看看，说："队长，你是队长，你要做主的，孔大宝屁事也没做，怎么可以拿走青蛙？"他停顿了一下，又说，"他肯定是要吃青蛙。"

三官说："小屁，你想屁想昏了头，棺材里的东西也吃得？"

四圈说："棺材里的东西为什么吃不得？"

三官说："问你爹去。"

四圈急得说："不如我叫你一声爹，你告诉我得了，我要是回去问了我爹，孔大宝早把青蛙带走了。"

小屁说："四圈，你眼红个屁，你让孔大宝吃去吧，棺材里那东西，就是那个死人变的，孔大宝吃这个青蛙，就等于吃了这个死人。"

话虽这么说，那眼睛却仍然死鱼样地盯着孔大宝手里的"死人"。

孔大宝才不上他们的当，只说了一句："我不理你们。"捧紧了青蛙一溜烟地跑走了。

三官、小屁、四圈他们愣怔了好天半，才回过神来，四圈沮丧地向着孔大宝离去的方向看了看，说道："出奇怪了。"

小屁道："遇上荒年，出个奇怪也是个屁。"

三官道："遇上荒年，饿死也不奇怪，吃泥土胀死也不奇怪，背井离乡一去不返也不奇怪。"只差下一句没说出口，"吃一只棺材里爬出来的青蛙也不算奇怪。"

三官这么一说，众人想孔大宝必是要去吃那只青蛙了，气急败坏，胡乱骂起孔大宝来，骂着骂着，身上起了鸡皮疙瘩，又是打寒战，又是喷喷嚏，赶紧一个跟着一个闭了嘴，可是脑子里还是控制不住地想着青蛙，眼前还是晃动着青蛙的样子，只管生闷气。

孔大宝从前没有吃过青蛙，他不知道青蛙该怎么吃，但他知道不能这么生着活着吃，想了想，有办法了，捧着青蛙奔回家去，探头到灶膛里看看，灶膛里还有火星子，他把青蛙往滚烫的灰堆里一扔，开始青蛙还跳了一下，孔大宝赶紧用火钳压住它，青蛙稍一挣扎就闭过气去了。

孔大宝熬住性子等了一会儿，把烤熟的青蛙扒拉出来，已经有点焦毛气了，但孔大宝并没有闻出焦味，他只闻到一股奇香，香得他没办法了，来不及撕下青蛙的腿，来不及啃下青蛙的头，就把一只整青蛙塞进嘴里去，鼓着含着，还舍不得开嚼，想了想，起身绕到灶台上用手指蘸了点盐巴塞进嘴里，又觉得站着吃不够享受，重新回到灶膛前坐下，端正了姿势，巴滋巴滋地嚼起来。

起先孔大宝觉得自己很富有，一只肥大的青蛙，足够他咬嚼一阵的，可是烤熟的青蛙实在太香了，磨尖了的牙齿没怎么用得上，"咕嘟"一下，那青蛙已经连皮带骨整个滑了下去，就好像跳进去一只活青蛙，整整地顶在他嗓子眼上，一拱一拱地在作怪，孔大宝急了，想把它抠出来重新品尝，把手指伸进嗓子眼，可手指太短，喉咙太深，怎么掏也够不着它。悔得孔大宝直打自己的嘴巴。

正打自己的嘴巴，他爹回来了，看到大宝坐在灶前，还用火钳捣灶灰，爹惊喜说："大宝，你挖到山芋了，你烤山芋啊？"抽了抽鼻子，又说，"不像山芋，不像，是什么？是什么？大宝你在吃什么？"他张大了自己的嘴，眼睛直盯着孔大宝的嘴。

孔大宝嘴边黑乎乎的，不说话。

爹怀疑说："你在吃灶灰？"

孔大宝仍不说话。

爹还是盯住他不放，说："不对，不是灶灰，灶灰不香的，你嘴上好香啊，你肯定吃了什么东西。"

他娘跟着跨进门来了，把手里的农具家什重重地往地上一摔，铁青脸骂道："丢死人了，丢死人了，我这张脸让你丢尽了！"她噼里啪啦地拍打着自己的脸，嚷了几声，又朝孔大宝吐了一口唾沫，说，"你吃棺材里的青蛙，你真恶心，我要吐。"说着真的干呕了几声。

孔大宝说："小屁他姐说，有喜了就会呕吐。"

他娘抬脚就踢，孔大宝朝后一跳，欲逃走，他爹一屁股坐在地上顺势抱住他的腿哭了起来，边哭边说："大宝你快吐出来，你快把青蛙吐出来！"

孔大宝说："吃了会怎么样，会变成青蛙吗？"他一边说一边顺着他爹的拉扯，趴了下来，两只手放到地上，变成了四条腿的青蛙，"呱呱呱"地叫起来，四脚着地，一蹦，又一蹦，又一蹦。

他爹眼泪鼻涕淌了一脸，说："不好了，不好了，那是谁家的棺材？里边睡的是谁家的谁？"一边拔腿就往外跑。

孔大宝说："爹，你要到哪里去？"

大宝爹说："我要去问问，你把谁给吃下去了。"

那娘愤愤地说："满嘴喷粪，满嘴喷粪，气死我，气死我！"又朝孔大宝吐唾沫道，"呸，呸，你走，你走，我不要看见你！"

她一个劲地往锅里加水，他爹到了门口，又回进来看看，却十分惧怕他娘，敢怒不敢言，低声嘀咕说："总共才几粒米啊。"

那娘恶狠狠说:"让你们吃,让你们吃!"一边骂,一边到水缸里舀了一碗凉水喝下去,又舀一碗再喝。

爹又说:"幸亏到了荒年,你只能喝水,要是熟年,你今天要吃三大碗米饭了。"肚里骂道:"个泼妇,个泼妇。"遂拉了孔大宝出来,怕他留在家里吃了他娘的亏。

孔大宝朝他爹发嗲道:"爹,我不是你儿子。"

爹说:"你是我儿子。"

孔大宝道:"我若是你儿子,我娘对付我,你都不收拾她。"

爹气道:"个泼妇,个泼妇——世上哪有这样的娘,世上没有这样的娘。"

孔大宝道:"恨就恨罢了,恨也恨不出一个洞,可她不能老抢我的吃食,这样下去,我岂不是要被她饿出一个洞来。"

爹心里惦记着孔大宝吃下去的青蛙,拉扯着慌慌张张问:"大宝,大宝,青蛙现在怎么样了,在你肚子里吗?"

孔大宝正懊悔不迭,没好气说:"不在我肚子里,难道在你肚子里。"

爹担心道:"这青蛙吃下去,会出什么奇怪呢?"

孔大宝才不理爹,干呕了两声,扬长往外去。

邻居牛踏扁家有个名叫老五的外村亲戚来借钱,拉条破板凳和牛踏扁一起坐在家门口场上说话,一个定要借钱,一个定说没有,说着说着,声音就躁起来了。那孔大宝一只肩胛高,一只肩胛低,一斜一溜地过来了,经过牛踏扁家院门口,站定了朝里望望,没望见什么他稀罕的东西,眼里就没了神,见那老五手舞足蹈朝着牛踏扁说话,孔大宝说:"以为你家杀猪呢。"

牛踏扁不知道孔大宝什么意思,说:"猪还没长到五十斤呢,杀什么猪呀。"

孔大宝说:"我看着不止五十斤。"

那老五也没听出孔大宝的言外之意,正经和他打招呼说:"哟,孔常灵家的孔大宝,几年不见,长这么大了。"

孔大宝却不领情,呛呛了两声,从自己口袋里摸出一叠纸条子,自言自语道:"我给你瞧个命运吧。"把那纸条又揉又吹,最后使出一张来,展开来一瞧,便照着念道,"临风冒雨去还乡,正是其身似燕儿,衔得泥来欲作垒,到头垒坏复须泥。"

牛踏扁和老五愣了片刻，才警醒过来，那老五道："孔大宝，你是在给我卜卦求签吗？"

孔大宝道："下下签。"

那老五泄气说："我就知道，今天肯定白搭白跑，找谁借钱也不该找牛踏扁借钱。"

牛踏扁不服说："我又不是有钱不肯借你。"

那老五嘴上虽是泄气话，心里却也不甘，朝孔大宝手里的纸条瞧了瞧，说："你那是什么狗屁签。"

孔大宝说："这是观音签，你若不稀罕我代你求，你自己来求便是了。"拿那些纸条拱到老五面前，老五倒有些动心，朝牛踏扁一看，牛踏篇不以为然，意思是根本瞧不上孔大宝，老五偏要和牛踏扁顶个真，硬是信了孔大宝，从他手里取了一条，懂规矩的，自己也不看，交给孔大宝。

孔大宝接了，展开一看，说："仍然是它，就该是它。临身冒雨去还乡，正是其身似燕儿，衔得泥来欲作垒，到头垒坏复须泥。"

那老五似懂非懂，问道："什么意思？"

孔大宝说："你瞎忙吧。"

那老五居然服了，直点头，说："我真是瞎忙，我真是瞎了眼。"

暗里是在骂牛踏扁，牛踏扁倒不好和他撕破面皮，指着孔大宝道："孔大宝，你若是有观音签，我还有如来语呢。"

那老五却道："那签上说的，是个道理。"

牛踏扁起身到孔大宝身边，向孔大宝要那些破烂纸头，孔大宝说："你拿去也看不懂的。"

牛踏扁说："我看不懂，你倒能看得懂，你一个三年级念了两年，还没能升上去。"伸手就去拿那纸条，孔大宝也没有怎么反对，任他拿了去。

牛踏扁拿过纸条，展开一张看看，空的，不着一字。再展开一张看看，仍然是空的，不着一字。奇了，说："咦，孔大宝，你的签语从哪里念出来的？"

那老五也接过去看了看，和牛踏扁一起惊奇，说："你背出来的？"

牛踏扁说："他还背观音签呢，他连个'孔融让梨'背了三年都没背上，气得言老师七孔流血。"

孔大宝说："我不是背出来的。"

牛踏扁和老五你瞧我，我瞧你，给难住了，愣了一会儿，牛踏扁说："孔大宝，你给我抽个试试。"

孔大宝让牛踏扁自己使出一张纸，接过来，一展，就念起来："莫听闲言说是非，晨昏只好念阿弥，若将狂话为真实，书饼如何止得饥。"又说，"你也是下下签。"

竟然就拿白纸念出这样的东西来，惊得牛踏扁和老五两个目瞪口呆，半天回不过神来。

孔大宝见他两个呆头呆脑的，没了兴趣，要走。

牛踏扁没看透他，不肯给他走，挡着道说："孔大宝，你等等。"只管惊奇地盯看孔大宝上瞧下瞧，往仔细里瞧，百思不解，心下暗想，这是跟哪儿学来的呢？除了上学，别的地方他也去不了，小学里那言老师，那是书呆子，一心只要学生念书，必定不会教学生这些歪门邪道的，难道是孔大宝他爹孔常灵，会求签解签，却瞒着大家，偷偷在家教了孔大宝？

想着牛踏扁就着急起来，扯开了嗓子冲孔常灵家院子叫喊："孔常灵，孔大宝他爹，你过来！"

大宝爹应声过来，跟老五打过招呼，也不说话，也不问牛踏扁为什么事喊他，拉张小矮凳挨着孔大宝坐下，两眼巴巴地讨好地看着孔大宝，就像看着自己的爹。

牛踏扁不满说："孔常灵，你竟然懂得观音签，只管传了孔大宝，对乡里乡亲，你夹得比老 × 还紧啊。"

没等大宝爹反应过来，孔大宝又展出一张空纸念将起来："忽言一信向天飞，泰山宝贝满船归，若问路途成好事，前头仍有贵人推。"念完了，指了指他爹说，"这是我爹的，上上签，我爹宝贝满船。"

牛踏扁没听明白，就怕有什么好事真让孔常灵得去了，赶紧问："这是什么意思？"

那老五对签语尚有些解，说："大吉大利吧。"

牛踏扁急得指着大宝爹说："你听听，你听听，还不是你教的，别人的都是下下签，自己就是上上签，一听就是你教出来的。"

大宝爹喊道："冤枉了，冤枉了，石卵子哪里逼得出油——"一急之下，竟然说，"我连观音的面也没见过，我怎么教他观音签呀？"

那老五坐在一边嘲笑道："孔常灵，你口气不小，还想见观世音菩萨？"

这牛踏扁却更急了，坐也坐不住了，站起来跳脚说："你还想赖？嘴里念佛声，腰里掼着廿两秤，你算是什么相邻乡亲？"

大宝爹也不跟老五牛踏扁说道，反而给孔大宝道不是说："大宝，别怪你爹没知识，你爷爷从前就不喜欢个算命的人，说他们比叫花子还低一等。"

那老五却又不服了，说："那个观音就是个算命的，人家还当了菩萨呢。"

孔大宝虽会念词念句，却又不耐烦听他们啰唆，觉得他们甚是无趣，呛呛了一声，就走开了。

那老五眼睁睁地看清了孔大宝的样子，又惊又奇，等孔大宝一走开，赶紧问大宝爹："他手执白纸，念叨出来的却句句是观音签上的说辞？"

大宝爹挠了半天头皮，没想明白，又敲了脑壳，还想不明白。

那老五见大宝爹一脸蠢相，不再指望他，回头问牛踏扁道："亲家，这孔大宝最近有什么奇怪？"

牛踏扁素来瞧不起大宝爹，但又惧怕大宝娘，对这家人家是又气又怕，没好气说："他能有什么奇遇，他无非吃了个棺材里爬出来的青蛙罢了。"

那老五一听，竟一下子蹦将起来，踢翻了破板凳，抱着屁股大喊："啊呀呀，啊呀呀，这是赛八仙呀！"

大宝爹吓得一趔趄从矮凳上掉下来，闷闷地坐在地上，魂飞魄散。

牛踏扁说："孔常灵，你坐在地上干什么？"

大宝爹没吭出声，闷坐了片刻，火急火燎地爬起来，"嗷嗷"地叫了两声，大喊道："赛八仙啊，啊呀呀——"也顾不得拍屁股上的泥土，拔脚就逃回家去了。

赛八仙原是大佛寺的一个香火，因不守正业，被驱赶出庙，临走的时候，从庙里偷了一把签出逃，因为慌慌张张，签是从签桶里随手抓的，逃出去一看，手真臭，只抓到一个上上签，其余尽是下下签。

从此以后，那香火就凭着这把签，自封赛八仙，到处给人卜卦算命，渐渐地竟有了些名气，不过他的有名，不是因为他算得准，而是因为他算不准，从来就没有给谁算准过，倒是自己给自己一算，就算准了，说自己一辈子就是个睁眼瞎子的命，结果果然就一竿子黑到底了。死的时候有人送他一对对子，叫做：

有眼有珠
无德无行

那赛八仙早死去了，没有小辈，没有亲戚，算命又不准，又好吃懒做，心眼又毒，嘴巴又臭，没有积德，死后也无甚风光，除了那对对子，烧了随他去了，再无人关心他些许后事。

大宝爹性急慌忙就往家跑，大宝娘已躺在床上，他爹哆哆嗦嗦道："不好了，不好了，你不要睡了，大宝吃的是赛八仙——"

才说个开头，大宝娘一拍床沿就骂："喷粪喷粪，满嘴喷粪！"骂毕，眼白朝外一翻，"噗"地吹灭油灯，身子往床上一倒，就呼噜起来了。

他爹想不明白，大宝把赛八仙都吃了下去，他娘怎么还能安心睡觉。孤孤地坐着，屏息凝神地等了大半夜，才渐渐地有了动静，先是一阵狗叫，后来隔壁牛踏扁家的羊也"咩咩"了几声，接着就听到敲门声了，他爹赶紧披了衣服出来给孔大宝开门。

孔大宝说："你动作怎么这么慢，我要被狗追上来咬着了，算谁的？"

大宝爹说："算我的算我的。"

大宝自顾往里走，爹怯怯地跟在后面说："大宝，大宝，你别上他们的当，你是你，赛八仙是赛八仙。"

那孔大宝却不依，顺嘴哼哈起来："我不是我来他不是他，我就是他来他就是我——爹，我现在是赛八仙附体，你们千万不要把我当孔大宝，就当我是赛八仙，赛八仙做什么，我也做什么，你们不能阻挡我，赛八仙不做什么，我也不做什么，你们不能勉强我。"

见爹又疑惑又担心，不知如何作答，那孔大宝乘势而上，又拍胸脯又叹长气，说："幸亏赛八仙不是瞎子，要不然我这对眼珠子保不住。"又说，"幸亏赛八仙不是女人，要不我两个卵子也保不住。"

爹唤他道："大宝，你摸摸自己的脸，你是孔大宝。"

孔大宝摸了摸自己的脸皮，又说："咦，这就是赛八仙的脸皮噢。"朝他爹道，"从此不要喊我孔大宝。"

他爹慌道："怎能不喊你孔大宝？"

孔大宝绕嘴舌绕辛苦了，无了趣，赶紧跟爹说："爹，我饿了，你弄点东西给我吃。"

爹为难地说："大宝，家里没什么吃的了，只剩一把挂面，留着你娘胃口不好的时候吃。"

孔大宝说："爹，把你那算盘拨拨清楚，死人重要还是活人重要？"

他爹说："当然是活人重要啦。"

孔大宝说："错，当然是死人重要，你想想，活人问你要吃的，你不给，她能拿你怎么样？不能吧。但是死人就不一样了，死人问你要吃的，你敢不给吗？"

他爹说："不敢。"

孔大宝说："那你就给我煮挂面吧。"

他爹说："你死了吗？"

孔大宝说："我没有死，但是赛八仙死了。"

他爹愣了一愣之后，想明白了，不再多嘴，转身去了灶屋，把仅剩的那一把挂面煮了给孔大宝吃下去。

孔大宝吃了挂面，还不满意，说："挂面给虫子吃掉了精髓，没嚼劲了，寡淡无味，我告诉你，赛八仙可没这么好对付，从今往后，你不仅要有思想准备着，还要有东西准备着，赛八仙他老人家随时想吃了，随时就得吃，你听懂了没有？"

他爹鸡啄米似的点头道："听懂了，听懂了。"嘴上诺诺，心里实在是疼儿子，不想那赛八仙老是赖在孔大宝身上不走，忍不住去和他娘商量说："他娘，你别再睡了，我们凑点钱，我请来法师傅去。"

那娘闭着眼骂道："他要真是个赛八仙，我把他活吃下去。"

爹道："他要不是赛八仙，怎会如此妖怪？"

娘又骂："个灰孙子，就装吧，装像了就可以骗吃骗喝不读书不劳动。"

爹又道:"到底是不是,请来法师傅一看就知道。"

那娘又不买来法的账,说:"来法是什么东西,来法根本就不是个东西,他能干什么,他只能给你一把香灰吃。你要想吃香灰,还不如到自己灶膛里捞把灶灰吃,一样的灰,干什么要吃他的灰?"

爹恭敬说:"香灰和灶灰不一样的,香灰是香灰,灶灰是灶灰,香灰是求菩萨求来的。"

娘轻蔑说:"求菩萨?他连菩萨一根毛都求不到。"

大宝爹嘀咕道:"菩萨不长毛,菩萨是泥做的,哪里有毛呢。"停顿一下,嘴巴还是痒痒,不说不行,"你不信我信,我爹信,我爹的爹信,我爹的爹的爹信——"又想了想,说不清了,只能重新嘀咕道,"菩萨在上,她不懂道理,我懂,她不信你,我信——"

信着信着,天就亮了,爹赶紧去拖起孔大宝走路,孔大宝迷迷瞪瞪道:"爹,你拖我到哪里去?"

爹紧紧闭住嘴巴,只怕一说话,吓走了孔大宝。

孔大宝道:"爹,你要带我去看来法,我才不去,小时候你就带我去看来法,来法咪哩嘛啦念几句,叫我吃他的香灰水,我才不吃他的香灰水,来法捂住我的嘴不让我吐出来,爹啊爹,你还在一边说:'乖,吃下去,乖,吃下去。'你不是帮凶是什么?"

爹赶紧道:"是帮凶,是帮凶。"

爷两个拉拉扯扯沿着村子往前走,这个村子的形状很古怪,如果从天上往下看,它是一个又狭长又弯曲的东西,可惜没有人能够从天上往下看,除了和尚们天天念叨的佛祖,他老人家住在天上,才能够看见他们这个村子的奇形怪状,其他的人,都看不见这个村子的形状,他们只能感觉到,从村东头走到村西头,很远很远,绕来绕去,穿过一个小村子,又看见一个小村子,小村子和小村子都差不多,有时候你仔细看看,明明刚才已经走过,现在又走回来了,吓人倒怪的,要不是大白天的,还以为鬼打墙了呢。

法来寺离孔家村很远,一直要走到最西边的尽头处,看见一条大河,法来寺就立在河边上。

法来寺很小,和孔家村东边那座太平寺不能比。太平寺几落几进,还有大院子，还有大殿，还有后院，里边有好几个和尚，还有一个香火，法来寺却只有一间小破房子，庙里也只有来法一个人，又做和尚，又做香火。

才走几步，孔大宝就一会儿嫌热，一会儿嫌远，不愿意了，念叨起来："奔波阻隔重重险，带水拖泥去度山……."

爹脚下带风，走在前头，听孔大宝说了这几句词，起了担心，怕孔大宝半路逃走，赶紧放慢了脚步，走到了大宝身后，说："大宝，我带了吃的。"

孔大宝说："你当我是叫花子牵的猴，给颗豆子，翻一个跟斗？"

他爹赶紧说："不是豆子，是一块炒米糕。"

孔大宝立刻怀疑说："炒米糕？你哪来的炒米糕？你有多少好东西我不知道的？你和我娘，是不是天天瞒着我吃香的喝辣的？"

大宝爹说："冤枉了，冤枉了，这炒米糕还是过年时候留下的，我没舍得吃。"

孔大宝取了炒米糕咂巴咂巴几口就吃掉了，不满意说："还不够嵌牙缝的。"嘴上又念叨起来，看能不能再从爹那儿念出点什么来。

果不其然，爹还真像个训猴的，又变戏法似的变出一个支酸，塞到孔大宝那永远也填不满的嘴里，把个孔大宝酸得呲牙咧嘴，呲呲地抽冷气，他爹咽着酸水说："再含一含，再含一含，甜味就出来了。"

孔大宝眉开眼笑道："不用你说，已经甜起来了。"

最后爹身上的东西全数被孔大宝挤榨出来，也没能把孔大宝引到来法身边，待孔大宝确信他爹身上再也没东西可以驯猴的，就拔脚开溜了。

爹落得个人财两空，望寺兴叹。

爹丧气回来，娘正在地头上撒猪羊粪，一边生气一边劳动，气没地方撒，就朝猪羊粪使劲，爹劝说："他娘，你撒猪羊粪撒得跟仙女散花似的。"

又说："他娘，你别生气，我们没有找来法。"

又说："他娘，你不要拿猪羊粪出气，孔大宝又不是猪羊粪。"

他娘才开口道："你不要叫他孔大宝，他不是孔大宝，不是我的儿子。"

爹赶紧说："他怎么不是你儿子，明明是从你裤裆里钻出来的，我眼睛又没有瞎，我亲眼看见的。"

娘说："你眼睛没瞎，你耳朵没聋，你听不见村上人说三道四？"

爹说："他们说什么？"

娘说："孔大宝长得不像你，背后骂你老乌龟，说我是烂鞋。"

爹才不生气，还笑，还高兴，说："随他们嚼舌头，大宝是不是我儿子，我知道，你知道，就足够了。"

那娘气道："你知道个屁。"

爹也赌了气，说："别人瞎说我不在乎，你是他亲娘，你不能瞎说，不能因为大宝吃了青蛙，你就不认他是儿子，要怪，也只能怪青蛙，只能怪荒年，不能怪儿子。"

他娘不再说话了，拿那只沾满猪羊粪的手使劲拍打自己的嘴巴，骂道："你张臭嘴，你张臭嘴，实话也没人信，真话人家也当是假的，看你还说不说，看你还说不说。"

爹道："别打了，打来打去，他还是你儿子。"

娘起身就走，爹紧紧追着说："也不到渠里洗个手。"

他娘怒道："嫌我脏？吃棺材里东西不脏，我脏？"回了家直奔灶屋，爹跟在背后也无奈，嘀咕说："也罢，也罢，吃得邋遢，成得菩萨。"

正说道，就有人敲院门了，问道："孔常灵在家吗？"

那孔大宝正在屋里没趣，听出是言老师的声音，没好气地朝着院门说："不长眼睛啊？门开着呢，敲什么敲？"

言老师一步踏了进来，说："不管门开着还是关着，进门总要敲一下，这是礼貌。"还不曾礼貌完毕，气就来了，说，"孔大宝，你自己算一算，你留了几级了，你把我的脸都丢尽了。"

孔大宝"嘻嘻"一笑，上前摸一摸言老师的脸，说："没有丢尽，还有一点在脸上呢。"

言老师语无伦次说："孔大宝，你气死我了——我要，我要——我要骂人了。"

孔大宝笑道："嘻嘻，老师骂人？老师怎么会骂人呢？"

言老师说："老师怎么不能骂人，碰到你这样的学生，就要骂人。从前孔夫子还骂人呢，孔夫子云：朽木不可雕也，粪土之墙不可圬也。"

孔大宝说："这是骂我的吧？"

言老师道："骂你你也听不懂。"遂将手里拿的一只烂书包递给孔大宝道，

"喏，这是你的，你扔在学校，学校也不要，你拿回去。"

孔大宝才不要书包，赶紧朝后退开。

他爹上前接了来，说："大宝，这是你的书包吗，怎么这么烂了？马上要开学了，这么烂的书包还怎么用？"

言老师说："开什么学，孔大宝不开学了，他退学了。"

大宝爹说："不对呀，他一个暑假没劳动，天天看书复习，准备补考呢。"

言老师说："骗你你都不知道，他不读书了，还补什么考？"

大宝爹急得说："不行的吧，不行的吧，小学还没有毕业呢，怎么就不读书了呢？言老师，言校长，你再他一次机会吧。"

言老师说："给他补考，他也考不及格的。"

他爹生气说："哪有老师这样说话的。"

言老师又说："老孔啊老孔，你倒叫个孔常灵，你的孩子，怎么如此不灵？"

孔大宝笑道："爹，你干脆改名叫孔不灵算了。"

他爹也气馁说："我改名就改名，也无所谓，但是我改了名，你也改不了脾性。"

言老师朝孔大宝看看，又朝他爹看看，长长地叹了一口气，对着孔大宝说："孔大宝呀孔大宝，你也配姓孔？"

他爹先不乐意，说："他本来就姓孔，他怎么不配姓孔呢，他是我亲生的。"

言老师说："孔夫子也姓孔，孔大宝也姓孔，这太不公平了。"

他娘从屋出来，拿了一只篮，一只碗，一根棍子，朝孔大宝脚下一甩，喝道："拿了去。"

孔大宝说："干什么？"

娘说："做叫花子，最中你意，只要皮厚，就有得吃。"

孔大宝想了想，说："不行，叫花子我见过，人家给的都是剩饭剩菜，臭的，馊的，我不要吃，狗都不要吃。"

这边才说着叫花子，就有人上门来了，却不是叫花子，是个和尚，香火上前一看，脸熟的，在哪里见过，却又不记得，赶紧招手说："师傅，进来进来，有我家吃一口，就饿不着你。"

那言老师先不依了，说："孔大宝，你是孔大宝吗？你可是宁可饿死别人也要填饱自己的。"

那娘平生最恨的就是和尚,见孔大宝竟善待和尚,火上浇油,索性指着门赶人说:"你喜欢和尚,你跟着和尚滚吧,我不要看见你。"

那和尚道:"女施主所言极是,这个孩子,眉宇间尽是阴损之气,怕是活不出一年。"

那娘一听,拍掌大笑道:"好,好,好,活不出一月才好,活不出一天更好!"

爹急道:"哪有你这样的娘!"且顾不得和他娘生气,赶紧问那和尚,"师傅,师傅,眉宇间阴损之气是什么?"

和尚说:"就是死气。"

爹急问:"死气有得解吗?"

和尚说:"有的解,到庙里去便有得解。"

这才中了孔大宝心意,嘻嘻笑道:"娘,和尚师傅说得是,与其做叫花子,不如让我到庙里当和尚吧。"还不罢休,又说道,"我又不是你养的,我是和尚养的,我到庙里去当和尚,我不吃你家饭,我吃千家饭。"

那和尚笑道:"善哉善哉,一切众生,本来成佛。"

和尚如此说,却将那孔大宝吓了一跳,问道:"我会成佛吗?"

那和尚又笑说:"你就是佛,佛就是你。"

孔大宝不干了,说:"我才不是佛,我才不要成佛,成了佛就整天站在庙里,没得吃没得睡,饿也饿死,累也累死,晚上也没人陪,吓也吓死。"

那和尚和孔大宝有言有语,像一家人似的,大宝爹起先还吃了醋,醋了一会儿之后,忽地开了窍,上前抱住大宝说:"大宝,大宝,你要是真去当和尚,爹就、爹就,爹就——"

大宝说:"爹就怎么样?"

爹也不知道要怎么样了,一急之下,说:"爹就喊你为爹。"

大宝道:"爹,你真是我的爹,我想当和尚,你就支持我当和尚哦。"

言老师生气道:"你们以为和尚这么好当,你们以为当和尚就可以不要学问,不要知识?孔大宝,我告诉你,凭你这水平,你当不了和尚。"

爹急了,说:"当不了和尚,当香火也好的。"

大宝说:"是呀,我先当香火,表现好一点,以后可以升和尚的。"

爹大喜道:"那是,那是。"又朝他娘喜道,"他娘,等大宝当了香火,又当了和尚,就有出息了。"

他娘再无二话,摔了门就走。

孔大宝道:"咦,她走了?她算是要我去做香火,还是不要我去做香火?"

爹说:"不睬她个狗娘,大宝,当香火适合你的脾气。"

大宝说:"怎么适合?"

爹道:"当香火可以不要学习,不要劳动。"

言老师急得拍手跺脚道:"哪有你这样的爹,哪有你这样的爹,教育孩子不要学习,不要劳动。"

那爷两个却不再理睬言老师,孔大宝跟他爹发嗲说:"爹啊,我不去成佛,我只去伺候菩萨就是了,但是万一我真的成了佛,你可要天天来看我啊,给我带点吃的,他们都说佛是不吃不喝的,可我这尊佛,是要吃要喝的。"

言老师仰天大喊起来:"岂有此理,岂有此理,他还想成佛,他还想成佛。"

爹和大宝心意一了致,丢下啰哩巴嗦的言老师,再回头找那和尚,已不见了踪影,二人遂往村东头的太平寺来,见过住持大和尚,表明了心意,大和尚瞧了瞧大宝,说:"不行,你一身的邪气,先祛了邪才能来当香火。"

爹急道:"大师傅,我就是让他进庙来祛邪的呀。"

大宝听罢,方明白了,原来爹是这样的心思,当即撒起娇来:"爹,爹,你不是我爹,我以为你让我当香火是让我吃香的喝辣的,不劳动不学习,哪里知道你是嫌我身上有邪,却原来你比我娘还坏,你比我娘还狡猾,你比我娘还毒辣,爹,爹,你不是我爹。"

爹急急辩道:"我是你爹,我是你亲爹。"

大宝道:"亲爹还把我卖到庙里来?"

爹更是大急道:"大宝,大宝,我没有卖你,为了让你来当香火,我还给他的功德箱里多扔了几个子儿,倒贴了呢。"

大和尚不爱听这话,过来抓过大宝的手,捏了捏,说:"你带他到城里找吕大夫开方子抓药,吃两个七天,再来找我吧。"

爹双腿一软,差点跪下,大宝赶紧架起他爹,说:"他让你去找吕大夫,又不是让你找吕洞宾,你不用下跪的。"

爹不再说话，遂拉扯着香火到河边，船倒是氽在河边，没见船工，风雨倒先来了，爹扯开嗓子一喊，那船工出来了。

爹看了看船工，奇怪说："咦，你是老四吗？"

老四说："我是老四呀。"

爹疑道："你是船工老四吗？"

老四说："我是船工老四呀。"

爹更疑道："那就不对了，你不是淹死了么？"

老四道："我淹死了怎么还会来给你们摆渡呢？"

爹想了想，想明白了，说："是呀，淹死了怎么还会给我们摆渡呢。"遂拉着大宝上船。

大宝十分不情愿地跳上船去，船晃了几下，把大宝晃了几个趔趄，大宝不满意，嘲弄说："就算淹死了也无所谓，只要能给我们摆渡，是吧，爹？"

爹说："正是，正是。"

正要开船，岸上有个人急急地奔过来，喊道："等等我，等等我。"

浑身湿淋淋地往船上一跳，"轰咚"一声，船被他颠着了，大宝又站不稳，尖叫道："你想翻船啊！"

爹赶紧拉扯住大宝，又朝那人埋怨说："你不能轻一点吗？"

那人没好气道："我又没有轻功，我怎么轻啊？"

船工老四笑着插嘴道："变成了鬼，就轻了吧。"

那人接着道："我大概快要变成鬼了，尽来这些鬼地方，又下雨，又刮风的。"原来是撞见鬼了，难怪脸色这么难看。

老四倒是认得他，说："你去年来过，今年上半年也来过，又来了？"

那人气道："这是鬼打墙，这地方我明明来过，怎么又来了呢，怎么就走不出去呢？"

那老四道："找个儿子就这么难，找了几年也没找到，真没出息，跳到河里淹死自己算了。"

那人也不理睬老四，朝大宝和他爹两个瞧了瞧，瞧出点意思来了，指着说："你带他到哪里去？"

爹说："我儿子病了，带他去看吕大夫。"

那人竟反对道:"这是你儿子吗?你儿子怎么一点也不像你?"

爹朝大宝的脸看了看,又摸了摸自己的脸,说道:"他怎么不是我儿子,他就是我儿子,我虽然看不见我自己的脸,但是我知道我的脸和他的脸一模一样。"

大宝补充道:"我爹的脸就是我的脸,我的脸就是我爹的脸。"

那人仍不认,说道:"你再仔细想想,想好了再说。"

爹说:"我不用再想,我早就想好了,他就是我儿子。"

那人气馁了一会儿,又鼓起气来说:"有没有可能,他不是你儿子,反而是我要找的人啊?"

爹摆手道:"你找人找迷糊了,看见个人你都认儿子,你还不如认我做儿子呢。"

那人道:"你比我老,我怎么认你做儿子?"

几个人尽管满嘴胡诌,那老四倒比他们着急,说:"风雨起来了,浪也起来了,你们走不走?"

爹心切,赶紧道:"走,怎么不走?"

老四道:"坐妥了,开船了。"

竹篙子一撑,船离岸,朝着河中心驶去了。

第六章

　　船一晃动，香火脚力不够，站不稳，身子一歪，掉下水去，顿时就被呛着了，人直往水下沉，慌得大喊起来："爹，爹，我不会水，爹快救我。"

　　一只乌黑的鸬鹚独脚站在船沿上，朝他笑道："我来救你。"

　　香火急得说："你是鸟，你不是人，你不是我爹，你救不了我，你快去喊我爹来救我。"

　　那鸬鹚"哇哇"地叫了几声，香火被它叫得起了一个激灵，清醒过来，竖直身子看了看四周，仍然在大师傅的坟头上，四周空荡荡的，除了头顶上那只讨嫌的乌鸦，什么活物也没有。香火记起刚才明明有个人站在他背后，问他叫什么名字，怎么一眨眼就不见了呢？

　　香火惊魂不定起来，这个人是干什么的呢？他难道是来看大师傅的，可他怎么连个头也不磕，躬也不鞠，阿弥陀佛也不念一声，就这么走了，这到底是个什么人，是个什么东西呢？

　　香火把自己想得惧怕起来了。太平寺离村子远，一向冷冷清清，少有来人，今天阎罗王的泥身一进庙，这个莫名其妙的人就跟着出现了，香火怎能不怀疑这个人的来历？

　　难道是阎罗王他老人家变成个人，亲自来了？难怪那人非要问香火的名字，幸亏香火只说自己是香火，他便很不满意。他只知道香火是香火，但天下的香火太多，每个庙里都有香火，没庙的地方甚至也有香火，他就不知道去索哪个香火了，所以他还生气了，说香火不是玩意儿。

香火庆幸自己逃过一劫，庆幸自己向来对自己的名字不感兴趣，宁可将它嚼碎了烂在肚子里变成一坨屎屙出来沤田，也不肯将它从嘴里吐出来。

庆幸归庆幸，害怕还是害怕，连滚带爬地从大师傅的坟头上站起来，刚要往回跑，就看到出门多日的小师傅远远地奔过来了，脸色好难看，像刚从棺材里爬出来，又青又白，挂得老长，二师傅慌慌张张地跟在后面，追着喊："师弟，师弟，你等一等，你听我说——"

小师傅并不理睬他，一阵风往前奔来，香火活生生地站在他面前，他也视而不见。

香火赶紧避开，小师傅撞了个空，一个趔趄往前，站立不住，一下扑到大师傅的坟堆上，两眼定定地看着大师傅坟前的那块青砖，心急火燎地说："师傅，你怎么能走呢，你走了，我问谁去，你走了，我怎么办啊？"

大师傅坐在坟里，不回答他，也没有念阿弥陀佛，一点声息也没有。小师傅忍不住将那块青砖摇了摇，不料那青砖根本就没有埋进土里，只是搁在地上而已，根本用不着摇，被小师傅一沾手，就倒下来了。

青砖倒下来，倒把小师傅吓了一跳，他先扶好青砖，将"慧明师傅之墓"几个字又看了看，又道："这几个字，刻成什么样子，师傅，你出来看看啊。"

香火吓得往后一跳，说："小师傅，你喊大师傅出来，他就会出来吗？"复又斗胆上前道，"大师傅往生的时候，二师傅哭得号号啕啕，哭了又哭，哭了再哭，比死了亲爹亲娘还伤心，你却连一滴眼泪也没有掉下来，你竟然还要叫大师傅从坟堆里爬出来，叫他死不安生？"

小师傅这才朝大师傅的坟磕了几个头，又说："师傅，你不把话说清楚怎么能走？你要把话说清楚才能走啊。"

停一下，还说："师傅，你躲在里头不肯出来了，我问谁去？"

香火看不下去，忍不住嘀咕说："想要一个死了的人把话说清楚，只有一个办法。"

小师傅不理他，二师傅却又着了他的道儿，问道："什么办法？"

香火道："自己也去死吧，到那地方见了面，才可能把话说清楚，只不过，也并不知道在那个地方能不能见上面，说不定那个地方和这个地方一样，大而又乱，山东山西，河南河北，万一没有把你们排在一起，岂不是再有八辈子也见不了？又何况，就算你到那里就找到了大师傅，那也还得看大师傅是不是愿意把话说清楚呢，万一大师傅不愿意说，你岂不是白死一趟？"

小师傅的思想渐渐地清醒过来，话也问到点子上来了："师傅走的时候，谁在师傅身边？"

香火老老实实说："我在。"

"师傅跟你说话了吗？"

"说啦。"

"说什么了？"

香火平日里既惧怕小师傅，又见不得他那自以为是的小样儿，现在乘机捏住他火急火燎的心情，拿了架子，给他一点颜色看看，慢悠悠说道："你让我想一想啊。"认真地想了一会儿，也不说话，只是慢慢地竖起四个手指，伸到小师傅面前。

小师傅着急地看了看，不明白，说："四？四什么？什么四？"

二师傅也凑过来看看，问道："四是什么意思？"

香火道："四么，你们不要瞎猜啊，不是四月，也不是四日，更不是四年，也不是四碗饭，不是四块肉，不是四口棺材，不是四个师傅，不是四圈麻将……"饶嘴饶舌，说了一大串废话，感觉差不多说畅了，才将那最后一句话说了出来，"四么，就是四个字嘛。"

那两和尚互相看一眼，想不出是四个什么字，都不说话，急等着香火把谜底揭开来。

香火哪是那么好对付的，说道："两位师傅，你们天天念经，闭着眼睛都知道世界上的事情，怎么连四个字倒猜不出来？"

二师傅想了想，说："我知道了，师傅一定是叫了我和师弟的法号，明觉，觉慧，正好四个字。"

小师傅却没耐心跟他猜谜，怒道："卖什么关子，快说！"

香火这才不急不忙地摇了摇头，说道："错了，错了，你们真笨，四个字，你们天天念的四个字，你们都想不起来了？阿弥陀佛，不就是四个字么。"

俩和尚一听，对视了一眼，二师傅点了点头，表示相信，小师傅却依然怀疑，香火只管瞧在眼里,心想道:"我倒是说了实话,可这小和尚硬是不信,非要叫我编个假的来骗骗他,那我也只好恭敬不如从命了。"急中生智,想起小时候听过的故事,叫个"一朝三阁老,没一个好娘养",说是古时候一个朝代有三个当大官的,没有一个是他爹的正房老婆生的,不是小娘养,就是小尼姑生,赶紧套用过来说:"大师傅说了,一庙三和尚,没一个好娘养。"

那两和尚一听,同时脸色大变,那二师傅竟比小师傅还失措,语无伦次道:"师、师傅、师傅是说我吗?"

小师傅面呈沮丧之色,嘴上却依然刻毒道:"在师傅坟前,说话小心舌头。"

香火指天跺地道:"我说的全是实话,师傅就算听见,也不会怪我的。"话说得急,舌头来不及打滚,不留意就咬着了,"哎呀"了一声,就觉得嘴里又湿又腥,知道是咬出血了,没敢说出来,只是在心里奇怪,谁不知道他是个谎话连篇的人物,一天不说三道谎,熬不到天黑,从来没有报应过,偏偏这会儿在大师傅坟前,还真的报了应,真是岂有此理,大师傅死都死了,埋也埋了,还这么厉害,没道理。

咽了口血水下去,又瞧了瞧小师傅的脸色,没敢再惹他,去问二师傅道:"二师傅,小师傅走的时候,背了好大一个包裹,难道他的包裹被人偷了?"

二师傅说:"你光知道包裹,你就不知道人心,师傅让他去五台山找印空师傅,可他到了五台山,印空师傅却不在了,谁也不知道他到哪里去了。"

香火想了想,说:"不会和大师傅一样,往生了吧?"

小师傅急道:"不可能!不可能没有印空师傅,没有印空师傅我怎么办?"

香火道:"你既然如此要见印空和尚,又见不着他,岂不是难为煞你了?不如这样吧——"留下半句不说。

二师傅道:"不如怎样?"

香火道:"我干脆牺牲自己,我不叫香火算了。"

小师傅料知这张臭嘴里不会有好话出来,没有搭他,二师傅倒又插上来问:"你不叫香火叫什么?"

香火说:"我改名叫印空,这样小师傅就找到印空师傅了,就如了心愿了,难道不好吗?"

小师傅拿他无奈,气得一屁股坐在大师傅的坟头上。

无巧不巧，屁股就坐在香火埋藏包裹的那个地方，顿时吓得香火屁滚尿流，就怕自己埋得不深，被小师傅一屁股坐出破绽来。

还好，小师傅的屁股没有脑子那么聪明，没有感觉下面压着了什么，他的屁股着了坎，火气也凉下去了，坐了片刻，一拔身子，"噔噔噔"跑走了。

二师傅紧紧追着他喊道："师弟，师弟，等等我。"

香火在背后冲着他们幸灾乐祸说："跑吧跑吧，佛祖在前面等你们呢，啊哈哈——"

笑声在空中打了个转，又传回来了，笑声变了调，像只野狗在哭，这才发现不知不觉中天已经黑下来了，香火怕黑，顾不上笑话那俩和尚，和他们一样拔腿跑了起来。

香火跑得够利索，没几步就追上了他们，就见小师傅径直往大殿奔去，到门口，站定了喘气，气没喘够，就看见了新置在大殿角落里的阎罗王菩萨，顿了一顿，奇道："这是法来寺的？"

香火心里猛地一紧，顿觉大事不妙，果然不出香火所料，二师傅说："师弟，还有一包法来寺的庙产，黄金白银老玉什么的，乡下人倒没有贪走，也拿来交我们保管了。"

小师傅说："在哪里？"

二师傅说："在我屋里藏着呢。"

两个就往二师傅屋里去，香火跟在后面，赶紧想着托词，腿肚子还是止不住地打起颤来。

到得二师傅屋里看，二师傅朝床底下一趴，却没有找见那包裹，趴在床下就急喊起来："咦，怪了，我明明塞在床底下的。"

小师傅道："我就知道不会在。"

二师傅奇道："你怎么知道？"

小师傅道："一日不念善，诸恶自皆起。"

香火跳脚道："你怀疑我？你凭什么怀疑我？"见两个和尚一脸歹意地盯着他，又急道，"强盗沿街走，无赃不定罪。"话一出口，立刻后悔得打自己一嘴巴，自骂道，"蠢货，不打自招。"

还想拿什么话再来抵一抵，却是什么话也说不出来，抵不住了，找了把家什，闷了头,老老实实带着两个和尚又到大师傅坟上,朝大师傅拜了拜,就指了指那个地方说:"就埋在这下面。"

二师傅用家什挖了一下,果然挖出那包裹,赶紧窸窸窣窣打开包裹,小师傅上前一看,又说道:"我就知道不会让你挖到的。"

香火不知小师傅什么意思,也探过头去,一看之下,顿时魂飞魄散,一包东西,尽是石灰水泥砖块,哪里来的什么黄金白银老玉。香火急得跳脚大叫:"不可能,不可能,东西被谁偷走了!"

两和尚皆不说话,直管朝他看,香火张口结舌,冤得恨不得吊死自己,急赤白赖辩解说:"反正不是我,我要是偷换了,怎会再带你们来挖?"

二师傅想了想,觉得香火说得也有道理,说:"倒也是的,会不会是有人看到香火把东西埋在这里,等香火走了,就挖走了?"

小师傅却不同意,说:"他既然要偷,就偷走了,为什么还要重新把石灰水泥埋下去呢?"

二师傅又觉得小师傅说得在理,跟风转舵说:"倒也是的,倒也是的。"

香火看着二师傅的脸,心里忽然就亮了,赶紧说:"莫非我从二师傅屋里拿出来的时候,就已经不是那东西了。"

这话自然是冲二师傅去的,但二师傅没有听出来,又跟着说:"倒也是的,也有可能。"

小师傅说:"那就是有人在你屋里就做了手脚,偷梁换柱了。"

这话明明也是阴损二师傅的,二师傅好像仍没听出来,挠头说:"那会是谁呢?我屋里平时没有人进来,我没有看见谁进来呀。"

香火正在搜刮肚肠,要想出些说词来为自己辩护,没料那小师傅就近伸出爪子来,一把捏住了他的手腕,捏得香火大喊大叫:"哎哟哇,你捏死我了,你捏死了我,把我和大师傅埋在一起吗?"

小师傅斥问道:"快说,师傅走的时候,到底跟你说了什么?"

香火不服道:"你跟我年纪也差不多,凭什么你可以捏我的手,我不能捏你的手?"嘴上虽凶,手上却不敢挣扎,更不敢反过去捏小师傅的手,心里恨自己怂,抽出另一只手拍打自己的嘴巴,骂道:"和尚又不是鬼,你怕他作甚?"

二师傅上前来打圆场说:"师弟,你轻点捏,香火别的本事没有,叫叫嚷嚷的本事还是有的,让别人听见,以为我们和尚欺负香火呢。"回头又劝香火道,"香火,你小师傅的脾气你是知道的,你嘴上不要跟他拗,你拗不过他的。"

二师傅向来没有威信,可这会儿在大师傅坟前一说,那两个顶着牛的人却都听进去了,小师傅的手劲明显放松了些,小师傅的手一放松,香火的嘴也收敛了些,说:"小师傅,既然你放松了,我也不再骗你了,我老老实实告诉你,师傅进缸的时候,就念了一声阿弥陀佛——我以我爹的名义发誓,我要是骗你,我爹、我爹——我爹就不是我爹。"

小师傅说:"你不要老是拿你爹来赌咒。"

二师傅说:"你为什么老是要提到你爹?"

香火说:"你们不要我爹的名义,难不成要我娘的名义,我才不要我娘的名义,我娘本是个没名没义的娘——"

二师傅赶紧阿弥陀佛道:"香火,对娘不能这么无礼。"

香火说:"是她先对我无礼,我才对她无礼的,从我生下来没几天,她就说,你走,你走,我不要看你,师傅,你想想,我走得了吗,那时候我才多大呀,我还没长牙呢,师傅,你再想想,天底下有这样的娘吗?"

二师傅朝小师傅看了看,对香火道:"你是身在福中不知福,有娘的不知没娘的苦。"

小师傅自叹道:"他倒是来去无牵挂,可他带走了我的牵挂。"

二师傅小心翼翼说:"师傅说,放下了,就无牵无挂了。"

小师傅起身又跑,也没跑到哪里去,进了庙就一直往大殿里去,二师傅追上他,两人一边,一起盘腿坐下,念经。

香火跟到大殿门口朝里张望一下,烛火飘摇,影影幢幢,香火不待见,嘀咕说:"你们念吧,念了就能放下,我累得浑身酸疼,我要去把自己放下了。"

遂回自己屋里躺下,可又翻来覆去睡不着,听着两个和尚念爽了经,各自回屋了,香火赶紧爬起来,蹑手蹑脚经过小师傅屋子,跫到二师傅门口,听听没有动静,轻轻一推,门开了,香火顺势进了屋,赶紧带上了门。

屋里没点灯,黑咕隆咚的,忽地就听二师傅说:"你进来啦?"

香火摸到床边说:"二师傅,你早就知道我要进来吗?"

二师傅说:"我只是个和尚,我又不是菩萨,我怎么知道你要进来。

香火说："那我进来你怎么不惊奇？"

二师傅说："你进来我为什么要惊奇，你不是经常到我屋里进进出出的吗？"

香火心里一惊，想道："原来我进进出出他都看在眼里，可他明明在大殿上念经，难不成眼睛能拐弯，拐到后院来？"越想越可怕，赶紧把话拉扯开去，问道："二师傅，为什么大师傅走了，小师傅就像变了一个人？"

二师傅说："因为大师傅把话带走了。"

香火说："是什么话，那么要紧？"

二师傅说："师傅没有告诉他，谁是他的爹他的娘，现在师傅走了，他再也不会知道自己的爹和娘了。"

香火奇道："难道小师傅没爹没娘？"

二师傅说："他又不是孙悟空从石头缝里蹦出来，他有爹有娘，只是不知道谁是他的爹，谁是他的娘，换句话说，他不知道自己是谁的儿子，所以他很苦恼。"

香火说："咦，咦，这就奇了怪，你们平时都说，若将禅心，过那个什么，怎么说的？"

二师傅叹道："香火，你真不长进，教了你多少遍你还不记得，若将禅心过生活，何愁烦恼不能了。"

香火挖苦他道："是呀，你们做和尚的就是长进，说是说来恼是恼，小师傅还说，同样的瓶子，为什么要装毒药不装蜜糖呢，同样的心，为什么要装烦恼不装快活呢，嘿嘿，他现在跑到哪里快活去了呢？"

二师傅说："香火，你有爹有娘，自然不能懂得他的心情。"

不提爹娘也罢，一提爹娘，香火也来气，说："我有爹有娘，最后也没落得个好下场，我还不如他呢，他毕竟还当了和尚，我才当个香火。"

二师傅说："那是你自己要当的。"

香火说："我娘赶我，我爹哄我，我受了我娘的气，上了我爹的当，才来当香火。"心里惦记法来寺那庙产，不再和二师傅扯皮，弯腰朝二师傅床底下再看。

二师傅在床上说："你已经看过了，怎么又来看？"

香火说："我先前看的时候，不知道你会变戏法。"

二师傅说："那你再看看清楚，我这床底下，是有不少杂东西，你是不是拿错了。"

香火说："你也不点灯，我看不见。"

二师傅说："就算点了灯，你也未必看得见。"

黑暗里香火听二师傅说话，倒像是大师傅的口气，香火害怕起来，赶紧到桌上摸了火柴，点了油灯，端到床前一照，还是二师傅，疑问道："二师傅，你没有被大师傅上身吧？"

二师傅笑了笑，说："你说呢？"

香火说："没有，没有，我听得出你的声音，还是你的声音。"

二师傅又笑，说："这会儿没有，不等于过一会儿也没有。"

香火说："你是说，过一会儿大师傅会来找你？我还是快走吧。"慌慌张张退了出来，又心惊，又泄气，又无处可去，只得回自己屋躺下，想到床底下那包灰泥土，顶着他的背，戳着他的心境，来气，又埋怨上爹了，念道："爹，爹，你哄我来当香火，说当香火这么好那么好，到头来赏我一包灰泥土。"知道念叨爹无用，便又转到菩萨头上，念道："菩萨，菩萨，我平时对你老人家也算尽心尽力了，你身上长了灰，还是我给你打扫的，也不指望你怎么怎么啦，你就赠个美梦给我解解气吧。"

求拜还真管用，不一会儿，爹果然就来了，说："香火，哪里是一包灰泥土，明明是一包金银老玉，你自己看走了眼。"

香火一听，赶紧爬起来，钻到床底下把那小包裹拉了出来，心里怦怦跳，正要打开看那宝贝，却可惜好梦苦短，才做了个开头，二师傅就进来推他了，惊慌失措地说："香火，快起来，师弟不见了。"

香火气鼓鼓说："我只是做个香火而已，我又不做和尚，连个囫囵觉也不让睡。"

二师傅说："人都没了，你还睡觉？"

香火说："你在自己屋里睡觉，怎么就会知道小师傅不见了？"

二师傅说："我起来如厕，顺便到师弟那里看看，就发现他不在了。"

香火吃醋说："你小便还要到小师傅屋里看看，你怎么从来不到我屋里来看看，你倒不怕我不见了？"

一起又到小师傅屋里，点上油灯，两个轮巡一番，想看看小师傅有什么东西留下做个记号，或者有个什么遗书遗物算作交代，找了半天，什么也没有，只发现庙里唯一的一只手电筒不见了，就知道是小师傅带上路了。

二师傅说："我们快去找吧。"

香火又困乏，又对小师傅没感情，不想去，朝恶毒里想了想，说："小师傅不会投河了吧？"

二师傅眼睛一闭，先念一声"阿弥陀佛"，又说"罪过罪过"。

香火说："明明是小师傅半夜三更地搞得我们不能睡觉，你还说我罪过？"

两人又踅回到二师傅屋里，看看小师傅会不会趁二师傅睡着的时候溜进来放了什么东西，或者拿走了什么东西，又巡查一番，仍然一无所得。

香火说："死定了，死定了，不想死诈死的人，才会留下点东西吓唬人，真要死了，什么也是多余了，就像大师傅，一言不发就走了，多爽快，多干脆，一点也不拖泥带水。"

二师傅琢磨了一下香火的话，觉得不能同意，反驳说："那不一定，人和人不一样，和尚和和尚也不一样。"

说罢就往外走，脚下带风，香火虽不想去，但也不愿独自一人留在庙里，脚下紧紧跟上二师傅，心里却只管诅咒："投河就投河了，明天早上在河面上氽起来就行了，偏偏要半夜里惊动人，投了河还不给我们睡个太平觉，到底不如大师傅好说话，大师傅大白天往缸里一跳，就走了，一点不闹人，也不耽误人睡觉。"

只管在背后嘀咕，二师傅且不理他，只顾往前走，手里提一个马灯，灯火被风吹得忽明忽暗，害得跟在后面的香火走得高一脚低一脚的。

走了不多久，香火就听到了流水的声音，赶紧停住了，说："二师傅，你到底还是往河边走了，你也认为小师傅投河了吧。"

二师傅嘴上又说："罪过罪过。"脚步却还是忍不住往河边去。

两个人一路往河滩过来，二师傅用灯照着，弯着腰在河滩上看。

香火说："二师傅你看什么？"

又说："不会这么快的，至少要到天亮才会氽起来。"

二师傅说："你怎么知道师弟必定是投河了？"

香火说:"咦,你要是不相信,你在河边找什么找?"

二师傅说:"我不知道要到哪里去找啊。"

香火说:"不知道还瞎往前走,万一背道而走,不是越走越远了吗?"

他们手里虽然有一盏马灯,但灯光很小,还飘来飘去的,根本看不清路,便一路找,一路喊起来,一个喊师弟,一个喊师傅,两个声音夹到一起,听起来又凄惨又错乱,像是在唱招魂曲。

香火一生气,就对着黑夜说道:"小师傅,你其实不用这么痛苦的,也不用又是逃跑又是失踪的,实在找不到爹,我给你当爹也可以的。"怕小师傅听见了要发怒,赶紧改口,"你要是嫌我年纪不够,二师傅给你当爹也可以。"

二师傅急急地往前奔着,其实也不知道哪是前哪是后,香火慢吞吞地跟着,心里一百个不情愿,拖拖拉拉,渐渐地离二师傅越来越远,二师傅手里那小马灯灯油也快干了,光亮越来越弱,倒是黑夜中另一个什么地方摇摇晃晃地有一点很小的光亮,香火心里一哆嗦,赶紧给自己打气说:"肯定不是磷火,这是河岸,又不是坟地,坟地里才有磷火。"

这话一说,背后忽然有个人提醒他说:"磷火会从坟地里走出来。"

香火回头一看,是渡口的老船工老四,香火说:"老四,半夜三更的,你出来吓人啊?"

老四说:"你不也是半夜三更在外面逛吗?"

香火说:"我找人呢。"

老四笑道:"你们这声音,哪像是在找人,倒像是在喊魂,把我都喊出来了。"

香火说:"老四,你说磷火会从坟地里出来?"

老四说:"磷火会跟人的脚后跟走,如果有人到过坟地,它就跟出来了。"

香火可不敢被磷火盯上脚后跟,就跟老四顶真说:"要是没有脚后跟呢?"

"没有脚后跟它就跟着风走。"

"要是没有风呢?"

"没有风它就跟着人的心思走。"

"要是人没有心思呢?"

"人要是没有心思,那还是人吗?"

香火才明白过来,暗想道:"那些和尚天天念经,就是为了灭掉自己的心思,原来，他们是不想让磷火跟上，才要念经灭掉自己的心思，嘿嘿，他们因为怕磷火，连心都不要了，连人都不要做了。"

香火见老四急着要走，想拉住他做个伴，老四却说："不行不行，我要过去了，那边有人在喊我，要摆渡呢。"

香火道："你个鬼话，夜里哪来的人要摆渡。"

老四笑道："我是鬼，当然就说鬼话，你们人是白天摆渡，鬼就是晚上摆渡吧。"

香火也笑道："那你也够辛苦的，摆了人的渡，还要摆鬼的渡。"

老四说："鬼也是人变的，不能欺负他们。"

香火说："人家菩萨也就是普度众生，你还要普度众死，难不成你比菩萨还菩萨？"还想再与老四啰唣几句，老四已经不见了踪影，到河边给鬼摆渡去了。

香火再回头看那一点点光亮，它一直就停在那儿了，并不曾朝他这儿飘游过来，倒是香火两足发力，越走离它越近了，一直奔得很近很近，几乎面对面了，仔细一瞧，哪是什么小师傅，也不是什么磷火，原来是自己的爹，正蹲在路边擤鼻涕抹眼泪，一见了香火，赶紧说道："香火，你终于来啦，你弟弟二珠瘫了，不吃不动快半个月了。"说罢又朝天拜了拜，嘀咕道，"菩萨啊，菩萨，不是二珠砍你的，是我砍你的，你应该报应在我身上。"

香火说："爹，你的意思是说菩萨瞎了眼？"

爹吓了一大跳，赶紧说："不是的，不是的，菩萨不会瞎了眼。"

香火说："那就是菩萨打瞌睡了？"

爹又急道："不会，不会，菩萨不会打瞌睡。"

香火且不和爹争执菩萨的对错，问道："爹，二珠病了，你既不去请医生，也不在家伺候，怎么倒蹲在路边了呢？"

爹说："我去请了，可是后窑村的万人寿医生自己也躺倒了，来法师傅也找不到了。"

香火说："烧死了。"

爹说："我只好蹲在路边了。"

"蹲在路边二珠就能站起来吗？"

"不能。"

"那你怎么办呢?"

爹可怜巴巴地看着香火,说:"我想找你问问怎么办。"

香火道:"你找我怎么不到太平寺去,尽蹲在路上干什么?"

爹道:"现在是半夜,我怕吵醒了你。"

香火道:"爹,你不吵醒我,自有人吵醒我。"

爹问道:"吵醒你干什么?"

香火说:"救人吧?"

爹说:"救谁啊?"

香火说:"救二珠吧。"

爹大惊大喜,跳起来说:"你果然就知道了,我就知道你会知道的。"绕了几句口舌,爹不再说话,赶紧打前边就引着走路了,但那手电筒的光越来越暗,他拧来拧去,拧到最后干脆没光了。

香火说:"电池没电了,我看看。"伸手去抓爹的电筒,却没有抓到,抓了个空,又重新一抓,还是没抓到,脑袋晕乎乎的,气道:"瞌睡来了,就你们事多,失踪的失踪,瘫倒的瘫倒,害我晚上都不得安生睡觉。"

爹说:"香火,我走在前面,你跟着我,有坑坑洼洼我先踩着。"

香火说:"爹,其实我也算不上个医生,死马当做活马医吧。"

爹脸上有了笑容,接着香火的话头说:"香火当做医生用。"

香火说:"爹,你倒还会对对子,我再出一个你对对。"又说了一句,"判官要金。"

爹竟也对上了,说:"小鬼要银。"

香火说:"再来一个——闻得鸡价好。"

爹说:"磨得鸭嘴尖。"

香火高兴地说:"爹,你知道我的心思就好。"

爹说:"我知道你的心思。"

爷两个对付了几句,就到了家,果然见那二珠死样活气躺在床上,香火上前说:"你动动手脚。"

二珠像只瘟鸡,翻了翻白眼,话都说不动,更不要说动手动脚了。

他娘闻了声,披个衣服过来,一看是香火,立刻沉下脸吼道:"你走,你走,我不要看你。"

香火道："我不是来看你的，我来看二珠。"

娘气道："丧门星，谁叫你来的？"

爹在旁边低声说："不是丧门星，是救命星。"

香火说："爹叫我来的。"

娘更气得口吐白沫，还骂道："满嘴喷粪，满嘴喷粪。"

三球虽小，却已经知道劝架，一边推着娘往外去，一边说："娘，你等一等再进来，等香火治好了二珠你再进来。"

他娘偏不离开，倚在门框上冷笑道："我偏不走，我看他如何作怪。"

香火也不受他娘干扰，上前捏了捏二珠的腿，说："这里痛吗？"

二珠死样，光翻白眼，不说话。

爹替他说："不痛，不光不痛，还没有知觉。"

香火说："腿上没有知觉，那就是昏过去。"

二珠说："香火，你用词不当，腿怎么会昏过去呢？"

香火说："叫你平时对香火好一点，有的吃有的喝的时候想着点香火，你偏不，你看看，菩萨生你的气了吧。"

二珠不服，这才开了口，说道："我对香火不好，菩萨生什么气，难道香火就是菩萨，菩萨就是香火？"

爹惊喜道："说话了，说话了。"见没有人搭理他，才讪讪地退到一边去。

这头香火赶紧"呸"二珠一声道："我才不是菩萨，你不要叫我菩萨。"

三球不解，又惊奇，又不敢大声，轻轻嘀咕说："香火哥，人人都想当菩萨，为什么独独你不想当菩萨？"

香火说："当菩萨有什么好的，天天站在那里，一动不能动，没得吃没得喝，累也累死，饿也饿死，闷也闷死。"

三球道："那我也不要当菩萨。"

气得二珠"哼哼"道："你们两个，要不要脸皮。"

香火笑道："我们要不要脸皮无所谓，你还是问问自己要不要腿吧。"说罢从口袋里摸出三颗黑色的小丸，爹凑上去看，说："这是什么，这是什么？"

香火说："这是我家师傅炼的仙丹。"

爹喜出望外,探着头说:"让我看看,让看看我。"

三球赶紧舀了水来就让二珠把药丸吞了下去。

他娘迟了一步,那仙丹已经下肚,娘叫二珠把嘴张开来让她闻,二珠不想听从她,但又不敢违抗她,抵抗了一会,最后还是张了嘴。

娘凑到嘴边闻了闻,说:"倒是有一种怪异的味道。"但仍不太信,又说,"你师傅会做药丸?"

香火道:"你等着瞧吧。"

娘这才闭了闭嘴,一时间屋里静下来,就听咕噜咕噜的声音响起来,大家起先还不知道是什么,再凝神一听,才知道是二珠的肚子在叫,香火赶紧凑到二珠耳边说:"二珠,菩萨让我给你捎个信,他知道是谁砍了他的手臂。"

二珠立刻声如洪钟嚷道:"不是我啊,不是我啊。"

爹大喜,也嚷道:"又说话了,又说话了!"

二珠不放心,又问香火道:"菩萨真的知道?"

香火说:"你太不了解菩萨了,他是菩萨,他什么都知道,谁干了什么坏事,谁没干什么坏事,他都看得清,他哪怕闭上眼睛也看得清清楚楚。"说顺了嘴,就收不住了,结果打了个大喷嚏,差点把肚肠打翻过来,料想自己说多了,赶紧闭了嘴。

二珠生疑道:"那就奇了,明明不是我干的,怎么瘫到我腿上来的。"

香火说:"菩萨也有打瞌睡的时候嘛,菩萨醒了就知道了。"

二珠说:"现在菩萨醒了吗?"

香火不再答理二珠的疑问,回身跟爹一伸手,说:"和尚道士夜来忙,想不到一个香火夜来也闲不下。"

爹怎么不明白他的意思,可是再朝二珠看看,却看不出起色,爹疑虑重重地说:"我虽是应诺了你,可你的药用下去,二珠的病还没有见好呀。"

香火说:"他罪孽深重,这么重的药用下去,至少也得十天半月才能见效,或许十天半月还不够。"

爹急道:"那要等多长时间。"

香火道:"这你要问菩萨了。"

倚在门上那娘一听,抓起扫帚泼头盖脸就扫他,香火一边护着头脸,一边后退，退到门口，朝他们说："你们如此对我，还指望我还给你们药丸吃？"

娘听出些意思来，急道："你给他吃的什么？"

香火朝后耳根一搓，搓出一团黑垢，说："喏，就是这个，我一路搓回来，用唾沫和了三颗，都给他吃了，自己也没留一颗。"

话音落下，二珠就"哇"的一声呕吐起来，可怜他几日没进食，肚子里是空的，将黄胆水都呕了出来，也没将那黑丸子折腾出来，在床上翻来滚去。

香火赶紧上前拉他躺好，不料二珠一个鲤鱼翻身从床上弹起来，"啪啦啪啦"奔到院里茅坑上，扯下裤子就拉起来。

大家追着出来，看到二珠正噼里啪啦地拉屎，一脸痛不欲生的样子，他爹他娘都不知如何是好，爹也顾不得二珠的屎尿恶臭冲天，紧紧伺在二珠身边，追问道："二珠，二珠，拉的什么？拉的什么？"

二珠正拉得爽，不理睬他爹。

爹又问："二珠，你有没有力气？你蹲得动吗？你腿麻不麻？"

二珠仍不搭理，倒是香火笑道："他腿麻了，爹，你替他蹲吧。"说话间瞧见他娘又要动扫帚，赶紧退开一段，倚到门边上说风凉话气人："拉才好呢，把肚肠子拉出来才好，罪孽就随那烂肠子拉出去了。"

大家光顾着生香火的气，谁也没有注意到二珠是自己爬起来的，连二珠自己也没有意识到，一直到拉爽了屎，站起来系裤带，一低头，看到自己的两只脚，才忽然清醒过来，立刻大叫起来："咦，咦，我是自己爬起来拉的？"

众人这才顿悟过来，瘫倒半月的二珠，忽然就神气活现地站在那儿了，都倍觉神奇，愣了片刻，脑子回转过来，立刻都朝着香火去了。

香火拿腔作势说："别看我，我只会搓污垢丸子给他吃。"

爹上前一把抱住香火，说："香火，香火，我知道你不是污垢丸子，我知道你必定是仙丹，你必定是香火，香火，你必定是香火啊！"

香火不需再废话，只需拿眼睛去看爹，爹朝香火使个眼色，香火就跟上爹，到得爹娘的屋里，爹从柜子底下翻出一块桃酥饼，拿黄草纸包了，塞到香火手里，香火接了，嘴上还抱怨道："好哇，我不在家，你们有桃酥饼吃。"见娘过来了，赶紧闭了嘴，捏紧了纸包，和爹一起出来。

香火不满足，说："爹，两条腿怎么只有一块饼。"

爹说:"就剩这一块了,要不,我们到灶屋再看看。"

爷俩到了灶屋,香火在门口放风,爹又窸窸窣窣包了一包东西递给香火,香火打开一看,好不丧气,爹包的是一包咸菜。

香火把咸菜包扒开来闻了闻,说:"呸,一股臭咸味,盐放多了。"

爹说:"你不喜欢?那还给我。"

香火却不还,说:"也好的,搁点肉丝炒一炒,就香了。"

爹说:"哪来的肉丝?"

香火说:"等你给我送来吧。"

爹说:"师傅不许你吃肉。"

香火说:"反正二师傅也不在,小师傅也不在,我借他们的素灶头开个小荤,也不罪过。"

爹一听,着了急,问道:"香火,你二师傅和小师傅怎么都不在?"

香火说:"一个躲,一个找,不知道他们干什么。"

爹更急了,说:"赶快的,我送你回去,看看他们有没有找到。"

爷两个放开步子走了一段,就看到了二师傅的小马灯,原来二师傅走迷了道,绕了一大圈,又绕到村口来了。

不等二师傅开口批评,香火抢先说:"我回家救了二珠,治了他的瘫病,救人一命,胜造什么什么,你怪罪不到我,不用对我念阿弥陀佛。"

二师傅怀疑说:"你怎么会治病?"

香火说:"我给二珠吃了药丸,让二珠拉了一肚子,就站起来啦。"

二师傅欣喜说:"那太好了,香火也知道积德行善……"话说了一半,才忽然反应过来,惊慌失措问,"香火,香火,你给他吃的什么?"

香火说:"仙丹。"知二师傅不信,又说,"就是三颗小药丸。"

二师傅即刻说:"是不是黑色的药丸?"

香火说:"正是。"

二师傅做了一个手势,圈出一小圈,说:"这么大?"

香火说:"正是。"

二师傅一拍屁股就号啕大哭起来:"香火啊香火,你偷了我的救命丸啦。"停一下,又哭,"香火,你把救命丸还给我,你把救命丸还给我!"

香火说:"咦,你们和尚天天学佛祖说话,我不下地狱谁下地狱,你连颗药丸都不肯给别人,还会为别人下地狱?"撇了撇嘴又说,"我看它也不见得是你的救命丸,你天天吃,也还是大不出来嘛,一蹲就蹲半天,也不嫌腿子麻。"

二师傅听了,疑惑了一会儿,说道:"是呀,奇了,这药丸我吃下去怎么不拉,二珠怎么一吃立刻就拉?"

香火说:"这说明它不是你的救命丸,它是二珠的救命丸。"

二师傅一听,觉得也对,便劝自己道:"也罢也罢,既然他已经吃下去了,也算派了点用场,就罢了。"

爹在一边见着香火对师傅没个尊敬,心里着急,又不敢责怪香火,插嘴道:"香火,赶紧找小师傅去吧,他要是投了河,再不找就来不及了。"

香火说:"死尸要氽起来了。"

二师傅哭丧个脸,念了一声"阿弥陀佛"。

香火说:"哪有你这样子念阿弥陀佛的,菩萨都要被你气死了。"

爹在后面拉香火的衣襟,香火说:"爹,你别拉我,他老是念阿弥陀佛来咒我,我不跟他客气。"

爹急道:"阿弥陀佛不是用来咒人的。"

香火说:"那是用来干什么的?"

爹说:"你问你师傅。"

二师傅回头朝香火看看,说:"香火,你是和我说话吗。"

香火笑道:"不和你说,难道和鬼说。"

第七章

一路紧着脚步往河边去，借着二师傅手里的小马灯，依稀辨着田埂和沟渠，走了一段，出情况了，半夜三更的，前面一片地方竟然灯火通明，人喊马叫。

香火揉了揉眼睛，以为又做梦了，想追上爹问个明白，哪料爹背影如鬼，脚下生风，香火竟赶不上他，只得在后头问："这是哪里？"

爹说："你怎么又不认得了，这是阴阳岗呀。"

香火脑袋里"轰"了一下，说："鬼迷了，鬼迷了，我就出不得个庙，一出庙就迷到阴阳岗来？"朝阴阳岗那地看了看，又说，"这么热闹，难道今天晚上祖宗开大会？"

二师傅跟定香火，本是指望依托了香火找师弟的，哪想竟找到阴阳岗坟头上来了，只见群众个个手持家什，正在挖掘坟堆，坟堆里白花花的骨头滚了一地，心里颇觉不妥，低了脑袋，只管往后缩退，不料一脚踏空，朝后摔了个仰巴叉，躺在一个坟堆上哼哼起来。

二师傅一哼哼，倒哼出名堂来了，众人正埋头扒坟，忽然看到一个和尚从天而降掉在了坟上，惊喜万分，赶紧搀起二师傅，大声喊起来："来了，来了！"

远处看不清的急问道："谁来了？谁来了？"

这边看清了的回答说："救星来了。"

众人立刻停止了言语和动作，都朝二师傅望着，看他怎么救。

二师傅被众人一看，看慌了，赶紧抵赖道："我不是救星，我不是救星。"

众人急了，道："你不是救星你是谁？"

二师傅说："我是一个和尚。"

众人都恼了，其中一个说道："和尚不就是来救我们的吗？"

另一个道："不叫救，叫渡。"

再一个说："你们平时念得好听，天天要普度众生，现在要你渡了，你却不肯渡了。"

也有人怀疑说："你既然不是救星，你来干什么？"

也有人不怀疑，还非要他当救星了，指着站在岗上监督掘坟的孔万虎嚷道："救星，你看，在那里！在那里！"

二师傅不明就里，站起来昏头昏脑，说："在哪里，谁在哪里？"

众人道："你不就是来找他的吗，他原先叫个孔万虎，后来叫参谋长，现在叫队革会。"

二师傅才顺着他们手指的方向看了一看，看出是孔万虎，顿时苦了脸，说："他将菩萨的手臂扭断了。"

老屁不答应，跳出来骂道："和尚放屁，孔万虎有屁的本事，他能扭断菩萨手臂？你放什么臭屁长他的志气。"

众人也气道："和尚，你算个什么和尚，你连菩萨都保不住，你连经书都保不住，要你个和尚有什么用？"

二师傅慌道："菩萨，菩萨，你看见了吗？"

众人四处张望，也没瞧见菩萨，气就不打一处来，说："别找菩萨了，泥菩萨过江自身难保了。"

那香火"呲溜"笑道："菩萨是个泥菩萨，和尚是个假和尚。"

二师傅一听，大惊失色，赶紧嚷道："香火，你不可瞎说，我是真的！"

众人却不管他真假，只管问他："掘祖坟这事你和尚都管不了，还有谁能管？"

又道："可这和尚只会念阿弥陀佛，不会别的，我们还瞧得起他作甚？"

正吵吵闹闹，孔万虎过来了，看了看香火，笑道："香火师傅，群众都忙着，就你甩着两只手，你家没有祖坟吗？"

爹急得在一边说："我家有的，我家有的。"

香火说:"谁家会没祖宗呢?不过队革会,我看你家好像没有祖宗。"

众人笑道:"队革会不是没有祖宗,他十八代祖宗都叫他爹给日了。"

孔万虎回来当大队革委会主任,气得他爹拍打着自己的嘴巴,在村前村后走来走去地咒骂孔万虎。但他也是个愚蠢的东西,东不骂西不骂,偏偏骂了孔万虎的祖宗,说要日孔万虎祖宗十八代。

孔万虎笑眯眯地说:"爹,你日我十八代祖宗,其中有一代就是你自己呀。"

他爹改口说:"日你十七代祖宗。"

香火"扑哧哧"笑道:"可惜了,全让他爹一个人日去了,留几个祖宗给我日才好。"

这边正说孔万虎他爹,那爹果然就到了,奔到孔万虎跟前,拿手指戳戳孔万虎的脸,说:"孔万虎,从今天开始,我改名啦。"

众人问道:"你改个什么名呢?"

孔万虎说:"改个孔卫东吧。"

香火道:"改个孔万狮吧,狮子可以吃老虎。"

孔万虎爹道:"我不叫孔卫东,我也不叫孔万狮,我改个名,叫个孔绝子。"

众人都没有反应过来,不知他什么用意,有人劝他说:"孔绝子这个名字太难听了,还是你原来的名字孔全生好听。"

孔万虎爹生气说:"你们不要叫我孔全生,从今往后我就叫个孔绝子,谁再叫我孔全生,我就跟谁有仇。"

有人笑话说:"孔绝子?你也想得出来,干脆叫孔夫子得了。"

孔万虎他爹道:"怪只怪我原先叫了个孔全生,我真是个什么东西全能生的东西,生出这么个东西来,我宁愿从来没有生下他,所以我必定改名叫孔绝子。"

众人这才明白过来,拍手称快道:"绝,绝,就叫孔绝子!"

孔万虎才不吃他爹这一套,嘻嘻笑道:"爹,我都当官了,你也不来恭喜恭喜我,反而要和我断绝父子关系。"

孔绝子说:"呸你个狗屁官,一代做官七代穷。"

香火说:"孔绝子,还是做官好,三年清知府,十万雪花银,何况你家孔万虎,还是个队革会。"

孔绝子拔腿绝尘而去，从此没再出来丢人现眼。

香火眼见祖坟地上没他什么好，遂拉扯着二师傅回庙去，二师傅还惦记小师傅，香火嗔怪道："祖宗都没有了，还要小师傅干什么？"

二师傅叹道："也罢也罢，黑灯瞎火的，也看不见，等天亮了再找吧。"

两个遂回庙里歇下，刚躺不久，天就亮了，门前又有动静，出来一看，又是孔万虎，香火不由赞道："队革会你精神真好。"

孔万虎不爱搭理他，让人提着糨糊桶在庙门口贴告示，香火朝桶里一探头，叹道："哎呀，浪费了，浪费了，贴一张告示用得着这么多糨糊吗，可惜了许多面粉，不如打个鸡蛋摊面饼吃。"

孔万虎说："别多嘴了，收拾收拾准备走人吧。"

那香火还未急，二师傅倒先急了，上前解释说："队革会，香火走不得，香火走了，我就没办法了。"

香火道："我走，你也走，我不走，你也走，这不是烧香的赶走和尚，这是烧庙的赶走和尚。"

二师傅说："为什么要赶走和尚？"

孔万虎道："社革会通知，三日之内，东风公社范围内的所有寺庙全部关闭。"

二师傅慌慌张张，上前扯住孔万虎的衣袖说："队革会，队革会，不能封庙啊，封了庙，我到哪里去？"

孔万虎说："你从哪里来，就回哪里去吧。"

二师傅顿时怔住，脸色青紫，嘴巴紧闭，一言不发。

香火倒感起了兴趣，上前朝二师傅的脸色端详了一会儿，说："二师傅，你慌什么，你回老家就是了。"停一片刻，又怀疑说，"二师傅，你老家是哪里的？"

二师傅文不对题道："没有的，没有的。"

香火笑道："什么叫没有的？人人都有老家，就算那孙悟空，石头缝里蹦出来，也有个老家的。"

二师傅不解说："孙悟空老家在哪里？"

香火道："那块石头在哪里，孙悟空老家就在哪里吧。"

二师傅方才想通了，说："这倒也是，不认人，也能认个石头，比我强。"

奇怪这孔万虎倒不与这个令人怀疑的二师傅计较，只跟香火说道："你就不用关心你师傅啦，还是考虑自己的前途吧，庙门封了，你得回村里去劳动，至于你的名字，跟你有仇的那个名字，恐怕又得叫回来啦。"

香火说："那也不一定，我就算不叫香火，我可叫臭火，叫臭虫，可以叫香油，叫香蕉，叫什么都可以，我还偏不叫我那名字。"

孔万虎道："那也随由你去，反正你是不能当香火了，庙没有了，哪里还有香火？"

香火说："谁说庙没有了，庙不是好好地在这里吗？"

孔万虎笑了笑道："这会儿是好好地在这里，也许过一会儿就没了，那边法来寺不就是一眨眼的事情吗？"

香火说："队革会，你不会放火烧太平寺吧？"

孔万虎道："就看革命的需要了，革命需要烧，我马上就烧，革命需要留着做反面教材，我就留着。"

二师傅鸡啄米地点头说："革命需要，革命需要，反面教材，反面教材。"

孔万虎说："和尚师傅，一个人不可能没有老家的，你既然不愿意回老家，想必是有难言之隐，也许你是回不去，也许你是不能回去，我也不勉强你，但庙是一定要封的，你们不能继续在庙里住下去的，你们赶紧各自做个打算吧。"

二师傅说："我没有别的打算，我的打算多年前就做好了，就是一辈子伺奉佛祖。"

香火说："我的打算是一辈子伺候伺奉佛祖的人。"

孔万虎说："你们的打算算得了什么？错误的打算就得纠正，还有人打算反攻大陆呢，还有人打算反对毛主席呢，这样的打算就要打倒。"

被孔万虎当头打了几棒，二师傅再也无言以对，孔万虎出主意说："师傅，其实我已经替你打算好了。"

香火不服道："咦，队革会，香火和尚平等的，凭什么你光顾着和尚，不管香火啊？"

二师傅却急道："我不要你打算。"

孔万虎笑道："和尚师傅，我有个好打算，一定要送给你的。"凑到二师傅耳边，嘀咕一番。

香火凑过去听，只听到个牛什么什么。着了急，怕好处被二师傅得了去，赶紧说："什么，你要送头牛给二师傅，为什么我就不能得一头牛？"

二师傅说："我不要这牛，你方便送给香火吧。"

孔万虎说："送给他当妈啊？"

二师傅说："反正我不要，你要你自己拿去。"

孔万虎说："和尚师傅，我尊称你一声师傅，你倒不跟我讲礼貌，给我瞎许配，我早有对象了，我对象是东风公社一枝花。"

香火纳闷，又不甘心被蒙在鼓里，抢上前问道："你们说什么呢，说牛呢，怎么说到一枝花，难道是鲜花插到牛粪上？"

孔万虎是大人不计小人过的大气量，又笑道："不与你啰唆了，任务完成，该走了。"

香火料想这庙里难待下去了，心里焦急，想起了爹，念叨起来："爹，爹，你怎么还不来？"

爹没听他的念叨，没有来，香火又暗道："我爹不来，哪怕来个孔万虎的爹也好哇，好歹也是个爹，好歹也对付一下孔万虎。"自知不是孔万虎的对手，又没个人可以差去喊爹来，遂喊住孔万虎手下一个民兵问道："你认得我爹吗？"

那人道："我不光认得你爹，我还认得你祖宗呢，就是掘出来的那几根骨头吧。"

孔万虎走后，香火和二师傅在告示面前站了半天。香火说："二师傅，和尚不当和尚了，那算什么？"

二师傅说："那是还俗。"

香火说："那你就还俗吧，你不回老家也行，就在我们村里当个还俗的和尚不好吗？"

二师傅说："可是，可是，队革会要我和牛、牛那个结婚。"

香火乐不可支道："这队革会也太队革会了，要和尚和牛结婚，生出来的孩子，是牛还是人呢？"

二师傅说："不是和牛结婚，是和一个叫牛可芙的寡妇结婚。"

香火方才恍然大悟，更乐道："原来是牛可芙这头母牛，二师傅，这也满不错啊，你跟那母牛结个婚，生几个孩子，哈，也不用生了，她已经就有五个女儿了。"

二师傅说："万万使不得，万万使不得，我对佛祖发过誓的，一生都献给佛祖的。"

香火说："二师傅，又不是你自己要结婚，是孔万虎逼的，你就告诉佛祖，叫佛祖找孔万虎去算账。"

二师傅说："佛祖不会找人算账，只会帮助人。"

香火说："佛祖好坏不分啊，难道他还要帮助孔万虎。"

二师傅说："佛祖心如大地，慈怀天下，腹中藏有渡人船。"

香火恼道："他不来渡我们受苦受难、吃碗干饭，倒要渡孔万虎作死作活，敲我们饭碗？这样的佛祖，要它干什么？"

二师傅急道："可不敢这么说，可不敢这么说。"

香火说："你怕它，我且不怕它。"

二师傅说："我不是怕它，我是敬它。"

香火不服说："敬它什么？它水平还不如我呢，我还知道个爱憎分明，疾恶如仇，它算什么，好坏一锅煮。"

二师傅朝天拜了拜，念道："阿弥陀佛，佛祖别跟他一般计较，原谅他个童言无忌。"当即盘腿坐下，开始念经。

香火自找个无趣，没落地在院子里转了转，树上有只乌鸦哇哇地叫了几声，香火拣了块石头恨恨地砸过去，骂道："乌鸦嘴，乌鸦嘴！"

心知那二师傅念经念破了嘴皮也无用，又怨起爹来："爹，爹，你不是我爹，我不是你养的，我是和尚养的，你要是我爹，怎么就不来帮帮我，我又没有想当队革会，更没想当社革会，我只想太太平平当个香火而已，你都不肯来给我做个主。"

始终也没把个爹念叨来，遂去灶屋弄吃的，将爹昨晚给的酥饼和咸菜打开来一看，又惊又气，差点闷过去，那两纸包里，哪里是什么酥饼和咸菜，竟是包的一坨泥巴，一坨狗粪，香火气道："爹，爹，你不是我爹，你将好吃的自己吃了，将泥巴狗粪给我吃，你不是我爹，你是大头鬼！"扔了泥巴和狗屎，灶屋里也没什么好吃的，将就煮了点粥，凑出几条酱瓜，便去喊二师傅吃饭。

二师傅过来胡乱一吃,也不与香火废话,就到自己屋里躺下。香火不放心,追进去一看,二师傅眼睛紧闭,一言不发,叫他也不吭声,推他也不动弹,香火无法,骂了孔万虎十八代祖宗后,只得自己回屋睡去。

　　睡不多久,爹就来了,香火发嗲道:"爹,我不理你,我要用你的时候你不来,这三更半夜的你倒来了,你是夜游神还是鬼夜叉啊?"

　　爹笑道:"你嫌我来迟了。"

　　香火道:"庙都给封了,我都无处藏身了,你还不迟?"

　　爹仍然笑道:"庙封了也无妨,你家佛祖说,参禅何须山水地,灭却心头火亦凉。"

　　香火大惊,说:"爹,不对不对,你不是我爹,你要是我爹,怎么尽说些我听不懂的话。"

　　爹还是个笑,说:"你再仔细看看,我是不是你爹。"

　　香火拼命往仔细里瞧,却瞧不分明,急得说:"爹,爹,你的脸呢——"

　　爹抓了香火的手往他脸上摸,说:"你摸,你摸,这是我的脸。"

　　香火摸了个空,正着急,就有一张手将他扯醒了,睁眼一看,果然有张脸凑在他面前,却是那二师傅,香火泄气说:"二师傅,你又来作甚?"

　　二师傅惊喜道:"香火,我做梦了。"

　　香火道:"你这么高兴,梦见佛祖了吧?"

　　二师傅想了想,说:"奇了,我是应该梦见佛祖的,可是佛祖没来,你爹倒来了。"

　　香火说:"你梦见我爹了?不可能的。"

　　二师傅说:"怎么不可能?"

　　香火说:"我也梦见我爹了,我爹怎么可能到了我梦里,又到你梦里,小半夜地跑来跑去,不要累死他?"

　　二师傅说:"我真的看到你爹了,你爹跟我说,参禅何须山水地,灭却心头火亦凉。"

　　香火更是大奇,说:"不可能,不可能,我爹跟我也是这么说的,怎么会一模一样?你又不是我爹的儿子,凭什么爹对我说的和对你说的一模一样?"

　　二师傅跟他说不清,也不再多说,只道:"反正你爹就是这么跟我说的。"

遂丢开香火，跑回自己屋去。

香火追进去一看，二师傅收拾东西了，香火说："二师傅，你要走了？"

二师傅说："我要还俗了。"

香火打翻了醋缸子，四处泛酸，说："你要丢下我了，你不仅丢下我，你还丢下大师傅，你不仅丢下大师傅，你还丢下太平寺，你不仅丢下太平寺，你还丢下菩萨，你还丢下佛祖，你还丢下——二师傅，你不是你了。"

二师傅不理会他的攻击，卷上行李铺盖就走，香火大急，跳脚喊道："爹，爹，我瞧见你了，你快进来吧！"

庙门果然被推开了，可进来的不是爹，却正是那牛可芙。

这个女的也是个奇，什么名字不好叫，叫个牛可芙。她本来不姓牛，嫁到牛家才姓了牛，结果把个姓牛的丈夫给克死了。

牛可芙跨进山门，径直走到二师傅面前，凑近了，"嘻"笑了一声，说："师傅，我来接你了。"

二师傅竟就随着她往外去，香火在背后跳脚喊道："大家快来看哪——不对，大家看有卵用——佛祖快来看哪，寡妇抢和尚啦。"

二师傅和牛可芙俨然已是一家人了，二师傅笑眯眯地跟牛可芙道："你倒来得早。"

那牛可芙道："我本来就是个十三快，急性子，何况结婚大事，宜早不宜迟的。"

香火一急之下，冲那牛可芙道："你个急性子，夜里嫖婊子，早上就脱裤子。"

牛可芙脸皮比牛皮还厚，才不理香火黄口稚牙，只管和二师傅调笑。

香火没好气地说："我师傅是杀猪的，你不嫌弃，你不恶心？"

牛可芙说："杀猪的有什么好嫌弃的，行得正，立得正，哪怕和尚道士合板凳。"

香火愈加来气，道："这不是和尚道士合板凳，这是和尚寡妇合床困。"

不料那和尚还替寡妇说话，说道："香火，其实你不应该怨牛大嫂。"

牛可芙说："就是嘛，明明是你爹的主意。"

香火啪地打了自己一个大嘴巴，说："我说呢，我说他就不是我爹，他还真不是我爹！"想想不对又问，"你怎么知道是我爹的主意？你在哪里看到我爹了？他在哪里，怎么不来找我？"

牛可芙吓了一声，道："我可没看见你爹，是你爹托梦给我的。"

香火更气道："爹，爹，你好忙啊，一晚上竟托了三个人的梦，你累不累啊？"又说，"你以后要托梦，先跟我商量商量再托，不要再托出个和尚结婚这种烂梦来。"遂把二师傅拉到自己身后，不让牛可芙抢去。

那牛可芙道："和尚结婚是早晚的事情，晚结不如早结，你二师傅过了我这个村，还不定什么时候才找得到另一个店了。"

香火道："我师傅早就归于佛祖了。"

牛可芙说："什么叫归于佛祖？"

香火道："就是嫁给佛祖吧。"

二师傅见他两个狗嘴里吐不出象牙，他也不插话，只转身往殿里去，牛可芙赶紧追着说："师傅，师傅，黄道吉日都掐出来了，你不能赖，赖婚我就投河，上吊也行。"

香火说："不喝农药吗？喝农药死得快。"

牛可芙说："不喝，农药太贵，我买不起，除非师傅替我买，买了我就喝。"

香火也追着二师傅说："师傅，你们常说，佛祖最肯帮助人，你现在碰到困难，佛祖就来帮助你了。"

二师傅认真地看了看牛可芙，看不出她就是佛祖，说："她是不是佛祖，不是你说了算。"

牛可芙摸了摸自己的脸，奇道："我怎么会是佛祖，我是牛可芙。"

香火说："佛祖也从来不说自己是佛祖。"

二师傅说："我得问问佛祖。"跨进大殿，盘腿坐在那个脏兮兮的蒲团上。

香火见牛可芙着急，劝她说："你不用急，他问到了佛祖自然会出来回话的。"

牛可芙朝大殿里探了探头，四处看看，说："佛祖在哪里？"

香火说："在他心里。"

牛可芙又不明白了，问说："佛祖在他心里，那这大殿里的菩萨是什么呢？他们不是佛祖吗？"

香火瞧不上她，翻个白眼说："这是佛菩萨的泥像。"

牛可芙打破砂锅问到底说："那佛在哪里呢？"

香火说："咦，告诉过你了，在心里。"

牛可芙仍不明白："在师傅的心里？"

香火说："你心里也有。"

牛可芙摸了摸自己的心口，说："我怎么摸不到？"

香火说："你闭上眼睛想一想，佛祖会告诉你。"

牛可芙真闭了眼想起来，想了一会儿，睁开眼睛，说："我听到了。"

香火说："佛祖跟你说什么了？"

牛可芙说："他老人家叫我早点和你师傅结婚。"

香火本是捉弄牛可芙的，结果却反而被牛可芙糊弄了去，心里不乐，反唇相讥说："可我心里的佛祖不是这么说的。"

牛可芙奇道："你心里也有佛祖？"

香火恼道："凭什么你们个个心里有佛祖，我偏没有？"

牛可芙喜道："香火，你心里竟然也装得下佛祖了，你当了香火，真是和从前不一样了哎。"

香火心里才没有佛祖呢，只是为了要把牛可芙赶走，把二师傅留下，才硬把佛祖放到心里，希望佛祖能够站在他的一边，可是现在看起来佛祖并没有这个意思，香火不由来气道："罢了罢了，我还以为你真是个佛祖呢？"

牛可芙跟着二师傅进了大殿，也知道惧怕菩萨，依在二师傅旁边，先站直了朝菩萨拜了拜，觉得不够，又跪下来朝菩萨磕了三个头。

香火赶紧去推二师傅，挖苦他说："师傅，散场了，阿弥陀佛也要睡觉了。"

二师傅睁开眼睛埋怨他说："香火，你别推我，我差一点就见着佛祖了。"

牛可芙拉扯二师傅问道："师傅，你姓什么？"

二师傅说："你为什么要问我姓什么？"

牛可芙说："咦，我嫁了你，我要改姓你的姓。"

香火说："我二师傅是倒插门女婿，应该他改姓牛。"

牛可芙说："那也不姓牛，牛是我家那死鬼的姓。"

香火说："你叫个牛克芙，把姓牛的丈夫给克了，你要是改姓我二师傅的姓，不还是要克死我二师傅吗？"

牛可芙想了想，说："这话有道理，要不这样，我还叫个牛可芙，反正姓牛的已经给我克死了，也不能再死第二回了，师傅你该姓什么还姓什么，也不用跟着我改姓牛。"

二师傅道："我姓释。"

牛可芙说："姓湿？啊哈哈，我头一回听说有姓湿的，有没有姓干的？"

二师傅叹息一声，说："你连释迦牟尼都不知道，也罢也罢。现在不知道，以后就知道了。"又朝香火看看，说，"香火，你就别煞费苦心了，师傅跟她走了。"

香火惊道："你问到佛祖了，是佛祖让你去的？"惊虽是惊，服却是不服，说，"没道理，太没道理，佛祖竟然跟孔万虎一鼻孔出气。"见二师傅张嘴要说话，赶紧阻止道，"你不要再念阿弥陀佛，阿弥陀佛是孔万虎养的，孔万虎说什么，阿弥陀佛就说什么。"

香火一急之下，竟说出如此大不恭之言，连牛可芙都觉得这事颇有不公之处，赶紧插一句嘴说："阿弥陀佛不是孔万虎养的，是你爹养的。"

不提爹也罢，又一提爹，香火气更是不打一处来，"呸"了爹一声，咒道："爹，你也改名叫个孔绝子算了。"

牛可芙"扑哧"一笑，说："可你爹却有三个儿子，叫了孔绝子，到底是要绝哪个儿子呢？叫人不明不白的，还得改叫个孔绝一子，孔绝二子，孔绝三子才妥呢。"

老实巴交的二师傅，从来不曾嬉笑嘲弄别人，这会儿还没当上俗人呢，倒已经先学会了俗人的习性，跟着牛可芙笑了起来。

香火怒道："你居然笑？"气得拔腿就走，边走边道，"你不要来拉我，我不会去喝你喜酒的。"

二师傅和牛可芙也没追上去拉他，香火做做样子跨了两步，却哪里肯甘了心，又停了下来，说："为什么我走，该走的是你。"

这句话一出口，脑子里顿时不一般了，灵光来了，忽然就亮了，就想明白了，心里赶紧念道："爹啊爹，你真是我的亲爹，原来你设计赶走二师傅，庙里就唯我独大了。"

想了想，又念："爹啊爹，你赶走了二师傅，庙里没了和尚，孔万虎也不会再来纠缠，我正好占庙为王，哈哈。"

再想了想，想出更多的好来，忍不住说出声来："爹，爹，干脆你搬来陪我一块儿住，我当大师傅，你干小香火，爷两个就把太平寺做定了，啊哈哈哈。"

　　得意忘了形，声音越说越大，听到大殿里头有回音荡出来，啊哈哈哈，啊哈哈哈，香火吓得一哆嗦，赶紧再看时，二师傅和牛可芙早已走得不见踪影，香火跳脚拍屁股，喊道："走吧，走吧，走得远远的才好，走得永远不要回来才好。"停息一会儿，又自我安慰说："他回不来了，他都还俗结婚了，还有脸回来？"

　　香火高兴得朝着大殿里的菩萨拜了又拜，道："谢谢菩萨，谢谢佛祖，香火终于熬出头了。"

　　既然一切爹都给安排妥帖了，那二师傅的喜酒，就等于是他香火自己的喜酒了，哪有不喝之理。香火到牛可芙家，朝院子里一张望，孔万虎不光自己来，还带了许多人，这些人既不是从前胡司令的造反派，也不是孔万虎的民兵大队，大部分面孔都是陌生的，一个个七死八活的样子，衣着更是奇怪，好像穿的都不是自己的衣服，大的挂到屁股上，小的吊在肚脐眼上，一眼扫过去，就没有一个衣衫合身的，大多数的人还都套着个帽子，这些帽子更是千奇百怪，各式各样，有草帽，有鸭舌帽，有礼帽，有黄军帽，甚至还有那种老式的圆滚滚的滴粒头帽。但不管他们戴的什么帽子，个个都把帽子压得低低的，试图盖住自己的脸，十几个人七歪八扯地掩在孔万虎身后，像十几个哑巴并排站着，断无声息。

　　香火好奇地凑到他们的帽檐底下看看这张脸，看看那张脸，没看出什么来，倒是二师傅先认了出来，"咿呀"了一声，对着其中的一个说："原来是空竹师傅。"

　　这空竹和尚顿时红了脸，说："明觉师傅，不是我要来的，是社革会叫我们来的。"

　　香火笑道："这位和尚师傅，你脸红什么，我二师傅脸都没红，怎么轮到你脸红。"

　　另几个和尚也捂不住了，把帽子往上推了推，露出脸来，一一上前和二师傅打起招呼来。

　　众人这才知道，原来孔万虎带来一群和尚，虽然用帽子盖了头脸，还是看得出来和常人不一样,和尚扮俗人,真是要什么样没什么样,要多难看有多难看。

众人无不好奇围观,奇这和尚们平时在庙里穿着长袍,个个玉树临风,慈眉善目,怎么一出了庙门,换了短打扮,就变得个站没站相,坐没坐相,还一个个贼眉鼠眼了。

孔万虎没嫌弃他们没模样,去把换了新衣裳的二师傅拉过来,说:"你们仔细看看,老二现在是个模样了,从前在太平寺的时候,一身妖气,跟你们一样,人不人,鬼不鬼。"

有村民好奇问道:"队革会,你怎么喊他老二?"

那牛可芙性急,又大有面子,抢先说:"我们家老二,死活不肯说自己姓什么,只骗我们说姓湿,哪有姓湿的人,所以就依了香火,香火喊他作二师傅,我就依他姓二罢了。"

众人甚觉意思,又嬉笑一阵。

乡下人话多,七嘴八舌说:"二师傅,你是头一个结婚的和尚,你是先进啦。"

又说:"老二,先进可以到北京去看毛主席啊。"

孔万虎手下的民兵气不过说:"你们做梦,队革会才是先进呢,队革会已经提拔到公社当领导了。"

群众这才恍了悟,说:"队革会,原来是你想去北京见毛主席。"

香火说:"所以才来逼我二师傅结婚。"

牛可芙乐道:"这是一箭双雕。"

香火瞧不上牛可芙,顺着嘴也要灭她个威风,说:"成语都不会用,这怎么是一箭双雕,这是一石三鸟。"

牛可芙说:"哪有三只鸟?"

香火没好气道:"哪三只鸟,你自己想去吧。"

虽是不耽误吃喝,心里却还念叨个爹,处处有个爹的,今天这热闹场合怎么不见爹来,倒是娘带了二珠三球吃得个满嘴流油,满心欢喜。

香火过去问二珠:"爹呢?"

二珠说:"咦,爹一向是和你在一起的,你都不知道爹,我们怎么知道?"

娘连话也不让他说,拉扯二珠道:"不理他。"

二珠说:"他是我哥。"

娘吓道:"他不是你哥。"

二珠说:"娘,庙封了,和尚结婚了,香火是不是要回家了?"

娘骂道:"看他有这个狗胆没有。"

香火吃了亏,又被众人哄笑,心里直恼,跳到一边骂道:"我不是你养的,我是和尚养的。"

众人更笑,说:"和尚养出个香火,算是对上了眼。"

孔万虎也来凑热闹,笑道:"却原来你是和尚养的,难怪你这么喜欢待在寺庙里。"

众人又笑说:"喜欢待寺庙也没用,也没把香火喜成个和尚。"

香火指着他们道:"好,好,我记得你们,你们以后来太平寺拜菩萨,小心着点。"

众人又笑他说:"香火,你省省心吧,庙门都封了,菩萨就算不倒,饿也饿死了它,早晚是个死菩萨了。"

又说:"不是死菩萨,也是死老虎。"

又说:"死老虎还不如纸老虎,敬它又有何用?"

香火说不过他们,大急,喊道:"爹,爹,你怎么不来啊?"

众人仍然笑他:"喊爹有什么用,你爹又不是菩萨,就算你爹是个菩萨,现在也不管用了。"

香火骂道:"你对菩萨不恭,叫菩萨踢你屁股。"

那人朝着香火就把屁股一撅,撇嘴道:"城隍对城隍,一样木头装,屁用!"

另一个人更瞧不起道:"他太平寺里的菩萨,连木头装都没有,一堆烂泥。"

再一人道:"香火,你倒是奇了怪,先前你当香火,菩萨高高在上,是你对菩萨最不恭,现在菩萨威风扫地,你倒埋怨我们对菩萨不恭,你这算是唱的哪出戏?"

香火气道:"你一言,我一语,拿我当下酒菜?不怕我到菩萨面前告你个刁状。"

那些人愈加嘲笑道:"香火,你又不喜欢菩萨,菩萨也不喜欢你,你这般使劲干什么,你家大师傅、二师傅、小师傅,都不管菩萨了,轮得着你管吗?他们都走了,你还在菩萨跟前讨的什么好,敬的什么神?"

另一个道:"你个'十人看见九摇头,阎罗王看见拆舌头'的货,菩萨还能指望了你?"

眼看着酒席就吃完了,众人嘲笑了菩萨,又没灭了香火,打着饱嗝,拍着屁股,散了。

香火冲着他们大喊大叫:"你们连菩萨都不信了,你们连菩萨都不信了?"

再也没人理睬他。

牛可芙要关院门,见香火赖着不走,拿扫帚在他脚边扫来扫去。

香火说:"你别扫,我别过二师傅,自会走的。"

牛可芙说:"你别不着二师傅了,他累了,已经睡下了。"

香火说:"我不信,我二师傅每天念经念到半夜,哪能这么早就睡下,人不能变得这么快吧?"朝着牛可芙屋里喊,"二师傅,二师傅!"

二师傅果然不出声,牛可芙道:"你别喊了,他不会出来的,他让我给你捎过话,让你回去好好种地。"

香火说:"我是香火,我凭什么回去种地。"

牛可芙说:"你二师傅说了,你没有慧根,你本来在寺庙里就待不长,现在正好给你个台阶下。"

香火说:"就算我没有根,我不能种根吗,我种下了根,就有根了。"

牛可芙嘲笑道:"你没根还种根呢,人家有根的都给连根拔了。"请香火朝外走,香火身不由己出了牛可芙家院门,还没转身,那牛可芙就关上了门,留香火一人孤零零地站着,一时竟不知该往哪儿去。闷闷地站了一会儿,就不明白爹为什么到现在还不来助他,心念一至,果然就看见了爹,站在黑乎乎的夜色里,朝他笑道:"香火,跟我走吧。"

香火赶紧跟上爹,走出一段,依稀感觉已经走上了前往太平寺的道,但再仔细看时,道上哪里有爹,连条狗都没有。

香火独自个摸黑往太平寺去,尽想着刚才牛可芙家那最后的场面,众人竟然连菩萨都不理睬了,香火心里竟有点酸楚起来,原以为二师傅还俗结婚,他就可占定太平寺,依庙为王。现在才知道,没了二师傅,还真孤单,别说往后在庙里孤身一人没个伴,就眼前这段黑路,也走不到尽头了,在脑子里盘想了些许怨言,却觉不够,干脆骂了起来。先是在心里骂,又觉不畅,憋闷,干脆骂出了口，好在深更半夜的，路上也没个人，如果有别的什么东西跟着，倒是听得清清楚楚。

香火骂道："姓二的，好你个假和尚，你倒快乐，害老子一个人孤苦伶仃。"又骂，"好你个二秃子，你不怕你师傅来问你个罪。"

再骂说："你个杀猪的屠夫，你杀你的猪也就罢了，偏来太平寺当和尚，你当和尚也就罢了，偏又要做人家的丈夫，你知不知道，你做了人家的丈夫，我就成孤家寡人了。"

骂人壮胆，这话不假，香火骂着骂着，就忘记了害怕，去太平寺的夜路也显得不那么长了，还没骂过瘾呢，已经看到太平寺黑咕隆咚的影子了。

香火也够背的，这夜里连个月光也没有，摸到庙门口，也看不清那封条还在不在，伸手摸了摸，还在，香火也不敢造次，放弃了撕封条走正山门的念头，往庙后面绕去。

这菜地平时香火来往甚多，应是熟门熟路，但此时毕竟心慌意乱，高一脚低一脚，七歪八扭，一脚踏到了大师傅的坟上。香火赶紧拜了拜，又念了几声阿弥陀佛，怕不够，又说："大师傅，大师傅，我虽然踩了你的坟，但你是高僧，跟我不会一般见识，不会怪罪我。"

边念叨，就到了庙后墙根，看着黑乎乎的院墙竖在眼前，忍不住又骂道："断命的破庙，连个后门也不开。"

又想："唉，算了，就算有后门，孔万虎还不一样要封上。"

遂朝后退了几步，运足了气，往前一冲，一跳，果然弹得蛮高，两手抓住了墙头，用劲一挺，就光知道喘气，手里无力，才扒了片刻，就松下来，掉落在地，骂自己道："又不是七老八十了，这么一下子就喘，什么东西？"

躺在地上歇了一会儿，喘平息了，才端正了姿势，重新再来一次，但仍跳不上墙去，泄了气，重又摸回到庙门前来，壮了壮胆子，伸手上前要撕封条，说时迟那时快，另有一只手"刷"地伸过来，钳住了香火的手腕。

香火也没挣扎，以为是孔万虎，泄气说："我早知道你会跟踪我——哎哟，你捏我这么重干什么？"

那人"嘻"了一声，说："香火，你比从前聪明多了。"

哪里是孔万虎，却是自己的爹，香火抽出手来，气道："爹，原来是你，喜酒你不喝，倒来盯我的梢。"

爹说："我看你往山门来，就知道你要来撕封条了。"

香火说："咦，这不是你设的计策么？"

爹说："计策也不能撕封条呀，撕了人家就知道你在里边。"

香火说："我撕了吗？"

爹说："要不是我阻止你，你不就撕了吗？"遂拉着香火仍朝寺庙后边去，说道，"香火，你还是从后墙翻进去，给孔万虎一个出其不意。"

两个人来到后面的菜地，站在大师傅的坟头前，香火心慌，说："爹，你陪我一起进去吧。"

爹说："那不行，我有我的事情。"

爹也不多话了，身子往地上一蹲，说："香火，踏上来吧。"

香火踏上爹的肩，扒到墙头上，蹲稳了，却没往里跳。

爹说："香火，你跳呀，你跳了，我再走。"

香火说："爹，你先走，你走了我再跳。"

爹拗不过他，也不想让他在墙头上待太长时间，一步三回头说："香火，你跳吧，我已经走了。"

香火说："我再等一等。"

爹又说："我已经走远了。"

香火睁大眼睛朝黑夜里看了看，已经看不清爹的身影了，可爹的声音还在响着："香火，你跳吧，我看不见你了，你也看不见我了。"

最后又补了一句："香火，你跳吧，跳进去就好了。"

香火两眼一闭，朝墙下一跳。

第八章

香火以为闭了眼睛一跳，就把一切的危险跳到墙外去了，就把自己彻底跳安全了。

哪曾料到，他这一跳，"噗"的一下，没有撞疼屁股，也没有崴了脚，却跌到了一个软绵绵的东西上面，那东西没出声，香火自己先"哇"的一声大叫起来，魂魄出窍，从压着的那软东西上滚倒在地，翻身一趴一跪，朝着那东西先咚咚地磕了几个响头，可那东西并没有声息，香火硬着头皮伸手一摸，妈呀，不仅是软的，还是热的，是个人，活的！

香火浑身像通了电似的一麻，重新趴倒在地，又咚咚磕头说："大师傅，大师傅，我知道是你，大师傅，你到底还是回来了。"

那又软又热的东西仍不出声。

香火又说："大师傅，我知道你会回来的，但是我不知道大师傅你回来干什么，你不是特意回来吓唬我的吧？大师傅，我从前虽然偷懒调皮，但是你的话我还是听的，虽然我不服二师傅和小师傅，但大师傅我还是服的，你跟二师傅不一样，你跟小师傅也不一样，你是真正的和尚，二师傅不是真正的和尚，他竟然听从了孔万虎的馊主意，跟牛可芙结婚了，真丢人，他还对我不管不顾，抛下我一个人；小师傅更不是东西，为了找他爹，他不要太平寺，也不要菩萨，更不要师傅，他在你坟头上连哭也没哭，他们哪里像大师傅你这样，和和气气，生气的时候，也不过念一声阿弥陀佛，大师傅啊，应该死、应该往生的是二师傅和小师傅，不应该是你，可是你替他们往生了，他们就歹活在世上，没脸没皮，比我这香火还不如，他们都弃佛祖而去，丢下我一个人陪着佛祖，大师傅，不是我觉悟高，是你教我教得好——"

一口气拍了这么多马屁，那东西还是不做声，香火停了停，动了动脑筋，换了个说话方向，道："大师傅，我知道你不是回来吓唬我，你是不是有什么掉不下的心思？大师傅，你要是有什么事情未了的，你尽管告诉我，我帮你去了。"说到这儿，忽然心念一动，又想到好事了，赶紧说，"大师傅，你是不是有财产没有交代，是金银珠宝，还是现钞？你藏在哪里了？我替你挖出来保管好。"说着便又想起一事，赶紧又问，"大师傅，我埋在你那里的法来寺的那包东西是不是你吞没了，害我被小师傅和二师傅怀疑，大师傅，你吞了就吞了，我也不向你讨还了，但你要告诉我一声，不要害我吃冤枉。其实大师傅你想一想就明白了，你吞了法来寺的东西在那边也用不上，不如我多烧些锡箔给你，你把财宝给我，大家得实惠。"

那软东西仍不做声，香火猜想可能还是说得不对，觉得快没招了，挠了挠脑袋，又想起一事，说："大师傅，众人皆说，人生一世，一为财富，二为子女，你既然不是为财宝，那是为子女？但你是和尚，你哪来的子女呢，难不成小师傅就是你的儿子？大师傅，你虽然让小师傅去找他爹，但你没告诉谁是他的爹，更没告诉谁是他的娘，害得小师傅为了找爹找娘既失了心，又失了踪，大师傅，你是不是在那边看不过去了，心疼他，你是特意回来告诉他，谁是他爹谁是他娘，是不是？可是大师傅你应该早点回来，他现在已经失踪了，不知道到哪里去找爹找娘了。"

说得又顺又溜，一个疙瘩也没打，觉得自己像快嘴快舌的说书人了，可惜那听众一点反应也没有，香火再说："大师傅，要说晚，也不太晚，小师傅只要不投河，他早晚会回来的，他找到爹娘会回来，找不到爹娘也会回来——"香火越说越兴奋，压低声音道："大师傅，不如这样吧，你先告诉我谁是他爹他娘，等他回来，我再转告他。"

这一招果然灵了，那东西忽然就动弹起来了，先前任凭香火怎么大声喊大声说，他根本听不见，这会儿香火的声音憋在嗓子里，他倒听清了，"哼"一声，说："我怎么这么倒霉哇！"

香火一听，又惊又气道："啊呀，你不是大师傅，你吓死我了！"

那声音气呼呼说："我还真想吓死你呢，小小年纪，哪来这么多废话、烂话，多嘴多舌。"

香火这才知道是个活人，不是死鬼，心下镇定了些，"扑"地笑了一声，说："你说准了，我前世里就是个恶讼师。"

那声音气道："什么屁话！我真是倒了八辈子大霉，来这里听你放臭屁，我好几天没睡个囫囵觉了，好不容易找了个清静地，才睡得香，正在做梦，是个好梦，梦见了我的儿子，我正要上前喊他，你就来捣乱，把我的美梦打断了，多少年没做到这么好的梦了，你该赔我。"

香火心想："我算得是个无赖，也没想出这么好的主意，让人赔梦，这个人是什么东西，比我还聪明？"

哪里肯服他，道："这是我的地盘，你做梦怎么做到我这里来了？"

那人道："你的地盘，你还不是和我一样要翻墙进来，像贼一样。"

香火说："你也是翻进来的？难怪了，我一下来就撞上你，你是谁？干什么的？"

这个人在黑暗中翻身坐了起来，香火看不清他的脸，却能感觉他身子上气冲冲的，香火有些害怕，身子往后挪了挪，说："你要是不想说，就别说了，我又不是干部，不会查你的成分。"

那人天生拧巴，说："你要我说，我偏不说，你不要我说，我还偏要告诉你，你小心，我说出来，别把你吓死才好。"

他还没说，香火已经领教了，赶紧捂了耳朵说："你别说了，求求你别说了。"

那人不理睬香火的求告，硬说："我是陵山公墓的公墓主任，陵山公墓你知道吗？"

香火打了个寒战，说："我听说过的，是，是一个墓地，葬死人的地方。"

那主任生气说："你嘴巴放干净了，什么葬死人的地方？"

香火说："难道那里葬的都是活人？"

那主任说："这回你说对了，在我心目中，他们都活着。"

香火身上一颤，颈子一矮，说："活的？那、那你跟他们说话吗？"

那主任说："说，怎么不说，天天说，没一天不说。"

香火大觉异怪，结结巴巴道："那他、他们说话的口音，是、哪里、哪里口音呢？"

那主任气壮地说："他们来自五湖四海，你管得着他哪里口音吗？我告诉你，你可弄清楚了，那可不是普通的墓地，那是烈士陵园，里边睡着的都是烈士。"

香火已知这是一根比他还长的长舌，预感自己不是这死人主任的对手，不再主动攻击，退而求之说："你既是烈士陵园的主任，你怎么跑到这里来了？"

那主任说："我现在不叫主任了。"

香火说："那叫个什么？"

那主任说："叫个走资派。"

香火说："走资派，你应该在烈士陵园挨批判，怎么跑到这里来了？"

那主任拍了拍身子，只听"咣啷咣啷"一阵响。

香火估摸着说："这是一串钥匙吧。"

那主任说："我是带着钥匙逃出来的，他们要抢我的钥匙，要进陵园砸烈士的墓碑，这还了得，翻了天了！"听那蛮横凶霸的口气，好像仓皇出逃的不是他。

那主任摸索出钥匙串来，听声音好像在一把一把地摸钥匙，摸着又说："就是这一把最要紧，烈士陵园大铁门的钥匙，没有这把钥匙，他们进不了烈士陵园。"

香火一听，就冷笑起来，说："进不了？他们有什么地方是进不了的？他们没有钥匙，但是他们有铁锤榔头，他们开不了锁，砸了便是，便当得很。"

那主任一听，顿时哑了，也不摆弄钥匙了，愣了半天，说："你放屁，谁敢砸烈士陵园？"

香火说："有什么他们不敢做的，别说烈士陵园，他们连庙门都敢砸，他们连菩萨都敢敲。"

那主任说："庙和菩萨，才不关我事，我只管对革命烈士负责。"

香火不服说："庙和菩萨就不要有人负责了？"

那主任说："庙是庙，烈士陵园是烈士陵园，不是一回事，不许相提并论。更何况，我和烈士相处十几年，我们都是好朋友。"

香火心里一惊，又朝那主任看一眼，小心问道："他们到烈士陵园，不是死了后才去的吗？"

那主任训斥道："对他们说话不许用个'死'字。"

香火赶紧说："是往生。"

那主任更气说："不是往生，是牺牲。"

香火道："且不管他是往生还是牺牲，反正死也是那个，往生也是那个，牺牲也是那个，你说你是在他们那个了以后才认得他们的？"

那主任说："那是当然。"

香火大叫起来："那，那你是活的吗？"

那主任奸笑说："你说呢，你是不是觉得我也是个死的呢？你要是有这样的想法，我也不反对。"

香火吓出了一身冷汗，说："我不和你说话了，我不和你说话了。"想从地上爬起来就走，可是身子沉甸甸的，居然爬不起身。心想："完了，鬼压身了。"赶紧又朝那主任跪求说："你饶了我吧，放我走吧，我又没死，我不想和你这样不知道死活的人待在一起。"

那主任冷笑一声说："死有什么可怕的，我可以死，但是还没到死的时候，我得为烈士正名，他们说我的陵园里有一半以上是叛徒，我说，放你娘的臭狗屁，你爹才是叛徒，你爷爷才是叛徒。"

香火已经朝后挪去半丈余，但那主任说话太用力，唾沫星子还是喷到香火脸上。

香火说："你怎么冲着我的脸吼，你的唾沫都喷到我脸上了，好臭。"

那主任说："我看不清，我不知道你的脸在哪里，你身上有自来火吗？"

香火说："没有，那边灶屋里有。"

两个这才从后墙根的烂泥地上爬起来，摸到灶屋，点着油灯，互相看了看，那主任又笑话香火："啊哈哈，长了个什么脸，这么长，驴脸。"

香火恼道："你还笑话我，你长了个什么脸？"仔细了朝那主任看，却看出点名堂来了，惊道，"你，你就是，你就是那只——"

那主任道："我就是那只青蛙。"

香火："不对不对，你不是青蛙。"

那主任道："咦，那天在后面的坟头上，你说我是青蛙。"

香火说:"可你明明是个人。"似乎又想着了什么事情,觉得这事情就在嘴边,就在眼前,但又觉得这事情离他很遥远,飘在半空中,让他想不着实在,奇疑道,"我从前是不是在哪里见过你?"

那主任说:"那要问你自己了。"

香火静了一静,把许多事情来来回回想了几遍,也想不起来,又怀疑说:"我从墙上掉下来,砸到你身上,你不疼吗,怎么一点声音也没有?"

那主任说:"疼就一定要叫吗?"

香火说:"疼了都不叫唤,那还是活人吗?"

那主任"咯咯"怪笑一阵,说道:"乡下人就这怂样子。"

香火不服他,说道:"你不怂,你为什么要躲进菩萨庙?"

那主任说:"我有我的事情要做。"说罢又朝香火瞧了几眼,瞧熟了香火的脸面,说道,"既然我们两个要同甘共苦,我得问一问,你叫什么名字?"

香火说:"你那天在坟头上已经问过了,我也答过了,我叫香火?"

那主任说:"问你的大名。"

香火咬牙道:"我没有大名,我的大名就叫香火。"

那主任说:"奇怪了,你不愿意说你的大名。"

香火说:"你也可以不说你的大名,我就喊你主任,你就喊我香火,我们扯平了。"

那主任别扭道:"那不行,我还非要告诉你我的大名,让你欠我一个大名——"

硬是说出了自己的大名,香火虽然紧紧捂住耳朵,但那名字还是钻了进去,想抠也抠不出来了。

说了大名还不够,那主任又骄傲道:"我告诉你,你能听到我的大名,是你的福气,平时只有烈士才能听到我的大名。"

香火见他三句不离烈士,心里寒丝丝的,想赶紧打发他走,说道:"你既然要照顾你的烈士,又跑到我们庙里来干什么?"

那主任道:"你以为我喜欢庙吗,我最讨厌的就是寺庙了,可偏偏给我摊上个事情,要和寺庙打交道。"

香火说:"你和寺庙打什么交道,你以为寺庙里有什么好处给你?"

那主任道:"我才不要你的好处,我要找个人。"

香火说:"他在寺庙里吗?"

那主任说:"他应该在寺庙里。"

香火说:"他在我们太平寺里吗?"

那主任道:"我都找了十多年了,我走过了无数的寺庙,见过了无数的和尚,也没有找到他,要是他真在你们这破庙里,那真是——"

香火道:"那真是菩萨保佑。"

那主任不以为然道:"才不是菩萨保佑。"

香火又道:"那是老天保佑。"

那主任仍不满说:"跟老天也没关系——那是烈士地下有知,在帮助我呢。"

香火奇道:"你要找人,烈士也知道?"

那主任道:"那是当然,没有什么烈士不知道的。"

香火"哧"地一笑,说:"这烈士倒像是我家佛祖了。"

那主任生气道:"别拿烈士和别的什么东西比较。"

香火说:"我说的是佛祖,不是东西。"

那主任道:"佛祖也不行,佛祖也不能和烈士比。"

香火道:"你要是这么说,我要念阿弥陀佛了。"

那主任撇嘴道:"你念就是了,我又不是孙悟空,你又不是如来佛,难不成我还怕你念得我头疼了。"

香火差点给气闷过去,这话从前他常对二师傅说,怎么让这主任学得滴水不漏,他是在哪里学了去的呢?又朝那主任瞧了瞧,心下捉摸不准,往后移了一点,换过话题说:"你找什么人?"

那主任说:"我找儿子。"

香火心里一奇,说:"找儿子?你儿子多大了?"

那主任又朝香火看了看,说:"和你差不多吧,从小就丢了。"

香火还是奇,说:"你找了十多年也没有找到,还在找?"

那主任来气说:"关你什么事,只要一天找不到,我就要找下去。"

香火挖苦他道:"哪怕一百年?"

那主任牛道:"一百年算什么,一万年也不算什么。"

香火不再奇了，长长地感叹了一声，说："你真是个好爹，连我爹都不如你这个爹。"

那主任说："你爹对你不好吗？"

香火说："好是好，不过远不如你这么好。他还哄我来庙里当香火，嫌我吃得多，省家里一口饭。"

那主任说："那真是不如我，我这十几年，一处一处挨着走，到一处，先住下来，找一个寺庙，进去将那些和尚一个一个看过来，不是，再走，再换一个地方，再找寺庙，再看和尚，又不对，再换一个地方。"

香火只听他"找"来"找"去，"换"来"换"去，头脑里发晕，头皮都发麻，捂了耳朵说："别找啦，别换啦。"

那主任却对自己的"找"和"换"津津乐道，继续说："我每到一个地方，第一件事情就是什么，你知道吗？"

香火说："找你儿子吧。"

那主任道："错，我要先找和尚。"

香火说："既然你儿子从小就丢了，你怎么知道他当了和尚？"

那主任说："我不知道他是不是和尚，但是当初就是一个该死的和尚抱走了他。"那主任想到和尚气就不打一处来，看到香火也就不待见，不礼貌道，"你虽然不是和尚，只是个香火，但香火和和尚也差不多，讨厌得很，我且问你，你这庙里，有没有没爹没娘的小和尚？"

香火一拍屁股跳了起来，嚷嚷道："哎呀呀，瞎猫抓到死老鼠，居然给你撞着了。"

那主任急吼吼问道："你快说，我儿子是哪个，我儿子在哪里？"

香火说："眼在天边，近在眼前。"

那主任惊异地盯着香火，盯得香火全身直起鸡皮，主任"呼"地扑上前，一把抱住香火，搂得紧紧的，凑着香火的脸说："是你？是你？"

香火气得甩开他的手，呸道："我有爹！我才不要你这个爹，就你这看死人的走资派，我投猪胎狗胎也不要投到你家当儿子。"

那主任泄了泄气，停了一会儿，又鼓了鼓气道："不是你，那是谁？"

香火说："想必是我家小师傅吧。"

"你家小师傅,他叫个什么?"

香火想了想,又把几个师傅的法名记混了,说:"叫个,叫个,什么觉,或者觉什么吧。"

那主任说:"那不是名字,是和尚的法名吧?"

香火说:"都当了和尚了,还想要名字,有个法名就不错了。"

那主任着急着问:"那这个觉和尚,他在哪里?"

香火说:"他去找你了。"

那主任一听,大吃一惊,疑惑说:"他去找我了?他怎么会去找我?他知道我、认得我吗?"

香火撇嘴道:"你不是他爹吗,他去找爹了,不就是找你吗,管他认得不认得、知道不知道。"

那主任又问:"那他上哪儿找我去了?"

香火道:"我怎么知道,他偷偷摸摸半夜里从庙里逃走,我还以为他偷了庙里的东西呢。"见那主任发了闷,又挑逗他说,"要不,我陪你去找他,或者,我帮你去找他,找到了他,等你认了亲爹亲儿子,就感谢菩萨吧——你是不是不知道怎么感谢菩萨,我告诉你,很方便,只要往菩萨跟前的功德箱里塞点钞票,塞多少呢,当然越多越好,越多菩萨越欢喜,越多——"

香火胡乱一说,倒把那迷迷瞪瞪的主任惊醒过来,一拍脑袋说:"嘿呀,我找他,他找我,我们等于是捉迷藏。"

香火说:"只要人在,藏得再迷也总能捉住嘛。"

那主任只顺着自己的思路说话:"他如若找不到我,必定是要回来的,不如我就这里等着他。"

香火退而求其次,想这主任留下,倒也不坏,至少自己待在这孤寡的庙里,也有个伴。便拉上那主任一道,先进自己屋子,将铺盖搬入二师傅屋里,离后窗外大师傅的坟头远一点,心里清爽些。

两个人就此在庙里躲下,灶屋剩的点粮食,只吃了两天就吃尽了,开始挨饿,那主任比香火还不经饿,才一顿没吃,就说自己两眼昏花,要晕过去了。

香火怕他晕死了,又落自己孤单一人,虽然心下并不喜欢这个人,但有他在,好歹不显孤单,死他不得。便翻墙出去,到院后菜地上弄点蔬菜,顺便拜一拜大师傅，希望他显显灵，到佛祖那儿给他们讨点吃的来，但拜了几回，大师傅也不吱声，佛祖更是音讯全无。

那主任垫着板凳趴在墙头上看，看到香火拜了大师傅的坟，却一无所获，嘲笑说："拜有屁用，你家佛祖只会看你的好戏，让你吃屁。"

香火没有力气拔菜，一使劲，就喘气，骂起菜来："你们也欺负人啊？平时我伺候你们，你们都松松垮垮，软皮耷拉，这会儿用得着你们了，你们个个坚挺起来，倒拔你们不动了。"朝墙头上看看，说，"你倒看得下去，不出来帮我？"

那主任才不肯下来帮他，死样活气地说："我饿得手无缚鸡之力了。"

香火闹不过他，退让说："那你也不能闲着，这太不公平，我在外面弄吃的，你在庙里念阿弥陀佛。"

那主任说："我是马克思主义者，我怎么会念阿弥陀佛。"

香火说："那你就等着马克思给你送吃的来吧。"

香火弄了点菜回来，没油没盐，拿水煮了煮，吃了，那主任大喊吃不消，说："这和尚一年到头吃个素，怎么熬得下去？"那主任怎么也想不通，晚上又饿得睡不着，吵醒香火说："做牛做马也不能当和尚啊。"

香火说："牛和马难道有荤腥吃吗？"

那主任说："牛和马天生是吃草的，有草吃就满足了，人就不一样了，人天生是食肉动物，没有肉吃，人还叫人吗？"

香火说："所以不叫人，叫个和尚嘛。"

两个人有气无力有一句没一句地苦熬时日，爹一直也没来，香火实在熬不下去了，打算出去找东西，那主任说："我得跟上你。"

香火说："你怕我得了好吃的先吃了。"

那主任说："那是肯定的。"

香火说："说好了有难同当有福同享，我不会独享的。"

那主任不客气说："你不是那样的人。"

香火想跟他翻脸，但肚子饿得慌，也没力气翻脸，两人垫了凳子爬出墙去，一同跌倒在墙脚跟下，腿软得站不起来，歇了半天，才有力气上路。

路上遇到一个人，朝着香火看了看，说："香火啊，你越长越像你爹了。"

那人走过后，主任仔细端详起香火来，端详了一番，忽然说："咦，你这张脸，我好像在哪里见过？"一拍脑袋想起来了，笑道，"我这记性真好，那一年，我们一起在河上摆渡的。"

香火说："哪一年？"

那主任说："你生病的那一年，你爹带你去城里看病，我呢，下乡来找儿子没找着，结果都上了老四的船。"说着又拍脑袋道，"没想到遇到老相识了。"

香火偏记不起来，也拍脑袋说："这个脑袋，是脑袋吗，我怎么没记得你是个老相识呢？"朝那主任细看了看，又奇道，"依你这么说起来，你很早以前就来太平寺找过儿子，现在怎么又来了呢？"

那主任闷头想了半天，嘀咕道："难道是我记错了地方，来过了又来？"

香火道："你这是鬼打墙噢！"

两个走到村口了，香火说："要进村了，你得给我望风。"

那主任奸笑说："原来你是打算偷偷地进村。"

香火朝远处一望，看到一家灯火还亮着，说："那是牛可芙家，我们找二师傅去吧。"

两个遂到牛可芙家，没敲门，仍然翻墙，好在从庙里翻出翻进练就了一些本领，牛可芙家的院墙远不如那庙墙高，易翻，两个轻轻一跳，就进去了。没有动静，鸡窝里也没有一点声音，不知道有鸡没鸡。

香火蹩到那有灯光的窗下朝里看，屋里只有二师傅一人，二师傅正盘腿坐在床前的蒲团上闭目念经，香火奇怪地"咦"了一声，那主任也凑上来看看，没觉得有什么奇怪，轻声说："你看人家房间干什么，看看灶屋就行了嘛。"

香火说："咦，这床怎么这么小呀，二师傅这么胖，那牛可芙也不瘦，两个人怎么睡得下这小床？"

那主任坏笑道："这你就不懂了，两夫妻睡觉，没有嫌床小的，恨不得越小越好呢。"

香火暂且放下二师傅，摸到牛可芙家灶屋，什么也没摸着，香火一气之下，从水缸里舀了一瓢水咕嘟咕嘟灌了下去，肚子立刻鼓胀起来，那主任撇了撇嘴，咽了口唾沫，没喝水，也没批评香火，脸色悒悒地跟在香火后面出来。

两个泄了气，也没力气翻墙了，拔了门闩就走出来，那主任问道："再去哪家？"

香火想了想，说："去三官家吧，他是队长，总比老百姓有点油水吧。"

那主任听说是队长，犹豫说："换一家吧，队长一般要比老百姓难对付的。"

香火说："我们这个队长，比老百姓好对付。"

又摸到三官家，黑灯瞎火，也没动静，香火悄悄说："我没敢告诉你，三官家有条狗，但是奇怪了，今天居然不叫。"

那主任说："难不成它也饿了？"

香火说："饿了它才叫呢，它恐怕是吃饱了，撑得叫不动了。"

香火这一说，两个都咽起唾沫来，妒忌起那狗来，恨不得要和那狗抢食吃。

朝院子里一看，那条狗正躺在地上呢，倒是一点声息也没有，香火怕它蹿起来搞突然袭击，先上前"喂"了一声，还尊敬地喊了它名字："大黑，是我，香火，你认识的。"

大黑不吭声，香火上前附下身子仔细一瞧，惊得朝后一跳，这哪里是大黑，竟是那大黑的皮。

那主任惊道："他们把狗杀了？"

香火说："谁说是杀的，不定是病死的，或者被人害死的，或者自杀的。"

那主任说："那狗为什么要自杀？"

香火说："你就不懂了，狗忠诚，如果主人碰到困难，狗会舍身救主的。"

那主任不由打个寒战说："你是说，三官家没吃的了，那狗自杀了，让主人家吃它？"

香火说："我可没这么说。"

那主任说："你们这地方，什么鬼地方，连狗都这么奇怪，别说人了。"

两个遂又退出三官家，大黑的皮躺在那里，他们惊心动魄，连狗都死了，想必三官家也没有什么再可供的了。

那主任问："现在再去哪家？"

香火说："去我家。"

那主任奸笑一声道："这才对头了，熟门熟路。"

两个蹑进香火家院子，香火闭着眼睛就直奔到鸡窝，把那母鸡吓出来后，香火伸手一抓，抓到手时才知道上了他娘的当，娘料到他必定会来鸡窝里摸鸡蛋，把鸡蛋捡走了，在鸡窝的稻草堆里搁了一把图钉，香火抓了一手的鸡屎和图钉，被钉在手心里，疼得又不敢叫出声。

那主任凑上来瞧清楚了，忍住笑说："你倒像我嘛，疼了也没叫嘛。"

香火甩掉图钉，气道："娘，娘，你才应该改名叫个孔绝子，那孔绝子虽然叫个孔绝子，可他对孔万虎却比你对我好一百倍。"

那主任说："你娘对你哪来如此的深仇大恨，莫非你不是他的儿子，你是抱养的，你是私生子，你是路上捡回来的？"

香火说："呸你个乌鸦嘴，你自己儿子丢了，希望别人的儿子都不是亲生。"

那主任就不解了，说："那你干了什么恶事惹你娘生这么大的气？"

香火气道："我才不知道，我生下来没几天，我娘就生了我的气。"

那主任说："为什么？"

香火说："龙虎斗吧，我属龙，我娘属虎，雌老虎。"

两个实在无路可去，返回庙里，已是大半夜，躺下后，两个饿得辗转睡不过去，听后院"扑通"一声响，香火跳起来喊道："小师傅回来了！"

两个爬起来急奔到后院墙根，果然见一人影，稳稳地站在那里，也不知是跳下来没摔着，还是摔着了又已经爬起来了。

那主任急不可待上前欲拉手，那黑影却护着胸前往后退，手且不肯伸出来。

香火又道："小师傅，是你吗？"

那黑影子说："别拉我的手。"

香火凑近了一看，哪里是小师傅，却是村上的起毛，奇道："起毛叔，你爬进来干什么？"

见到香火，起毛二话没说，先将护在胸前的物什小心搁在地上，起身后朝香火拜了两拜。

香火赶紧一闪，说："你别拜我，菩萨在大殿里，你去拜他吧。"

起毛朝大殿那儿指了指，说："我拜了它，它又不会给我做事，事情还是要你做，不如直接拜你就是。"

香火说："你倒比和尚想得开，你要我做什么事？"

起毛说："我娘死了，没人做法事，我娘走不了，在家里闹。"

香火说："走不了就让她别走吧，待在家里，跟没死一样。"

起毛说:"那怎么行,那岂不是半吊子了。"停顿一下,又说,"家里小孩子也害怕的。"

那主任起先只是听着,并不说话,过一会儿忍不住了,哼哼冷笑说:"笑口常开,笑天下可笑之人。"

香火说:"有什么可笑的?"

起毛说:"香火,你说什么?"凑到香火跟前,细细看了看,又求他说,"香火,别装神弄鬼了,帮帮忙,跟我走一趟吧。"

香火说:"起毛叔,你干吗要舍近求远,我二师傅就在牛可芙家,你尽管找他去。"

起毛说:"你二师傅不灵了,他都睡了牛可芙,还有什么用?"

香火说:"可我看见二师傅仍在念经。"

眼见香火不怎么好说话,起毛生了气,但又顾不得生气,深知香火脾性,赶紧弯腰下去,从地上捧起先前护在胸前的那东西,原来是一个小篓子,里边搁了些鸡蛋,还有一小段腊肠,端到香火跟前,说:"香火,你看看,香火,你闻闻。"

香火不看也罢,不闻也罢,一看一闻,便来气,道:"死了人,才想起个香火来了,也知道孝敬香火了,先前我们去村里,你们个个防贼似的防我,我娘还把图钉撒在鸡窝里,有这样的娘吗?"

起毛赶紧又赔罪又解释,讨好说:"香火,香火,我可没有把图钉撒在鸡窝里,我家的鸡蛋就在鸡屁股底下,等着你去摸的,可惜你没上我家去。"

香火好歹也在那主任面前挣了点面子,接了那篓子,说:"起毛叔,你说吧,要我做什么?"

起毛恭敬地说:"听你的,全听你的,你说做什么就做什么。"

香火拿起篓子,又翻了翻,问起毛道:"起毛叔,下边还有什么?"

起毛说:"香火,你跟我回家吗?"

香火说:"你要我自投罗网啊?我躲在庙里已经提心吊胆,你还要我送到孔万虎的虎口里去?"

起毛犯了难,问:"那我娘怎么办?她躺在门板上,不会动了,我能翻墙进来,她不能翻墙进来。"

香火说:"她到不到场一样的。"

起毛起了疑,做法事哪有不当着死人的面做的,那岂不是白做,当即问道:"死人可以不在场,谁说的?"

香火道:"菩萨说的。"

起毛仍不信,说:"我没听见菩萨说。"

香火说:"这还不简单,我们到大殿去,你去听菩萨说。"

就举了灯,往前院大殿去,那主任一脸奸笑跟在后面,且看香火怎么操盘。

到得殿上,挂了灯,香火朝蒲团上一跪,拜菩萨道:"菩萨,你开个金口,你告诉这个愚蠢之人。"

只稍稍闭了闭眼,就睁开来问道:"起毛叔,你听到了没有?"

那起毛竟说:"我听到了。"

香火还拿腔作势:"你听清楚了没有?"

起毛说:"我听清楚了。"

香火道:"现在你知道了,是菩萨说的。"

起毛点头称是,那主任却颇不以为然,明明亲眼监看了整个过程的,明明香火在活闹鬼,也明明那起毛没有听见菩萨说话,怎么事情一下子就算成功了?这些愚蠢的乡下人,着实叫人气愤。

就在前院,当着菩萨的面,摆上供桌,香火"咪哩嘛啦,阿弥陀佛",念叨一番,起身道:"行了,起毛叔,你回吧。"

起毛深信不疑,又打后墙翻了出去,出去不如进来顺利,摔了一下,"啊唷哇"叫了一声,香火在院里听得分明,暗自庆幸他进来的时候没摔,否则鸡蛋都打碎,只好喝泥水蛋花汤了。

那主任心下十分不服,欲质疑香火,香火却懒得理睬他,拿了篓子便急着进灶屋去了。那主任也顾不上再批评香火,跟在后面急着问:"你怎么烧?你会烧吗?这么好的东西,别让你给糟蹋了。"

香火说:"不好吃你不吃就是了。"

两个一边废话一边精心烹饪,烧得喷喷香的,端上了桌,两个坐了下来,刚要举筷子叉上去,忽然听得啪啪两下响,回神一看时,手中的筷子竟被打掉在地,抬头一看,竟是那起毛神出鬼没地又站在面前了,把香火和那主任吓得一激灵。

起毛一手遮挡着食物，一手指着香火说："你还给我。"

香火说："咦，你干什么？"

起毛说："骗人，香火你是骗子，我娘没有走。"

香火说："咦，奇怪了，刚才明明是走了嘛，难道有什么丢不下的，走了又回来了？"

那主任见事情败露，责怪香火说："你做事情也忒马虎了，人家是送佛上西天，你送人只送半路，怎么不要回头找你说话呢？"

香火赶紧说："我倒不信，她会走了又回，待我去看看再说。"

三人一一翻墙而出，到得起毛家，见起毛娘躺在门板上，面色竟有些红润，香火说："不会活转过来吧？"

起毛说："你不要吓唬人，她要是诈尸，会吓死人的。"

香火闭了闭眼睛，在心里念了几遍阿弥陀佛，但事情并没有进展，香火暗自责怪说："阿弥陀佛，平时师傅念你，你就应承他们，我念你，你为什么不应承我？你对我如此不好，我凭什么还要念叨你？"

闭了一会，睁开眼睛看看，那老娘依旧面色红润，只得再闭起来，起毛却不耐烦了，说："香火，你果真不灵了，你二师傅睡了牛可芙，连你也不灵了。"

香火说："谁说的，只是时辰未到而已，你让我专心再念一念吧。"

起毛却说："不要你念了，你念了没用。"

一个要念，一个不让念，两个僵了场，那主任夹在中间，不知道应该站在哪一边说话才好。过了片刻，听得外面有动静，起毛赶紧去打开门一看，却是孔万虎，带着些人手来了，进屋来站定了四下里一瞧，便胸有成竹地点了点头，手一挥，众人便上前贴将起来。

片刻间，起毛娘躺着的这间屋子的墙上，就贴满了毛主席像和许多标语口号，满屋子腾起一股糨糊的酸馊味，还没等那几面墙壁上全刷满了，起毛娘的脸色就开始转白转青，转到最后，那脸色已经不是个脸色了，像只摔烂了的紫茄子。

起毛娘一言不发爬将起来，连奔带跑逃走了。

起毛这才长长地叹出一口气，说："走了。"

孔万虎朝墙上四周一指，又拍了拍香火的肩，笑道："小和尚，现在你顶个卵用了。"

起毛也朝香火一伸手说："把东西还给我，我娘不是你带走的，不是菩萨带走的，是孔万虎带走的，孔万虎比你好，他才不要我的腊肉和鸡蛋。"

香火一边无赖说："你要讨还，行啊，只要你不怕你娘又回来就行。"一边起身往外走，那主任紧紧跟上。起毛虽然生气，但好在老娘已走，家里太平就好，也懒得再与香火计较，随他去了。

逃出来的两个也不再多嘴多舌，赶紧回庙里享用去，那主任平还嫌菜凉了，怪香火道："你做事情太不道地，太不周全，叫人抓个把柄，耽搁半天，让菜都凉了。"

香火说："就这腊肉，还是凉的有咬头，要是热乎乎软绵绵，你一吞便吞下肚去，连滋味都品不出来。"

那主任边吃着还是想不通，道："奇了奇了，我们前去要讨，当个贼似的防范，我们不去要讨了，反而送上门来。"

香火说："好事只此一回，就此而止了。"

这话果然又被香火说中，从此再也没人翻墙进来，主任又丧气奇怪，问香火说："难道你们村子里不再死人了吗？难道你们村上没人再生病了吗？"

香火道："却原来你一肚子坏水，希望我们村子里死人、希望他们生病。"

那主任坦言道："死人也好，生病也好，那是必然的，不是我希望就会发生的，但是只要一发生了，村上个个像你那起毛叔一般，我们不是吃喝无忧了吗？"

香火叹气说："可惜此等好事，都叫孔万虎那些画像给夺了去。"

第九章

知道庙里待不下去了，两个也没什么好收拾的，反正要走了，也不翻墙了，从正山门出来。开了门一看，才知道那封条早就不在门上，倒害得他们这些日子从后墙翻进翻出，白白费了些许力气。

往前走了一段，就见爹守在路上，香火来气说："爹，你这鬼影子怎么到现在才现出来？是不是娘不让你送吃的给我？"

爹说："那倒不是，是因为我出门了。"

香火气道："爹啊，爹，你不是我爹，你明明知道我关在庙里要饿死了，你还出门去游山玩水，你好狠心。"

爹说："你不是还没饿死吗？再说了，爹可不是去游山玩水，爹是去替你做打探的。"

香火说："打探什么？"

爹说："探探其他寺庙的情况，看看有没有仍开着的，如果有开着的，我就介绍你去。"

香火说："有没有呢？"

爹叹息一声说："没有，全部关门了，和尚香火一个不留。"

香火道："还是我们太平寺强些呢，和尚虽没了，还有个香火在。"说着却又来了气，又说，"可惜最后香火也留不住了，只好跟着走。"

爹说："你这是要到哪里去？要到烈士那儿去？"

香火气道："爹，你怎么说话呢？烈士都在天堂里，我这样的人，上得了天堂吗？"

爹说："也可能上得了。"

香火说："要上也让你先上，你是爹，我是儿，哪有儿抢在爹前面的。"

爹说："我儿孝顺。"

香火说："爹，我走了之后，你常常到太平寺去转转，看看我小师傅回来没有，你瞧见后面跟着我的那个人吧，他急着找儿子呢。"

爹说："你别听他胡说，你小师傅才不是他儿子。"

香火一听，赶紧回头朝那主任说道："原来你是个骗子，原来你没有儿子，我爹说小师傅不是你儿子。"

那主任气道："你爹？你个死不透的老家伙，有什么资格说三道四？"

香火赶紧跟爹说："爹，这人的嘴巴，简直、简直就不是嘴巴，他骂你，你别生气，不理他就是了。"

爹倒不生他的气，还理解他，对香火说："让他生气吧，他该生气的，找个人找了十几年，连命都搭上了，也没找到，怎么不该生气？"

那主任也不多话，拔了腿就往前走，倒轮到香火着急，紧紧追着说："你生我爹的气，可别扔下我呀。"

爹追着香火在背后喊："香火，你早晚要回太平寺噢。"

一个"噢"音拖得长长的，在道路上游荡了半天。

那主任领着走路，香火并不识得，渐渐地，就有了一座山，虽不高，倒是长满了树，起先路边还有些人和店，走到后来，人和店都没了，只剩下山里的一条路了，天也渐渐地黑下来了。

香火心里发冷，叹道："这道都白走了，你要去的那地方，看起来比太平寺也好不到哪里。"

那主任这才说："到了。"

天已经彻底黑了，香火望不出个所以，主任掏出火柴来擦了一根，举起来照着，让香火瞧清楚了，香火凑近了一看，才看清是一条封条，和太平寺门上的一样，但那门却不是木门，是一扇铁栅栏门，火柴就灭了，主任又擦一根，说："你快点看，没剩几根火柴了。"

香火抓紧了看，又看到一块牌子，没赶得上念字，火柴又灭了。

香火说："再点一根，再点一根，我马上就看见了。"

那主任不肯点了，说："不用点了，我们到家了。"

香火说："你家也被封了？"

那主任气道："钥匙都在我身上，他们竟然敲掉了烈士陵园的大锁。"

香火说："这里还有字，你再点一根看看。"

借着一点点火星子，香火看了看，说："保护伞是什么伞？"

那主任道："不是伞，就是我，他们非说烈士是假烈士，是反革命，我当然要保护烈士，做一把伞。"

香火又看到一个稀奇的名称，问道："合穿一条裤子？谁和谁合穿裤子？"

那主任说："我和烈士合穿一条裤子吧。"

香火又吓一跳，说："你怎么个穿法，是他们从墓里走出来，还是你钻到墓里去？"

那主任不再搭理香火，抓着那铁栅栏往上爬。

香火说："你要爬进去？"

那主任也不答，身手倒矫健，一眨眼就翻过了铁门，站在门里了。

香火急了，说："不够意思，也不等等我。"

那主任笑道："不是我不等你，我是怕你进来了后悔。"

香火说："你都进得，我有什么进不得。"也往铁栅栏门上爬。

两人进了门，高一脚低一脚，也不知道踩的什么，香火心里倍觉不踏实，问那主任："你还有火柴吗？"

主任说："到了家，不用火柴，我闭着眼都能摸到。"

香火说："那是你家，又不是我家。"

主任说："你跟着我便是。"

香火眼睛虽看不见，身上却凉飕飕的，心里不受用，也不怕那主任笑话，遂去牵了主任的衣后襟，喏声跟着。

走出一段，又听主任说："到了。"已经掏出火柴，又擦亮了，香火赶紧四下一瞧，惊道："哎呀，走到阴阳岗来了。"

那主任说："不是阴阳岗，是烈士陵园。"

香火说:"你不是说带我回你家吗?"

那主任道:"是呀,这里就是我的家。"

香火说:"你也是烈士吗?"

那主任说:"我只是没有机会,有机会我也会当烈士的。"

香火大气不敢出,但那臭嘴偏又闭不住,叹道:"爹,爹,我怎么这么命苦,到哪里都和鬼打交道。"

那主任正色道:"我又要纠正你了,在这里,你不是和鬼打交道,你是和烈士打交道。"

香火还想饶舌说:"烈士就不变成鬼了吗?"话没出口,已经呵欠连天,眼泪鼻涕都下来了。他一打呵欠,那主任也困得连眼睛也睁不开了,便由主任带着,两个钻到原先的办公室里,蜷在一起,好歹将就了一晚。

香火睡得不踏实,躺一会儿,就过去摸摸主任的腿,隔着裤子,摸不出冷热,不放心,伸进裤管再摸摸,热的,才放了点心,再睡。

主任早晨醒来说:"我昨天做梦了,梦见一只大蚂蚁,很讨厌,老是来烦我,在我腿上爬来爬去。"拉起裤腿看了看,说,"没有咬我,真的是个梦。"

天亮了,香火的胆子又回来了,说:"我也做梦了,梦见一只大蜘蛛,织了一张大网,后来蛛丝断了,网掉下来。"

那主任说:"罩住了你。"

香火想了想,说:"罩的不是我,也不是你——"又想了想,想起来了,"哈,罩住的是小师傅。"

那主任一听小师傅,起先倒是一喜,随即想到这是个大头梦,才晦气地"呸"了一口,起身从抽屉里翻出些发了霉的饼干,两个胡乱填了一下,就出了办公室。

香火紧紧跟随着,到烈士陵园转了一个圈子,见这陵园里,凡有墙的地方,都张贴满了标语口号,没墙的地方,拣那烈士的墓碑,甚至电线杆上、树干上,也到处刷上,处处不漏,有打倒某某主任的,也有是打倒某某某、某某某的,香火并不知道这某某某是谁,那某某某又是谁,想必是和这某某主任一样的走资派,要不便是躺在地底下的烈士了。

香火就叹出一口气来,说:"原来烈士也和菩萨一样,保佑了别人,却保佑不了自己。"

主任却又不承认他的话，说道："你又错了，他们一直都在保护你。"

香火说："我才不稀罕他们保护，毕竟我是活的，他是死的，怎么可能混到一起。"

那主任说："凭你还是个香火，觉悟真低，连你家佛祖都讲究个生死轮回，生了又死，死了又生，生生死死，如同来来去去，所以这生与死，有什么所谓？"

那主任直将生死放在嘴上打滚，香火甚不受用，懒得再与他说道，老在这死人窟里转圈子，身上寒丝丝的，时间长了，怕得上个伤寒症，赶紧说道："既然生和死也是无所谓的，那你就留这儿死吧，我得出去活了。"

那主任奸笑一声说："你既然进来了，随随便便就出得去吗？"

香火吓得大喊起来："你干什么，你要绑架我？你不会是阎罗王派来的吧？"

那主任说："我是谁派来的不重要，重要的是，你要和我一起将这些墓碑弄干净了。"

香火放了眼一看，那烈士的墓碑上，有的贴上纸条，有的用墨水写上字，还有的甚至浇上了柏油，香火赶紧说道："封条墨水归我，柏油归你。"

那主任倒不曾再计较，说："且搞起来再说了。"

两个开始清理烈士墓碑上的污脏，香火只需要用水来冲洗，那主任费了难，柏油冲洗不掉，得用凿子来凿，敲打得手上都起了泡。

香火虽然不用费这个力，可他耳朵里满是"啪嗒啪嗒"的敲击声，嫌烦，跟主任说："这么费劲，弄它作甚，他们又不知道的。"

主任说："他们知道的。"停顿一下，又强调说，"烈士真是地下有知，你若不相信，我就给你讲个故事。"

香火说："地下有知的故事，你别讲了，我不爱听。"

说了一番话，两个又逐个儿往前擦洗，香火擦到一块，看到一个名字，奇道："咦，董玉叶，这难道是个女的？"

那主任看都没看，就说："是女的。"

香火说："你怎这么肯定？"

主任说："你看她名字不就知道了。"

香火挑事说："那不一定，有的男人名字偏偏像个女的，我们村子有个叫孔金花的，就是个男的，那还是花呢，你这个什么叶，就不一定是女的。"

主任口气强硬起来："我告诉你，她就是女的！"

香火说："你见过她？"

那主任说："你别管我见过不见过，她就是女的！"

香火道："这就奇了，世上哪有认名字就判男女的。"

主任急了，打胸口里摸出一个小包包，打开了递到香火眼前，香火想拿，他又不给，只是举了让香火看。

香火看清楚了，是一张旧照片，确是个女的，心里想必这就是那董玉叶了，可偏又跟他作对说："谁知道她是谁，你别拿她来冒充烈士。"

主任发脾气骂人说："姓孔的，你张臭——"

香火赶紧打住他说："你喊错人了，我不姓孔。"

那主任改口道："姓香的，我告诉你，就是她，这个女的就是烈士！"

香火嘀咕说："女的还当烈士？"

那主任激动道："女的怎么不能当烈士，女的当烈士，更不了起！"

香火倍觉这主任无聊、无趣，主任却给他来了个惊喜，擦干净烈士墓碑后，主任到办公室，扯出裤腰带上的那串钥匙，找出其中一把，打开办公桌上的一个抽屉，香火探头一看，里边竟是他好长时间都没有见到的钱，乍一见之下，竟有些认不得它们了，问道："这是什么？"

那主任说："这是公款。"

香火说："你要干什么？"

那主任也不说话，拿了一点钱就往外走，香火紧紧追上，才知道那主任竟然带他上馆子来了，又惊又喜，还惦记着后面的光景，担心说："吃了馆子再到哪里去？"

那主任瞧不上他，说："那还用问？"

香火道："是不是再去找我小师傅？"

那主任说："那还用说？"

香火吃得兴起，说道："你光找小师傅有什么用，你有没有找过印空师傅？"

那主任说："谁是印空师傅？"

香火说："这世上只有两个人知道我小师傅的爹娘，一个是我师傅，可惜他已经牺牲了，还有一个就是印空师傅。"

那主任急道："你怎么不早告诉我？"

香火说："你也没有问我呀，我为什么要告诉你，再说了，你先前也没有请我下馆子呀。"

那主任急着打听印空师傅的下落，要的菜还没吃完，就起身走，香火怕被扔下，也只得跟着走，恨得直打自己嘴巴，端了一盆炒肉丝想溜，被伙计挡下了，说："你可以把肉吃下去，盆子你别想带走。"

香火吞下一盆子肉丝，一直噎到嗓子眼上，追在后面埋怨那主任："哎哟，哎哟，你噎死我了，哎哟，哎哟，你撑死我了。"

那主任头也不回，脚底生风，很快到得道边一破庙前，香火抬头一看，叫个"一宿庵"，奇道："一宿庵？这算个什么名字？"

说话间，庵里就有一男一女两个迎了出来，那男的道："你别小瞧了我们这破庵，从前皇帝来住过一宿呢，所以叫个一宿庵。"

香火嘲笑道："皇帝真会拣地方。"

那男的说："这地方不好吗，从前——"

那主任不耐烦听从前，打断他说："你们两个，是干什么的？"

那男的却不答理他，自顾说："从前皇帝来的时候——"

香火道："天高皇帝远，说他作甚，说说你们两个，干什么的呢？"

那男的倒是理会香火，答道："我们是一对夫妻。"

香火又奇道："咦，你们没有自己的家，住在庵里？"

那男的道："这本来就是我们的地方，我叫大醒，是个和尚，她叫个明贞，是个尼姑。"

香火暗想道："我二师傅脸皮算得厚了，也就娶个牛寡妇，你们倒好，一个和尚一个尼姑，做成夫妻。"

那大醒聪明，看出了香火的意思，主动说道："和尚尼姑结婚，是想不通啊，所以人家送我们一对子。"

香火说："什么对子？"

那大醒说："大醒何曾醒，明贞未必贞。"

香火也没怎么听懂，那主任"扑哧"笑道："还蛮贴切的噢。"

香火本不懂对子，见主任说贴切，又瞧见庙殿里的菩萨已经被他们拿布盖了起来，遮得严严实实，也笑道："嘻，你们以为将菩萨蒙起来，菩萨就看不见你们了。"

那女的一直不说话，这会儿脸红了一红，说道："庙给封了，我没有地方去，我出家以后，我娘家人就见不得我，我娘一见我就吐唾沫，更不要说让我回家了。"

香火道："咦，你娘和我娘倒像是一个娘。"

明贞又朝那大醒看了看，说道："后来我们成了一家，不再是和尚尼姑了，才允许我们住在一宿庵。"

那大醒笑道："其实换汤不换药，醒的还是醒，贞的还是贞。"

香火瞥一眼那主任，早已没了耐烦，香火惦记他的公款，要表现好一些，赶紧替他说道："别说你们醒不醒、贞不贞了，跟你们打听个人，他叫印空，也是个和尚。"

那大醒说："他原先是一宿庵的和尚吗？"

香火说："我们要是知道，还问你干吗？"

那大醒说："那就难了，法名叫印空的和尚多得是，谁知道你找的是哪个？"

香火闷了一闷，气道："我倒不明白了，你们和尚天天念经，一肚子学识，怎么就那么懒，起个名字还都跟人学。"

那大醒笑了笑，说："名字只是名字罢了，没有什么实际意义的，所以我劝你也别找了，印空师傅你恐怕找不到，就算找到了，你也不知道是不是他。"

那主任说："不是他我就重新再找，再不是，就再找，再不是，我还找。"

香火又拍马屁说："就是，就算找了十几年没找到，还要继续找。"

那大醒道："本身是个空，找到了也是空。"

那主任气得不理他们，转身就走，香火跟在后面幸灾乐祸道："还以为就我们太平寺破败无比呢，哪知这更有一比的。"

那主任把气撒到印空和尚身上，边走边怨道："什么和尚，印空，印的什么空，抱走别人的儿子不还，这不是和尚，这是强盗。"还觉得不过瘾，又把所有和尚都捎带上了，"和尚都不是什么好东西，自己没有儿子，都想着沾别人的便宜，把别人的儿子抢走当自己的儿子，全是不醒不贞的东西。"

香火倒不依他了，说："一个印空抱了别人的儿子，你怎么连带骂了这么多和尚？"

那主任道："我又没骂你，你又不是和尚。"

香火说："我虽不是和尚，可我也差不多是个和尚。"自己也觉奇怪，往日里处处要与和尚师傅作个对，如今和尚师傅都不在了，自己倒要处处维护他们，替他们说话，也算是自作多情了。看到那主任心烦意乱，香火道："你不如去五台山看看吧。"

那主任回身一把捏住香火的手腕，问道："是五台山的印空和尚吗？"

香火挣扎开来，说："你捏死我了，早知道我就不告诉你了。"

那主任气势汹汹说："你早知道是五台山的印空和尚，却不告诉我。"

香火说："你又没有问过我，我干什么要告诉你，再说了，我也是好心，怕告诉了你没有用，你去五台山找不着印空，回来不是又要怨我么？"

那主任说："凭什么说我找不着？"

香火说："我小师傅已亲自去找过了，也没找着。"

那主任不再言语，闷头赶路，香火追在后面说："你要去五台山吗？"停了脚步，又道，"我才不去五台山，我才不要找印空，大醒说了，就算找到，也是个空。"

遂和主任散了伙，一个往东一个往西，香火走了几步，又觉心有不甘，就这么白白地跟着主任来了一趟陵园，身上的阳气被抽掉不少，那一顿馆子也得不偿失，补不回来，遂又转身重新去追主任。

紧走几步，跟上了主任，那主任看穿他说："抽屉里的公款我已经转移了。"

说话间已回到陵园，那主任又往烈士墓碑里跑，香火不想再送了自己的阳气去，便停住脚步，一离了主任，心里就冷清下来，正倍觉沮丧，忽然间眼皮一跳，脱口说道："有喜了？"

往前一看，一排排的墓碑间，果真有一个人影正在闪过来，香火赶紧也往前一奔，两个撞个满怀，一看，正是爹，身上还背着个包裹。

香火一阵欣喜，以为爹找到小师傅一起来了，朝后边张望一番，泄气道："不是让你找到小师傅才来吗？"

爹巴结说："香火，我正是有了小师傅的消息才来的。"

香火急道:"人呢,人呢?"

爹说:"人虽没见到,但也只是前脚后脚而已。自打你们离开了,我就天天去太平寺,我昨天去的时候,桌上什么也没有,今天一进去,就有了。"

香火道:"有了什么?"

爹打开那包裹,说:"你看,你看,是经书。"

香火赶紧离远一点,怕头晕,心里却明白,爹是来骗人的,这明明就是爹的那套经书,那一天要不是祖宗吹灭了爹的火,差一点就在阴阳岗给烧了,现在倒拿来派上用场了,香火不客气地戳穿他说:"爹,你骗骗主任还可以,想骗我你还差远了,你想让我跟你回太平寺去,可太平寺里没吃没喝,菩萨又不显灵,最后我还不是饿死在庙里。"

爹说不动香火,也不肯回,晚上死皮赖脸和他们一起躺在办公室的地上,就轮到爹来摸腿了,他隔一会儿就摸摸香火的腿,隔着裤管摸不仔细,就伸进裤管去摸,香火嫌他烦,悄悄地爬到主任的里侧,任爹摸那主任的腿去。

香火身子一着了地,就做起梦来,梦见了菩萨,菩萨对他说:"你都不管我了,我好冷清啊。"

香火急道:"大家都不管你了,不是我一个人不管你,你怎么偏偏来找我?"

菩萨说:"我不找你找谁?"

香火说:"怪了,我又不是和尚,我又不信你,我只是个香火,而且是一个不敬你的香火,我到太平寺,只是混口饭吃。"

第二天起来,那主任又说:"奇了怪,我昨晚又做梦了,仍然是那只大蚂蚁,在我腿上爬来爬去,烦人。"

爹说:"我也做梦了,我梦见了菩萨,菩萨说我不管他,他很冷清。"

香火吓一大跳,问道:"爹,后来呢?"

爹说:"我对菩萨说,你找错人了,我不是和尚,我也不是香火,你应该去找和尚,你如果找不到和尚,你就找香火吧,不知道他老人家有没有来找你。"

香火只觉头皮发麻,愣了片刻,拉扯上爹转身就走。

两个一起往外去,走出几步,没听见那主任有反对,香火觉得奇怪,回头看时,那主任竟跪倒在那个女烈士的墓碑前,口中念念有词,香火悄悄折回去一听,听到那主任说:"董烈士,我这就去五台山找印空和尚,你托付我的事,我一定做到，我向你保证，我一定找到那和尚，再找到你的儿子，我一定带他来看你！"

香火抱头鼠窜逃离而去。

爹着急引着香火回往太平寺，脚下急急生风，香火追得累了，抱怨道："爹，你是不是要到太平寺去抢什么东西？"

又问："太平寺有什么东西等着你抢？"

再问："你怎么知道太平寺有什么东西？"

爹不答，仍然急急往前，香火自叹倒霉，只得紧紧跟上爹的步子。快到的时候，果然见前面路途上也有两个人正在往太平寺去，香火心里一急，怕被人抢了先头，脚下一紧，几步就追上了那两个，一看，却是三官和小学里的言老师。

到太平寺山门前，那言老师就停下了，也不进院，光在门前站定了，三官说："进去，进去看看。"

言老师不屑道："不进去也知道里边是个什么东西。"

三官说："你还挑肥拣瘦。"

言老师说："我当然挑肥拣瘦，你又不是不知道我是干什么的。"

三官道："你不就是小学老师吗？哦，还兼个校长。"

言老师说："你知道就好。"眼睛瞥着那山门，一脸的瞧不上，又将两手指屈起来，"笃笃"地敲了两下，手指骨上竟沾了些木屑，言老师将手指头伸给三官看看，又朝三官撇了撇嘴，连话也懒得说。

香火和爹两个上前拉扯他两个，爹说："三官，你们要干什么？"

三官不理他，只是朝香火说："小学教室塌了，学生没地方去，只好带他到庙里来看看。"

言老师满肚子不乐，说："莫名其妙，把学校搬到庙里来，算什么？"

香火也不乐，呛说："谁请你来了，你愿意来，我还不愿意给你用呢。"

三官说："香火，这可由不得你做主。"

香火说："怎么，现在太平寺归你管啦？"

三官说："香火，我不跟你争权夺利，可小孩子总要上课吧。"

香火说："不上课又怎么样？要紧是吃饱肚子穿暖身子。"

言老师一听，发脾气道："孔夫子云，士志于道，而耻恶衣恶食者，未足与议也。"

香火就不爱听个"孔夫子云",挖苦言老师说:"恶衣恶食是什么,就是不要吃饭不要穿衣服吗?你倒将你这褂子脱下来送与我吧。"

三官也指责言老师说:"你看看,你看看,我叫你早点来,你还不愿意,拖拖拉拉,现在香火回来了,你自己跟他纠缠去吧。"

言老师这才推开庙门,跨将进去,站在院里四处张望,也没张望出一丝满意来,回头朝三官说:"你就给我这么个地方,你还好意思是个队长呢。"

三官说:"言老师,我给你找了地方,你不仅不知感激,还诸多不满,是孔夫子教你这么云的吗?"

言老师又道:"孔夫子还云,爱之,能勿劳乎?忠焉,能勿诲乎?"

三官也听他不懂,但见他如此不好说话,没完没了孔夫子云,也有些恼了,不客气说:"言老师,你也算是个老师,可你又没有教出些什么人物来。"指着香火道,"这也是你教出来的学生,你看看是个什么样子。"

言老师朝向香火瞧了瞧,果真瞧了一肚子气来,批评香火说:"愚蠢至极,愚蠢至极。"

爹替香火抱不平,说:"言老师,你这话我不爱听,老话说,教出蠢气来,生出志气来,香火即使有蠢气,也是言老师教出来的。"

言必计较的言老师,却不和香火爹计较,只朝香火说:"你别以为我喜欢你的破庙,我只借用两天而已,等修好教室,我立马就走,你多留我一天我也不肯的。"

香火说:"那你这是租借太平寺,租借可以,租钱先拿来。"

三官批评香火道:"你也是个怪,菩萨厉害的时候,你不恭菩萨,等菩萨失了势,你到来守菩萨了。"又回头批评言老师说,"你看看,你还不中意,人家倒先要收租了。"

学校搬来太平寺那天,村里群众来帮忙,在大殿里摆好课桌椅,挂好黑板,众人又在太平寺转了一圈,记得有日子没来了,这里一切还是老样子,只是更破落一些,更荒凉一些,不过现在有了老师学生,倒又添了些气氛。有几个人还去后院参观了一下香火的房间,香火的房间本来是二师傅的,现在香火搬进去住,里边的气味却还是二师傅的,所以他们在里边闻到了香的味道,吸着鼻子说:"好香,好香,好久没有闻到香的味道了。"

言老师不客气地对香火说:"你搬走吧,你住在这里,我不安心教书,学生也不安心听课。"

香火道:"这本是我的地盘,借你用用而已。"

言老师另换一计说:"我是为你考虑,你一见书就要头疼,你如果不离开太平寺,你等于是住在学校里了,学校里尽是课本作业本,尽是书,别把你的头疼病给引发了。"

香火说:"我的头疼病早就发了,要以毒攻毒才能治好。"

言老师哪里架得住香火,赶紧让步说:"那我们上课的时候,你就在后院待着,千万不要到前边来。"

香火有心要和言老师纠缠,还偏不待在后院,起了身往前殿去凑热闹,瞧了瞧,又听了听,那言老师正在讲《孔雀东南飞》,奇了怪,忍不住插嘴道:"你怎么老是说姓孔的,你就这么喜欢个孔,干脆改叫孔老师算了。"

言老师且不理他,自顾讲课,瞧他手里拿着的,也不是课本,不知道是一本什么烂书,香火站着嫌腿酸,干脆坐到大殿门槛上,见小孩子都歪着脑袋看他,又干脆一屁股坐到教室后面,和同学一起听了起来。

言老师忍不住批评说:"要你学的时候,你不肯学,不要你学的时候,你人高马大倒要挤进来听课。"

香火说:"你应该表扬我。"

言老师奇道:"难道你是浪子回头金不换?"

香火说:"怎么金不换,你拿金子来,我愿意换的。"

言老师气道:"这还是你,这还是你。"

香火道:"这当然还是我,要不是我了,金子也没有用了。"

香火和言老师两个只顾啰唆,那些学生趁空活泼了,对着菩萨感起兴趣来,拿铅笔蜡笔在菩萨身上乱涂乱画,又对着菩萨唱起儿歌:"菩萨笃儿子,要吃桃子,没有票子,只好吃堆猫屎。"

香火恼道:"不许唱,不许你们对菩萨不恭敬。"

学生才不理他,唱的自管唱,闹的继续闹,一直到放了学,庙里才清静下来,香火拿抹布来给菩萨擦擦干净,对着菩萨拱了拱手,说道:"菩萨,菩萨,你大人不计小人过。"

菩萨不说话。

又说:"菩萨,小学一天不修好,只怕他们天天要来闹你,你生气不生气?"

菩萨不说话。

香火想了想,不问菩萨了,自己说道:"菩萨,你不用回答,我知道你不喜欢闹,你放心,我有办法不让他们再来闹你。"

嘴上说着,心里又奇,从前看到和尚朝菩萨说话,怎么也想不通,觉得这些和尚愚蠢至极,向着个泥像说个没完,现在却到他自己了,心里倍觉没出息。再暗自琢磨一下,又觉得和菩萨说话也算不得很蠢,想道:"这太平寺,除了香火和菩萨,再没个人物了,我不和菩萨说说话,连个人声都没有,岂不冷清出鬼来,说他几句也罢,且不管菩萨听得见听不见,也不管菩萨爱听不爱听。"思想至此,脱口念了一声"阿弥陀佛",那声音倒把他自己惊了一惊,以为是哪个师傅回来了呢。

香火起了心,去捉来几只麻雀,从菩萨断手臂上的窟窿里塞进菩萨的空肚子,用纸将窟窿封上,等学生再来上课,殿里不太平了,从来一声不吭的泥菩萨,只管发出怪声,又扑腾,又喷嚏,又咳嗽,香火暗笑道:"把你们吓得屁滚尿流连滚带爬。"

那言老师不依了,气道:"原以为这是个清静之地,怎么会如此闹腾,这算什么菩萨,这算什么庙?"

香火说:"你问问孔夫子,看他怎么云。"

言老师道:"要不是因为孔夫子,我怎会到你孔家村来教书,哪里想到你孔家村连孔夫子一根毛也抵不上。"

香火笑道:"这也是孔夫子云的吗?"

言老师认了输,道:"也罢,也罢。"遂将学校搬走,搬到队里粮库,可没几天粮食打下来了,粮库也待不下去了,孔家村的小学被合并到另一个村的小学去,言老师虽然也跟了过去,却不让他教书了,改作看门。

香火去那个学校看过一眼,那看门的言老师,正在教训一个年轻的老师,指责他这里错了,那里错了,应该怎样,不应该怎样,那老师是从部队转业回来的,哪里听得进去,朝后屁股上拍了拍,怒道:"可惜老子的枪被收掉了。"

不知道什么意思，难不成他有枪会打言老师吗？

言老师道："孔夫子云，志士仁人，无求生以害仁，有杀身以成仁。"

香火听说言老师要杀身，也不知道他是要自杀，还是要他杀，赶紧抱头鼠窜，拔脚开溜。

学校在的时候，嫌烦，学校走了，又觉冷落，暗自想道："虽然赶走了孔夫子云，可这太平寺我独自个儿如何再待下去呢？"

正这么想着，忽然就听了爹的声音，远远的，也从不知什么地方传了进来，香火仔细听，听了出来，是爹在喊他救命："香火，香火，快来救爹，爹掉河里了。"

香火赶紧出来，跑到河边一看，爹已经从河里爬上来了，吃了一肚子的水，正从嘴里、鼻子里、耳朵里、眼睛里流出来，一只手还捏着个空篮子，呆呆地站在香火面前。

香火说："爹，你篮子里的东西呢？"

爹说不出话来，朝河里看了看。

香火跺脚道："掉河里了？爹，你今天给我送的什么？"

爹结结巴巴说："是，是红、红烧肉。"

香火懊恼不迭，埋怨说："爹啊爹，你怎么早不掉河里晚不掉河里，等到吃红烧肉了，你掉河里了。"

爹身上的河水还没淌完，赤通着鼻子，可怜巴巴说："对不住，对不住，我也不想今天掉到河里，可脚下一滑就下去了。"

香火丧气道："人倒爬起来了，可惜那碗红烧肉。"说话间脚下一滑，掉进河里，扑腾了几下，只觉身子怎么也浮不起来，直往下沉，吓得在水里大喊救命。

爹在岸上喊道："香火，你不用喊救命，水不深，你站起来就可以了。"

香火一站，果然，水才到肚脐这儿，白白吓唬自己一回，爬上来说："我想去捞红烧肉，没捞着，倒便宜了河里的乌龟王八。"

这天黑夜，无风无雨，香火躺在二师傅的床上，听到自己原先住的那屋轰然倒塌了，香火懒得爬起来看那倒塌了的屋子，也没什么好看的，就是些断梁碎瓦而已，心里暗想："这太平寺恐怕真是待不下去了？"如此一想，心里反而踏实了，蒙头大睡一觉。

早晨起来，收拾了自己的破衣烂衫，走出了庙门，才发现这天的天气很好。

心里恨道:"连老天爷也跟我作对,知道我待不下去,你倒高兴,太阳也出来了,连一片乌云也没有,更不要说为我掉几滴眼泪了,我待在庙里时,你偏是下雨,把庙房都下塌了,明明是跟我过不去。"

香火跨出庙门,一抬眼,就看到面前一只大蝴蝶,身上花花绿绿,黑黄红白好几种颜色,很好看,引在香火前面,不紧不慢地飞。

香火却不高兴,说:"你舞什么舞,你巴不得我待不下去,给我引路呢,怕我不认得回家?告诉你,我烧成灰也认得自己的家。"

说了几句,觉得自己在找自己的晦气,朝地上"呸"了一口,又道:"你知道我不想回家,你打扮这么漂亮干啥?"

蝴蝶飞得更慢些了,就在香火眼前了,香火伸手一抓,以为抓着了,蝴蝶却往前一飘,香火的手落空了,气恼道:"你跟我玩?"

香儿脚下加快了,奔上前去捉蝴蝶。那蝴蝶也加快了速度,着力地划了几下翅膀,离他远一点。

香火也懒得再追,说:"谁稀罕你,滚远点。"

那蝴蝶倒又慢了下来,香火瞅准机会,突然袭击再上前一抓,却又没抓着,倒是不知不觉跟着蝴蝶走出好一段路了,忽然间听到有人喊香火,猛地一惊,收住了脚步一看,竟然已经走到河沿上了,再一步就跨下河去了。

四周再看,也没见有人影,不知道是谁在喊香火。倒是那蝴蝶又来了,它已经飞在河面上了,展动着美丽的翅膀,忽闪忽闪。

香火心里一惊,忽然明白过来,赶紧说:"我才不上你的当,河边的蝴蝶和蜻蜓,都是落水鬼变的,你想让我掉下去,你好转世投胎,你的阴谋诡计被我识破了。"

那蝴蝶听香火这么说了,也不吱声,又在河面上飞舞了一会儿,最后就不见了。

香火拍了拍心口,赶紧转身离河而去,踏上了回家的路。快到村子的时候,看到村上的女知青王娟,正闷头赶路。

香火上前跟她打招呼,问道:"喂,王娟,你到哪里去?"

王娟说:"我到镇上办事,现在回家去。"

香火说:"你回家?你家不是在知青点上吗,知青点不是在村西头吗,你往东头来干什么？"

王娟说："我搬家了。"

说话间，香火离王娟很近了，王娟是女知青中长得最漂亮的，又白又嫩，太阳都晒不黑她。

香火赶紧告诉王娟说："王娟，我不当香火了。"

王娟说："你还俗了？"

香火说："我没有出家，也就不用还俗。"一边和王娟说话，心里一边已经打上了主意："反正香火也不当了，回了村，早晚要结婚的，连二师傅个和尚都结了婚，我一个香火当然也要结婚生子，不如就勾引勾引王娟试试。"又想，"不行，听说她是资本家的女儿，成分不好。"停了一下，再想，"资本家家里肯定有家底的，虽然抄过家，但保不准她资本家的爹把好东西藏起来了，今后再拿出来，毕竟饿死的骆驼比马大。"

想到此，便笑嘻嘻说："王娟，荒郊野外的，你一个人走路不害怕吗？我陪你走一段吧。"

王娟笑道："好呀。"

香火又道："知青点搬了，我倒不知道呢。"

王娟笑眯眯地说："你在庙里当和尚，村里的事你又不管的。"

香火赶紧纠正说："我不是和尚，我是香火，再说了，现在我也不是香火了，我就是一个贫下中农青年。"

王娟仍然笑着，一边和他说话，一边赶路，不知不觉，两人一起就走到了阴阳岗来了，香火放眼一看，这里的水稻果真长得肥硕，得意起来，脱口道："嘿，我当初就说的，这里长水稻肯定长得好——"话出了口，才将自己吓了一大跳，魂飞魄散，赶紧问道，"王娟，我们怎么走到阴阳岗来了呢？"

王娟说："阴阳岗怎么啦？"

香火说："阴阳岗是鬼住的地方。"看王娟笑得好看，又和她开玩笑说，"难道你住在阴阳岗吗，难道你是鬼吗？就算你是鬼，现在也不住这里了。"

王娟说："为什么不住这里？"

香火说："现在阴阳岗不再是坟地了，坟都扒掉了，不是长水稻了吗？"

王娟说："扒掉的只是坟头，真正的坟还都在地底下嘛。"

香火听王娟说得有理，头皮发起麻来，脚下也有点站不住了，尿也急了起来，实在憋不住，也顾不得难为情，跟王娟说："你等等我。"便到田边解小便，"唰唰唰"一阵声响后，再回过身来，哪里还有王娟的影子，心里直恨自己这泡尿来得不是时候，把个面皮薄的王娟给羞跑了。

香火一边后悔，一边定了定神，走出了阴阳岗，没几步，就在路途上遇到了爹，香火说："爹，你就知道我要回来了吧，你是怕我又迷了道，特意来等我的吧？"

爹且不回答香火，又惊又急地扑了上来，抱住香火就喊："香火，香火，你怎么啦？"

香火莫名其妙说："我怎么啦，我没怎么呀，你自己怎么啦？"

爹急道："哎呀，哎呀，你没看见自己的脸啊，你看见自己的脸，你要被自己的脸吓死的。"

香火摸了摸自己的脸，又不痛，又不痒，说："我的脸不是好好的嘛。"

爹说："不对不对，香火，太阳头下，你的脸色这么难看，不会是撞见鬼了吧？"

香火说："爹，你才见鬼了呢，我见到的可是最漂亮的王娟。"

爹大惊失色道："香火，快呸快呸！"

香火说："怎么，王娟就你们见得，我就见不得？我现在又不当香火了，师傅都还俗结婚，我也要回家娶老婆了。"想了想又补充说，"兴许王娟对我也是有意思的，要不然她怎么会和我一起走这一段路，说这么多话？"

爹替他狠"呸"了几口，说："香火，你还不知道，王娟三天之前投河死了，今天刚刚出了殡。"

香火没听明白，愣愣地看着爹。

爹又说："也不知道谁把她的肚子搞大了，你想想，一个城里人，一个大姑娘，怎么活呀，所以她投河了。"

香火这回听清楚了，顿时觉得有一只手掐住了他的颈脖子，他喘不过气来了，就看见爹在他面前晃了两晃，便直挺挺地晕过去了。

第十章

早上起来，香火鬼使神差撞到女儿的镜子面前，朝镜子瞧了一眼。

女儿在旁边奇了怪，仔细地朝他脸上看了看，没看出什么来，说道："爹，你从来不照镜子的。"

香火看了看镜子里的自己，有些迷糊，多年不看镜子，他怎么知道镜子里的这个人，是不是他自己呢，不放心地问女儿："这里边的是我吗？"

女儿笑道："你自己摸摸就知道了。"

香火摸了摸自己的脸，镜子里的人也摸了摸自己的脸，香火高兴起来，说："是我，是我。"

女儿又笑道："爹，你干吗不敢照镜子。"

香火说："从前我在太平寺的时候，和尚说心是明镜台，结果害得我连自己的心都不敢看，后来又听和尚说明镜亦非台，我也搞不懂亦非台是什么，不知道是供桌，还是烛台，或者是灶屋里的八仙台？"正胡乱说道，老婆过来把镜子拿开了，说："猪八戒照镜子，里外不是人。"

香火笑道："猪八戒是妖怪。"

女儿不同意说："爹，猪八戒不是妖怪，他是和尚，打妖怪的。"

香火说："小孩子不懂，和尚就是妖怪。"

老婆撇了嘴说："香火也差不多。"

嘴上虽和老婆和女儿说话，心里却不踏实，空虚虚的，不知少了什么，又闷堵堵的，也不知多了什么，细细地想了想，感觉有什么东西牵挂着他，那能是什么东西呢？

香火当然知道是什么东西，一抬了腿跨出门，一直就朝那地方去了。

那太平寺已破得不像样子了，山门倒还掩着，却不等香火走近，它已经被惊动了，"吱呀"一声自己开了门，香火朝里边一探头，"霍"地就窜出一只黄鼠狼来，擦着香火的脚背溜出山门，逃出一段，见香火没有追赶它，便停下来，站得远远的，回过身子，侧着脑袋看着香火。

香火说："你看我干什么，我又不认得你。"

黄鼠狼也不吱声，看了香火片刻，没兴趣，慢吞吞大摇大摆走开了。

香火小心地跨进寺庙的院子，鞋底子擦到那条高高的木门槛，就踢下一块木片子来，仔细一瞧，那门槛早已经脱了榫头，摇摇欲坠。

院子里的杂草长得比人都高了，草丛里"悉里嗦啰"响，香火不看也知道是哪些货，气道："你们倒过得滋润，抢占我的地盘。"

想了想，又觉得不尽然，它们过得也不见得就滋润，老鼠青蛙蛇这些货，原先也都喜荤腥的，现在却在草丛里扎堆做窝，改吃素了，都和和尚一样了，日子还能好到哪里去？遂朝乱草堆啐了一口，又骂道："也是活该，这本来不是你们待的地方。"

香火当院转了一圈，想起当年搁在院子里的那口缸，大师傅怎么跳进缸里往生去了，自己怎么害怕，怎么逃回去，又怎么折回来，又怎么怎么的，一个人站在这么个荒凉破败处想想这些可怕的事情，又看着眼前太平寺破败不堪的院墙和房屋，心里不受用，就怪到了二师傅头上，暗自骂道："假和尚，歪和尚，吃酒吃肉和尚，睡女人和尚。"

正生气，忽地觉得身背后一凉，似乎有阴风来了，紧接着肩上就被拍了一下，若在从前，香火遭这一拍打，必定惊心动魄，抱头鼠窜，但如今香火毕竟已是两个孩子的爹了，虽然受到些惊吓，心里却没有多少恐惧，还敢回头一看，想看出他个妖魔鬼怪来。

那身后站着的，却是他老爹。

爹现在真正是个老爹了，站得歪歪斜斜的，咧着嘴朝香火笑，牙都差不多掉尽了，一笑，只看见里边是个黑洞洞。

香火道:"爹,你怎么摸到这里来了?"

爹说:"我来找你。"

香火奇道:"爹,你怎么知道我在这里?"

爹说:"是你老婆告诉我的。"

香火说:"这狗娘,贼精。"

爹说:"香火,帮帮忙,跟我走一趟。"

香火嫌爹来煞风景,不肯跟爹走,拿捏了腔调说:"爹,你以为你是谁,我凭什么要跟你走?"

爹可怜巴巴地望着香火,香火有些不受用,移开眼睛看着别处说:"你看我也没有用,你要我跟你到哪里去?"

爹说:"听说镇上的净土寺又有香火了,你不去看看?"

香火不屑地撇嘴说:"那净土寺,早些年我去过,那里边的和尚,哪比得上我们太平寺,差远了,一个个歪瓜裂枣,歪嘴和尚。"

爹也不服,说:"是呀是呀,凭什么它个歪嘴和尚倒又念起经来,太平寺却无人来问?"

老爹这话,把个香火给说醒了,方知了爹的用心,朝爹看了看,说:"爹,看起来你很老了,其实你还不老啊。"

爹羞羞地笑了笑,嘴上露出一个黑洞。

香火拔腿就走,爹紧紧追在后面,到底老了,追不上,香火嫌他慢,说道:"爹,我又不是去投河,你不要老跟着我,你毕竟老了,是个老爹了,到净土寺你跟不上我的。"

爹不说话,只管追着。

香火却停了下来,问自己道:"你到净土寺去干什么?难道你到净土寺去给歪嘴和尚当香火?"

话音一落,立刻转了个向,不往镇上去了,且回家去,走了几步,听不见爹的脚步声了,回头看看,爹果然走不见了。又想:"爹到底还是老了,随他去吧。"也顾不得再去找回爹来。

香火回家匆匆扒两口饭,将抽屉里零碎小钱搜搜刮刮揣进裤袋,正要出门,老婆和女儿回来,迎面撞上了,女儿问道:"爹,你要去哪里?"

他老婆说："他还能去哪里？"

香火就知道老婆早已经看穿了他的心思，说："你个狗娘，贼精。"

话音未落，匆匆出门又奔太平寺去了。

老婆和女儿也没有追他喊他，不过她们也没想到，香火这一跑，就再也没有回头。

香火直奔太平寺，进了院子，先到自己原先那屋看看，塌了的屋顶还那样塌着，没法住，到隔壁二师傅屋里，二师傅屋子漏雨，都长了草，要除了草才能进去住，香火懒得动手，出了二师傅的屋，没敢往大师傅的屋子去，踅到小师傅屋门口，想道："小师傅肯定是不会回来了，我就住他的屋了。"又想，"万一他倒回来了，那也不怕，现在是重新开始，这一次，我比他先进山门，我想住哪间便住哪间。"

推门一看，已经有人在里边收拾屋子，透过满屋的灰尘，细细一看，不是爹又是谁？

蜘蛛网把爹缠得像个白胡子白头发老爷爷，有几只蜘蛛在爹身上横来横去，香火欲上前捉拿蜘蛛，爹却将身子让开说："不拿不拿，千年蜘蛛修成精，这些蜘蛛也有不少年了。"

那蜘蛛听爹的话，果然一一爬离而去，不来纠缠。香火奇道："它们修了多少年，能听懂人话了？"一张口就被灰尘呛着了，咳嗽着逃了出来，站在院里朝整座庙打量了一番，先就泄了气，庙虽不算大，但是爹却老了，靠爹一个人收拾，香火也不受用，先坐下来，点上一根烟，烟一镇定神经，主意就来了。

等着爹灰头土脑出来，香火说："爹，你也别折腾了，歇吧。"

爹说："我出来看看你是不是走了。"

香火说："这屋子光打扫不行了，得修理了，我找三官去。"

紧赶慢赶到村子里找着了三官，着急道："三官，我有要紧事，你且跟我走吧。"

这三官朝香火翻个白眼说："你跟谁说话呢？"

香火有事求他，耐着性子，赔着笑脸说："我跟队长说话。"

三官道："你知道就好，只有群众跟队长走，哪有队长跟群众走？"

三官也是个怪，早先当队长那时候，胆子小，心肠软，没脾气，谁说什么他都听，人人都能指挥他，后来孔万虎撤了他的队长，队里却没人肯当队长，回头还找他当。他重当队长以后，脾气反了个个，变古怪了，谁的话都不听，也不带头干活，成天在村子里晃荡，找人的茬子，骂人的祖宗。众人都说，想必当年在阴阳岗被谁家的祖宗上了身，一直就没下去。

香火也不知道站在自己面前的这个三官到底是谁家的祖宗，只知道自己目前不得不求助于他，所以还是腆着脸说："队长，我的困难，只有你能帮我解决。"

三官才不上他的当，说："你哄我想干什么呢？"

香火谎报说："你还不知道吧，太平寺要恢复了，正等着收拾干净，上面就要来人宣布了，现在庙里一塌糊涂，没人收拾，我一个对付不了，想请几个帮帮手。"

三官说："庙里的事怎么找我？"

香火见三官横竖一副不帮忙的态度，耐心终于到头了，也不喊他队长了，直呼其名道："三官，你从前不是这样子的，你从前对菩萨蛮恭敬的，还帮着埋葬大师傅呢。"

三官说："从前是从前，现在是现在。"

香火气得拔腿就走，边哼哼道："你不肯收拾菩萨，等着菩萨来收拾你吧。"

香火又往前，找到牛踏扁，把同样的话说了一遍。牛踏扁态度比那三官好一些，说道："干活倒是可以，反正也是闲着，但是干活不能白干，队里给不给记工分啊？"不等香火答复，他自己倒先想着了，说，"那太平寺又不归队里管，队里怎么肯记工分？"

香火说："这倒是的。"

牛踏扁呲了一嘴说："你庙里给工分？"

香火说："庙门八字朝南开，可这八字还没有一撇呢，哪来的工分给你们？"

牛踏扁泄气道："没有工分，那谁干啊？"

香火恼道："牛踏扁，我告诉你，你现在不帮菩萨，到时候别怪菩萨不保佑你。"

牛踏扁愣了一愣，几个旁观的人倒比他机灵，说："天下菩萨多得很，我们不一定非要求你的菩萨，我们可以去求净土寺的菩萨，可以去求别的庙里的菩萨，一样灵的。"

另一个更聪明了，说："香火，你是小人之心度菩萨之腹，菩萨才不像你这样小气，菩萨救苦救难，还普那个什么渡，菩萨是有求必应的。"

老屁也凑过来，香火深知老屁一生喜欢多管闲事，欣喜起来，看到了希望，赶紧扔一根烟给老屁，又颠颠地过去替老屁点上了，说："老屁，跟你说个事。"

老屁叼着烟说："三官已经跟我说过了，是菩萨的事，可菩萨的事，管我屁事。"

香火急得跳脚说："老屁，从前你尊敬菩萨，还让菩萨眼睛里淌血水，吓走了队革会，你忘记了？"

老屁说："尊敬菩萨有屁用，菩萨又保佑不了我，还害得我被孔万虎罚了三个月的苦工，一个工分也没记。"

群众哄笑着拍屁股走人，丢下香火站在村口愣了半天，气得都认不清方向了，盲目地往前走了走，走了一段，才发现走到自己家门口来了，心里一惊，想："难道出路竟在自己家里？"

这一惊，就惊醒了，出路还真的就在这里呢。

正赶上家里吃饭，老婆给他盛了一碗饭，他却看着香喷喷的白米饭咽不下去。

女儿道："爹，你怎么胃口变小了？"

他老婆儿说："你爹一肚子鬼主意，填饱了。"

香火想必老婆早已看穿了他的心思，他的心思才刚刚生出来，老婆就看穿了。这狗娘，前世必定是他肚子里的一条蛔虫。

香火等老婆下了地，女儿上了学，急急在家里翻找东西，却找来找去找不到，起先有点恼，以为是女儿在家把东西搞乱了，后来又有点奇怪，以为家里遭过贼了，但再往细里一想，却顿时想明白了，那狗娘既然早已经猜到他的心思，必定早已经将那东西藏起来了，赶紧跑往地头上找老婆去。

大家都在种地，看到香火来了，都笑，说："太阳打西边出来了。"

他老婆说："他不是来种地的。"

香火说："狗娘，你早知道我要来追你。"

他老婆说："你追我干什么？"

香火道："反正不是来跟你睡觉的，你心里明白——"嘴上说着，两只手同时朝老婆伸出来,嚷道,"你有种,把我的东西藏起来,快还给我!"

香火这一说,大家不再笑了,耳朵都竖起来,脸色也紧张起来,就生怕香火家真有什么东西,一个个停下手里的活,瞪大眼睛,有的盯香火,有的盯老婆,但怕错过了什么。

香火老婆却无动于衷,仍然干着活,轻飘飘地说:"我藏你的东西有用吗?藏到哪里还是给你翻出来,老鼠打洞也不如你。"

香火说:"那我的东西怎么找不着了。"

老婆说:"你是不是自己藏忘记了。"又说,"你就怕个贼偷,我见你转过几个地方了。"

香火抱头想了想,还是没想着。老婆说:"前几天我丢了两双破鞋,你不会藏在破鞋里被我丢了吧?"

香火一慌,大声嚷嚷:"你为什么要丢掉我的破鞋?"镇定下来一想,又说,"没有,没有,这么宝贝的东西,我决不会藏在破鞋里。"又抱住头再想。

这个金香玉佛陀只有一个火柴盒大小,但分量却很沉,掂在手里,手腕子都酸溜溜的,再揣摩揣摩,手心会发凉,又会发烫,你想它凉它就凉,你想它烫它就烫,想必是个有灵有性的好东西。

香火仔细地想了又想,又瞧了瞧老婆的面色,想明白了,说:"你别唬我,那东西必定在你那里,我没有出手,如果出手,那必定是有大钱花的,这些年,我哪里花过什么钱了,一根裤腰带都要打三个结——"说到裤腰带,忽然灵光现闪,靠近了老婆,说,"你的裤腰带上有几个结,我看看。"

老婆吓得赶紧往后一退,心里一慌乱,说话也文不对题了:"没有裤腰带,我没有裤腰带。"

众人大笑说:"没有裤腰带,那倒方便了。"

香火见老婆如此慌张,更吃准了东西就在老婆身上,不顾群众哄笑,逼近老婆说:"拿出来吧。"

那老婆知道逃不过,身子一扭,说:"凭什么要给你,这是我们结婚时,你娘给我的。"

香火说:"我娘才不会给你,是我爹从我娘那儿偷出来给你的。"

老婆说:"你个狗嘴吐不出象牙,更吐不出佛陀,这是婆家给媳妇的,跟你没关系。"老婆嘴上虽凶，毕竟心虚，说话时老是扭身子，并将身子侧过来对着香火，倒叫香火看出究竟来了，动作迅速地上前一撩老婆的衣襟，老婆阻挡不及，露出一条红裤带，红裤带上赫然吊着那个金香玉佛陀。

老婆慌得赶紧跳到田埂上，想要逃跑，香火急忙拦住她，"啊哈"一声，说："这么重个佛陀，你吊在裤裆里也不嫌沉。"

地头上群众哄然大笑。香火老婆气道："再重我也要吊在裤裆里，不吊在裤裆里，早给你卖过几十回了。"

香火说："你一个女人家，把佛陀吊在裤裆里干什么，你胆子不小，竟敢对佛陀不恭不敬。"

他老婆说："你才不恭不敬，你要卖了佛陀他老人家，是你不恭不敬，你娘说，你小时候就偷了佛陀去卖，我系在裤带上，是为了保护佛陀。"

香火说："佛不是你的，也不是我娘的，佛是大家的，既然是大家的，无所谓偷不偷卖不卖。"

老婆知道说不过他，不再理睬他了，捂了裤腰拔腿就溜，香火眼明手快一把拉住她的裤带，说："解下来解下来。"

众人又笑，乱七八糟地说："她不会解裤带，香火你帮她解。"

另一个说："她不肯解，你干脆扒她裤子算了。"

再一个耍流氓说："香火，要不要我帮你扒。"

香火顾不得和众人回嘴，扯了老婆的裤腰带一拉，果然给他拉下来了，一把抓了佛陀就跑，老婆提着裤子在背后追，追了几步，知道追不上，往地上一坐，大哭起来。

香火抓着佛陀狂奔了一段，知道老婆追不上了，才渐渐地放慢脚步，喘口气，确定身后没人，才敢将手展开来，看一看那佛陀，发现刚才将佛陀捏得太紧，自己的指甲把自己的手心都掐出印子来了，香火捏了捏自己的手，又对着佛陀道："没把你捏疼了吧？"又说，"屁话，佛怎么会疼呢？"这才平静了一点心情，赶紧往镇上去。

那家当铺关了好多年，一直没有重新开起来，那门面却还在，上了一排木门板，排得紧紧的，香火凑在门缝上朝里一张望，吓了一大跳，原来门里边也有个人在朝外张望，眼睛对上了，香火心里忽地一明，喜出望外，喊道："就是你，就是你！"

那老头打开了门，问说："我是谁？"

香火说："你就是当初收我佛陀的人。"

老头说："你难道又有佛陀拿来给我收？"

香火变戏法似的变出了那个佛陀，供到老头面前，老头接了，左看右看了一会儿，说："东西是好东西，只不过这个东西怎么这么眼熟？"

香火脸红了红，没有接嘴。

老头笑道："小时候偷娘的，现在偷老婆的，往后还要偷儿子女儿的。"

香火吹牛说："我儿功课好，初一就考进城里的学校，他不会回来了，我偷不着他，我偷女儿吧，女儿有一面镜子，我偷来你收吗？"

那老头这才笑眯眯道："我就收你个佛陀，别样不收。"

遂与香火谈妥了价钱，数出钱来，香火小心揣起，喜滋滋地返回，也不往家去，直奔牛踏扁那儿，将那钱钞扬出来给牛踏扁瞧清楚了，牛踏扁知道事情靠了谱，倒也没向他先要定金，料他也赖不到哪儿去，赖得了和尚赖不了庙，香火要的就是个庙。

牛踏扁联络上老屁四圈等众人，和着香火一起，往太平寺去，路上经过香火家，香火也过门不入，正眼也不瞧一下，倒是他那女儿眼尖，从屋里追出来，问道："爹，爹，你在忙什么呀？"

香火怕把老婆引了出来，赶紧朝女儿手里塞了一点钱，说："你放心，你爹不做蚀本生意。"

女儿不懂，追着问："爹，爹，你不当香火，改做生意了？"

香火早已经脚底生风走过去了。

有了佛陀的作用，众人总算把太平寺收拾得像了点模样，香火揣着佛陀变成的钱，跟他们结账时，一个个你多我少计较不休，粗话连篇。

香火气道："你们这些人，好意思在菩萨面前争多嫌少，不怕菩萨记你们一账？"

老屁道："你说屁话，你都不怕菩萨记账，我们怕个屁。"

正七嘴八舌互不相让，三官来了，香火说："哈，三官，你迟了，事情已经做完，钱也发完了。"

三官说:"你做也白做了,你那佛陀也白卖了,保佑不了你,我告诉你,你这破庙恢复不起来。"

香火骂道:"你咬着卵泡说话?"

三官道:"这不是我说的,你咬不着我的卵泡。"

香火气道:"谁说的,我去咬谁的卵泡。"

三官笑道:"是政策说的,你去咬政策的卵泡。"

香火道:"政策在哪里?"

三官说:"政策已经到大队部了,这些年凡是庙里没有和尚住的,一律关停并转。"

香火大急说:"怎么没人住,我住的。"

三官稍一愣怔,即刻又理直气壮起来,说道:"就算你住的,你是和尚吗?"

这回轮到香火发愣了,愣了半天,忽然惊醒过来,拔腿就跑,也顾不上群众在背后议论什么,一直跑到剃头的牛师傅那儿,火急火燎说:"牛师傅,牛师傅,快给我剃头,剃光头。"

牛师傅说:"这时候才来?太阳上山时你不来剃,太阳下山你才来剃。"

香火道:"早剃晚剃总是剃,你手脚快点。"

牛师傅笑道:"香火,你终于升级当和尚啦。"

剃了头,顶着个光脑袋回家,把个女儿笑得前抑后仰的。香火也不及和老婆女儿啰唆,急急翻找从前二师傅留给他的一件袈裟,可怎么也找不着,急得一头汗,女儿还来跟他计较,说:"爹,我娘说,你把佛陀卖了。"

香火说:"你娘那×嘴里能吐出莲花来吗?"

女儿说:"人家做爹的,都是把东西往家里拿,你这个爹,怎么把家里的东西往外拿?你是我爹吗?"

香火话到嘴边却说不出来了,心里蓦地一惊,暗想道:"是呀,怎么拿了自家的东西往外跑?"拍了一个巴掌又问自己,"你是香火吗?你不是香火的话,你是谁呢?"

他老婆呸道:"你是和尚吧。"

女儿又纠缠道:"爹,你真的当和尚啊,你当了和尚还回不回家啊?"

那老婆又呸道:"回个屁家,和尚没有家。"

香火才没有心思与她们纠缠，也不知哪来的那气急败坏火烧火燎的感觉，就觉得屁股后面有什么追着，要他快走，快跑，快行动，香火本是个懒人，这会儿却像个陀螺似的滴溜转。他怀疑是老婆和女儿藏了他的袈裟，但是看那两脸坏笑，想道："如果真是她们使坏，我也休想能找出来，罢了罢了，就做个不穿袈裟的和尚也罢，反正是个假和尚，临时和尚，短命和尚，等太平寺恢复了，香火旺起来了，我仍然做我的香火。"于是也不再找那袈裟了，收拾了两件换洗衣服就往庙里去。

香火前脚到，县宗教局的同志追着他的脚后跟也到了。

香火想："娘的，幸亏我赶得急，他们居然起早摸黑地来了。"

宗教局那两干部并不与香火说话，先将太平寺里里外外巡视一番，不怎么满意，尽撇着嘴，一脸瞧不上的样子，最后他们终于看到了香火的光头。

香火头上青光光的，他两个互相丢了个眼色，其中一个说："师傅，你是新剃头啊？"

香火说："同志，你们真有经验。"

另一个看了看香火的装束，问道："师傅，你怎么没穿袈裟？"

香火说："从前穿的，后来不许穿了，都拿去烧掉了。"

他们点了点头，总算表示了一点理解和同意，过了一会儿，其中一个又说："不过净土寺里的师傅，都保护下来了。"

香火说："我们也保护的，我们拼了命保护的，可胡司令实在太厉害，他还有参谋长，就是我们本地人，庙里有什么，他都知道，所以藏不住。"

宗教局的同志惋惜说："听说你们的经书全给烧掉了。"

香火说："没有全烧掉，还有一个十三经。"

宗教局的同志立刻起精神了，眼睛发亮，说："十三经，是不是印空法师从前抄的那本经，一直不知道在哪里，原来在你们太平寺。"

香火说："正是的。"

宗教局的同志赶紧伸手说："在哪里，我们看看。"

香火看着那只伸得长长的手，犯了糊涂，自言自语说："在哪里？在哪里呢？"知道自己在犯糊涂，赶紧一拍脑袋，说："我想起来了，在小师傅手上，他当初是带了个包裹逃走的，十三经就在包裹里。"

宗教局的同志觉得奇怪，问道："怎么有个小师傅呢，小师傅是谁？"

香火说："小师傅就是小师傅，一个小和尚。"

那两个分明不信任香火，满脸疑虑，香火只怕再这么一一追问下去，早晚会露馅，正焦虑着，救星就来了，爹不仅带着三官，竟还带着大队长一起追来了，正赶上宗教局两干部在请教香火的法名呢。

香火听到"法名"两字，心里已慌张，又见人家手里拿捏着一本烂册子，翻过来翻过去地仔细瞧看，香火估摸那册子里必定有有根有据的东西在，要想编一个假法名出来，恐怕过不了这关。好在太平寺三个和尚如今都不在，他假冒哪一个都行。再一想，也不是冒哪一个都行的，冒那大师傅，大师傅已经往生了，自己冒他，虽然死无对证，但那不是触自己的霉头吗？冒小师傅吧，又哪里敢，小师傅虽然多年不见影子，但这家伙神出鬼没，谁知哪一天又冒出来了，香火不敢冒这个险，最后就剩下二师傅了，二师傅虽然就近在村子里，但他已经是牛可芙的人了，何况二师傅脾气好，就算知道香火冒他的法名，也不会拿他怎么样，最多念一声阿弥陀佛吧。

于是拼命想二师傅的法名，却惊出一身冷汗，脑子里竟是一片空白，怎么也想不起来，爹赶紧在一边说："慧明师傅，我们来看看你要不要帮什么忙——"

香火大喜，急道："对的，对的，我就是慧明，我就是慧明。"

宗教局年长的那个朝年轻的那个看一眼，年轻的那个接受到暗示，又开始翻册子，翻了翻，皱眉头说："不对吧。"

香火说："怎么不对，难道太平寺没有慧明师傅？"

年轻同志说："慧明师傅是有的，但不是你，跟你的年龄不相符合，慧明师傅今年应该有八十九岁了，你有那么老吗？"

香火才知道说的是大师傅，气得朝爹干瞪一眼，又赶紧朝宗教局两个赔笑，说："同志，我是有意试探你们的，看看你们对太平寺的情况是不是真的很熟悉，慧明那是我家大师傅，不是我，那么我是谁呢，你们猜得到吗——"边拖拉时间，这拼命动脑筋，从慧明想起，终于灵光一现，让他想起来了，三个和尚的法名是连着转的，每个和尚法名的后一个字，就是下一个和尚法名的前一个字，大师傅叫慧明，那么二师傅必定叫明什么，这么一想，就想起来了，二师傅叫个明觉。

香火这回沉住气，慢慢说道："我是明觉。"

那年轻的宗教干部又看册子，仍觉不对，说："明觉师傅，按这册子上的记载，你今年也该有六十多了，你真年轻啊。"

香火装糊涂说："是呀，念经的人，心静，心静的人，不容易老，看上去年轻。"

那干部点头说："师傅说得有道理，心静不易老，所以佛和菩萨都是长生不老的，还有许多老和尚，七老八十了，都眉清目秀，雪白粉嫩的。"

香火喜道："正是的。"

虽那两个一再地怀疑，又旁敲侧击探问，但终究没有什么证明能够证明香火是谁，也没有什么证明能够证明香火不是谁，加之爹、大队长和三官又一直在旁边喋喋不休，支招的支招，做眼色的做眼色，宗教干部想必是他们恢复太平寺心切，也不再为难他们，总算应承下来。

这一应承了，就等于承认了香火就是明觉，那年轻的干部又掏出一张纸，递到香火跟前，说："明觉师傅，你在这里签个字吧。"

香火赶紧往后一缩，说："麻烦，还要签字，不是卖身契吧？"

那干部说："恢复一个寺庙，有许多手续要办，烦着呢，签个字，才是第一步呢。"

硬是将纸塞到香火手里，香火一看，才知道这是要证明明觉和尚从某某年至某某年期间，始终没有离开太平寺。香火将纸捏在手上，慌道："我怎么签，我没有笔。"

年轻的干部就拿了支笔塞给香火，香火心知躲不过，硬着头皮接了笔来，一手拿纸一手拿笔，没有退路了，手沉得抬不起来，嘴上说："你们明明是不相信我，如果你们相信我，为什么还要签字。"终究拖不过去，只得将"明觉"两字歪歪斜斜地签到那纸上，忽觉背心上一震，好像被拍了一掌，赶紧在心里念道："二师傅，我冒名顶替了你，我是为了太平寺，你老人家不会怪罪我的，别拍我的后背心，拍了我会咳嗽的。"

宗教干部拿到那张签了字的证明，也算是办完了公事，让香火等候他们的通知，香火有惊无险地送走了他们，踏实下心情来，恭候佳音。

却不料他们一走之后，再也没有回头，别说通知，别说来人，连阵风都没有刮过来。香火等急了，跑到三官家去问，三官说："你还有脸来问，人家早就查出来了,你是个香火,冒充的和尚。"

香火说:"我是香火不错,但是有香火就必有和尚,没有和尚哪来的香火,他们还算是宗教干部呢,连这个都不懂。"

三官说:"你还废话多,你一个小破庙,害得我们受通报批评,说我们弄虚作假。"

香火说:"什么弄虚作假,他们才弄虚作假,我们太平寺明明有庙有屋有菩萨有僧人,他们有眼无珠看不见哪?"

三官说:"你嘴凶,我说不得过你,你有本事找菩萨帮你。"

香火气道:"你有本事永远不要找菩萨帮你。"

菩萨两字一出口,忽然就听到了菩萨的指点,也不和三官这废物再啰唆,拔腿就跑。

香火往牛可芙家去,远远地就看到二师傅站在门口张望,等香火跑近了,二师傅笑道:"香火,我就感觉今天有好事来了。"

香火喘气说:"呸,还好事呢,我冒充你当和尚,被戳穿了。"

二师傅说:"好事多磨吧。"

香火说:"我磨来磨去也磨不成。"

牛可芙闻声出来,看到香火,一笑,说:"你终于来啦,你二师傅等这一个好日子等了好几年了。"

香火怀疑说:"不对吧,我二师傅做了个现成丈夫和现成爸爸,有老婆伺候,有女儿孝顺,还有比这更好的日子要等吗?"回头朝二师傅说,"二师傅,你日子过得好好的,我可不是来拉你回去受苦的,我只要借你用两天,你再回来就是了。"

牛可芙尚要说话,却被二师傅挡住了,说:"好吧好吧,我跟你走就是了。"

两个在路上遇见了三官,三官看到二师傅跟在香火后面急急地往太平寺去,一点也不吃惊,他早知香火会来这一套,跟香火道:"你真是费尽心机,但是我告诉你,凡是早几年还了俗的和尚,那册子上都有,一个也混不过的。"

香火恼道:"该死的册子,倒像是阎罗王的点名簿。"

二师傅说:"我有法子,我知道相王镇长乐寺有个师傅,法名觉正,前些日子往生了,才没几天,他们那册子上必定没有来得及划掉他,我且冒他一冒。"

香火奇道："二师傅，你都还俗好些年了，这些年你都没有出去走动，也没见和尚尼姑往你家去给你传递消息，你怎么就知道相王镇长乐寺有觉正和尚？你又怎么知道这个和尚往生了？"

二师傅说："这个不必告诉你。"

香火不依，说："一个当香火的，倒是尽心尽力为寺庙出力，你一个当和尚的，还鬼鬼祟祟，还心怀鬼胎，你算什么师傅？"

二师傅倒被他说得脸红了，说："我没有心怀鬼胎，是你爹托梦给我的。"

一说爹，香火倒不再怀疑，当即就信，实在是这爹神通广大，什么事都能做出来，香火向天长叹一声，又怨道："爹啊爹，你不是我爹，这等好消息，你宁可去告诉二师傅，也不来告诉我，害我煞费苦心，水中捞月，结果月亮给二师傅捞了去。"

二师傅说："香火，你爹真是个明事理的好爹。"

香火气道："有这么好，干脆你也喊他爹。"嘴里说着，心下生奇，爹向来都是百般护佑他，这回怎么反去助了二师傅，难道爹真的老糊涂了，以为二师傅也是他的儿子？

疑虑归疑虑，不满归不满，事情还得抓紧做，二人遂又把三官请来，重新做了一份报告，说觉正和尚原来是在长乐寺出家，前些年转来太平寺，一直在太平寺伺佛念经，但是册子上的法名仍然记在长乐寺名下，将这情况又报了上去。

那干部想必也知道他们做假，却没有再与他们计较个真假，只是觉得这些和尚香火奇奇怪怪，出尔反尔，但无论如何，他们做假也好，做真也好，只是希望恢复寺庙而已。

太平寺总算蒙混过关、正式恢复了。香火大喜，头一件事就是赶二师傅回去，他把二师傅拱到庙门口，又朝二师傅拱了拱手，说："二师傅，你回吧，小心门槛高，绊脚。"

二师傅赖在门槛里边，任凭香火怎么推搡，他的脚就是不跨出去，香火感觉不妙，急道："你不回去了？你怎么能不回去？"

二师傅说："我回到哪里去？"

香火说："咦，你是牛可芙的男人，你回牛可芙家去吧。"

二师傅说:"我怎么是牛可芙的男人,我明明是太平寺的当家和尚明觉。"

香火"嘻"了一声,道:"你倒当真了,当初我只是借你几天用一用,又没有叫你回来当和尚——你都还了俗,你不能留在这里当真和尚。"

二师傅笑道:"香火,你上当啦,我可没当过牛可芙的丈夫,我们都没打结婚证,怎么算夫妻呢。"

香火急道:"没打结婚证,住在一间房里,睡在一张床上,也是结婚,那叫事实婚姻。"

二师傅说:"嘻,你倒成了婚姻专家,可是你未必知道,我和牛可芙没有住在一间房里,也没有睡在一张床上。"

香火大急说:"难道你是假结婚?"

二师傅说:"你都可以假冒和尚,我为什么不能假结婚?"

香火咬牙跺脚说:"不可能,不可能,人家牛可芙,正当年的时候,弄个假丈夫在家里,不是自己害自己吗?"

二师傅说:"家家有本难念的经,当年牛可芙家遭了难,需要有人念经消灾,可是牛可芙自己不会念经,想叫女儿学念经,女儿又不肯,我就去给她念经吧,这是一举两得。"

香火气道:"难怪她五个女儿长成了五朵金花,原来是你念经念的。"

二师傅又道:"那也是你爹指点牛可芙的,不然她也不会相信哦。"

香火长叹一声道:"爹啊,爹啊,怎么又是你?"

二师傅庆幸道:"香火,幸亏有你爹,我才渡过了难关重归佛祖。"朝着空中拜了几拜。

香火说:"你是拜佛祖呢还是拜我爹?"

二师傅道:"我既感谢佛祖,又感谢你爹。"

香火气道:"你感谢我爹怎么也往天上拜呢,难道我爹也在天上吗,难道他和佛祖在一起吗?"

二师傅看了看香火的脸色,不说话了,停了一会儿,又道:"反正,总之,我要谢谢他。"

香火没想到自己机关算尽却连个二师傅也玩不过,倍觉窝囊,却又无奈,暗自想道:"我原本也没打算出家做和尚,只是做个假和尚把太平寺恢复起来而已,既然如今已经恢复,那天长日久必定是要有真和尚,与其让外面的和尚再来搅和,远来的和尚好念经,到时候样样事情就由不得他,还不如就认了这二师傅,认下二师傅,充其量不过回到从前日子罢了。"

心念至此,还是心有不甘,向来都是香火捉弄别人的,这回却被老实巴交的二师傅弄了一下,心里气不过,说道:"我奔前奔后忙了多少天,我把我的佛陀都当出去了,结果却是为你忙的?"

二师傅说:"不是为我忙的,是为众生忙的。"又说,"从现在开始,我不姓二了。"

香火说:"那你姓什么?"

二师傅说:"我姓大。"

说完这句话,二师傅就迈进了大殿,香火跟过去一看,只觉得心往下一沉。那二师傅已经盘腿坐下,开始阿弥陀佛了。

香火退了出来,知道事情已经没有余地,二师傅的身子已经像菩萨一样,定在庙里了,无论香火玩出什么花招,使出什么法子,也轰不走他了。

可是自从二师傅将自己改姓大以后,却颇不受用,每有人喊他大师傅,他概不理睬,不知道是喊他,待别人指明了是喊他,才会回悟过来,但怎么听怎么别扭,怎么想怎么别扭,大师傅明明在寺庙后面的菜地下,二师傅无论如何也不能把自己想象成大师傅,任别人怎么喊,他也应不了声,最后认了输,说:"算了算了,还是二吧。"

香火解了气,嘴还不饶人,嘲笑说:"二就是二,天生的二,成不了大。"

二师傅跟着牛可芙那俗人俗了几年,嘴巴也练俗起来,说:"香火就是香火,天生的香火,成不了和尚。"

蛤蟆咯咯叫,要有雷雨到,两个打着嘴仗,果然雷雨就到了,一下雨,庙房嘎吱嘎吱响,下了两天雨,太平寺除了大殿还勉强立在那里,其他房屋全部倒塌了。

二师傅盘腿坐下,朝菩萨拱了拱,眼睛也不看香火,嘴上却说道:"香火,这是菩萨叫我们修庙了。"

香火怨道:"他叫我们修庙,我们拿什么修,敲掉我们两个的肋膀骨还不够搭个茅坑。"

二师傅不着急，仍旧安心坐定在菩萨跟前，面前摊开一本经书，眼睛似睁似闭，香火气道："庙房塌了，你看经书就能重新造起来吗？"说了又气道，"二师傅，你哪来的经书，当年不是都烧尽了吗？"

二师傅说："我藏了一本。"

香火想道："这些和尚，貌似老实，其实贼精，孔万虎也未必玩得过他们。"心念一到了孔万虎，立刻闪亮起来，赶紧说，"二师傅，现在孔万虎当县长了，不如你找他要钱去。"

二师傅说："和尚只管念经，香火才管杂事。"总算睁开了眼睛，朝香火看看说，"你去找孔万虎才对。"

香火道："听说孔万虎很贪，我两手空空怎么去找他。"

二师傅两眼睛又闭上了。

香火道："家里稍值钱的东西早都给我折光了，那个佛陀当了又赎，赎了又当，已经好几回了，又没有钱再赎回来。"

又道："我出力出钱，你当现成和尚，天下没有这个道理。"

再朝菩萨道："菩萨，菩萨，你睁眼看看，哪有和尚这样欺负香火的。"

菩萨笑眯眯的，不说话。

二师傅闭上的眼睛也没有再睁开。

香火只得到院子里转圈，想圈出个主意来，还没有转到两圈，主意来了。

这主意就是爹。

一想到爹，就想到爹的那套经书。那经书很厚实，拿报纸包了，看不出里边是什么，兴许会以为是钱，这么厚的一叠端在手里，孔万虎看在眼里喜在心里，说不定不等他打开来，那给钱的条子就批下来了。

心念至此，香火遂往庙外来，才走了几步，爹倒已经捧着经书在路上等他了。

香火喜道："爹啊，爹，你真是我爹。"

爹不说话，只是露出个黑洞朝他笑。

香火又说："幸亏当年祖宗吹灭了火，才保下这套经书，祖宗真的有知哦。"

爹也不多话，将包好的经书交与香火，香火遂往县城去。到得县城，找到县政府，但是没有孔万虎发话，香火进不去。捧着厚厚的纸包站在县政府大院门口，那包包得严严实实方方整整，看不见里边是什么，但是如果有人愿意想象一下，肯定会想到是什么，引得那门卫和进进出出的人都拿着怀疑的眼光瞅着香火和他手里的东西。

香火见人就说："我找孔县长，你们帮我带个信给他吧，我已经站了两天了。"

众人看他手里捧着那东西，也不答话。香火又说："我不骗你们，我真的是找孔县长的，你们看，我这东西都是给他准备的。"

那孔万虎在里边听秘书的汇报，心知光脚不怕穿鞋的，拼不过香火，认了输，让香火进了来，说道："你想干什么，想害我啊？"

香火说："我是来求你的，怎么敢害你。"

孔万虎指指香火手里的东西，说："这么厚重的东西，还包得方方整整，人家会以为什么东西？"

香火说："会以为是什么？"

孔万虎说："打开来一看不就知道了。"

香火见孔万虎非要打开来，只得坦白说："还是不要打开吧，打开了你就要赶我走了。"

孔万虎笑道："我就知道不是什么好东西，不会是几块砖头吧？"

香火说："比砖头要强一些的。"遂打开纸包，孔万虎上前探头一看，也没看出个所以然，问道："这是什么？"

香火说："这是经书，《释氏十三经》。"

孔万虎说："你们用经书来走后门，真有想法，你二师傅恐怕想不出这么好的主意，是你想出来的吧？"

香火没说是爹的主意，只说："这经书用纸包了，看起来和那个什么也差不多。"

孔万虎又笑了笑，说："亏你们想得出来，拿经书来跟我做交易，也不怕菩萨生气。"

香火说："除了经书，我们只有香烛，我和二师傅称了一下，经书的分量比香烛重一些的。"

孔万虎说："你们还按斤论两啊？"眼睛朝那经书瞄了瞄，忽然奇怪起来，说，"香火，你哪来的经书？"

香火说:"庙里的。"

孔万虎说:"庙里的经书不是早就被烧光了,怎么又出来了,香火,你来求我办事,还哄骗我?"

香火只得如实报告道:"这套经书是我爹藏着的,是我爹让我带来给孔县长的。"

孔万虎"哼"道:"你爹?你别拿你爹来吓唬我,这么多年,什么样的人我都见过,什么样的鬼我也见过,人我不怕,鬼我也不怕。"

香火道:"你什么意思?你都当县长了,还吐不出象牙。"

孔万虎也不生气,说:"咦,难道你爹没死,是我搞错了?不可能啊,我怎么会搞错呢?"

香火急道:"必定是你搞错了,我到县城来找你,他一直还送我上了长途汽车呢,汽车开了他还朝我挥手呢,那不是我爹,难道是我爹的鬼?"

孔万虎笑了笑,说:"就随了你,人也好,鬼也好,反正你这事情我是不能批的,不归我管。"一边说,一边倒有心情把那经书捧过来,翻开来看看,只看了一眼,立刻合了起来,说,"怪了,什么字,一看就头晕?"

香火心里一奇,怎么这孔万虎竟和他一个德行呢,没敢说出来,硬着头皮说:"经书是养心的,还养性,念了经书的人,心地一个比一个好,性子也一个比一个温和,你要是看不进去,我来给你念一段。"横了一心,也不顾自己头晕不晕、心烦不烦,拿来十三经,翻开来,准备它晕,准备它烦,它却不晕,也不烦,心里奇着,随手翻出一页,嘴上就结结巴巴地念将起来:"在无畏佛问圆通我以旋湛心光发宣如澄浊流久成清莹什么什么什么。"

孔万虎听了听,说:"什么东西,不懂。"

香火说:"念经不需要懂不懂的。"

孔万虎道:"香火,你居然在我面前念经,你当我是白痴,还是当我是菩萨?"

香火说:"当然当你是菩萨,你就等于是菩萨。"

孔万虎说:"你念经求菩萨,总能从菩萨那儿捞点好处,可惜这回你失算了,我这尊菩萨,是尊铁菩萨,一毛不拔。"

香火朝他的脸瞧了瞧,说:"孔县长,冲着你这胡子眉毛,你身上的毛也不会少，绝不是铁菩萨，肯定是个毛菩萨。"

孔万虎将裤腿一撩，伸到香火面前，果真一腿的黑毛，笑道："你要这毛，要你就拔吧，我决不生气。"

孔万虎如此难对付，香火心下正焦急，孔万虎的秘书进来了，说有人来见孔万虎，孔万虎让人家进来，香火急了，说："不能进，不能进，我的事情还没完呢。"

孔万虎倒不计较他，说："你爱留着就留着吧，我又不怕你，又没要赶你走。"

话音未落，那人已经跟着秘书进来了，手里握着一个卷子。秘书退出去，那人看了看香火，似乎觉得香火在场他有所不便，孔万虎说："没事，这是个和尚，不问俗事，你有话便说。"

那人又朝香火头上看了看，仍有些疑虑，孔万虎说："和尚太穷了，没钱剃头，来向我讨要剃头钱。"

那人"啊哈"一笑，不再把香火放在眼里了，躬身上前，将那个卷子搁在孔万虎的办公桌上，小心翼翼地一点一点地展开来。

孔万虎招呼香火走近一点，说："你也过来长长见识，这可是虎王的大作。"

香火不知虎王是谁，但听孔万虎的口气和看那人的神色，也知道是个人物，想必是个有名的画虎的画家。

随着那人的手慢慢地滚动，那画也慢慢地展现开来，最后，那人索性高举双手，将那画"哗啦"一下挂了下来，画面全部展露无遗。

香火探头一看，哪里有老虎，只有一块大岩石，再仔细看，有一个虎屁股露在岩石外面，虎的大半个身子藏在岩石后面，看不见，香火忍不住"扑哧"一笑，道："一个屁股？"

孔万虎也早已经看到了那屁股，他没生气，倒是那送画人慌了手脚，一脸慌恐，解释说："哎呀，哎呀，孔县长，我不知道是一个屁股，大师卷着交给我，我就直接拿来了，我真的不知道是一个屁股。"

孔万虎仍然笑眯眯的，接过那画去，凑近了又仔细瞧了一番，说："屁股好，屁股好，大师没跟你说屁股好吗？"

那人语无伦次地跟着说："屁股好，屁股好……啊不，屁股不……"

孔万虎说："为什么说屁股好，你们知道吗？你们看看这虎屁股的姿势，就知道了,这叫蓄势待发。"

送画这人,不料送来一个屁股,以为孔万虎会恼怒,却见孔万虎如此高兴,赶紧见风使舵,掩饰去慌张,顺着孔万虎的口气说:"是呀,是呀,躲着的老虎,比看得见的老虎更厉害噢。"

孔万虎道:"你们瞧这虎屁股强劲有力,发起虎威来必定非同小可。"再指指画面上的其他地方,又说,"更何况,大师可不止给了我一个屁股,你们看,还有好几行脚印呢,大师一个虎脚印,就是无价之宝啦。"

哈哈哈地笑了一场,收下画屁股,待那送画人走后,孔万虎朝香火看了一眼,说:"老狐狸,嫌我不给润笔,就画个虎屁股给我。"

香火说:"既然你知道屁股不值钱,怎么还装高兴,说屁股好?"

孔万虎说:"人家要个画、送个画也颇不容易,给他个台阶下吧,这叫顺坡下驴。"

香火"啊哈"一笑道:"孔万虎,你干脆改名叫个孔万驴得了。"

孔万虎也不计较他,自顾说道:"其实反过来一想,屁股更好,老虎屁股比老虎头厉害。"

香火不解,说:"怎么可能,老虎凶就凶在嘴上,它是用嘴吃人的,又不是用屁股吃人。"

孔万虎说:"它先用屁股上这根尾巴把人鞭倒了,再用嘴吃嘛,为什么人家都说老虎屁股摸不得,不说老虎头摸不得呢,哈哈哈——"

香火说:"孔万虎,你有一万根虎鞭呢。"

孔万虎终于有些挺不住了,说:"香火,虽然我们乡里乡亲,你也不能老是对我直呼其名,当了我秘书的面,叫我下不来台。"

香火奇道:"你秘书不是不在这屋里吗?"

孔万虎说:"他人虽然不在,耳朵却是在的噢,随时都在的噢。"

香火吓了一跳,四下一看,说:"他在偷听?"

孔万虎说:"不要说得那么难听嘛,这是关心领导。"

香火赶紧压低了声音,说:"孔万、孔万县长,既然乡里乡亲的,你家乡的太平寺塌了——。"

孔万虎挥了挥手,打断他道:"这事情不归我管,我早就跟你爹说了,让他告诉你,叫你死了这条心。"

香火奇道:"咦,难道你见着我爹了?"

孔万虎说:"就你爹那样子,老得牙都掉尽了,只剩一个黑洞,还来和我啰唣,我都懒得理他。"

香火更奇了:"不可能,不可能,我爹怎么可能进你县政府来,我都是费了九牛二虎之力才进来的。"想了想,又觉哪里不对,想必是孔万虎在玩弄他,说道,"你刚才说我爹是个鬼,现在怎么又说我爹来见了你?"

孔万虎说:"无论他是人是鬼,反正他是阴魂不散,这么多年,哪里少得了他。"见香火还要说爹,赶紧摆手说,"别说你爹了,我只管告诉你,你那事情,我办不成。"

香火急道:"为什么,你给别人批了那么多条子,一条多少万,一条又多少万,就不能给太平寺批一点点,我们要的也不多,修一下就行了。"

孔万虎说:"你也不想想,当年这破庙是在我手里封了的,现在你又要我来给你们修庙,我不是要自打嘴巴吗?"

香火赶紧道:"你不要打自己的嘴巴,我打就是了。"

孔万虎道:"你打也不行,你打烂你的嘴巴也不行。"说罢,便往自己的椅上一坐,朝外喊道,"进来吧。"

那秘书果然就在门口守着,应声而入,香火说:"你进来得这么快,说明你就在门口偷听啊,你以后听到喊声,慢一点进来,他喊三声你才进来。"

那秘书摸不着头脑,也不敢随便答话,只是在拿眼睛看着孔万虎的时候,顺便瞄了一眼桌子上那套打开的经书,香火怕他不认得,赶紧说:"这是经书,《释氏十三经》。"

那秘书收拢目光,只等候孔万虎的指示。

孔万虎说:"这个和尚师傅,进了县政府,说院子太大,认不得出去,你领他出去吧。"

香火被那秘书拱出了大门,天也快黑了,回去的末班车也开走了,也无他法,只能骂骂人,先骂那秘书,再骂孔万虎,又骂二师傅,最后骂到了爹。

"爹,爹,都是你给我出的馊主意,孔万虎怎么会要那经书——"忽然就想到经书孔万虎居然没有还给他,害自己两手空空,更是气急败坏道,"爹,你看你的馊主意，赔了夫人又折兵，这孔万虎真够贪，老虎屁股也要，经书也要。"

心里实在不甘，走了几步又回头，守在县政府大院不远处，专等孔万虎下班。

一直等到很晚，也没见孔万虎出来，就在门口朝里张望，门卫赶他不走，香火说："孔县长出来我就走。"

过了一会儿，孔万虎没有出来，倒来了两个穿服装的，料是那门卫告了刁状，香火又饿又冷，也纠缠不动了，边走边说："哈，县长从后门溜走了吧。"

想到孔万虎居然怕了他，从后门溜走，多少也解了点气，到馆子里吃了一顿，就近找个小旅馆住下，一夜无话，想做个美梦也没做到。

第二天早上无趣地坐上长途班车回家，车到平安镇，怕走路，一心想搭个顺风车回村，心念刚刚到，就看见三官的拖拉机过来了，赶紧上前爬了上去，心里生孔万虎的气，也生着三官的气，不与三官说话，三官反倒赔上个笑脸，还朝他翘了翘拇指。

香火且不理他，偏过头去不看他，那三官竟一屁股挪到香火对面，说道："香火，还是你爹说得有道理。"

香火道："我爹又说什么啦？"

三官说："是你爹从前说的，说你早晚会成个人物的，你还真成了人物了。"

香火又气人又气己，自贱道："我算什么人物，狗屁人物，我去找孔万虎，被他给赶出来了，还赔上了我爹的十三经。"

三官说："没有赔，没有赔，十三经管了用，香火你不要再瞒我们了，孔万虎批给你的钱，镇上都已经知道了，你想瞒都瞒不住，再说了，这钱是修你太平寺的，我们也不想沾你什么便宜，我们也不敢沾你什么便宜，你只管把那些活留给村上人做便是了。"

香火惊得一屁股从拖拉机上掉了下去。

原来那孔万虎早已知道自己要出事了，紧赶慢赶在那个下午批了几十个条子，连香火向他要的修复太平寺的款子都如数地开了出来，也算是在坏事做尽之后，做了一件好事。

还有人说，当天晚上孔万虎就没有离开办公室，难怪香火守了半夜也没有守到。天一亮，宣布他隔离审查的人就到了他的办公室，孔万虎说："我终于等到你们了。"

香火心急火燎回了太平寺,那二师傅自是比他先得到消息,这会儿见了香火,倒好像那钱是他要来的,赶了紧地说:"大菩萨的手臂可以装上去了。"

香火顾不上理他,先问道:"我爹呢?"

话音未落,那爹果然闪了出来,露着嘴上一个黑洞,盯着香火看了半天,高兴道:"香火,你是我的儿啊。"

香火还以为爹会说出个惊天动地来,哪料又是这么一句废话。

第十一章

紧紧地将庙修了，大菩萨的胳膊也重新装上了，和尚香火都在了位，可是这庙却成了座枯庙，香火旺不起来，孔家村的人不来拜菩萨，其他远远近近村子的人也都不来。

香火心里没落，不想做事，就坐在殿外靠着墙打瞌睡。

瞌睡一来，好事就来了，香火竟做出一个好梦来。

香火许久都没有做成这样的好梦了，又吉利，又圆满，喜不自禁，忍不住叫喊出来。可这一叫喊，却把自己吵醒了，梦醒后，呆望着空空荡荡的院子，别说香客，连个鬼影子也没有。望了一会儿，才想起这是个梦，顿时泄了气，气得抬手"啪"地打了自己一个嘴巴，骂道："你算个狗屁香火，你连个香客也没有，就只配做个大头梦。"打了一个，打得不重，稍有点疼痛的感觉，甚觉不解气，又重重地再打了一个。

正好二师傅念罢了经，从大殿出来，见香火打自己嘴巴，甚觉惊奇，说道："香火，你在打自己的嘴巴？"又问，"香火，你生谁的气？"

香火说："我生梦的气。"

二师傅说："你做噩梦了？"

香火说："我做了个美梦，可醒过来一看，屁。"

二师傅说："倒也是的，梦是反的，你梦到什么呢，吃红烧肉？"

香火说："何止是红烧肉，什么都有吃，我梦见庙里有一口钟，钟声一响，香客争先恐后挤进来，不像是拜佛，倒像是抢购。"

二师傅奇道："怎么是抢购？庙里有什么好购的？"

香火说："他们个个手里捏着钞票，不是抢购是什么？"

二师傅赶紧打断香火说："你刚才说什么，你说到钟声？"

香火说："是呀，钟声一响，他们就进来了。"

二师傅说："你看到钟了吗？"

香火说："当然看到了，就支在院子中央，有一个木架子，钟就架在上面。"

二师傅说："你看见谁在敲钟吗？"

香火想了想，说："看见了，是我爹。"

二师傅怀疑说："你会不会看错了，怎么会是你爹？"

香火说："那应该是谁？"

二师傅说："当然应该是佛祖，但佛祖你是看不见的，你应该没有看见敲钟的人。"

香火说："可我明明看见我爹在敲钟，难道我爹就是佛祖？"

二师傅不能任由香火胡乱说下去，他也不再追问，也不再说话，拔腿就往后院禅房去，香火紧紧跟上，二师傅到自己屋里，从床底下拉出个匣子，又将身子侧过来，挡着香火的视线。

香火说："挡什么挡，不就是那点余款么，不看我也知道。"

二师傅不语，沾着唾沫清点起来。

香火道："二师傅，没想到你还过一回俗，还这么笨。从前你防我偷东西，就藏在床底下，现在你还藏在床底下，我要是想偷你钱，连脑子都不用换过。"

二师傅说："够了，省着点，打一口钟够了。"

香火说："打钟干什么？"

二师傅说："咦，你还问我干什么，是佛祖托梦给你，说我们太平寺少一口钟，有了这口钟，太平寺的香火就会旺起来。"

香火说："你怎么知道？"

二师傅说："是你自己做梦做到的——我也觉得奇怪，佛祖怎么会托梦给你，不托给我，这不公平，也没道理呀。"

香火说："二师傅，你说佛祖不公平？"

二师傅赶紧说:"我说漏嘴了,佛祖是公平的,他既然托梦给你,你就是他选中的人。"

香火吓了一跳,说:"佛祖选中我干什么?不是要我去陪他老人家吧?"

二师傅说:"你想得美,佛祖是要你造钟。"

既是佛祖的要求,和尚香火皆不敢怠慢,赶紧找人打了一口钟,等钟和支架运来,按照香火梦中的位置,将钟支好,香火到灶屋拿了根柴伙出来就想敲,二师傅又赶紧挡住,问:"你再想想,你在梦里听到钟响是什么时辰?"

香火想了想,说:"好像是中午的时候,当时我肚子很饿了,抬头看看天,太阳正在头顶上。"

二师傅抬头看了看天,点头说:"那就是了,现在还不到时辰,我们等到正午时敲钟,不能提前敲。"

香火说:"提前敲了会怎样?"

二师傅并不回答提前敲了会怎样,只说:"反正要到中午才能敲。"

香火戳穿他说:"二师傅,你要去蹲坑,怕我抢着敲。"

二师傅说:"你知道就好,反正你不能敲,你不是出家人,敲了没用的。"

香火不吭声,心想:"哼,明明是我的功劳,你倒要抢了去。"

二师傅便意急起来,赶紧去后面的茅坑,二师傅一走,香火就等不及地敲了起来。

那边二师傅刚解了裤带蹲下来,听到了钟声,赶紧系起裤子又返回院子来,急道:"你怎么敲了?"

香火说:"我刚才又做了一个梦,梦见钟声是上午响起来的,就是现在这时候,我想等你大完便回来,就错过时辰了,所以赶紧敲了。"

二师傅说:"完了完了,到时辰敲钟,钟声才能传得远,你不到时辰就敲,钟声就传不远了。"

香火说:"远是多么远呢?"

二师傅:"远是说不出多远的远。"

香火说:"二师傅,你以为是佛祖敲钟啊,这一口小钟,能传出一里地已经是菩萨保佑了。"

二师傅说也说不过他,钟敲也敲了,声音也传出去了,想收回来重敲是不可能的了，二师傅生气说："罢了罢了，这钟就当它白造了吧。"

没想到这话竟被二师傅说中了，这钟果然是白造了。每天早晨香火到院子里拼命敲，吃奶的劲都使上，除了有风吹进来，就没有个人是听了钟声来进香拜佛的。

香火气得说："我就不信了，二师傅，你敲钟，我跑出去听听，钟声到底能传多远，难道连孔家村的人都听不见？"

二师傅敲钟，香火跑出去，钟声就一直追着他。一直跑到村口，还能听见，再跑到村尾，也能听见，绕了一圈，钟声始终在响，香火就奇了怪了，拉住了老态龙钟的起毛说："起毛叔，你耳朵聋了吗？"

起毛说："你凭什么说我耳朵聋了，我耳朵聋了，还能跟你说话吗？"

香火说："你既然没聋，你怎么听不见钟声呢？"

起毛朝香火望了望，也奇了怪，说："听见呀，我又不是聋子，我怎么会听不见，你们一天到晚敲，敲得烦恼死人。"

香火说："原来你们都听见，假装听不见，不来进香。"

起毛还是奇怪，说："我们干什么要去进香？"

香火说："你们难道没有事情求菩萨吗？"

这话一说，起毛不奇怪了，笑道："求菩萨，菩萨能应吗？"

香火说："你们从前也求菩萨，菩萨哪样没应你们？"

起毛又道："可是菩萨把自己的手臂都丢了，我们哪里还敢求他。"

起毛说罢，甩手走了，丢下香火一人，那钟声还不停不息地响着，香火气得冲那钟声说："敲，敲，敲，你敲到现在也不停手，累不累，烦不烦？"

香火回到庙里，二师傅才停止了敲钟，问道："你走出多远？"

香火说："再远也没有用，他们明明听得到钟声，也不来，都怪那孔万虎，把菩萨的手臂砍断了。"

二师傅说："阿弥陀佛，虽然当初他砍断了菩萨的手臂，但现在接上去，也是靠他帮的忙。"

香火怪不着孔万虎，又怪到爹那儿去了，说道："爹啊，爹，你不是我爹，你都不告诉我，为什么你敲钟，我听得见，我敲钟，人家偏不理睬我？"

正无端地冤枉爹，爹已经到了，进院来一看，拍打起自己的脑袋来，说道：

"都怨我，怨我没有跟你交代清楚，这口钟，不该是这样支的。"

香火嗔怪道："不这样支，应该怎样支，你不告诉我，叫我怎知道？"

爹说："我来给你重新支。"到了钟的跟前，看那架势，爹是要挪动钟的架子了，但就爹这八老九十的老身子，身上还能有几斤几两的力气，香火嘲笑道："爹，你以为你是我的儿啊？"

爹说："我是你爹。"硬是拉扯着架子，眼看那钟被拉得侧向了一边，就要倒地，香火急叫道："喔哟哟，我的钟，我的钟——"急奔到钟跟前，去扶那摇摇欲坠的架子，可是钟重架子太轻，香火扶它不住，顷刻间那钟就砸了下来，也就奇了怪，那钟明明侧在香火这边，可等到砸下来时，却偏偏砸在爹的腿上。

爹的腿被钟压住，也不喊疼，香火下了死劲，将钟挪开一条缝，拉出爹的腿来看看，又红又肿，怕是要断了，爹却已经站了起来，试着走了几步，说："没事，香火你看，没事。"

香火见爹果然行走如常，知道没事，便照着爹的吩咐将那钟重新支起来，支好了钟，爹也离去了。

那二师傅这才不慌不忙地出来了，朝着移了位的钟瞧瞧，说："香火，你挪的？"

香火说："我爹挪的。"

二师傅不与他计较，笑了笑，说："挪就挪了，就不要推三托四，还推你爹头上。"

香火道："我爹的腿还被钟砸了呢，不过我爹老骨头硬朗，没砸断。"

二师傅道："那是当然，谁能砸断了你爹的腿噢。"

两个人议论了一会儿，又到了敲钟的时辰，不料那钟还没响，三官急急奔进来了，喊道："香火，香火，快回去吧，你娘的腿断了。"

香火"嘻"了一声，说："咦，砸的是我爹，断的怎么是我娘？"

三官"呸"了他一声，道："你回不回？你不回，难道叫老二老三停学回来？"

香火虽然怕见他娘，但还是跟着三官回了家，进了院子，朝娘的屋门口一站，娘就床上鲤鱼打挺地骂人："滚，滚，我不要看你。"

三官上前劝说："你不要看他，谁来伺候你？你腿子都断成这样了，嘴还凶啊。"

那娘道:"不要说腿子断了,就是头断了,我也不要他伺候。"

那三官也拿她无奈,到队上先喊两个娘们儿来伺候着,香火坐在院子里消闲,听娘骂人,反正听惯了的,当她在唱歌。

隔了两日,二珠三球也赶到了,两个一回来,先不问娘的断腿如何,一进屋先跟娘计较起来。

一个念到大三,一个升了大四,离大学毕业只有一步之遥,偏偏这时候娘倒下了,家里不仅供不了他两个念书,该干的活儿也没人干了,可是这俩兄弟心念一致,谁也不想停学在家伺候娘。

两个守着娘说:"娘,香火在院子里等。"

他娘"呸"道:"香火?哪来的香火?香火是谁?"

二珠道:"香火是我们家的大哥,家里的事情要他管。"

他娘恼道:"你倒喊他大哥,他像个大哥样子吗?"

三球说:"不管他什么样子,他总是长子。"

他娘冷笑说:"你两个,商量好了不要你娘?"

两个又齐声道:"娘是大家的娘,不是我一个人的娘。"

他娘听罢,脸一冷,朝里一侧,不再说话,丢下两兄弟站在那里发愣,发了半天愣,才愣醒过来,老二指责老三说:"都怪你,说什么娘是大家的娘。"

老三说:"你也说了。"

老二顿了顿,又说:"本来嘛,本来娘就是大家的娘。"

老三也说:"本来嘛,娘就是大家的娘。"

见说不动老娘,两个又齐齐地出了屋,拥上香火再进屋,拱到娘的床前,那娘照例吼起来:"你滚,你滚,我不要看见你。"人虽躺在床上不能动,模样还如狼似虎。

三官说:"既然你不要香火,那就只有老二老三里挑一个了。"

那两个小的,赶紧往外去,香火追出来,四下也看不到个爹,就在院子里念叨:"爹,爹,你到哪里去了,平时好好的不出事,你老在我面前晃,现在娘的腿断了,你倒躲起来了,你能躲到哪里去呢?"

那老二笑道:"爹还能躲到哪里去,躲到阴阳岗去吧。"

老三也笑道:"你有胆量就到阴阳岗去找爹吧。"

那为娘的在里边继续大吵大闹说:"你们要是让香火回来,我就不吃饭,我饿死也不吃。"

两兄弟守着这么个娘,无理可讲,便也跟她胡搅蛮缠,一个道:"娘,你为什么不要香火伺候你?难道香火会在你的药里下毒?"

另一个说:"难道香火会偷偷挑断你的脚筋?"

娘说:"保不准还有更毒的手段。"

这边几兄弟和娘吵吵闹闹,隔壁那牛踏扁听清了,在自家院子里念道:"一个老子,养三个儿子,养成三个米花团子,三个儿子养一个老子,养成一粒干瘪枣子。"

二珠来气,跳出去与牛踏扁斗嘴,斗了几句,牛踏扁说:"你嘴凶顶什么用?娘倒下了都不肯回来伺候。"

二珠心里不服,嘴上硬道:"谁不肯回来?"

三球一听,立刻"噢"了一声,大喊说:"娘,娘,二珠留下照顾你,我去上学了。"话音未落,拔了腿就跑。

香火知道没他的事了,到门口,朝娘说:"我也回庙里去念经了。"

他娘呸道:"心不光明点狗屁灯,念不公平看狗屁经。"

香火向来躲着他娘,不和他娘正面冲突,这会儿却忍耐不住说:"娘,你骂我,尽管骂,可不敢骂别的东西,灯啦,经啦,那都是菩萨身边的东西。"

他娘道:"做了猪头,不怕榔头,你叫它们来报应我、敲我的榔头便是了。"

香火见娘这嘴如此无忌,急得直喊:"爹,爹,娘如此骂法,菩萨都要生气啦。"

他娘道:"你还有脸开口一个菩萨,闭口一个菩萨,让你这等货去伺候菩萨,老天瞎了眼,佛爷爷眼珠子你都敢刮。"

爹实在听不下去了,终于来了,朝香火说:"香火,香火,你别理睬你娘。"

香火委屈道:"爹,你怎么才来?"

他娘一听,愈加拍着床沿骂道:"好你个烧香的,好你个抹灰的,你还敢跟我装神弄鬼!"

爹生气道:"你再敢这么对付香火,我就、我就和你离婚。"

他娘只管朝香火翻白眼,根本不把他爹的话放在耳里,香火替爹重复一遍道:"娘,爹要和你离婚。"

他娘一听,瞪起两牛眼,正要开口骂,却不料被脏话堵住了嗓子眼,一时透不上气来,闷了过去。

爹赶紧拉了香火出来,说:"香火,我听说你在庙里只是看着师傅念经,自己不念?"

香火说:"定又是那二和尚多嘴,爹,我只是个香火,可以不念。"

爹说:"你从明天起,也学着师傅一起念念经,早上拜一拜佛,晚上拜一拜佛。"

香火说:"为什么?"

爹说:"咦,为了你娘早点爬起来呀。"

香火忍不住"嘻"了一声,又赶紧打住了,正色地点了点头,说:"我知道了。"

他爹说:"你答应我了?"

香火嘴说:"答应了。"心里想:"我在庙里,爹在家里,爹又看不见我在干什么,我拜不拜菩萨,我念不念经,爹才不会知道呢。只关照二师傅不要再多嘴就是了。"

香火回到太平寺,第二天一早起来,照例和从前一样,只干香火该干的活,也没去拜菩萨,也没念经,更没有给他爹他娘点一支香。太阳还没升一竿子高,二珠就跑来了,惶恐不安说:"香火,香火,不好了,娘不仅腿不能动,连手都不能动了。"

香火说:"怎么会,医生不是说,只会一天一天好起来,怎么会一天一天坏下去呢?"

二珠说:"我也不知道,医生也不知道,我想来想去,可能你知道。"

香火说:"奇了怪了,我怎么会知道。"话一出口,才想到爹的吩咐了,这才有点着慌,虽然没看见爹来,却只管对爹说:"爹,你别以为我没做,我做了的。"

二珠奇怪说:"爹又来找你了?爹叫你做什么?"

香火说:"我不跟你说,你回去吧,反正我答应爹的,我会做的。"

二珠走后,香火赶紧到菩萨前拜了拜,说:"菩萨,早上没来,现在补上,晚上再来。"

天还没晚，又到菩萨跟前，说："菩萨，我又来了。"又拜。

晚上又找了个蒲团，拖到自己屋里，睡前学着师傅的样子，朝上面盘腿一坐，念了一会阿弥陀佛才睡。第二天起来也不先往灶屋去了，就径直往大殿来拜菩萨，如此过了些日子，心想娘该没有再坏下去吧，一直惦记着希望二珠再来一趟，报个喜讯，可二珠一直不来。香火琢磨一下，分析出两种情况：要不就是娘的病情严重了，不光手也不能动，可能全身都不能动了，说不定连歪嘴说话也不行了，所以二珠要顾娘的病，也顾不得找他了；要不就是娘情况好转了，二珠是个报忧不报喜的狗东西，好消息就不来传给他了。

隔了一日，牛可芙来看二师傅，告诉香火说："你娘好多了，我昨天还看到她撑着拐杖在村里走动呢。"又说二珠，"你那二兄弟，倒是个能耐人，人家养乌龟王八发财，他养个地鳖虫都发财，叫个企业家了。"

香火这才放了心，又将二珠狗日的狗日的骂了几句，心里总算舒坦了。一舒坦了，就放懒，晚上也不去大殿拜菩萨，睡觉前朝床前那蒲团看了看，用脚踢到床底下去了，说："谢谢你了，我完成任务了，你也休息吧。"

蒲团在床底下休息，他在床上休息。刚要入睡，二珠却奔来了，轰开了他的房门，说："好啊香火，你还睡觉，娘不行了。"

香火一惊，赶紧坐起来说："怎么啦，不是说能够撑着拐杖走路了吗？"

二珠说："好了几天，刚才突然又倒下去了，口吐白沫，医生说，可能是第二次瘫痪了。"

香火脑袋里"轰"了一声，说："第二次瘫痪，那会怎么样？"

二珠说："医生说，可能一辈子也站不起来了。"

香火大急说："没这道理的，没这道理的，我只偷了一天懒，爹也没看见，爹也不——"

二珠起先并不知道香火在说些什么，只见他嘴唇一掀一合，喃喃呢呢，倒像个和尚在念经了，便说道："香火，你是不是又瞒着我们干什么坏事了，报应报在娘身上了。"

香火说："我没有。"

二珠冷笑道："那你就让娘永远躺着吧。"

香火大急，大声喊道："这不能赖我，这不能赖我！"这一高声，就把自己喊醒了,拉开灯看看,哪里有二珠?定了定神,将这梦从头到尾又想了一遍,清清楚楚的,连细节都历历在目,想清楚了后,出了一身冷汗,赶紧跳下床来,把床底下的蒲团拖出来,盘腿坐上去,念阿弥陀佛。念的时候还是有许多杂念,想道:"还真缠上了,不念还真不行了?"又想,"哎呀,念就念吧,念几声阿弥陀佛,也吃不了多大个亏。"

腿虽然盘在蒲团上,嘴虽然念着阿弥陀佛,杂念长了脚却走得远去了,但等一发现了,赶紧收回来,站起来运动运动麻了的腿,重新再盘下去,再集中精神念阿弥陀佛,念着念着,杂念又起,于是心绪烦躁,眼睛虽是闭着,但眼皮子乱颤,太阳穴一跳一跳的,比睁着眼睛时还辛苦还紧张,气道:"日鬼了,为什么师傅念经的时候,眼皮子一动不动,连蚊子也不咬他们。"气狠狠地拍打自己的眼皮,拍了几下,眼皮子不乱颤了,心里也渐渐安定下来了。

娘的断腿彻底好了,三球回来拉二珠回学校复读,二珠却道:"我回学校干什么?"

三球说:"读书呀。"

二珠又道:"读了书干什么?"

三球说:"苦出头呀。"

二珠道:"我已经苦出头了,为什么还要去读书?"

那早已经老得不能上课的言老师听得此言,一口气半天上不来,吭哧吭哧说道:"人生不读书,活着不如猪。"

他连孔夫子云都忘记了。

二珠才不感谢孔夫子,他只感谢财神爷,遂给太平寺请来一尊财神菩萨,还嫌大殿里菩萨太多,又乱,又挤,特意在院里造了一座偏殿,供财神菩萨独住。

自从二珠养地鳖虫成才,又有财神进庙,太平寺的香火渐渐旺起来,过不多久,较远的村子里也有人来,这些人香火半生半熟的,勉强还能打个招呼,再到后来,来进香的人,香火就一个也不认得了。

香火颇觉奇怪,问道:"你们怎么舍近求远跑到太平寺来进香?你们是不是听到了太平寺的钟声?"

香火穷追不舍,人家却不高兴,说:"怎么,别人可以来太平寺,我就不能来?你不让我来我还非来不可,好处不能让你一家独吞。"

香火说:"不是不让你来,我只是问问,这么远的路,你这一路过来,路过好几座寺庙,随便哪一座都能进去,怎么偏偏知道要到太平寺来?"

那人更生气了,无理道:"怎么,烧香拜佛还要查成分?"

二师傅劝香火说:"你别问了,他自己也说不清,反正他是听到了钟声。"

香火说:"钟声能传那么远吗?"

二师傅说:"是他心里的钟在响。"

香火说:"他们心里倒有钟声,我心里怎么没有钟声?"

二师傅说:"你总有一天会听见的。这辈子听不见,下辈子也会听见的,下辈子听不见,再下辈子也会听见的。"

香火说:"我下辈子也许投了个猪胎呢。"

二师傅说:"猪的心里也有钟声的。"

香火说:"你怎么知道,你是猪投胎来的吗?"

二师傅说:"我不记得了。"

香火说:"你都不记得,怎么硬说自己有前世呢?"

二师傅说:"不记得不等于没有。"

香火认真想了想,好歹认了这个理,说:"二师傅,你这话有道理,如若一个人先前干过什么事,但后来忘记了,却不等于这事情就没有发生过。"

二师傅道:"正是这道理。"

香火惊喜说:"我顿悟了。"

二师傅怀疑说:"不可能吧,我还没顿悟呢,你怎么先顿悟了。"

香火抓住二师傅的错头说:"二师傅,你赶紧打自己嘴巴吧,你自己说过,任何东西都有个先来后到,就是觉悟不分先后。"

二师傅知错,红了红脸说:"教会徒弟饿死师傅。"

老话道,一人看经,众人念佛,那众香客个个生怕菩萨记不住他,跪在菩萨面前,干脆报上自己的名字,我是谁谁谁,我家的谁是谁谁谁,尤其还怕那财神菩萨认错人,保佑了别人,都在他老人家面前互相攀比,你烧一把香,我烧两把香,你点一支高烛,我点一支比你更高的烛。

香火看在眼里,心里且不受用,跟他们说:"财神也辛苦的,你们让他歇歇吧,不要再贿赂他老人家了。"

香客却不能同意，反对说："财神怎么能歇，财神歇了，我们怎么办？"

又怀疑说："菩萨怎么还要歇，菩萨又不是人。"

香火给闷着了，心里正生气，一眼看到了爹，又拿爹出气说："爹，他们把阿弥陀佛当成了摇钱树，你也不生个气给他们瞧瞧？"

爹道："念佛不是摇钱树，念佛如同救命船。"

香火更来气，说："爹，你如此精通，怎么不说与他们听，你一个金口怎么只对我独开？"

爹也不与他计较，扯了他的衣袖，拉将出来，一直走到河边，指着河对岸说："香火，你帮帮河那边的人吧。"

香火说："爹啊，你为难我了，他们在彼岸，我怎么帮他们，河上又没有船，难不成爹要我变成一条船，普度众生？"

爹说："不要你变船，队里就有条空船，你去跟三官说。"

香火道："为什么要我去和三官说，你自己不能去？"

爹说："我不能去，能去我早就去了。"

香火朝爹瞧了瞧，也没计较爹为什么不能去，退一步说："就算有条船，我也不会摇船，再说了，爹你是知道的，长平河上曾经翻船无数，难道爹为了摆渡彼岸的人来，宁肯让爹的儿子翻到河里？"

爹说："不要你摇船，自有人来摇船。"爹的手朝香火身后一指，"你看看谁来了。"

香火一回头，果然有个人悄没声息地站在身后，这人头上顶了一顶奇怪的帽子，帽檐压得很低，把大半边脸都遮住了。

香火说："奇了怪，还有人戴这样的帽子？"

这个人说："你不认得我了？"

把帽子往起一推，香火才看到了他的脸，但也不太分明，半生半熟的，想了想，说："你是老四？"

那老四笑道："我和你，还是那一年在阴阳岗碰上的，你记得吧？"

香火奇怪说："咦，那一年碰见你的时候，他们就说我见了鬼，说你早淹死了。"

爹赶紧抢先说："香火，别听他们嚼蛆，老四一辈子在水上走，水性有多好，淹死谁也淹不死他。"

那老四却不领香火爹的情，说道："那也保不准，淹不死也可能会饿死，累死，跌死，其实，死就死了，也没什么大不了。"

香火朝老四瞧了瞧，说道："且不管你是人是鬼，这么多年不见，如今你怎么又出来了？"

那老四道："我怎么能不出来，不是没人做船工，没人摆渡了吗？"

香火也笑道："你都死了，还出来摆什么渡？你是死不罢手啊！"

那老四道："太平寺香火旺，每天多少人要绕多少路才能到太平寺来，有一条船摆渡，大家就方便多了，你家佛祖不是讲究要给人方便之门吗？"

香火这才想明白了，原来爹和老四早已算盘妥了，随即问道："三官凭什么能把船给我用？"

老四说："借他个船，给他分成罢了，我在其他地方干，都是四六分。"

香火说："你拿四，三官拿六？"

老四道："我拿六，三官拿四。"

香火就奇了，说："你们都有，我呢？"

老四道："你又不出船，你又不摇船，轮得着你什么？"

香火道："我有太平寺啊，假如没有太平寺，谁会从对岸摆渡来，有船有力都是白搭。"

爹赶紧插上来说："老四，你向来是知道香火的，我看就三三三吧？"

香火也赶紧道："三三三？那还多一分呢。"又挡住老四说，"不行不行，你已经叫了老四，不能再拿四，这个四归我。"

老四让步说："归你就归你，反正钱也不是什么好东西，生不带来死不带去，带去了也用不上。"

香火说："你怎么知道带去了用不上，你去过了？你带去过了？"

老四说："那是当然。"

几个一起笑了笑，又找三官说妥了事情，摆渡船就航起来了。

这天下午，二师傅从后窗里朝河岸上望望，奇怪道："怎么今天河岸上那么多人？"

香火说："你只知道闭着眼睛阿弥陀佛，不肯睁开来看看外面的事情，今天河上有渡船了。"

二师傅说："谁在做船工啊？"

香火说："还能有谁，老船工老四吧。"

二师傅说："老船工不是淹死了吗？"

香火说："他淹死了又投胎，还是投了个船工。"

二师傅道："那真是巧了。"似乎有点怀疑，但想了想，也就由他去了，说道，"管他呢，只要有人摆渡，给大家方便之门就好。"

有了船，来太平寺进香的人果然更多，这些人进罢了香，磕过头，逛一下太平寺，还没甘心，连院后的菜地也要去观赏一番，顺手拔几棵青菜，将那菜地踩踏得不像样子。

香火一气之下，用竹篱笆将菜地围了起来，围妥了篱笆，香火坐下来歇会儿，先点根烟抽，等抽完这根烟，他要给菜地松土，除杂草，最后等太阳下山的时候，他还要给菜地浇水。

大师傅的那个坟堆还堆在老地方，头十年的时间过去了，还是那老样子，只是那块青砖早没了。

香火走近坟头，拍了拍坟堆上的泥土说："大师傅，你睡得好吧。"

又说："大师傅，我又回来了。"

大师傅也不说话，只是睡着，香火又说："大师傅，你真懒，比我还懒。"

香火只顾朝着大师傅的坟头自言自语几句，心下有些奇怪自己，从前他胆小，不敢一个人到大师傅坟头上来的，害怕大师傅会从坟堆里伸出一只手来拉住他。现在他却不害怕了，他甚至还想着，如果真的有一只手伸出来，他会握着那只手，跟他说："大师傅啊，现在太平寺可景象了，烟雾缭绕的，比你在的那时，一点也不差噢。"

这么胡乱地云里雾里地想了一会儿，一根烟差不多抽完了，他正要掐灭了烟头起来干活，忽然横端里真的就伸出来一只手来，说："来根烟。"

香火说："大师傅，你忘了，你是和尚，和尚怎么抽烟？"

那只手缩了回去，就听到"呲"地一笑，说："香火，你都这么老了，还这么小气，碰到熟人，连根烟也不发。"

香火回头一看，却是个坟头老相识，早年那烈士主任，又在坟头上站出来了，朝香火笑道："多年不见，你还是个香火啊。"

香火道："多年不见，你怎么又冒出来了？"

那主任说："你河上都有了摆渡船，比从前方便多了，我就来了吧。"

香火道："我都围了篱笆了，你又偷偷翻进来，只可惜了，你翻篱笆翻围墙都没用，我家小师傅，心肠好硬，那一年走了，一去就再不返了。"

那主任撇嘴说："我早就找到他了。"

香火说："这才怪了，你都找到了他，怎么又来了？"

那主任说："找虽找到了，却是个假的。"

香火倒惊异起来，说："啊？我小师傅是假的？"

那主任道："你小师傅倒是不假，可他不是我要找的人。"

香火笑道："那你岂不是白找了？"

那主任生起气来，说："这事情要怪你，当年你给我指错了方向，提供假情报，害我白忙活了许多年。"

香火说："那是你自己套上门来的，我只说我小师傅是个没爹没娘的人，是你自己硬说他就是你要找的人，你是自投罗网。"

那主任说："我没有自投罗网，我是布下了天罗地网，只可惜最后网错了人。"

香火说："那我小师傅是谁呢？"

那主任说："你小师傅、觉慧和尚，生下来没几天，就被人抱错了，他也在找自己的亲爹亲娘呢。"

香火说："奇了，你要找的人没爹没娘，他要找自己的亲爹亲娘，你们是乌龟对王八，一对一个准嘛，错在哪里啊？"

那主任说："跟你说了你也不明白，反正我要找的人不是他，他要找的人也不是我。"

香火说："你又来了，是不是还在找人啊？"

那主任鼓舞自己道："我重新开始。"

香火说："怪不得你又来到大师傅的坟头上，那一年，你就是从大师傅的坟头开始的。"

又说："这回我不给你说了，万一我又给你指引错了，害你又白走一遭，又是许多年过去,你又要再回来重坐大师傅的坟头,这一轮一轮地下来,就不知道是猴年马月了。"

那主任接着话头就咒他说:"也不知道你在是不在了?"

香火岂能输他一脚,赶紧说:"也不知道你在是不在了?"

那主任"啊哈"一笑,说:"彼此彼此。"一屁股坐在大师傅的坟头上,听到寺庙里钟声响了,随即长叹一声,跟香火说道:"那印空师傅送了我四句,我且念你听听罢:空手把锄头——"

香火"啊哈"说:"到底是空着手,还是手里有锄头哇?"

那主任且不理睬他,重新念道:"空手把锄头,步行骑水牛,人从桥上过,桥流水不流。"

香火听了,甚觉耳熟,用心记下了,下晚回到庙里,念与二师傅听,那二师傅听了,惊怔了半天,喃喃地道:"桥上过,桥上过,谁从桥上过?"

香火说:"他没说谁从桥上过,反正不是我,也不是你。"

二师傅继续道:"难说的,难说的,也许就是我。"

香火想了想,心下又奇,暗想道:"这世道变化,也真是离奇,想当年那主任,对于佛祖菩萨之类,甚是不恭不敬不信,今天倒说出这几句来,竟令念经二十余年的和尚迷糊了?"赶紧劝二师傅说,"二师傅,你管他谁从桥上过呢。"

二师傅没听见香火说话,抬眼朝四下里张望着,自言自语道:"我就知道,他们快从桥上过来了。"

香火问:"二师傅,谁们快来了?"

二师傅不说"谁们",忽然问道:"香火,那个人呢,你说的那个人呢?"

香火四下看看,也奇怪道:"咦,他明明说跟我过来的,怎么没来?"

二师傅说:"他穿的什么衣服?"

香火说:"就是普通的衣服吧。"

二师傅说:"是便衣?"

香火笑道:"便衣?你以为是便衣警察呢。"

二师傅顶真道:"真的是警察吗,便衣警察吗?他找我吗?"丢下香火,一个人迷迷糊糊地走开了。

香火心里不解,复又到大师傅坟头,想看看那主任到底是不是还在,没见着主任,却见着了大师傅。大师傅正站在那里,还是从前那样子,一点也没见老,胖胖的,笑眯眯的,跟他说:"你是一直放不下。"

香火说:"师傅,我没有放不下。"

大师傅说:"你放不下你的身世之谜,你去五台山找印空和尚吧,你找到他,就知道自己是谁了。"

香火大急说:"师傅,师傅,你看清楚我是谁,我是我,我是香火,我知道自己是谁,我也知道我爹我娘是谁,不知道爹娘、放不下的是小师傅,师傅你认错人了。"

大师傅不理他的解释,继续说:"其实,只要你放得下,找不找印空和尚都一样。"

香火见大师傅老是绕来绕去不走,赶紧说:"大师傅,我知道你是要对小师傅说这几句话,却错找到我这里来了,我代你转告小师傅就是了,你安心去吧。"

大师傅却偏不走,还离他越来越近,脸面也越来越清晰,香火心里毕竟知道大师傅死了多年的,脸面居然没烂,不由害怕起来,想躲开一点,没想刚一转身,竟然看见了小师傅,小师傅的模样却和多年前不一样了,胖了,有点像当年的大师傅,也有点像二师傅。香火暗自想道:"老话说得不错,吃哪家饭,像哪家人。"又想道,"我也是吃的他家饭,我像不像这几个和尚师傅呢?"因为不照镜子,也不知道自己现在长成个什么样子,用手捏了捏脸,也捏不出个样子来,见小师傅死死盯着他,又惊又急,说:"小师傅,刚刚大师傅到了我梦里,现在你又到我梦里,你们都不肯饶过我,我只是做个香火偷偷懒而已,我又没做什么坏事,你们不要老是来找我吧,连做个梦都不放过我。"

小师傅推了推他,说:"香火,你清醒清醒,我不在你梦里,我在你眼前。"

香火定睛一看,面前站着的,正是那多年不见的小师傅,香火心头一酸,竟抱住小师傅"呜呜"地哭起来。

小师傅说:"你以为你还是个小香火,你都这大把年纪了,儿子女儿都长大了,你还哭鼻子?"

香火说:"小师傅,我想你。"

小师傅道:"你没把我骂死就不错了。"

香火赶紧将刚才大师傅的话转告了小师傅，小师傅说："你这是马后炮了，我早就知道要找印空和尚，我早就找到他了。"

香火喜道："那你找到你亲爹亲娘了？难道印空和尚就是你的亲爹啊？"

小师傅沮丧说："才不是，我千辛万苦找是找到线索，结果发现找错了。"

香火说："真是奇了，刚才那主任也说他找错了你，原来你真不是他要找的儿子。"

小师傅说："哪个主任找我，我怎么没见过他？"

香火更惊，又惊又奇，说："咦，他明明说他找了你，识破了你，你不是他要找的那个你，你却没见过他，这算是什么迷魂阵？"

小师傅说："知道找错了以后，我又花了许多年时间，又错找过人，但现在终于有了新的线索。"

香火说："什么线索？"

小师傅说："我生下来不久，就被人抱错了，我的亲娘，因为偷印空师傅的东西，结果将自己的亲生儿子换错了。"一边说，一边掏出个物什，朝香火晃了晃，气道，"找了几十年，就找到这么个东西。"香火一看，小师傅拿的是个金香玉观音，眼熟，立刻说道："咦，你有个金香玉观音，我有个金香玉佛陀，正好一对。"

小师傅一听，大急道："你有个金香玉佛陀？你怎么会有个金香玉佛陀？"

香火脑子里灵光一闪，暗暗奸笑一声，说道："噢，我明白了，我知道了，小师傅，你要找的人就是我呀。"

小师傅愣怔了一下，没有转过弯来，疑道："怎么是你呢，你是谁？"

香火道："你有个金香玉观音，我有个金香玉佛陀，我们两个，正好配对，你就是我，我就是你吧。"

小师傅却不再疑虑，追问道："你的那个金香玉佛陀，现在在哪里？快给我看看。"

香火说："哪里还在，当年修复太平寺的时候，没有钱，被我拿到镇上的当铺当掉了。"

小师傅一听，二话不说，拔腿往镇上去，香火在后面慢悠悠地说："小师傅，你跑错方向了，佛陀后来又被我娘赎回去了。"

小师傅一路狂奔到香火家，见到香火娘，也顾不得查证到底有没有金香玉佛陀，上前扑通一跪，开口喊一声娘，娘就晕过去了。

爹气得脸色煞白，上前拉扯小师傅，说："你走开，哪来的野种。"

小师傅依然跪着，纹丝不动，也听不见爹说话，只是愣愣地看着晕倒在地上的娘。

香火抬手打了自己一个嘴巴，骂道："就你多嘴，就你多事，还告诉他个金香玉佛陀，结果把自己都告没了。"上前去拉小师傅，小师傅还是跪着不动，香火急道："小师傅，我跟你闹着玩儿的，你怎么当了真？你怎么可以跟别人抢爹抢娘？怎么可以随随便便就把别人的娘喊成自己的娘？"

小师傅说："我没有喊别人的娘，我喊的就是我的娘！"

香火又打自己嘴巴，又骂："瞧你个本事，瞧你个出息，人家不过搞个拉郎配，你还搞个拉娘配，这下好，果然给人家配上了。"

爹见香火着急，心疼坏了，赶紧过来紧紧抱住香火说："香火，香火，你别听他胡说，你才是我的儿子。"

那晕倒在地的娘醒了过来，长叹了一声，说道："天哪，我前世里作了什么孽，一个儿子香火，一个儿子和尚。"

香火不服，道："你凭什么，就凭一个金香玉佛陀？这佛陀也可能是我娘祖上传下来的，也可能是别人送给我娘的，也可能——"

娘打断他，斩钉截铁说："不是传的，不是送的，是我偷的，结果把自己的亲生儿子偷丢了。"又指着香火道，"都怪你个丧门星，你竟然挂了两个金香玉，一个观音，一个佛陀，叫人怎么不贪心，我把观音偷来给了自己的儿子，那性急的和尚回来抱孩子，一看有个观音挂着，抱了就走。"

他爹拍屁股跳脚地跳了起来，嚷嚷道："原来村上人说和尚抱走了我家的孩子，我还骂他们放屁，却原来竟是真的，你个狗娘，你从来不告诉我，你个贼娘，你才是个丧门星，扫帚星，天煞星。"

娘这一辈子，永远阴沉着一张脸，从来没有哭过，这会儿猛地大哭起来，边哭边号："孔常灵啊孔常灵，我对不住你，我实在对不住你，当初我贪了心，偷了人家的金香玉，害自己儿子被抱走，留下个野种，我没敢告诉你——"

香火急得去推他爹，说："爹，爹，你别听娘的话，你快走，你快走，走了你就听不见，听不见就等于没有说。"

爹却没听他的，说："香火，你别担心，你让她放屁就是了，看她还能放出什么来。"

娘继续哭诉说："孔常灵啊孔常灵，我哪里想得到你会这么疼这个假儿子，他又不是你的儿子，你为了他看病，将自己命都搭上了，你不值啊，都怨我，可我不敢告诉你，早知这样，我就早告诉你了，你也不必带他去治病，也不要在大风大雨里陪他上船，为他去死了。"

爹生气道："你才去死了呢，你偷了观音，观音也不能保佑你，你这辈子活着比死了还难过。"

娘从箱子里摸出那个金香玉佛陀，朝香火颈子上一挂，说："物归原主吧。"

小师傅听香火娘哭哭嚷嚷，起先听不太懂，这会儿一看，立刻明白了，朝香火说道："原来你就是和我换错的那个人，原来你说得没错，我就是你，你就是我。"

香火不稀罕那金香玉佛陀，扯下了扔给小师傅说："我才不知道我是哪个人，我也不想知道我是哪个人。"

小师傅说："我奔波了几十年，认了两个娘，一个叫董玉叶——"

香火说："咦，董玉叶？好像在哪里听到过，咦，奇怪了，我怎么会记得董玉叶？她是谁？她在哪里？"

小师傅说："她是烈士，在烈士陵园。"

香火这才一拍脑袋道："瞧我这死记性，当年我跟着那主任到烈士陵园去，看到她的墓碑，那主任还对着那墓碑说话呢。"

小师傅说："我不知道哪里有个烈士主任，没见过，我只是到烈士陵园找董玉叶磕了头，但后来才知道，磕错了。"

香火说："给烈士磕个头，人人应该的，怎么算磕错了，难道你不应该给烈士磕头？"

小师傅说："不是磕头磕错了，是认娘认错了，后来，就是现在，又认一个，叫做钟草米。"

香火说："既然第一个认错了，说不定第二个又是错的。"

小师傅说："不错的，错了也不改了，我就认定了，这就是我娘，亲娘。"

香火怎能甘心,跟他捣蛋说:"喂,小师傅,有娘必有爹,你怎么光认娘,不认爹?"

小师傅说:"香火,你存心气我、伤我的心,我爹早死了,你还偏要提我爹。"

爹在一边大喊大叫说:"你放屁,你放屁,你爹才早死了呢。"

香火朝爹笑道:"咦,他爹就是你呀,你咒他爹早死了,不就是说你自己早死了吗?"

小师傅和香火娘怪异地看着香火,异口同声道:"你抽什么筋?"

香火说:"你们才抽筋呢,一个假娘,一个假儿子,在我面前抽什么筋?"

小师傅花了几十年时间才找到个娘,就怕被香火说没了,急得说:"没有假儿子,我就是我娘的亲儿子、真儿子。"

爹却劝慰香火说:"香火,不用看玉佛陀,也不用看玉观音,你就是我的亲儿子,谁说你不是我儿子?就没这道理,你让大家看看,我们爷两个长得多像,你看看,眼睛、鼻子、耳朵,都是一个模子里出来的,你怎么不是我儿子?"

香火赌气道:"又不是什么好货,一个香火而已,又不是大官,又不是财主,抢来抢去干什么?"

这里边抢儿子的抢儿子,抢亲娘的抢亲娘,正在热闹,外边忽有一阵惊天动地的哭声传了来,生生打断了他们,原来却是那二师傅,听说小师傅回来了,追来一看,上前抱着小师傅就哭起来。

香火赶紧说:"你抱住他干什么,难道他是你的儿子?"

二师傅不理他,只顾将小师傅抱得紧紧的,只顾哭,小师傅见他哭得如此奇怪,怕被他又认作儿子,赶紧挣脱开来,说:"你不要抱我,我不是你儿子。"

二师傅愣了一下,停了片刻,伸了伸胳膊,但没有再去抱小师傅,又继续哭,边哭边道:"我没有认你是我儿子,我不想沾这个便宜,我只认你是我师弟,好多年都不见你了,我以为你已经、已经、已经——"

香火替他说道:"已经死了。"

小师傅说:"不料我没有死,我不仅没有死,我还了却了我的心愿,找到了我的亲娘。"

二师傅这才停止了哭泣,激动道:"你终于找到啦,你终于找到啦!"

香火道:"二师傅,你也是个奇,只说找到了找到了,也不问问他找到的是谁。"

二师傅说:"谁不谁不重要,重要的是他终于找到了,他这上半辈子找啊找啊,没一天安生过,现在终于找到了,下半辈子可以安生了。"

香火气道:"他倒可以安生了,我却不得安生了——"朝小师傅瞧一下,又说,"也罢也罢,你有你的娘,我却有我的爹——"赶紧四处找爹,爹已经不见了,料是被这狗娘俩气走了。

香火拔腿就走,二师傅也顾不上小师傅了,紧紧追着香火道:"香火,香火,你等等我。"

香火说:"你追我干什么,我又不是你儿子。"

二师傅奇道:"香火,你今天怎么开口闭口儿子儿子的?"

香火道:"做人家儿子做了几十年,忽然说是弄错了,是假的,人家真儿子回来了,站在你面前了,换了你,你会怎么样?"

二师傅想了想,竟然叹了一口气,转了个向,朝着河对岸的方向,说道:"该来的早晚要来的,该来的还是快点来吧,来了就可以安生了。"

香火朝河对岸看了看,看不出有什么意思,问道:"二师傅,你什么意思,你有什么不安生的?"

二师傅说:"有人要来找我。"

香火忘掉了自己的烦恼,幸灾乐祸地笑起来,说:"二师傅,难不成你也有个假儿子,他会来找你?"

二师傅说:"我没有假儿子。"

香火道:"那是谁要来找你?"

二师傅道:"我不说,说了你也听不懂。"

香火一路留心看着,但一路也没看见爹守在哪里等候他,心里来气,嘀咕道:"爹啊爹,我早知道你,你嘴上说得好听,其实你心里已经认他是你儿子了,你不认我了,也罢,也罢。"

又说:"有种你永远不要来找我。"

二师傅接着他的话茬说:"那是不可能的,该来的早晚会来的。"

两个说说道道回到太平寺,香火只觉浑身乏力,像只被黄鼠狼吸干了血的鸡,软搭搭的,精神气全无了。

病了一天，模模糊糊看到爹来了，站在门口朝他张望，香火跟爹说："你又不是我爹，你还来看我做甚？"

爹听了这话，讪讪的，还有点脸红，有点不好意思，小心翼翼说："香火，我能进来看看你吗？"

香火说："我又不是你儿子，你看你的儿子去吧。"

爹想跨进来，又不敢，上半个身子倾进门里，下半个身子留在门外，说："谁是我儿子，别人说了不算。"

怕离得远，香火听不分明，又将上半个身子再往里送，下半个身子仍在门外，上下不平衡了，一个趔趄，差点摔将进来，香火只得翻身下床，把爹扶进来坐下。

爹却不敢坐，又把香火拱到床上伺候他躺下，唯唯诺诺地站在香火床边，低三下四低眉顺眼道："香火，爹知错了。"

香火说："咦，你哪里错了？"

爹说："我，我错在我竟然不是你爹。"

香火说："你本来就不是我爹。"

爹说："可我想来想去，我还是你爹。"

香火说："那又怎么样？"

爹说："我既是你爹，我就不该不是你爹。"

又说："香火，爹替你报仇了，爹将那狗娘两个痛骂一顿，骂得他们丧魂落魄，再也没脸见我。"

香火早已经饿得撑不住，既然爹已经给他报了仇，即从床上爬起来，且不管爹是饱着还是饿着，自己先到灶屋里弄点吃的填肚子，二师傅见了，问道："香火，刚才你和谁在说话？"

香火说："咦，你难道没看见我爹来吗？"

二师傅说："哦，原来你在和你爹说话。"

香火说："你都听到了？"

二师傅点了点头说："我听到你说话了。"说了这话，眼圈一红，就拿手去抹眼泪了。

香火说："二师傅，你哭什么。"

二师傅说："我这是触景生情，看到你对你爹的感情，我想起自己，我就伤心了。"

香火奇道："二师傅，你怎么会伤心？你是和尚，和尚讲究个什么？就讲究个什么都不在乎，什么都不牵挂，你们不是常说，闲到什么什么闲。"

二师傅道："闲到心闲始是闲。"

香火道："那就对了嘛，你心都闲透了，空尽了，里边什么也没有，哪里来的伤心？"

二师傅说："你不懂的，你又不知道我是谁，你怎么知道我心里没有伤心。"

香火说："只有像我娘这样，明明有儿子，却被她自己害走了，换了个假的，还说不出口，那叫哑巴吃黄连，那才叫伤心。"

两个正说得入渠，爹却不依了，追进灶屋吃醋说："香火，到底谁是你爹，是我，还是他，我来找你，你却光顾着跟他说话，你们平时天天在一起，还没说够吗？"

香火说："我平时跟他说话，他不是这个样子，他今天好像也变成了别人的爹。"

香火送爹回去，出太平寺走没多远，就觉得身后有人跟着，一回头，果然是二师傅。香火说："二师傅，你盯我的梢？"

二师傅说："没有，没有，我觉得你今天说话怪怪的，这会儿出了寺庙又往河边走，我不放心，跟着你看看。"

香火说："这不是盯梢是什么？"

走了几步，天就下起雨来，走到河边，那老四的渡船刚刚离开岸边，一个烧香老太太正追着那船喊叫，可是船已离开，不能再回头接她了，老太太急得说："哎呀，哎呀，菩萨啊，我诚心诚意来拜你，你却让我赶不上船，你是不是菩萨啊？"

那老太太话音刚落，船已箭一般地到了河中央，雨大起来，风也大起来，那船在风雨中摇晃了几下，翻了。

那老太太张着两条胳膊，愣了片刻，"扑通"一下朝着太平寺的方向跪了下来，磕头道："菩萨，你是菩萨，你是菩萨，你保佑我没赶上这趟船。"

落水人在河里氽上氽下，大哭小叫，那船工老四抓了两个氽到岸边，在水里朝香火笑道："你放心吧，我会救他们的。"

二师傅大急,喊道:"你一个人来不及救。"没再犹豫,"扑通"跳下河去救人,香火在岸上喊:"二师傅,你忘了,你不会游水的!"

二师傅呛了一口水,咳了几声,朝香火喊道:"我骗你的,我会游水的,我水性才好呢。"又将身子向上佘了一佘,说道,"香火,假如有人到庙里来找人,你记住,他们是找我的。"

又说一句:"我等了他们几十年,等得好辛苦啊,他们终于要来了。"

水浪一翻,二师傅就不见了。

大家手忙脚乱一番努力,香客倒是救上来不少,一清点人头,只差个老四和二师傅,香火急得说:"差谁也差不得这两个呀,死谁也死不得这两个呀。"

那些被救上来的香客不高兴了,说:"你怎么说话呢,差不得他们,就差得我们,他们死不得,我们就死得?"

香火道:"如果他们死了,你们活着又有什么用?你们想要烧个香,谁来给你们摆渡,你们要拜个佛,谁把你们的心思告诉给佛祖?"气愤不平地朝着河水说,"老四啊,二师傅啊,你们白白地救了他们,这些人,不救也罢,你们拿自己的命去换他们的命,值不值啊?"

从村里赶过来人都奇道:"香火,你老眼昏花了吧,怎么会是老四呢,老四早就淹死了呀,怎么又出来了?"

香火说:"这有什么奇怪,有人要摆渡,他就出来了吧。"

村人道:"难道鬼也会来给人摆渡?"

香火说:"有什么不可能的,人不能干,鬼来干吧。"

众人气愤地直呸他,说道:"呸你个臭嘴香火,我们才不要鬼来给我们摆渡呢。"

香火才更气愤呢,说道:"我二师傅都佘走了,你们居然还七嘴八舌,你们不顾我二师傅的死活。"

众人才觉羞愧不妥,把话题归拢到二师傅这里,有人说道:"唉哎,他又不会水,肯定淹死了。"

香火说:"是呀,又不会游水,救什么人嘛。"

众人说:"我们到下游去看看,说不定从那里佘起来了。"

一起往下游赶,一直赶到水闸那儿,上游下来的所有东西,到这儿给闸门封住，都过不去的，朝河面上一看，什么东西都有，就是没有二师傅，众人都觉奇怪。

香火说："难道被鱼吃了？"

众人又骂他，说："这河里没有那么大的鱼。"

牛可芙也追来了，站在河边干哭了几声，香火烦她，说："他又不是你男人，你不用哭的。"

牛可芙说："他虽不是我男人，他毕竟在我家住过几年，我家到现在还有他身上的香气呢。"

香火记恨当初受骗的事情，说道："谁让你当年放他回太平寺，他要不回太平寺，今天就不会来救人，就不会淹死了连死尸都不见。"

牛可芙说："那不行的，我不放他回太平寺，就等于是我亲手把他淹死。"

香火说："反正都是个死，有什么差别？"

牛可芙说："有差别的，他好歹又多当了几年和尚。"

众人在闸上待了一阵，也没得说法，只得返回。

香火看着脚底下的水，涌在闸门前打转，心里也打了个转，暗想道："难道二师傅爬过水闸去了？"又想道，"难道二师傅是有意要逃跑，玩了个金蝉脱壳计——不对，不是金蝉脱壳，是鲤鱼跳龙门。"

香火独自回太平寺，路上没看到爹，却看到三官带着两个人，正在找他，见香火回了，三官说："喏，这就是太平寺的香火。"

那两人拿证件出来给香火一看，是公安的，香火不由脱口说道："嘻，还真是便衣哎。"

便衣警察先打量香火一番，然后互相使个眼色，一个说："不是这个，年龄不对。"

另一个说："不是这个，长相不对。"

这一个又问："你是香火，你的和尚师傅呢？"

香火忽想起二师傅下水时说的那句话，就奇了怪，赶紧答警察道："你们是找我二师傅的吧？"

一警察说："你二师傅叫什么名字？"

香火又想不起师傅的法名来了，直挠脑袋，三官在一边提醒说："明，明，有个明的。"

香火想起来了,说:"是慧明。"

那警察摇头说:"不问和尚的名字,问他的本名。"

香火不高兴,说:"谁知道他的本名?"

警察也不高兴,脸色严肃起来,三官倒站在香火一边,说道:"警察同志,你们想想,他如果是你们要找的什么人,一直躲在太平寺,又怎会把本名告诉我们?"

警察也不太敢得罪了香火和三官,怕他们不配合,只低声和另一个警察嘀咕说:"连个真名都问不到,还怎么查啊?"

那警察说:"一个人总有真名的。"

香火说:"你们到底要找人,还是要找名字?"

两警察给问住了,愣了一会儿,说:"你要是把人交给我们,我们就不追究他的名字。"

香火笑道:"你们都不知道他们名字,你们怎么知道他就是他呢。"

警察到底给他搞火了,不再说话,进庙搜查一番,三官朝香火看看,说:"你二师傅呢?"

香火说:"死了,淹死了,刚刚淹死的。"

三官呸道:"你个臭嘴,到老还是臭。"停顿一下,又问,"他们是要抓人噢,真的要抓二师傅吗?二师傅真的是个什么吗?"

香火说:"可能是吧,二师傅已经等了他们几十年了,他们一直不来,二师傅到底等不及了,就去淹死了自己,他一淹死,他们倒追来了。"

三官说:"又呸你个臭嘴。"

两警察巡查一番,没什么收获,又出来了,问香火道:"你二师傅人呢?"

香火道:"他知道你们要来,还守在这里等你们吗?早就逃走啦。"

两警察互相看了看,一个说:"奇怪了,我们没有走漏风声,他怎么事先会知道?"

另一个说:"你看我干什么,怀疑是我通风报信?"

那一个说:"你不是也在看我吗,难道看一眼就是怀疑吗?"

香火劝架说:"你们不要吵了,我告诉你们便是了,我二师傅出家前,是个杀猪的，屠夫。"

警察听了这话，不由往后退了一步。香火赶紧说："你们别误会，我二师傅杀的是猪，可不杀人，更不敢杀警察。"

两警察似乎听不懂他说的什么，互相看了半天，又想了半天，推理了半天，一个才说："这位香火师傅，你是说，你师傅出家前是个杀猪的？"

另一个也废话说："他告诉你他是杀猪的？"

香火说："他才没有告诉我，我看他那样子，像个杀猪的，我一说杀猪，他就慌张，别说杀字，连个猪字都不能提，一提他就尿裤子。"

两警察又互相看了看，开始怀疑了，这一个说："这样说起来，好像不是他。"

那一个说："那肯定不是他了，我们搞错了。"

他们这一说，香火倒急了，说："正是他，正是他，你们没搞错。"

警察又对这个奇怪的香火师傅察言观色一番，问道："你如此肯定二师傅就是我们要找的那个人，那他人呢，在哪里？"

香火说："他死了。"

警察说："那就不是他，根据我们侦查到的情况，他一直躲在庙里。"

香火说："先前这几十年，他确实是躲在庙里，可你们一直也不来，现在你们来了，他却已经走了，永远不会再回来了，现在庙里只剩下我一个，你们要不要？"

警察才不会罢休，两个出去商量了一会儿，又进来问："既然死了，那他埋在哪里？"

香火心想："警察是干什么吃的，那一定是活要见人死要见尸的。"于是心下一横，领着到庙后菜地上，警察上坟堆前看了看，说："是这个慧明师傅吗？"

香火说："你不信可以问问他自己。"

警察说："怎么个问法？"

香火说："把他挖出来吧。"

那两警察自认倒霉，不再与香火啰唆，也算是完成了任务。三官和警察走后，香火也累了，又孤单起来，坐在大殿前，朝着庙院说："二师傅，警察走了，你出来吧。"忽然心头灵光一现，遂又到后院禅房，推门一看，二师傅正闭着眼睛在念经呢，香火吓一大跳，赶紧上前去推他说："你是人是鬼？"

二师傅醒过来埋怨他说:"香火,你别推我,我差一点就见着佛祖了。"

香火仔细看了看他的脸,看不出他是人是鬼,疑道:"明明见你沉下去了,又没有氽起来,一直追到闸上也没看到你的死尸,都以为你淹死了。"

二师傅说:"我没有淹死,我在河里氽了一大段,就爬上岸了。"

香火说:"原来你是装死。"想了想,又奇了怪,说,"咦,刚才他们到后院去找你,角角落落都查遍了,怎么没看见你?"

二师傅道:"阿弥陀佛,他们看见我了,我让他们带我走,他们偏不肯,硬说我不是,阿弥陀佛。"

香火说:"你不是什么?"

二师傅不满说:"这两个警察不负责,马马虎虎,也不调查我,什么话也不问,只看了我一眼,就说不是我。"长叹一口气,又说,"我等了他们几十年,他们终于来了,可是却又走了。"

香火戳穿他说:"二师傅,他们虽然走了,可天下警察都是一家,都联了网,你要是想投案,找哪里的警察都一样。"

二师傅说:"我正是这么想的,我这就要去了。"起身就走。

香火哪里想到二师傅被他一激将,当真要去投案,赶紧去拉他说:"不行不行,警察都说不是你,你去了也没用。"

二师傅甩开香火的拉扯,说:"你别拉我,拉也拉不住我的。"

香火说:"你这么老了,倒要和我比力气。"

二师傅笑道:"我老了,你难道不老吗?"硬是甩开了香火的手,往外走。香火在后面追着喊:"二师傅,你别走!"追上二师傅又拉扯住他的衣袖,二师傅一回头,却变成了小师傅的脸,把香火给吓醒了,四下一看,自己又在殿前打瞌睡,一只手还真的扯住了一个人的衣袖,抬头一看,是小师傅。

小师傅说:"我问过娘了,我比你小两天,小两天也是小,我喊你哥。"

香火还没来得及驳他,旁边那老爹不行了,一口气回不过来,身子一歪,闷了过去,香火急得大喊:"爹晕倒了,快去叫医生。"

小师傅竟笑了起来,气得香火大骂道:"狼心狗肺,狼心狗肺,爹晕过去了你还笑,你绝不是爹的儿子。"

第十二章

娘被小师傅抢走，香火始终不曾甘心，骂过狗母子后，又骂那主任，恨他早先是跑了一趟又一趟，等出了问题后，却再也不显现了，情急之下，便想道："我且找上门去，看他怎么说，我怕他个鸟？"

进了城，到了烈士陵园，瞧见那儿也变了样，修了新房子，放眼一看，周围竟然山清水秀，奇怪当年跟着那主任来时，怎么到处灰溜溜的，难道那时候眼睛上长了翳？

遂找了一间办公室，进去说道："我找主任。"

办公室里那些人朝他瞧瞧，瞧不出他个所以然，一人开口问道："你找哪个主任？"

香火想了想，说："从前的那个。"

那人又道："从前的主任有好多个，到底是哪个？姓什么？"

香火又想了想，依稀记起那主任好像说过自己姓蒋，还是姜，搞不清了，且说道："姓蒋。"

那人认真地想了想，其他人也认真地想了想，说没有姓蒋的主任。

香火又说："姓姜。"

又想，还是没有。

香火又想出个"江"来，但还是没有。香火急了，说："无论你们说有没有，那主任是肯定有的。"

众人也不跟他计较，也不跟他认真，只是笑道："你连那主任姓什么都不知道，你还来找什么主任？"

香火说："我虽不知道他姓什么，但是我认得他个人。"

众人道："你认得他个人，他是怎么个人，多大年纪，长什么样子？"

香火说出主任的长相年纪，但众人听了，仍是没头没脑，一无所用，全想不起这个主任来，香火又说："他那时候一直在找他的儿子。"

众人更不可知了，琢磨了半天，有一个说："那恐怕是很先前的主任了，我们恐怕都不知道了，不如找老刘来问问。"

遂将那刘姓老人请了来，这老刘很早以前就在陵园工作，后来年纪大了，该退休了，却死活不肯离开，硬是留下来看大门，听说有人找从前的主任，那主任是什么什么情况，老刘也始终没有记起来有这么个主任，一直到香火说出那主任许多年总是在找儿子，老刘才醒悟过来，肯定说："是有这么一个主任的，姓什么不记得了。"

香火泄气道："姓什么你都不记得了，你怎么知道我找的是他。"

那老刘说："你不是说他一直在找儿子吗，难道一个单位还会有几个主任找儿子吗？"

这一说，香火也认了，说："那就是他，那就是他，他在哪里？"

老刘说："你到现在才来，人早死啦。"

香火一急说："早死了，有多早？"

那老刘想了想，说："很早啦，恐怕都有几十年了，'文革'那时候就已经不在了，造反派还掘了他的坟。"

香火说："那不对，不是他，我找的那主任，前些时我还见着他的。"

老刘说："你在哪里见着他？"

香火道："在我大师傅的坟头上。"

那老刘蓦地打一寒战，不说话了，众人也噤了声，香火却不甘心，追说道："先不问死活，我只问你，那主任是不是一直在找儿子？"

老刘说："那倒是的，不过他找的并不是他的亲生儿子，他是代别人找儿子的。"

香火说："这就对了，他是为烈士找儿子的，那个烈士是个女的，叫董玉叶。"

众人倒来了兴致，问道："那他后来找到了烈士的儿子吗？"

香火说："找到了，就是我，我就站在这里，你们清清楚楚看得见我，那还能假？"

众人倍觉惊异，遂领着香火来到董玉叶墓碑前，香火跪下来磕了头，心里默念道："我不知道该不该喊你一声娘，但是小师傅把我的娘抢走了，我也只能来拜你为娘了。"

那老刘更觉离奇，说："这就奇了，这就奇了，那主任明明早在不在世了，怎么过了这么多年，他找的人反而出现了，无缘无故就冒出来了。"

香火不乐说："怎么是无缘无故冒出来，我又不是个水泡泡。"

老刘道："我想起来了，那个主任，很早的时候，就到乡下去找儿子，摆渡的时候，渡船翻了，听说同船淹死的还不止他一个呢，连船工都死了。"

说完了，别人还没搭上话，他自己倒在那儿发了愣，过了一会儿，挠了挠头皮说："咦，不对呀，不对呀，怎么听说是'文革'当中死掉的，他如果早就淹死了，'文革'中怎么还会出来保护烈士的墓碑，人家要砸那墓碑，他扑上去护住，结果就把他砸死了。"

听的人都笑起来，一人道："哪有一个人死了两次的。"

另一人道："那就是说，'文革'中出来保护烈士墓碑的是他的鬼噢。"

那老刘不挠头了，拍着头说："我这个脑子，咳咳，我这个脑子——咦，还是不对，我怎么又想起来了，他不是淹死的，也不是砸死的，是后来病死的。"

香火赶紧道："他生了病，生的什么病？"

那老刘恍恍惚惚道："也说不准，好像是精神上的问题，是精神病，后来，后来就不知道了。"

众人道："想必是找儿子找不到，急疯了。"

那老刘仍说不出个所以然，犹犹豫豫，支支吾吾，欲说还休，最后还是香火自认倒霉，代他总结："总之，他是下落不明，生死不知。"

那老刘这才干脆利索地点头道："正是正是。"

香火回来的路上，又惦记上爹了，可是自从爹被小师傅气晕过去后，就一直病怏怏的，也不来看他了，一直走到村口了，爹也没来，香火又想生爹的气，又不忍心生爹的气，暗自道："爹啊，爹，你不来看我也罢，可是你得告诉我，从前明明有一个烈士陵园的主任来找儿子,三番几次地来过,只有你都看在眼里的,你得给我说清楚。"

爹听不见他的念叨,香火重新再念道:"爹,你要是爬不起来看我,你就托个梦给我也好。"

当即就坐在路边,闭上眼睛,等爹来托梦,闭了半天,眼皮子直跳,爹也没有来。香火又道:"爹,莫不是你病得重了,连到我梦里这点路你都走不动了?"又着急道,"爹,你要是不给我说清楚,我就不知道到底有没有那个主任,我不知道有没有那个主任,我就不知道有没有我,我就不知道我是谁,我也不知道我到底是死的还是活的。"

正胡乱念叨,听到了汽车声音,睁开眼睛一看,原来是二珠的轿车回来了,到村口停下,香火赶紧上前去,才看到随二珠一起从轿车上下来的,还有一个人,正是自己的儿子,名叫新瓦,从旅游学校毕业后,在城里当导游,不知怎么跟上他二叔回来了。

香火上前待要发问,那新瓦就先说了:"爹,我回来和二叔一起干。"

香火着急说:"你回来有什么可干的?"

新瓦道:"爹,有你太平寺给我们撑场子,我们可干的事情太多啦。"

香火朝二珠瞧瞧,二珠说:"你别瞧我,主意全是新瓦出的,我不及他点子多,他到底是你的儿子。"

香火更急道:"你们想拿太平寺干什么?卖钱?"

新瓦笑道:"爹,怎么会拿太平寺卖钱,谁敢?我们是给太平寺添钱。"

香火想必他们是不怀好意,赶紧道:"不要,不要,我不要你们给太平寺添钱。"

那新瓦说:"要不要也由不得你,今后我们的金银岗发展起来,人人都要来太平寺烧一支高香,人人往你的功德箱里行善积德。"

香火疑道:"什么金银岗,哪来的金银岗?"

那叔侄两个相视一笑,就听得长平河边轰隆一声响,新瓦说:"开工了。"

二珠说:"大桥一通,金银岗就起来了。"

原来却是这叔侄俩,商议一番,把生意做到阴阳岗坟地上去了,给阴阳岗改名叫个金银岗,将村里祖坟地改成豪华的公墓,让城里人都到这里来,和乡下人睡在一起。

香火暗自道:"干吗要叫个金银岗,难道死了他们还想着金银,这是个什么道理?"

又想道:"也是道理,他们虽死了,也许用不着金银,可他们的小辈在,他们的小辈用得着金银。"

再想道:"还是不算个道理,叫个金银,就真有金银吗?"

再又想道:"还别说了,叫个什么,还真的是个什么呢,比如这二珠吧,叫个珠,命中还真有珍珠宝贝,那球就不行,虽然念了大学,还是个球,不留在城里工作,却回来走那言老师的老路,算个球老师;又比如爹吧,叫个孔常灵,还真的说灵就灵,常常灵;再说这新瓦,如果叫个旧瓦,就是一般盖盖房子了,他叫个新瓦,竟然不盖房子盖起了公墓,真够新的。"

那叔侄两个说说笑笑往阴阳岗去,香火呆呆地站了半天,心里不受用,想回太平寺,两只脚却不由自主地跟着朝着阴阳岗去,走了一段,才发现又迷了道,却是与阴阳岗背道而去了。心下甚觉稀奇,从前他是出不得太平寺的,一出太平寺就迷道,一迷道必就迷到阴阳岗去,现在倒好,心里想着往阴阳岗去,那两只脚又不听话,又让他背着阴阳岗越走越远。

心下正不得其解,遇上了三官,香火批评说:"三官,你怎么可以让二珠卖掉祖坟,你和当年的孔万虎也差不多了。"

三官说:"那可不一样,孔万虎扒祖坟,什么也没给我们,二珠和新瓦建公墓,村里家家有钱赚。"

香火气道:"三官,你太老了,你老昏了头,你老缺了德,你是不是已经老死了,死了你还同意他们卖祖宗?"

三官说:"这个你不要问我,就算我不同意他们也能建,他们有上面的批文,用不着我同意,你家新瓦说,我爹的太平寺里有个财神,你们不想发财都不可能噢。"

香火见三官拿新瓦挡出来,无人可怨,又怨到爹那儿去:"爹啊,爹,你不是我爹,你若是我爹,当初我给他取名叫个新瓦的时候,你怎么不指点指点我。"又道,"爹啊,爹,当年孔万虎作孽,你还拱个孔绝子出来和他作个对——"话说至此,才发现又想差了,倘若当年是孔绝子出来反对孔万虎,那么今天就应该是他自个儿出来阻挡新瓦，就此打住念头，也没脸再埋怨爹了，闷闷不乐回太平寺去，却见到一起喜庆的事情，有一队人进了太平寺，这一队是妇女，只有那领头的是个男的，看起来年纪也不小了，动作有些迟钝，他们进了院子，先御下身上的行装，打开来一看，尽是些表演的服装和乐器，一一穿将起来，打扮一番，腰里扎上红腰带，乐器也摆弄起来，守在大殿门口，铿铿锵锵地给菩萨表演节目。

香火也没嫌他们水平低，五音不全，步调不一，心想道："总算也有人想着菩萨了，从前个个都是求菩萨办事，从来也没有人想一想菩萨要什么，菩萨喜欢什么，现在有人来唱唱跳跳，虽然菩萨未必喜欢，但毕竟有人在替菩萨做点事了。"

那一曲完了，又是一曲，引得香客游人驻足观看，十分喜庆，一直到他们歇下来，香火才有机会看仔细了，这一仔细，就发现了奇巧，打头的那人，竟是个老熟人。

香火惊奇道："咦，咦，是你，你是孔万虎。"

孔万虎摇头说："我不是孔万虎。"

香火说："你欺我年老眼花？你比我还老，凭什么欺我，你明明就是孔万虎，你磨成灰我也认得你。"

那孔万虎道："我叫释——。"

香火"啊哈"笑道："你也改姓湿了，你跟着我二师傅姓了。"

孔万虎道："不是跟你二师傅姓，是跟着佛祖姓了，姓释，名小虎，释小虎。"

香火颇觉有意思，笑道："孔万虎，释小虎，还是个虎。"

那孔万虎道："这虎非那虎也。"

香火道："你又是孔万虎，又是释小虎，我到底喊你什么呢？"想了一想，说，"对了，喊你个孔万释小虎吧，前言后语都有了。"

那孔万释小虎也不计较，说："随你喊便是了。"

香火又道："听说你吃官司的时候，不好好改造，就念个阿弥陀佛，想冒充和尚？"

那孔万释小虎道："这就说来话长了，那天早晨他们是从我的办公室直接带我走的，什么东西也没来得及准备，我就随手拿了一套书，就是你拿来行贿的那个《释氏十三经》，抓我的人拿去看了看，没觉得那书有什么名堂，就随我带上了。"

香火道："你喜欢看经书？"

那孔万释小虎说道："我哪里喜欢看经书，可坐在牢里头，没别的看头，就看那十三经，看着看着，竟看了出了名堂。"

香火说："看出了什么名堂？"

那孔万释小虎说："看出了我姓释。"

香火说："后来呢？"

孔万释小虎说："后来我就出来了。"

两个一起笑了笑，那孔万释小虎又道："我见到你小师傅，在佛学院当院长，我去听他讲课，听他一节课，胜读十年书。"

香火撇嘴道："他抢了娘去，自然有的讲头。"

那孔万释小虎笑道："听说是你主动把娘送给他的噢，你把他领到你娘跟前，他们就认了母子。"

香火"呸"到嘴边，蓦地心头一动，收了回去，想道："这个结果其实也不错，我有爹有娘，他没爹没娘，我送个娘给他，我还有个爹，扯平了，我还是不要太贪心，连佛祖都说，愿将双手常垂下，磨得人心一样平。"

那孔万释小虎见他只暗自思忖，且不做声，又感叹道："香火啊，谁不知道你是个'和尚要钱，木鱼敲穿'的香火，现在你竟然连老娘都肯送予他人，谁能想得到啊，佛祖在天，阿弥陀佛。"说罢，又回头招呼那些老妇女说，"歇过了，开始吧。"

铿铿锵锵又开始第二轮的慰问演出，妇女站成方队，孔万释小虎打头，一个人站着前边，面朝大殿，面朝菩萨，他们边歌边舞道："暂时来到贵乡村，山歌未敢乱开声，砻糠打墙空好看，月亮底下提灯空挂名。"反复几遍，又换了一个，"做天难做四月天，蚕要温润麦要寒，秧要日头麻要雨，采桑娘子要晴天。"

香火道："且跳且唱的，真是喜庆。"一喜庆了，就想到了爹，念道，"爹，你好久不来看我了，你是不是老得走不动了，你是不是病得要死了，你是不是也不要我这个儿子了？"

正念叨自己的爹，又进来一群人，由新瓦陪着，给太平寺鼓吹说："这地方风水好，这太平寺的菩萨可灵啦。"

问怎么个灵法，那新瓦说："从前我爷爷，死都死了，还丢不下太平寺，还回来拜佛呢。"

众人高兴，说："连死人都要来拜，那是和活人抢菩萨。"

又说："活人总是比死人便利多了，就更应该拜了。"

新瓦又道："还有我那老爹，打小就进了太平寺，竟有了特异功能。"

问怎么个特异，新瓦说："他能和死人说上话，全仗了太平寺烟火的熏烘。"

众人越是喜道："原来这太平寺不仅灵，还妖呢。"

又说："这不是妖，是神噢。"

那香火在一旁听了，好生生气，又舍不得骂儿子，只有拍打自己耳光骂自己道："你前世缺了德，今生不积德，你生个儿子，为了赚钱，竟然又咒爷爷又咒爹。"想到了自己的爹，心里不由疼了起来，念叨道，"爹，爹，你好久也不来看我，爹，爹，你别计较我儿子，你要计较就计较你儿子吧。"

这么讨了饶，想必爹会来原谅他的，抬眼一瞧，怎么不是，爹已经到了，站在当院，却不到他跟前来，香火再朝院子一瞧，爹正站在一口缸旁边，香火吓得大喊起来："爹，爹，你不是要学我大师傅吧，大师傅就是到缸里去往生的。"

爹也不应答他，却像那大师傅一样，身子飘起来，轻轻落到缸沿上，又轻轻地飘进缸里，香火急赶过去，爹已经双目紧闭，香火顿时急火攻心，晕了过去。

爹死了，香火伤心不已，一病不起，躺在禅房里，老婆和女儿来带他回家，他却不回，说："爹都死了，我还回去干吗？"

那老婆说："你爹早死了，你到这时候才抽筋？"

香火说："我要跟着爹去了。"

老婆说："胡说，他又不是你爹，你跟他去做甚？"

香火说："他就是我爹，

老婆说："他如果是你爹，就会保佑你，让你别去见他。"

香火说："不是他要见我，是我要见他。"

老婆说："你要见他作甚？"

香火气道："你个狗娘贼婆子，亏你问得出来，我要见他做甚？他是我爹，我不见他见谁?"

无论老婆再说什么,他只翻白眼,不着一言,这娘两个也拿他没办法,留下些药和食物,女儿拿出一面镜子,搁在桌上,跟他说:"爹,这是我特意给你买的,一个人没有镜子,怎么活啊,对自己什么也不知道,你照照镜子,就知道自己了。"

这话香火倒听得进去,应了声,说:"等我病好了起来看吧。"

晚上香火做了一个梦,梦见发了大水,太平寺竟然在水上漂了起来,他自己站在岸边,看到二师傅在水上随着太平寺移动,香火又急又奇,大声喊二师傅,二师傅听到了他的喊声,朝他又是招手又是摆手,香火也不知是什么意思,心里又惦记着爹,赶紧再问二师傅:"二师傅,我爹呢,我爹呢,你看到我爹了吗?"二师傅没回话,随着庙房漂远去了。

早晨醒来,心怦怦跳,以为太平寺不在了,睁眼一看,还好,自己还躺在太平寺的禅房里,桌上搁着女儿留下的镜子,香火拿来一看,顿时生了气,吓道:"什么妖镜子,我有这么老吗?"

香火老了以后,眼睛看不太清,耳朵却灵,这天他在庙里,听到有两个年轻的村干部来了,但没有进庙,他们站在庙外面说话,说的是农村城市化的事情,后来他们就说到了庙。

一个村干部说:"这个庙怎么办?"

另一个村干部似乎没有听明白,反问道:"什么庙怎么办?"

先前说话的那个道:"庙要不要拆?"

回答的这个说:"当然要拆,村民房子都拆了,庙怎么可能留下?"

先前那干部又犹豫了一下,支吾道:"原来你是这样想的?"

这干部似乎听出了什么,又似乎什么也没听出来,疑虑道:"我这样想不对吗,那你是怎么想的呢?"

那干部停了下来,半天没有说话。

这干部倒急了,说:"你说呀,你明明是有什么想法,为什么不说出来?"

那干部这才说道:"你难道、不相信那些什么?"

这干部说:"那些什么是什么?你什么意思?"

那干部说:"没什么意思,就是那个什么。"

这干部说:"哈哈,就是那个什么吧,哈哈。"干笑了几声,突然停了,不笑了,也不说了。

两个干部都沉默了一会儿,又接着开始说。一个说:"要不,那庙就不拆,留下?"

那个说:"恐怕也不行,开发商不会留下的。"

这个又说:"是呀,周围搞房地产开发,建花园洋房,中间有个庙,不好。"

香火心想:"你们年纪轻轻,倒也信这个。"且听他们往下说。

那两个继续讨论说:"那怎么办,拆庙?这庙你敢拆吗?"

这个说:"那怎么办,城市化不要了,上面能同意吗?好好的机会,农民变市民,农村变城镇,难道放弃吗?"

那个说:"就算我们放弃,上面也不会让我们放弃的,就算上面也愿意放弃,开发商也不会放弃的。"

"那有什么两全其美的办法呢?"

"我没有办法。"

"那怎么办呢?"

"有一个人,你可以去问问他。"

"是谁?他在哪里?"

"他叫香火,是个老香火,在太平寺做了几十年香火,什么都知道。"

"终于提到我了。"香火想。

那个却怀疑说:"香火吗,哪来的老香火?从前听说有个小香火的,早就死了嘛。"

这个也怀疑说:"怎么会呢,我前几天还遇见他的呢,是很老了嘛。你说他早就死了,那是什么时候死的呢?"

那个说:"我也不太清楚,小时候听家里大人说过庙里的香火怎么怎么,也不知道是不是说的他。"

这个说:"说他什么呢?"

那个说:"说他调戏女知青死鬼,被死鬼带走了。"

这个笑了笑,说:"嘿嘿,那是什么年代的事情了。"

那个说："也有说不是女知青带走的，是庙塌了，压下来砸死的。"

这个说："庙塌了？就是这个太平寺庙吗，从前塌过吗？"

那个说："从前什么事情都可能发生过哦。"

这个说："那倒是的。"

两个又停下来，互相点了根烟，一抽烟，又想起事情来了，这个说："我想起来了，那个老香火，俗名叫个孔大宝，他爹叫个孔常灵，他爹是淹死的。"

那个说："你搞什么搞，孔常灵家的孔大宝，是和他爹一起淹死的，古时候的时候，那孔大宝吃了棺材里的青蛙，得了怪病。"

这个又问道："什么怪病？"

那个说："满嘴胡诌，他大字不识得几个，手拿一张白纸，竟能念出观音签来，你说怪是不怪？"

这个不信，说："这怎么可能？"

那个笑道："这是传说嘛。"

这个说："后来呢。"

那个说："后来他爹领着他到处看病，上了摆渡船，碰上大风大雨，摆渡船翻了，船上的人都淹死了。"

这个说："咦，这就奇怪了，太平寺里那个香火到底是谁呢？难道是他孔大宝的鬼魂？"

那个说："我也不清楚，不如你自己去庙里看看就知道了。"

这个说："我们一起去看看吧。"

两个就朝太平寺来了，香火赶紧逃走，但他不敢走正山门，怕给他们撞上了，纠缠他说那些事情，他说不清楚，他老了，说不清了。遂往后门去。从前太平寺是没有后门的，后来开了后门，可后门也有人守着，防着那些不买票就进来烧香的人。

香火朝围墙看看，想翻墙走，可自己这么老了，怎么翻得上去，犹豫着想："要不试试吧。"就往起一跳，这一跳，竟然轻飘飘地就上了墙头，又一跳，就轻飘飘落到墙外，感觉自己像只蝴蝶哦。

忽然就想起往事了，大师傅往生的时候，轻飘飘跳到缸上，又轻飘飘落到缸里坐定，也是这样，他当时还说大师傅像猢狲，怎么就没有想到蝴蝶，蝴蝶多好啊。

想到大师傅,香火心里顿时一惊,大师傅那时候是要往生了,身子才轻起来,难道我也是要往生了吗?赶紧"呸"自己一口,骂道:"死脑筋,只管往哪里想。"

香火逃走了,一直往前逃啊逃啊,等到抬头一看,已经逃到了阴阳岗。

阴阳岗的规模比从前大多了,四下尽是墓碑,一座比着一座,一排连着一排,香火看到有个墓碑上字模糊了,用衣袖去擦擦,将那名字擦了出来,一看,并不认得。又往前走几步,又擦出一个名字,还是不认得,心里奇怪:"怎么阴阳岗的人我一个也不认得?"依稀想起来,从前有一个烈士陵园的主任,说过一些话,他说无论有没有见过一个人,但只要看到这个人的名字,就可以去想这个人的长相,时间长了,这个人就像活了似的。香火就冲着墓碑上的名字仔细地看,却怎么也看不出这个人的长相来,更看不出他活过来了,于是对那主任心生佩服,说道:"你倒神了,你还能从碑名上看出个人来。"

这话一说,有人搭讪说:"这有什么神的,没名没姓也照样能看出他个人样来。"

回头一看,这人面目有些模糊,再睁了眼一看,竟是老屁,颇觉奇怪,问老屁说:"又不是清明日,又不是冬至日,你一大早来这里干什么?"

老屁见到他更惊讶,说:"你是香火?你是香火吗?你还活着?"

香火来气:"我怎么不活着?你比我老那么多你还活着。"

老屁怀疑说:"我见鬼了吗?"

香火说:"我才见鬼了呢。"甚觉晦气,吐了几口唾沫,说道,"我来找我爹,怎么就偏偏见到了你。"说到了爹,心气也温顺多了,改口道,"老屁,你见着我爹了吗?"

老屁却来气,说:"呸你个臭嘴,你爹凭什么我要见到他?"

香火道:"咦,你死了,我爹也死了,你们两个在一个村子里,想必总是低头不见抬头见吧。"

老屁被香火说昏了头,又慌又乱,挠着脑袋想了半天,努力反击说:"香火,我想起来了,那时候你就已经死了。"不料这一反击,提醒了自己,不敢再逞强,慌不择路地逃走了。

香火好生惊异,说话说得好好的,怎么拍了屁股就逃跑呢,难道真的见鬼了,难道老屁真的死了，难道刚才这个老屁是个鬼？否则这道理说不通啊，从前老屁说话，可是字字句句都带屁的，可这会儿他一气说了这么多话，竟连一个屁也没夹，这叫人好生疑惑。

又想："如果老屁不是鬼，难道我是鬼吗？"遂用手摸摸自己的脸，他的手很粗，摸不出脸上有没有皮肉，真想撒泡尿照照自己，一时半会儿却又没有尿意，又朝干巴巴的地上瞧了瞧，想道："即使尿了出来，尿也会被泥土吸干，照不见的。"

香火想了一阵子，觉得头脑好累，懒得再想，谁知道谁是鬼呢，到底谁是鬼，到底谁是谁，只有佛祖知道，且由他老人家管着吧。

新瓦带着几个他不认得的人，有男有女，过来了，香火正想上前，有人一把拉住了他，回头一看，是爹，香火大喜，说："爹，爹，真的是你吗？"

爹说："是我呀，你怎么啦，不认得我啦？"

香火急道："认得认得，你烧成灰我都认得你。"

爹笑道："嘿嘿，你是我儿。"

香火发嗲说："爹，爹，他们都说你死了，我偏不信，果真的，爹，你果真没死。"

新瓦和那些男女说话，爹"嘘"了香火一声，说："听他们说话。"

爷两个静下来，且看新瓦他们干什么，新瓦往前走，众人跟着，香火和爹也跟着，走到一处，仍是坟墓，两座挨在一起，比旁边的那些坟大一些，那新瓦说："近水楼台先得月，我总要给自家祖宗做大一点，不然他们要骂我的。"

那些人问道："这是你家祖宗？"

那新瓦指了指说："这是我爷爷的，这是我爹的。"遂上前鞠躬，点上香烛，燃了纸钱，供起来。

香火又惊又气，欲上前责问，爹拉住了他，说："你看看，他还是蛮孝顺的，给我们送了这么多钱，你仔细瞧瞧，这好像不是人民币哎。"

香火眼尖，早瞧清楚了，说："这是美元。"

爹说："美元比人民币值钱噢？"

香火说："从前是的，现在不知道怎样，我好久没听他们说汇率的事情了。"